周维先自选集

周维先／著

花开有声

中国书籍出版社
China Book Press

图书在版编目（CIP）数据

花开有声 / 周维先著 . —北京： 中国书籍出版社 , 2016.11
ISBN 978-7-5068-5970-7

Ⅰ .①花… Ⅱ .①周… Ⅲ .①电视文学剧本—中国—当代 Ⅳ .① I235.2

中国版本图书馆 CIP 数据核字（2016）第 279249 号

花开有声

周维先　著

图书策划	牛　超　崔付建	
责任编辑	牛　超	
责任印制	孙马飞　马　芝	
出版发行	中国书籍出版社	
地　　址	北京市丰台区三路居路 97 号（邮编：100073）	
电　　话	（010）52257143（总编室）（010）52257140（发行部）	
电子邮箱	eo@chinabp.com.cn	
经　　销	全国新华书店	
印　　刷	三河市华东印刷有限公司	
开　　本	650 毫米 ×940 毫米　1/16	
字　　数	410 千字	
印　　张	26.75	
版　　次	2017 年 4 月第 1 版　　2021 年 1 月第 2 次印刷	
书　　号	ISBN 978-7-5068-5970-7	
定　　价	50.00 元	

总 序

汤显祖逝世四百年了。莎士比亚也逝世四百年了。一个是中国戏剧大师。一个是英国艺术巨匠。

夜读"临川四梦",让我神思悠悠恍然如梦。莎翁又令我亢奋而至于无眠。

莎士比亚写情的执着。汤显祖写爱的顽强。

罗密欧与朱丽叶可以为爱双双赴死,前赴后继死在了一起。杜丽娘却"情不知所起,一往而深。生者可死,死亦可生"。她竟然为了没有得到的爱又重新活了过来,回到一见钟情的地方,寻找那一个必定属于她的人。

是不是棋高一着?

生离死别,缘起缘灭。那缘,是可以超越生死的。

我没有研究过"比较文学",但是,在虚心拜读之余,还是忍不住把两位大师比较了一下。

六十年了。

在前不见古人后不见来者的苍茫中，我追寻生命的原始。

在精神的王国里，生命不源于神秘莫测的大海、雷电中野性的山林、艳阳下蛮荒的原野。

生命始于爱。

爱生一，一生二，二生三，三生万象。于是有了你，有了我，有了爱和恨的戏剧。

我是爱的儿子。我因爱来到人间，也将为爱绝尘而去。最后归于尘土。

如今，我遥望着故土，遥望着故土上的老树。

老树摇曳着千年的岁月。我摇曳着满头的白发。

大树下，故乡人摇着扇子捧着紫砂，在月下，在风中，絮絮而谈，讲的是古往今来、前世今生……

掬水月在手，弄花香满衣。

——那是我祖祖辈辈繁衍生息的太湖吗？

那里有我的父辈、父辈的父辈……来自生命源头的梦。

那梦很长很长，长到无可言说，美到风华绝代。尽管我已然从白衣飘飘的少年变成了苍颜白发的老者，但是那林林总总多姿多彩的爱之梦，仍然逶迤而来，绵延不绝……

于是，我用爱，用生命，用灵魂，用一个又一个白天和黑夜，把一篇又一篇关于爱的故事写在了流水之上……

2016 年 6 月 22 日草

8 月 26 改于连云港　苍梧

序

　　2004年暮春，我又一次走上了寻找大爱的创作旅程。江苏电视台原台长带着他的残疾儿子来连云港请我，希望我帮他儿子圆一个梦：搞一部残疾人题材的电视剧。显然，他给我出了个难题，而且是一道有些刁钻的偏题。此前，中国还没拍过一部以残疾人为主角的长篇电视剧。这个头可不好开。再说，有谁愿意茶余饭后看一群残疾人的故事呢？老台长找上门来，自是盛情难却。尽管有种种疑虑，我还是带着刚刚出院的妻子去了南通。在海安，我寻访了因车祸落水，脊柱受损，多年来只能趴在床上工作的残疾人艺术团团长。他不仅把中国最早的残疾人艺术团搞得有声有色，还开了公司，创造了很好的效益。随后，我专程到江阴观看演出，在那里结识了失去双臂的青年演员。他用嘴叼着笔，甩着头，写出刚劲有力的大字"腾飞"后，朝我腼腆一笑，让我几乎控制不住即将盈盈而出的泪水。我注意到一个高挑身材的女孩替他搬运道具，体贴入微地为他擦去额头的汗水。原来，这个文静的姑娘是健全人。她和残疾小伙的恋情被发现后，父母与她断绝了关系。如今，她已怀有身孕。我问她，为什么会不顾一切地爱上他？她羞涩地笑笑，以沉默作答。就在那个夜晚，南飞的形象破壳而出。我浮想联翩，先后设计了卖血救母、卖身葬母、冲刺赛场记录等一系列情节，一下子激活了全局。我想，正是如今越来越稀缺的超越功利的人性之美，才使一群没有血缘关系的残疾人成为唇齿相依的亲人，他们用澎湃于心的大爱相濡以沫，铺就了一条不甘人后奋力打拼的人生之路。这条路和筚路蓝缕走在路上的人们，艰辛之极，坚忍之极，无畏之极，美丽之极。

在背靠狼山面对长江的紫琅山庄，我度过了一百一十个心潮难平的日日夜夜。我被这一群肢体残缺但是灵魂丰盈的年轻人冲击着，激动着，激励着，升华着。从晚春一直写到早秋，《花开有声》方告完成。当年寒冬到次年初夏，又改出了二稿、三稿、四稿。2007年3月央视在黄金强档热播并一再复播。网上的评论连篇累牍。一时间，弱势群体的生存状态成为人们关注的话题。

或许，这就够了。

我用独有的方式表达了对一个沉默群体深深的敬意。只是因为他们常常被忽略，被遗忘，被冷落，被歧视。但是他们终究不愿相信：自己只能是失败者。

·目 录·

一

崇川河静静地流着，穿过饱经沧桑的水乡小镇，穿过一座座拱形石桥。河两岸，黛瓦粉墙斑驳苍老，石埠头上有女人在洗菜、刷马桶。

刘通州的旁白："童年是什么？童年是一个装满记忆的口袋。自从奶奶的船突然翻沉，河上只漂起那把跟随她一生的琵琶；自从妈妈死于难产，爸爸把继母带进家门……我的童年变得越来越黯淡无光。"

七岁的刘通州在小天井里洗衣服，脸上沾着肥皂沫。

后妈给双胞胎喂奶，把换下来的尿布扔进刘通州面前的木盆里。水花溅了刘通州一脸一身。

刘三梦游似的走进家门，直奔灶间，端起一小坛黄酒就往嘴里灌。

后妈跟进灶间："嗨嗨嗨，老酒是这么吃法的吗？"随手关上了门。

刘三顾自喝酒，酒液溢出，流到脖子上、胸脯上。

后妈夺过酒坛："你有病啊！？"

刘三颓然坐下，伏在八仙桌上："我，我撞死人了……"

后妈："什么？你说什么？真的？这是真的？"

刘三潸然泪下，呜咽起来。

后妈："怎么办？你打算怎么办？"

刘三软软地站起来："我去投案……"

后妈一把扯住他："你，你疯啦？"

刘三："不去投案……我，我良心不安……"

后妈抱起双胞胎："刘三！你去投案，我现在就抱着双胞胎投河！"

刘三一哆嗦，猛地抱住了娘儿仨……

堂屋里。

刘通州摘下挂在墙上的琵琶，用袖头拂去灰尘，又轻轻吹了吹，注视着那根断了的琴弦："奶奶，你死了，可我要让你的琴声活过来……"

他推开木门，向后望了望，掩上门，拎着琵琶走上石子路。

石子路拐角处。

阿桃守着一篮子草莓，手里还做着针线。她看上去也就二十七八岁，不时用眼角余光瞄一眼坐在草莓旁边的小女孩篮子。

刘通州拎着琵琶走过来，看到草莓旁的女孩愣了一下，遂又蹲下身来，注视着她。

篮子也抬起眼睛看着这个陌生的男孩。

刘通州的旁白："这个从天而降的女孩改写了我的童年。让黯淡的日子一下子变得明亮起来……"

刘通州："你是谁？我怎么没见过你？"

篮子："我，我，我也没见过你呀！"

刘通州："你叫什么？"

篮子摇头："不知道。"

刘通州："知道我是谁吗。"

篮子又摇头："不知道。"

刘通州指指阿桃："那么她呢？她是谁？"

篮子仍然摇头："不知道。"

刘通州哈哈大笑，然后站起身向石拱桥走去。

突然，身后响起脆脆的一声："哥哥！"

刘通州陡然转身，发现小女孩站了起来，远远地望着他。

刘通州："嗯？"

篮子："你叫什么？"

刘通州："我叫刘通州。那么你呢？"

篮子不语。

刘通州："对了，你叫不知道！"笑着转身上桥去了。

刘通州走下石拱桥，来到桥墩下一户敞着门的人家。

白发老人在桌前自酌自饮，面前摆着一碟茴香豆，一碟盐水花生米。他身后，灰黑的墙上挂着几把琴。

刘通州行了一个礼，腰弯得很深，停了停，才直起身来。

白发老人放下酒盅，打量刘通州："谁家的孩子，这么懂礼貌？"

刘通州："王爷爷，我是方丽人的孙子。"

"丽人的孙子？！"王爷爷忽地站起来，"丽人的孙子都这么大啦？天哪！这光阴真像是白驹过隙呀！"看见刘通州手中的琴，走过去把琴拿来端详，"没错，这是丽人的琴，我听了她几十年评弹，万万没想到……一夜间成了绝响。她那船怎么会翻掉？是遭人暗算，还是自寻短见？唉，真正是红颜薄命呀！"

刘通州："爷爷，帮我把断弦换掉吧！"

王爷爷："你，你也要弹？也要唱？你身上果然流的是丽人的血？"

刘三开着卡车奔驰在公路上。他紧皱眉头，看上去有些神情恍惚，卡车驶进水乡镇，刘三忽见路边盛着草莓的篮子，篮子旁边的阿桃让他着实吃了一惊。他耳边响起撞人后紧急刹车的刺耳声响，眼前掠过一个长长的抛物线，随后，草莓篮子溅起了一大片红色的浆汁……

刘三头上冒出冷汗，把车停在阿桃斜对面的桥墩下面。

刘三在车里愣怔了一会儿，才下车走上狭窄的石子路。

刘三瞟了一眼阿桃和篮子。

阿桃微笑着抬眼看他："这位师傅好眼熟。"

刘三一惊："你，你认得我？"

阿桃："好像……好像是崇川汽车站？"

刘三张大了嘴："你，你看到什么了？"

阿桃："看到什么？哦，看到了！"

刘三："看到了？"

阿桃："从卡车上下来，光着大膀子，浑身汗臭！"

刘三："那么是夏天？去年？"

阿桃："对，去年，你买了我的好几回草莓哪！"

刘三长舒了一口气："现在不去崇川汽车站了？"

阿桃："不去了。"

刘三："不去好。那地方太乱，小偷多。"看了一眼篮子，"多好的孩子，真疼人！"蹲下来看孩子，拣了一颗草莓尝了尝，"嗯，好吃，真香。这草莓我包了。多少钱一斤？"

阿桃："一毛。不，你包下算批发，给八分就行了。"称草莓，"四斤二两，算四斤。四八三毛二，给三毛吧！"

刘三付钱，捡了几颗草莓捧给篮子："叫什么？"

篮子摇头。

阿桃："她叫篮子，谢谢伯伯……"

篮子注视刘三。

刘三："不谢，不谢。"

篮子："……不谢，不谢。"

刘三喷地笑了。

刘三家。

刘三推门进家，把草莓放在桌上："吃！"

后母从摇篮边站起来，到桌前吃草莓。

刘通州在剥蚕豆，面前已有一大堆青蚕豆壳。

刘三抬头看墙："嗯？琵琶呢？琵琶哪去了？"

后母："哼，我早就说家贼难防……"

刘通州脸涨得通红："爸，是我拿走的。我请王爷爷把弦续上。"

刘三："续上？为什么？"

后母："续弦？多晦气！死了老婆再娶一个，才叫续弦，你晓得吧？"

刘通州怔了一下："这么说，你，你不就是续弦吗？"

后妈"啪"地打了刘通州一记耳光。

石子路——石拱桥。

刘通州冲出家门，在余晖中疾走。

突然，身后一身脆脆的："哥哥！"他蓦然转身，晚霞中，篮子穿一身白衣站在草莓篮子旁。

刘通州顿了一下，慢慢向她走去："小妹妹，知道我是谁了？"

篮子调皮地："不知道。"

刘通州："知道你是谁吗？"

篮子："知道。"

刘通州："你的名字……"

篮子："你说过，我的名字就叫不知道！"

刘通州一脸的愁闷和怒气顿时烟消云散，倏然抱起篮子向空中抛去，连连抛了三下。

篮子："我知道了，我知道了……你叫，你叫，刘、通、州。"

刘通州："那么你呢？"

篮子："我叫篮子。"

刘通州："什么篮子？"

篮子："就是放草莓的篮子呀！"

阿桃在一边咯咯地笑了："小调皮！以后叫通州哥哥，晓得啦？"

石拱桥墩下王爷爷家。

刘通州："王爷爷，好了吗？"

　　王爷爷从墙上摘下琵琶，弹了几下，激情陡起，白发抖动，浑身震颤，忽又戛然而止，眼中汪着泪水，"一弹这琵琶，就想起你奶奶丽人。"

　　刘三从夜色中走来："王伯伯，你是我妈妈最忠实的观众。她唱到哪里，你就跟到哪里……跟了总有四十来年了吧？"

　　王爷爷："丽人翻船以后，我沿着崇川河找了一个月……也没有找到她。从那以后，我觉得自己突然老了……"

　　刘通州："爷爷，教教我吧！我要弹得跟奶奶一样好！"

　　王爷爷："刘三，这是你的意思？"

　　刘三点头："我看这孩子长相、性情都像他奶奶，说不定有点天分。"

　　刘通州："爸爸！？"

　　刘三示意他拜师。

　　刘通州当即跪在王爷爷面前，连磕三个头。

　　刘三："王伯伯，拜托了！"也跪在王爷爷面前。

　　王爷爷："好，看在丽人的份上，我就收下这个关门弟子！"

　　刘三家。

　　刘通州用力拧干尿布，晾在天井的竹竿上，随即从墙上摘下琵琶匆匆出门去了。

　　篮子坐在草莓篮子旁眼巴巴地望着走来的刘通州："通州哥哥！"

　　刘通州："篮子，草莓我包了。还剩下多少？"

　　篮子："不知道。"

　　阿桃称草莓："四斤多一点。"

　　篮子："四八三毛二，给三毛吧！"

　　刘通州："嗨，天才！三岁就会算啦！"

　　篮子："我就会四八三毛二。"

　　刘通州："好哇！阿姨，等会儿我爸给钱。"

　　篮子："不给钱也行。"

　　刘通州："哦？为什么？"

篮子："不给钱就弹琴给我听。"

刘通州笑了："等哥哥学会后。一言为定。"

篮子："一言为定。什么叫一言……还为定？"

刘通州："一言为定，就是说话算数。"

篮子："那就好！我喜欢这个一言为定。"

刘通州拿起草莓走上石拱桥。

王爷爷家。

在挂满不同年代各种乐器的老屋里，王爷爷的白发和皱纹更显出历史感和风尘感。

他坐在桌前，吃一粒草莓喝一口酒，眼睛不时瞄一眼正在弹奏的刘通州。他时而摇摇头："没有情！小通州，你的情在哪里？"时而砰地拍一下桌子，"不传神！神，你知道神是什么吗？"时而将酒盅敲着桌子，越敲越快，最后猛地向地下一摔："这里要发出裂帛之声。裂帛之声，懂吗？"转过身去，猛地撕开土布蚊帐的一角。

天井里，桂花树下，石埠头上，刘通州勤奋练琴，手指如飞……

三年后。

一个月夜。

刘通州在月光下、石埠头上弹琵琶。

王爷爷则斜躺在破旧的藤榻上，眯着双眼倾听。他的白发和胡须在月下如霜似雪。

河边的窗口，篮子跟着远处传来的琵琶声轻轻哼唱："如果是这样，你不要悲哀……"

一个男人浑厚的声音也跟着唱起来。唱歌的是黄刚，他的小船划破月色在水巷中悠然穿行。船舱里有炉灶，炉膛里亮着橘红色的火光。

小船划到傍水窗下，黄刚抬眼看篮子："小姑娘，你知道什么叫悲哀吗？"

篮子摇头："……叔叔，你知道吗？"

黄刚："当然……当然……叔叔知道。"

阿桃出现在篮子身后："你这是卖什么哪？"

黄刚："鲜肉小馄饨，鸭血线粉汤。"

阿桃："篮子，阿要吃小馄饨？多少钱一碗？"

黄刚："一毛五。"

阿桃转身拿过盖篮，放进一只碗，外加一毛五分钱，把盖篮从窗口吊下去。

黄刚早已抓了一把馄饨撒进滚开的水里。

阿桃："他叔，你从哪儿来？"

黄刚："前线。"

阿桃："前线？是不是老山？"

黄刚："差不多吧！"

阿桃："家在哪里呀？"

黄刚盛起馄饨，装在吊篮里，随手取出钱，瞟了阿桃一眼："……我是一个人吃饱，全家不饿。"

旁边窗口伸出一个女人的头："来一碗鸭血汤，多少钱？"

黄刚："一毛。"

那女人："价钱蛮公道，不知味道怎么样？"把盖篮吊下去。

黄刚接过篮子："保你齿颊留香，吃了这碗想下碗。"

王爷爷家石埠头上。

刘通州奏完了《血染的风采》。

黄刚的船静静地泊在他坐着的石埠头上。

王爷爷："你是谁？"

黄刚："我是当兵的。现在……卖馄饨。老伯伯，要不要吃一碗小馄饨？"

王爷爷："你在听琴，还是在卖馄饨？"

天上传来隐隐的雷声，黑云遮住了月亮。

黄刚长长地吁了一口气，划船离去。

刘通州的画外音："那天，卖馄饨的汉子听琴的时候，眼里闪着泪光。我第一次发现，音乐像天上的雷声一样，震撼着他的心……"

石子路尽头的棚户。夜。

黄刚顶着雨一路小跑，奔上河岸，在自己的棚户前绊了下。低头一看，棚户门口放着一只盖篮，他打开门锁，拎起盖篮进屋。

他点亮蜡烛，揭开盖篮，倒吸了一口气。

原来，篮子里睡着一个小女孩。黄刚举着蜡烛的手颤抖起来，少顷，才打开塞在女孩腋下的小纸条，上面写着："好心人，救她一命吧！一个无能的母亲，泣血叩拜。"

黄刚愣怔了一会儿："……天哪！一无所有的老黄，有女儿了？要做爸爸了？嘿嘿，嘿嘿嘿，哈哈哈……"笑出了眼泪，抱起女孩亲吻。女孩忽然哭了起来，"饿了！是不是饿了？我该给你吃什么呢？"

石子路拐弯处。

刘通州包下了篮子的草莓，拣了一只又大又红的塞在篮子嘴里。

刘通州："好吃吗？"

篮子："又甜又香。"

刘通州："那就再来一个？"又拣了一个送进篮子嘴里。

篮子："哥哥，你真好。"

刘通州："篮子，你愿意做我的小妹吗？"

篮子点头。

黄刚抱着小女孩走过来。

看了一眼刘通州："你就是那个弹琵琶的？"

刘通州："叔叔，你喜欢？"

黄刚深深看了他一眼："你将来会有大出息。"转对篮子，"你妈呢？"

篮子指指身后。

黄刚向篮子身后开着的门里走去。

阿桃撩开正在晾晒的衣服看见了黄刚："你不是一个人吃饱，全家不饿吗？"

黄刚："昨晚……捡了个孩子。"

阿桃："捡的？你个大男人，怎么养？"

黄刚拿出白布："扯了几尺白布，请帮个忙，给做几块尿布吧！"

阿桃接过白布扑哧笑了："这就万事俱备啦？带个孩子就这么容易？"

黄刚："可，可，你说该怎么办？"

阿桃："算了吧你！带着她，你还能卖馄饨？这么着吧，你把她放我这。"

黄刚："那，那怎么行？"

阿桃："那怎么不行？莫非我还不如你？你晚上卖完馄饨把女儿接走。奶粉呀什么的，你买，我贴不起。你看行不行？"

黄刚："这，这怎么好意思？"怀中女孩哭起来。

阿桃把孩子接过去抱在怀里："喔——喔，乖！"女孩不哭了。

黄刚："阿桃，我该怎么谢你？"

阿桃："不用啦，就算我欠你的！"瞟了他一眼。

黄刚："那，那就放你这儿？"

阿桃："哎，你叫什么？"

黄刚："黄刚。"

阿桃："孩子呢？"

黄刚："就叫越越吧！"

阿桃："月亮的月？"

黄刚："不，是越南的越。"

阿桃："越越？又想起你的猫耳洞了？"

黄刚默默看了她一眼，深深吁了一口气，转身去了。

石子路——水乡镇完全小学。日。

穿着一身红衣服背着新书包的篮子奔跑在前，刘通州紧随其后。蓦然间，一个油黑结实的愣小子从后面飞奔而来，把他们甩在后面，在完小门口突然收住脚步，回过头来："新生报名，是今天吗？"

篮子点头。

南飞："你也是来报名的？"

篮子又点了点头。

南飞："我叫南飞，南方的南，飞起来的飞。"

刘通州的旁白："这个跑起来像飞一样的家伙，就这样闯进了我的生活。"

南飞看了一眼刘通州："他是你哥？"

篮子嘴一抿，笑了。

南飞："我没有哥，叫你哥行吗？以后，谁要是跟我打架，你帮帮我。"

刘通州也笑了："还没上学，就想到打架了，你小子够野的！"

新生报名处。

南飞站在两位老师面前。女老师问，男老师记。

女老师："叫什么名字？"

南飞："南飞。南方的南，飞起来的飞。"、

女老师："会写吗？"

南飞摇头："我家全文盲。"

女老师："家几口人？"

南飞："两口。还有我妈。"

女老师："会算吗？"

南飞摇头："我们家都不识数。"

女老师："家住哪里？"

南飞："小渔港。我爸是打渔的。"

女老师："看来你真不识数，这不是三口子吗？"

南飞低下头："前年遇上台风，我爸出海，再没回来……"

女老师噢了一声，顿了一下："你会什么？"

南飞："我会背诗。"

男老师："哦？背来听听……"

南飞干咳一声，忽然踏前一步，伸出右臂，右腿前屈："毛主席呀真伟大，叫咱们干啥就、干、啥！"

男女老师都笑了。外面的刘通州、篮子也都笑起来。

南飞："这是我爸教的。"

男老师："还会什么？"

南飞："会跑。"

女老师："哦？跑得有多快？"

南飞："兔子有多快，我就有多快！"

人们又笑起来，篮子和几个孩子都笑得前仰后合。

女老师："好了，下一个。"

南飞："老师，我取上了？"

女老师："后天开学，你来上课就是了。"

南飞深深一躬，转身时撞了走进来的篮子："篮子，我取上了。"

女老师打量篮子："家长呢？"

篮子："我妈在家干活，给我攒学费。"

女老师："哦……叫什么？"

篮子："篮子。"

男老师："会写吗？"

篮子摇头："可我知道，是装草莓的那个篮子。"

女老师："不能装别的吗？"

篮子："不能。那就不是我这个篮子了。"

男女老师都笑了。

女老师："那么，你姓什么呢？"

篮子："姓白。"

女老师："姓白，可你穿了一身红。会算吗？"

篮子："心算。"

女老师："加减乘除都会什么？"

篮子："我会，一八得八，二八一十六，三八二十四，四八三十二，五八四十……"

女老师："噢，很熟练！别的位数会乘吗？"

篮子："我只会一八得八……"

女老师："为什么？"

篮子："因为草莓八分一斤。我每天卖草莓，听妈妈算钱……"

女老师："噢——好了，你录取了！九月一号来上学吧！"

篮子兴高采烈地走出报名处，直奔刘通州："哥，我取上了！"

南飞迎过去："篮子，你真棒！走，我带你们上船！"

小渔港。

南飞带着刘通州和篮子说说笑笑来到小渔港。

正在织网的南飞妈停下手来："考上没有？"

南飞："考糊啦！"

南飞妈手中的梭子落地："……真的？"

南飞："妈，我答完题，老师都笑啦！"

南飞妈："把我吓一跳，你个小兔崽子！真的取上了？"

南飞："取了！"

南飞妈："哎哟！南家祖坟冒青烟，出了秀才啦！"

篮子、刘通州上前："阿姨！"

南飞妈："兄妹俩吧？小妹妹两只眼睛水灵灵的，多好看！"

南飞："妈，上船！"

南飞妈连忙奔向渔船。

南飞走上跳板，拉着篮子的左手，篮子伸出右手，牵住后面的通州。

南飞："看着我，不要低头看水！"

渔船在浩渺的长江上乘风破浪。

南飞："妈，中午给我哥我妹熬鱼汤吧！"

南飞妈："熬鱼汤？鱼在哪儿呢？"

南飞噜噜脱掉上衣和长裤，纵身跳入江中。

篮子惊叫起来。

刘通州也张大了嘴。

南飞妈在锅里倒了水，抓起一把葱蒜，又是剥又是切。

有顷，南飞还没有浮出水面。

篮子急了："南飞哥怎么啦？怎么啦？"

刘通州解扣子："我下去看看。"

南飞妈："这是长江，不是崇川河，你有那么好的水性？"

篮子哭起来："哥哥淹死了？怎么办？"

刘通州决然脱去衣裤。

南飞妈一把拽住了他。

刘通州却用力挣开了她。

这时，南飞呼地浮出水面，右手举着一条鲈鱼，一发力扔上甲板，正砸在刘通州脚面上。

刘通州下意识地踉跄了一下。

南飞纵身撑着船帮，跃上船来，从南飞妈手里接过毛巾擦干身体。

南飞妈已将鲈鱼收拾干净，连同葱蒜一起放进锅里，又撒进一把粗盐，盖上锅盖烧将起来。

南飞穿好衣服："篮子，我配不配做你哥？"

篮子："不配，不配，你都把我吓死了！"

刘通州也已穿戴整齐。

这时，锅里飘出一股鱼香。

篮子抽抽鼻子。

刘通州嗅了嗅，长长地出了一口气："香，真香，这味道一辈子都不会忘记。"

刘通州旁白："在长江上度过的半天，给我的一生留下了永远抹不去的回味……江风的气息，鲈鱼的气息……和着幸福的气息，至今还让我深深地沉醉……"

南飞妈把大盆鱼汤放在小方桌上："吃吧！这才叫江鲜。清煮鲈鱼。快吃！"

篮子、通州一人喝了一口鱼汤。

刘通州："从来没喝过这么鲜的鱼汤！"

篮子："阿姨，鱼汤怎么会这么好吃？"

南飞妈往通州、篮子碗里添汤："好喝就多喝点，帮着我家南飞学成一个大才子！"

南飞："妈，我会让你过上好日子的！"

南飞妈："儿子，有你这句话，妈妈的苦就算没白吃！"

石子路尽头。日。

阿桃走来，轻轻推开黄刚棚户的门。

灶台上、桌上满是馄饨，黄刚却倚在竹榻上睡着了。他散着衣扣，半敞着胸，看上去健壮如牛，却伤痕累累。

阿桃拖出床下的木盆，里面满是换下的衣裤。

崇川河边。

阿桃麻利地搓洗着蚊帐和衣裤。

棚户前。

她抖着拽着把衣物晾在绳子上。

"阿桃……"她身后响起厚重的男人的声音。

阿桃猛回头，健硕高大的黄刚站在她身后。

阿桃："呵，你吓我一跳。"

黄刚："我就那么吓人？"

阿桃："他叔，你那屋该收拾收拾了，一股男人味。"

黄刚："男人味是什么味？"

阿桃："五味俱全！"咯咯地笑，用眼角瞄着他。

黄刚："阿桃，你为我们父女俩做得太多了……"

阿桃："我欠你的。"

黄刚："你怎么总这么说？"

阿桃："那年，你抱着刚刚拣到的越越朝我走过来，我就有一种特别的感觉……"

黄刚：“特别的感觉？你，你也迷信？”

阿桃直视他：“不。我觉得，朝我走过来的人……是我命里的人。”

黄刚：“命，命里的人？”

阿桃：“我下半辈子命里的……男人。”转过脸去，“唔，你是不是觉着……我是个……坏女人？”

黄刚：“不，阿桃，你，你是个好女人。”

阿桃一震：“真的？！”

黄刚：“真的。千真万确。”

阿桃倚到他胸前轻轻抽泣起来。

黄刚：“只可惜，我没有这福分……”

阿桃：“为什么？为什么？就因为我是一个寡妇？”

黄刚：“不，阿桃……”

阿桃：“你是不是有女人了？在老家？还是在水乡镇？”

黄刚：“我没有，也……不配有……”低下头，转身向棚户走去。

篮子带着越越来了。

黄越兴奋地大叫：“爸！我会写字了！”

黄刚：“是姐姐教的？快给爸爸看看。”

小渔港。

十岁的南飞跑着跳着扑向在院子里的南飞妈。

南飞：“妈！我要当运动员啦！”

南飞妈：“你？你当运动员？”

南飞：“怎么？你看我不像？全班都推选我参加全年级比赛，我跑第一。这回是全校开运动会！”

南飞妈：“全年级第一？我儿子真出息！是不是赛跑？我儿跑得比兔子还快，没问题！”咯咯咯地笑起来，引来一阵剧烈的咳嗽，咳得眼泪汪汪的。

南飞：“妈，你怎么啦？”

南飞妈：“妈没事，妈是高兴的……”

南飞：“妈，我有没有新背心、新短裤？”

南飞妈摇头。

南飞："那就……穿旧的吧！"

南飞妈："旧的破了……妈给你买新的。"

南飞："妈！"抱住母亲，"我一定拿冠军，给你长脸！"

水乡镇理发店。

大镜子前，南飞妈的发髻被打开，长发披垂，一直到腰下。

理发师待在那里："哟，这位大姐年轻的时候，是个大美人吧！"

南飞妈："美不美管什么用？你就说这头发值多少吧！"

理发师伸出一个巴掌。

南飞妈："五元？"三下五除二绾起头发向外走去。

理发师："哎哎……别走嘛！你说多少？"

南飞妈："十块！你知道我这头发留了多少年吗？"

理发师："八块怎么样？我一分也赚不到。"

南飞妈："九块！少一个铜板我也不卖给你！"开门欲走。

理发师把她拦住："九块就九块，都不容易！"

南飞妈接过钱，蘸了唾沫，点了一遍又一遍。

她的长发像瀑布一样落下来。

供销合作社。

南飞妈走进供销合作社："同志！"

正在嗑瓜子的女售货员盯了她一眼："你这个人怎么不领行情？人都叫会计！"

南飞妈："会计同志，这回行了吧？"

女售货员嗅嗅鼻子："哪来一股鱼腥味？小渔港的吧？"

南飞妈："妹子，没有鱼花子，你饭桌上鱼从哪来？"

女售货员："买点什么？说！"

南飞妈："背心，短裤，回力球鞋。"

女售货员："多大号头？"

南飞妈："多大号头？孩子十岁，照十二岁的拿吧！那小子个儿大，长得猛。"

小渔港南飞家。

南飞猛醒，哗地撩开被子，光着上身跳下床来："妈，怎么不叫我？耽误了运动会怎么办？"连忙跑到院子里刷牙。

南飞妈拧了一把热毛巾给南飞擦了后背又擦前胸："擦擦干净，别让人看不起鱼花子。"

南飞接过毛巾擦脸，刚露出两只眼睛，就看到妈妈捧出白边红背心和蓝边白色运动裤。

南飞妈："儿子，穿上。"

南飞当即穿在身上。

南飞妈欣赏着儿子："嗯，精神！像个运动员！"转身进屋拿出崭新的回力球鞋，"给！"

南飞张大了嘴："妈！回力球鞋？！"穿上球鞋，走了走，跳了跳，"真软，真舒服！"

南飞妈："别光叫舒服，得给妈跑个第一！"

南飞："我一定给您争气！妈，不是连抓药的钱都没有了吗？"

南飞妈："那些偏方不吃也罢。妈的咳嗽不是好多了吗？"

南飞这才注意到妈妈头上多了一块蓝印花布头巾，注视少顷，猛地揭下头巾，吃惊地望着母亲的齐耳短发："妈？！你……你的头发呢？"

片尾歌：
　　问你，问我，
　　往事历历可曾有片刻遗忘？
　　问我，问你，
　　去路茫茫为什么写满沧桑？
　　问心，问魂，
　　漂泊天涯为何要频频回首？
　　问魂，问心，

浓浓的情怎禁得深深埋藏？
此情可问地，
地知我情有多深。
此情可问天，
天知我情多久长……

二

小渔港南飞家，

南飞发现妈妈头上多了一块蓝印花布头巾，注视少顷，猛地揭下头巾，望着母亲的齐耳短发吃惊地张着嘴："妈，你的头发呢？"

南飞妈："这样不是挺好的吗？"

南飞："不！"

南飞妈："儿子，头发还能长出来。"

南飞："妈！"扑上去搂住母亲。

水乡镇完小大操场。

南飞穿着红背心白短裤和回力鞋走过三年一班。

篮子和同学们都站起来大叫："南飞！南飞！南飞！"

百米选手都站到了起跑线上。

刘通州从校门外跑来，看到正在热身的南飞。

南飞也看见了他，举起紧握的拳头。刘通州也举起拳头。

一声口令，百米选手在起跑线上躬身待发。

体育老师举起小旗："预备——"

一声枪响。南飞顿了一下。

这一刹那，运动员都飞离起跑线，把南飞抛在了最后。

篮子忽地站起来。

刘通州："南飞，快！快呀！"

全场发出："哦——"的叫声。

三年一班学生大叫："南飞，加油！南飞，加油！"

篮子紧张地咬着下唇，坐了下去。

南飞奋力追赶，像一只梅花鹿一样向前飞跃，超过一个，又超过一个。

篮子又跳起来。

刘通州："南飞，好样的！"

南飞把第三个，第四个甩在后面。

全场骚动。

南飞正要超过第五个选手，跟跄了一下。

全场发出："晤——"的低吼。

南飞一个腾跃超过了第五个，直追跑在最前面的选手。

全场沸腾了。

最后冲刺时，南飞一蹦一窜，抢在前半步冲出终点线。

三年一班的学生像决堤的水一样冲进运动场，把南飞抬起来，呼啸着抛向天空……

篮子脸上绽开灿烂的笑容。

刘通州向南飞挥舞右手……

晚霞中的小渔港。

南飞妈守望在草屋前，晚霞把她的短发映成一片金红。

南飞兴冲冲地走来，在变压器前看到妈妈的身影，当即飞奔上前："妈！"

南飞妈："怎么样？"

南飞哗地打开奖状："第一！"

南飞妈一下搂住南飞的头："好小子！好小子！真是比兔子跑得还快！"转身进屋，从蒸笼里端出热腾腾的干菜肉、白米饭放在门外小桌上，"儿啊，饿了吧？吃！"

南飞："梅干菜烧肉？这可是过年的菜呀！"

南飞妈把南飞按坐在小桌前，用手擦了擦筷子，递给南飞："今天就是年，是我们南家的大年三十。"

南飞低头猛吃，忽然抬头："妈，你怎么不吃？过大年全家一起吃才对呀！"

南飞妈："看你吃，比妈妈自己吃还香。"捧起儿子的脸，"快了，快成大男人了……妈等得太久了，太累了……"

南飞妈在院子里搓洗南飞的白边红背心和蓝边白短裤："才跑了一百米，背心就酸了……"

南飞："妈，你知道我有多紧张？起跑晚了一步，我得超过六个人！"

南飞妈："到底是我儿，不服输，将来准有大出息！"

王爷爷家石埠头上。

月光如水。

水中月影轻摇，有黑云渐渐聚拢。

王爷爷在藤椅上自酌自饮。

刘通州弹起了苏州民歌。

黄刚馄饨船上，越越听到琴声，跟着唱起来："……杭州有西湖，苏州有山塘，四季好风光……哎呀哎呀四季好风光……"

王爷爷忽地站起来："这是丽人的声音！"

越越唱罢，水巷两边洞开的窗口传出掌声。

王爷爷："对，就是这样。丽人在水上唱，观众在窗口听，这一条崇川河就是她的剧场……"

刘通州弹起评弹音乐，越越又接过来唱。

王爷爷："前面是不是有条船？"

刘通州："是。"

王爷爷将杯中酒一饮而尽："那船头是不是坐着一个人？"

刘通州："不，是站着。"

王爷爷又喝尽一杯酒："小小年纪，眼睛不如我，你看那是谁？"

刘通州："那是越越。"

乌云疾走，风生水起。

王爷爷："不，那是你奶奶丽人！"端起酒坛子，将酒咕嘟咕嘟全灌进肚里，"丽人，我看到你了，这次可不能让你一个人走，我跟着你，我陪着你，丽人，你等着我，我来了！这个世界实在太寂寞了！"他走下石埠头，扑通一声走进水里，"丽人，我来了！丽人，你千万……等着我！"

狂风骤起，雷声隆隆，一个闪电劈向河面。

刘通州扔下琵琶，奔下埠头："爷爷！爷爷！"不顾一切地扑进水里。

小渔港。

南飞家门外。晾在绳子上的红背心被大风卷出门外。南飞跟踪追去。最后，红背心落在变压器上。

南飞扑向变压器。

一个闪电照亮了天空、江水和渔港，照亮了大雨中正扑向变压器的南飞。

一阵狂风吹开阿桃家临河的窗户。

篮子一惊，投向阿桃怀抱。

桌上蜡烛呼地灭掉了，冒出一缕青烟……

外面传来凄厉的喊声："救人啦！救人啦！有人落水啦！"

琵琶评弹曲大作……

小渔港。夜。

南飞妈顺着风向前跑，忽见变压器上失去知觉的南飞。

南飞妈大惊失色。

原来，南飞抓着白边红背心的手被烧焦了……

南飞妈大叫："飞飞！飞飞！"

崇川河上。

王爷爷在风雨雷电中喊着："丽人，丽人！我来了！"

在明亮的闪电下，他的白须、白发、白衣，光芒耀眼，终被大浪吞没。

刘通州奋力划水："爷爷！爷爷！爷爷……"他已体力不支，却还是潜入水底。只见一个白色的影子倏然一闪，便被吸入一个深深的漩涡，似乎进入深不可测的时间隧道……

大雨中的水乡镇卫生院。

急救室里。

医生在剥离南飞烧焦的手指。

红背心落地。

南飞妈捧起红背心掩面而泣。

剥离完毕，抹了药，打了针，医生转对南飞妈："赶紧转到市医院，赶紧！晚了，他的手和膀子都得锯掉。"

南飞妈顿觉天旋地转，身旁的护士用力地扶住她，才没有跌倒。

救护车驶离水乡镇卫生院。

大雨不止，路面不平，急救车颠簸不已。

刘通州画外音："……我不相信，王爷爷就这样消失了，我要找到他，一定要……找到他。"

崇川河上。

刘通州奋力划行，在大雨风浪中，渐渐精疲力竭……

刘通州："爷爷，你在哪儿？爷爷……我……来……了……"

救护车上。

南飞醒来："妈……"

南飞妈俯下身去："飞飞，儿子……"

南飞："妈，你怪不怪我？"

南飞妈含泪摇头。

南飞："那红背心是妈用头发换来的，我舍不得……"

南飞妈拿出红背心，眼泪扑簌簌滴在背心上……

市一院急诊室。

南飞妈扑通一声跪在医生面前："医生，你救救他！孩子还小，还有一辈子要过，你留下他的手，就是他再生父母！"

医生："我理解，我理解……我也是做父亲的人嘛！抓紧准备钱吧！不管是治疗还是手术，起码得预付三百块钱。"

南飞妈："能不能先治病后付钱？你们总不能眼睁睁看着我儿子的手被锯掉吧！"

医生："付钱救人，不付钱走人。这么多病人，都不付钱，医院不就垮了吗？你说是不是？"转身走了。

崇川河上。

刘通州胳膊已无力摆动，一个浪把他打出去好远，接着又一个浪……

他身体渐渐下沉，沉到水的深处。

刘通州的内心独自："王爷爷，我找你来了……你是不是已经找到……我奶奶了？"

市一院病房。

南飞妈失魂落魄地走进病房。

南飞："妈，我的手有救吗？"

南飞妈强笑着点点头，眼中却溢满了泪水："嗯，妈回家找钱。"

南飞："有钱吗？不是……没钱了吗？"

南飞妈："妈回去把船卖了！"

南飞："妈，那是爷爷传下来的，是咱家的命根子！"

南飞妈："你是命根子的命根子。"

南飞："妈，没了船就什么都没了！"

南飞妈转身向门外走去："就这么定了！卖船！"

崇川河边。

几个男人七手八脚把刘通州从河里救上来。

黄刚在雨中把刘通州肚里的水空出来，随后背着他走上坡岸。

刘三家的门被踹开。

黄刚背着刘通州进屋。

后妈连忙腾出一张竹榻："死啦？"

刘三光着身子直奔儿子，用手背贴着刘通州鼻子："你是不是就盼着他死？你个乌鸦嘴！"

刘通州渐渐睁开眼。

黄刚："快，熬点生姜红糖水给他喝！"

刘三瞪了后妈一眼："还站着干什么？快去呀！"

后妈："那是你儿，轮不到我来伺候！"

刘三："你，你！"

刘通州画外音："王爷爷走了，永远地走了……这个冰冷的家对于我，已经毫无意义。命运注定了我将离家远去，成为一个漂泊者。"

刘三端来红糖水的时候，刘通州勉力坐了起来。

木门开了。

篮子走了进来："……通州哥！"她来到他身边，看着刘通州喝红糖水。

刘三离开。

篮子："通州哥……我好害怕，怕你真的死了……"

刘通州："我这不……活得……好好的？"

篮子："为什么眯着眼睛？"

刘通州："我……我看不清你。你好像在雾里。"

篮子："可是，屋子里……没有雾哇！"

刘通州："有。全是雾。你的脸……像雾里的……一朵花。看不清……怎么也看不清……"

篮子："可我看得很清楚。"端过蜡烛，用它照着自己的脸，"还有雾吗？"

刘通州："有，现在雾变成黄色的了……"

篮子讶异地深深吸了一口气。

石子路。清晨。

围着红领巾的篮子走到刘三家门口："通州哥！"

刘通州背着书包走出家门。

他们并肩而行。

篮子："能看清路吗？"

刘通州："马马虎虎。"

篮子："我脸上还有雾吗？"

刘通州："还有。"

篮子用袖头用力地擦脸："还有吗？"

刘通州苦笑。

水乡镇中学。

篮子校门口停下来："你到了。"

刘通州径自朝前。

篮子："放学等我，我来接你。"

刘通州慢慢转过身："篮子，不用了。"

篮子："为什么？"

刘通州："哥要是真的瞎了，一辈子的路还得自己走，谁也代替不了。"

篮子："我能代替。你是我哥。"

刘通州："篮子，你真好。可这……不可能。"

篮子："为什么不可能？你眼睛不好，我做你的眼睛。"

刘通州："一辈子？"

篮子："一辈子。"

刘通州："你愿意？"

篮子："我愿意。"

刘通州喉结动了一下，抽了抽鼻子，努力控制自己的感情："……可，可哥不愿意……"他转身走进校门，直直的，有点僵硬。其间，差一点撞上一棵树，手一挡，退了一步，略偏一点，又继续前行。

篮子一直看着他，在他要撞到树时，差一点喊出声来。

市第一人民医院。

南飞妈一溜小跑进了住院部，一口气奔上二楼，猛地推开医生办公室的门。

医生办公室。

南飞妈砰地推开门："医生，钱，钱来了！"

正在开会的医生们一起把目光投向她。

主治医生："会诊刚刚结束。"

南飞妈："我儿的手能保住？"

主治医生："时机……错过了。"

南飞妈："错过了？不可能，我刚把船卖了。"

主治医生叹息，摇头："遗憾哪！"

南飞妈："遗憾？为什么？"

主治医生："现在唯一的办法是截肢。"

南飞妈："啥叫截、截肢？"

白发医生："就是把两条胳膊锯掉，否则，连命都保不住。"

南飞妈几乎虚脱，主治医生扶住她，帮她坐下："……为，为什么？"

白发医生："晚了。"

南飞妈："晚了？晚了……多久？"

白发医生："晚了两天。"

南飞妈："可我是三天前冒着大风大雨送来的！你们……你们就是不救，不救！为什么？就是为我没钱！没钱！是不是没钱就用不着救死扶伤了？就不管孩子死活了？啊？是不是……"

刘三驾着卡车驶向市区。

副驾驶座上坐着一脸茫然的刘通州。

第一人民医院眼科。

医生正给刘通州测视力。

刘通州捂着左眼，对医生所指不断摇头。

他又捂住右眼，仍对医生所指频频摇头。

刘三闯进门诊室："孩子的眼睛怎么啦？"

医生："还有一点光感。再发展下去……"

刘三："会怎么样？"

医生："说不好。我们这儿条件太差，水平有限，还是带他到北京、上海去看看吧！"

刘三："医生，据你看，可能是啥问题？"

医生："恕我妄言。"抬头看看刘三，又瞟一眼刘通州，"说不定……是先天性深度弱视。"

刘三："这种病……能治好吗？"

医生摇头："反正我没办法。还没听说有针对性的治疗方法，对不起，我孤陋寡闻，孤陋寡闻……"

刘通州起身向外走去。

躺在车上的南飞被推往手术室。

南飞："妈，救救我！我不能没有胳膊！不能！"

南飞妈："孩子，留着胳膊，就留不住……命啦！"

南飞："那我就不要命啦！不要啦！"

刘通州闻声走过来："南飞？"

南飞看见刘通州："哥，快救我！"

车子被推到手术室门口。两扇门陡然洞开，像一张大嘴。

南飞妈一惊，大叫："医生，把我的胳膊锯下来给我儿吧！我求你们啦！"

手术室两扇门都关上了。

南飞妈瘫倒在地。

刘通州去扶她，眼中噙着泪水……

手术室。

无影灯骤然开了。

南飞惊恐地看着头上的灯。

护士给他注射麻醉剂。

南飞闭上眼睛，眼角的泪流向腮边。

黑片。

南飞妈的声音："你们锯我的吧！把我的胳膊给他！把我的……给他！"

三年一班教室里。

女老师给篮子画了两个大脸蛋，还在鼻梁上画了黑黑的双轨，遂又递给她一面小圆镜："好看不好看？"

篮子照镜子，不好意思地看着镜子中几乎认不出来的自己。

女老师："怎么样？"

篮子："那好像不是我。就怕妈妈要认不出我了！"

黄越走进来："老师，给我画一下。"

女老师："你是谁？"

篮子："她是越越，来帮我们伴唱的。"

女老师："伴唱不上台，不用化妆。"转身出去了。

黄越嘴一撇，现出一副哭相。

篮子给黄越涂了两个红脸蛋，两只熊猫眼。

黄越照了照镜子："还有鼻子！"

篮子又给她的鼻子抹上了双轨。

操场上。

小舞台前坐满了学生。后面站着些家长。阿桃、黄刚也在其中。

黄越站到麦克风前发出清脆的喊声："哎嗨——哎！姐妹们上山采茶啦！"

这一声稚嫩响亮的吆喝，令喧闹的场子安静下来。

音乐声中，篮子挑头，带着七个十来岁的小女孩，边唱边跳，鱼贯而上。

黄越的伴唱又脆又甜又嫩。

黄刚张大了嘴。

阿桃眼都直了。

有人带头按音乐节奏拍起手来。全场随之响起有节奏的掌声。

黄刚兴奋地用力拍手。他的肩撞了阿桃一下。阿桃瞟了他一眼，连忙跟着拍。

八个女孩载歌载舞离开舞台。

全场热烈鼓掌。

刘通州从暗夜中走来："……现在，只有篮子是最完美的。她有一颗金子一样的心，她的一生都应该非常完美……"

三年一班教室。

篮子脱掉舞服，正要卸妆。

阿桃在门口叫起来："别擦！给妈妈看看！"

阿桃在篮子两腮上各亲了一口，脸上糊上了妆。

篮子指着妈妈的脸，笑起来，笑得弯下了腰。

阿桃转过身，正好黄刚带着越越走来。黄刚看她的脸笑起来。

阿桃连忙用手背抹了两下，这下子抹成了一个大花脸。

黄刚哈哈大笑，笑出了眼泪："哦，哦，呃，呃，这大花脸不用化妆了！"

操场上。

人们渐渐散去，只有刘通州站在夜色中。

篮子离开阿桃走向他："通州哥哥！"

刘通州："采茶扑蝶，跳得真美……"

篮子："你能看清？"

刘通州："模模糊糊，可还是很美……"

篮子："眼睛……查了吗？"

刘通州点头。

篮子："怎么样？"

刘通州摇头，叹了口气："篮子，有个坏消息。很坏很坏。"

篮子："出什么事了？"

刘通州："南飞触了高压电。"

篮子："什么？这不可能。"

刘通州："我亲眼看到他被推进手术室。"

篮子："手术室？做什么手术？"

刘通州："截肢。他的两条胳膊都给锯掉了。"

篮子："……天哪！这……这是真的？不……不！这不是真的！"

刘通州："我想不出，他这辈子该怎么过……想不出……"潸然泪下，向黑暗中走去。

篮子愣在那里。有顷，跑过去追上通州："通州哥，怎么办？怎么办？我们该帮帮他，帮帮他……他是我们最好的朋友哇！"哭起来，蹲下身去。

刘通州仰面唏嘘，对着天上的冷月。

渔港通向水乡镇的路上。

刘通州、篮子并肩走向小渔港方向。

远远的，南飞从对面走来了。他的两只空袖筒被风轻轻地吹着。

刘通州和篮子站住了。

南飞两只空袖筒飘动着走向他们俩。

南飞走近了，眼睛里含着几分苍凉几分凄楚。

篮子的眼睛湿润了。

刘通州的嘴唇轻轻颤抖着……他强笑着慢慢迎向南飞。

两人站住。四目相视。

刘通州突然紧紧拥住南飞。

南飞轻唤一声："哥！"眼泪便滚了下来。

南飞妈远远地跟在后面……

水乡镇完小三年一班教室。

女老师走进教室，后面跟着两袖空空的南飞。

教室里顿时一片沉寂。

女老师："同学们，南飞同学因意外事故失去了两条胳膊。他很不幸，也很痛苦，但他不想放弃。他下了很大决心，才重新走进校门。请大家多帮助他，好吗？"

教室里仍是一片沉寂。

女老师把南飞送到座位上，转身回到讲台上："请翻到课本第52页。"

教室里一片翻书的声音。

南飞肩膀、下巴并用，艰难地翻开书页，终于到了52页，下巴刚一抬，书又合上了。

同座男生斜睨一眼，佯作不知。

南飞又用肩膀和下巴重新翻找 52 页。刚翻到 52 页，同座男生吹了一口气，书页又乱了。南飞深深地低下头。

女老师已开始讲课，见南飞低着头："南飞，找到 52 页了吗？"

南飞脸涨得通红，低头不语。

篮子从前座转身，替南飞翻到 52 页，又用铅笔盒压在书页上。

她刚转回身，铅笔盒滑向一边，课本又合拢了。

南飞妈出现在窗外，目睹南飞的窘迫尴尬。南飞妈只得离去。

校园里。

南飞妈走在空寂的校园里，扑向一棵大树，用头撞着大树，呜呜咽咽地哭起来。

三年一班教室里。

女老师："现在做课堂作业。课文后面的第一题、第三题。"

南飞把右脚抬到课桌上，用大脚趾二脚趾夹笔，刚夹住，又掉下来，滚到地上。同桌男生顺势踢了一脚，那笔又滚到过道上。

南飞起身，单腿跪在过道上，用肩和下巴取地下的笔，额头上冒出一片汗珠。

篮子帮他拾起了笔："老师，我想跟南飞坐在一起，把课桌摆在最后面。"

女老师："篮子，你的主意很好。搬吧！"

篮子和同座男生把课桌搬到最后面，男生拿走自己的东西，篮子把南飞的东西取了过来。

篮子："南飞，再试一下。"

南飞把脚抬到课桌上，篮子把笔夹在他的脚趾间。南飞艰难地写起来，眼睛和嘴一起被牵动、扭曲……

女老师走过来，掏出手帕给南飞揩汗："南飞，要坚持。胜利属于坚持到最后的人。"

南飞抬起眼睛。他的眼中蒙上了泪雾。

下课了。

南飞独自走出教室，走过长廊，穿过操场……

男厕所。

男厕所门外，两个高年级男生上下打量他："从哪冒出个无臂大侠？"

南飞走进厕所，在大便池前叉开腿，尿液便流出来。

那两个男生突然大叫："哈！开裆裤！开裆裤！"

南飞脸涨得通红，两眼喷着怒火。他一头撞倒身旁的男生，又冲过去把另一个撞得东倒西歪。

三年一班教室。

南飞大步流星回到教室，用嘴咬着书包带，将书包甩过头顶，背在背上，一阵风似地冲出教室。

小渔港。

南飞冲进家门，甩掉书包，一头倒在床上。

南飞妈追进屋来，一屁股坐在床边。

南飞："给我把开裆裤缝上！我丢不起这个人！"

南飞妈："缝上你怎么拉屎？怎么撒尿？"

南飞："你不缝？那我就不上学了！"

南飞妈："你，你要气死我呀！你……"突发剧烈的咳喘。

南飞霍地坐起来："妈！"

黄昏时分。

刘通州和篮子一起来了。

南飞仍躺在床上。

见他们进来，南飞妈擦了擦眼角的泪："来了。我给你们烧点开水。"

刘通州："南飞？"

篮子："哥。躺倒了？"

刘通州："起来，起来！听见没有？"

南飞坐起来："我不想上学了。"

刘通州："南飞，这像你说的话吗？"

篮子："哥，我妈常说，男人就是男人。"

刘通州："南飞，你这就服输了？输得光光的？你动手术那天，我去查了视力。医生说，我的眼快要瞎了。南飞，我心里很难过，难过极了。可是，我不想放弃，不想认输。永远不想。"

南飞转过脸，注视通州的眼睛："……哥！"

南飞顽强地练习用脚趾捏笔、写字。

他的脚趾红肿了，破皮了，出血了……

他的脚趾上长出了老茧……

刘通州和篮子悄悄来到他身后。

刘通州突然叫了一声："南飞！"

南飞一惊，笔却没落。

刘通州遂又抽笔。南飞夹得紧紧的，没抽出来。

篮子："哥，行了！"

南飞兴奋地看了篮子一眼。

篮子："班主任说，南飞能顶得住。他不会垮下去的。"

南飞停了停，咬紧下唇，继续用脚趾写字。

篮子："明天一起上学去，好吗？"

南飞不语，笔从脚趾间掉了下来……

江边。

篮子举着试卷。

南飞在江边追逐忽左忽右的篮子……他冲力太大，几次都收不住脚步，险些失去平衡。

最后，篮子在他扑过来时一个急转，南飞陡转，撞到了篮子，两人一起倒了下去，打了几个滚。

南飞："撞疼你没有？"

篮子摇头："你没事吧？"

南飞也摇头。两人对视。南飞突然看见篮子手中的试卷："语文95？算术98？这是真的？"

篮子摇头："老师问，南飞翻没翻书？你帮没帮他？我说，没有，都是他自己做的。"

南飞："……我怎么总是不敢相信……"

篮子："语文老师说，南飞……"

南飞："南飞怎么样？"

篮子："南飞会回来的。"

南飞："唔？"

篮子："算术老师说……"

南飞："说什么？"

篮子："南飞很棒，干吗躲在家里？"

南飞："他们真是这么说的？"

篮子："相信吧，哥，你是这个！"伸出大拇指。

南飞看着篮子的大拇指，又注视篮子的眼睛："妹，我该怎么谢你？"

篮子："谢我？我还怕你骂我哪！"

南飞："骂你？凭什么？我就那么没良心？"

篮子："真的不骂？"

南飞："那还有假？"

篮子："好吧！我替你……报了名！"

南飞："报名？"

篮子："市里要开小学生运动会了。想来想去，二百米赛跑你最合适。大家怕你不肯，我替你答应了。"

南飞："跑二百米？我现在这样？你，你怎么想得出来？"

篮子："你不是说不骂我吗？"

南飞："不骂。不骂……不，我还是要骂！你这不是把我……把我……放到火上去烤吗？你！"

崇川市露天体育场。

主席台上挂着红色横幅：崇川市小学生运动会。

白衣白裤白鞋的铜管乐队卖力地吹奏《运动员进行曲》。

各小学运动员正在入场，欢呼声此起彼伏。

水乡镇小学所在看台上，篮子心神不定地看着开场式。

大喇叭响起来："现在，水乡镇完小运动员走来了！他们情绪非常饱满，斗志非常高昂！"

运动员走近了。队伍中没有南飞。

篮子："南飞呢？他……没来？"

百米起跑枪响，令篮子一震。

呐喊和尖叫一浪高过一浪。当运动员冲刺终点时，惊叫和欢呼混成一片。

大喇叭又响起来："热烈祝贺海宁小学王平获得百米冠军。现在，二百米赛跑运动员已来到起跑线上……"

二百米起跑线旁，运动员正蹦蹦跳跳。他们中间没有南飞的身影。

刘通州出现在看台上。他眯起了双眼。

篮子的眼神由紧张焦虑变成怅然若失。当她叹气地坐下来时，突然有人叫了一声："南飞！"篮子忽地站起来。刘通州来到她身后。

刘通州："我知道他会来。"

篮子转身。他们的目光相遇。

这时，体育场一片哗然：

"哪来个残疾人？"

"哇！无臂大侠！"

"没有手，怎么助跑？"

"他能掌握平衡吗？"

裁判员喊了一声："各就各位！"

南飞两眼远望水乡镇完小看台。

篮子高高扬起右臂。

南飞脸上闪过一个微笑。

裁判员喊了一声："预备——"

南飞躬下身去，蓄势待发。

体育场突然静如止水，所有的声响都在一瞬间内消失了。

一声枪响之后，南飞纵身跑去。他趔趄了一下，猛地歪向一旁。

篮子忽地从站台座位上站起来。

刘通州也睁大了眼睛。

片尾歌：

> 问你，问我，
> 往事历历可曾有片刻遗忘？
> 问我，问你，
> 去路茫茫为什么写满沧桑？
> 问心，问魂，
> 漂泊天涯为何要频频回首？
> 问魂，问心，
> 浓浓的情怎禁得深深埋藏？
> 此情可问地，
> 地知我情有多深。
> 此情可问天，
> 天知我情多久长……

三

起跑后，南飞趔趄了一下，待找到平衡，已落在两个运动员后面。

观众似乎在一秒钟内突然苏醒过来。水乡镇完小的学生们大喊："南飞！加油！南飞！加油！"

篮子深咬下唇，手捏拳头。

刘通州紧张地眯着眼睛。

几秒钟后，喊声混杂的体育场忽然喊出同一个声音："南飞！南飞！！南飞！！！南飞！！！"

南飞在拐弯时超过了一个运动员。

全场沸腾……人们呼呼拉拉站起来大叫："南飞！"

这时，另一个运动员赶了上来，与他并肩飞跑。他轻轻撞了南飞一下，跑到南飞前面。南飞歪斜两步，发力追赶，终于与之齐肩，并在 150 米时超过了他。

场内掀起又一轮高潮……

在最后一秒钟，南飞纵身一跃，窜到最前面，跃过终点时踉跄两步，扑倒在地。

全场"唔——"的一声后，爆发出海潮般的掌声。

两个工作人员扶起南飞。

南飞抬起血迹斑斑的脸，笑了，笑出了眼泪。

运动员休息室。

篮子给南飞轻轻擦去脸上的血迹。

医生过来用酒精清洗伤口后，抹了些紫药水，便离去了。

抹了紫药水，南飞看上去怪怪的。篮子扑哧一笑："南飞哥，还想骂我吗？"

南飞："我在心里骂了你一千遍，可我还是在江边沙滩上练了一万遍。妹，我要谢谢你……"

篮子："又要谢谢了？"

南飞："你让我证明了自己……"

篮子注视他："哥，我说过，你是这个。"伸出拇指。

南飞的眼睛炯炯有神。篮子接住了他的目光。

篮子身后，刘通州已站在门口。

南飞向刘通州走去。

刘通州注视他，少顷，拥住他，用力拍打他的脊背……

水乡镇中学小礼堂。

礼堂不大。学生们按年级、班级排队站立。

小舞台上，校长在包着红绸子的话筒上吹了吹，又用手指弹了弹："现在请三好学生代表刘通州发言！"

刘通州上台时，在台阶上绊了一下。他走到话筒前，向台上的校长、教导主任深深一躬，又向台下的同学们深深一躬："……我，我有很多话闷在肚子里，可，可不知道该从哪儿说起。我的眼睛越来越差……我知道，我跟别人……不一样。只好在有限的时间里多读、多学，尽力做到最好……时间，不会再等我了……我不知道前面是什么……在等着我。不过……我会永远感谢我的母校、校长、老师和一起长大的同学、朋友。你们给我的，我时时刻刻都会想起，永生永世……不会忘记……谢谢，谢谢！"向台上师长深躬，向台下学生深躬。

大家静静地看他走下台去，才想起鼓掌。零零落落地几下掌声骤然变得异常热烈，越来越有爆发力。

刘通州肩背书包，夹着镶有三好证书的镜框走在石子路上……

刘三家。

刘通州刚跨进家门，双胞胎就扑过来争抢他腋下的镜框。

"这是什么？""我要看！""我先看！""去你的！"

双胞胎推来搡去，镜框落地，玻璃碎裂。

刘通州失色："你们，你们这是干什么？"

双胞胎一个哭一个叫。

刘通州蹲下身，趴在地上摸索三好证书，手被玻璃碴扎了一下，冒出血珠，滴在证书上。刘通州俯身用袖头揩抹。

刘三进来，看到地下的玻璃，刘通州正在揩抹的证书："通州当了三好生？谁把镜框给打了？啊？"

刘通州不语。

后妈从卧室出来："谁还会有意的？做啥闹得惊天动地的？两只眼睛看不见了，一百好又有啥用？不如进城打个工，挣几个钱贴补家用，也好给两个弟弟攒点学费！"

刘三："你！你又瞎说什么？"

刘通州打开木门，走到石子路上……

河崖上。

刘通州在空无一人的河崖上弹琵琶。他弹的是《弯弯的月亮》。

夕阳余晖渐收，一弯银月悄然升起。

篮子来到刘通州身边："通州哥哥！"

琴声骤停。刘通州抬起眼睛。

篮子："你不是说今天有好消息吗？"

刘通州："有过。现在没有了。"

篮子："哥哥，我不明白……"

刘通州："它已经没有意义了。"

篮子："我不相信。怎么会没意义？参加市运动会，我替南飞报的名。他怪我，因为他不相信自己，说我这么做没有意义……"

刘通州："这么说，是你给了他自信？"

篮子笑了："当时，我只想使劲推他一把，让他拼一拼……"

刘通州也笑了："篮子，你是个很特别的女孩……"

篮子："是吗？那你呢？你就不特别了吗？"

刘通州又弹奏《弯弯的月亮》："篮子，今晚崇川河美吗？"

篮子："美，从来没这么美过。"

刘通州："天上的月亮呢？"

篮子："弯弯的，像眉毛，像小船忽忽悠悠地飘……"

刘通州："我会记住这个晚上的……"

篮子："我也会。天上是弯弯的月亮，河里有弯弯的月亮，哥哥弹的也是《弯弯的月亮》……"

刘通州："那就是我们俩共同的记忆了……"叹息，"篮子，如果有一天我走了，很久很久都没回来，你会忘记我吗？"

篮子："忘记？不管你走多远，走多久，你都是我哥……"

刘通州泪光一闪，低下头去，拨弄琴弦，和着琴声唱起了《弯弯的月亮》。

篮子："哥，你是不是跟歌里唱的一样，心里充满忧伤？"

刘通州："是吗？……那么阿娇是谁？嗯？你能告诉我吗？"他抬起头，转过脸，注视篮子，沉默良久。

黄越在船上喊："哥！姐！到船上来！我们一起唱！"

黄刚呵呵地笑了："越越又要跟你们争第一啦！"

石子街上挂起了红灯笼。

家家门前都贴上了喜庆的春联。

刘三家。

黑白电视机里播放着春节晚会的节目。

后妈嗑着瓜子。刘三剔着牙。双胞胎正大嚼芝麻糖。

刘通州在灶间洗一大堆油腻的杯盘碗筷……

传来后妈和刘三的对话：

后妈："过了年，让你儿子卖唱去吧！"

刘三："卖唱？书念得好好的，去卖唱？"

后妈："卖唱怎么啦？你妈不就靠卖唱过一辈子吗？"

刘三："她是评弹艺术家，怎么叫卖唱？"

后妈："双胞胎要念书了，谁拿学费？你那几个破工资，能供三个孩子念书？再说了，你那儿子多能吃？一口气吃了大半碗干菜肉，谁能养得起？"

刘通州手中的碗落地，打得粉碎。

后妈："谁？"走到灶间来，"又打碗了？你还真瞎了不成？"

刘通州一下子把碗碟全都掀到地上。

后妈大吃一惊，向后一跳："你，你想干什么？"

刘通州："我现在就去卖唱！现在！你满意了吧！"走到堂屋，摘下墙上的琵琶，打开木门，头也不回地走了。

石子路上。

刘通州气冲冲地在走在石子路上……

当他走到篮子家门前时放慢了脚步，站在那里倾听……

幻听：

刘通州："你是谁？我怎么没见过你？"

篮子："我，我，我也没见过你呀！"

刘通州："你叫什么？"

篮子："……不知道。"

刘通州："知道我是谁吗？"

篮子："……不知道。"

刘通州带着幻听的迷茫离开篮子家门口，向石拱桥走去。

倏然，他身后响起脆脆的一声："哥哥！"

刘通州收住脚步，陡然转身，却见石子路拐弯处，三岁的篮子从草莓篮子旁站了起来，远远地望着他。

篮子："你叫什么？"

刘通州："我叫刘通州。那么你呢？"

篮子不语，微微一笑。

篮子："你说过，我叫不知道！"

刘通州茫然地走出了幻视，转回身，慢慢地向石拱桥走去。

在桥上，他抬头看天上月，低头望水中月，遂踏着月光走下石桥。

在王爷爷门前，他重重地跪下，用力地磕了三个头，抬起头时脸上流着两行泪："爷爷，你跟着奶奶去了。跟奶奶一样，无影无踪……现在，我要走了。去远方，去流浪……像一片树叶一样漂泊四方……"

他站起身向前走去。

王爷爷家隔壁，木门开了一条缝，一台黑白电视机在闪烁。

电视机的声音："……八——七——六——五——四——三——二——一！哦！我们迎来了又一个吉祥喜庆的春节。祝全国观众全家团圆，幸福快乐，心想事成！"

电视画面：人们在握手，拥抱，欢呼，跳跃……

"砰——啪！"

鞭炮在刘通州头顶炸响，他一惊，随后长叹一声走向黑暗深处……

他的琵琶弹唱声响起："只为那弯弯的忧伤，穿透了我的胸膛……"

小渔港。

篮子匆匆而来。南飞高兴地迎上去。

篮子："南飞哥，出事了。"说着，眼泪流了下来。

南飞："大过年的，会出什么事？"

篮子："通州哥哥走了。"

南飞："走了？什么时候？"

篮子："年三十晚上，只带走一个琵琶……"

南飞："走，我带你去找。"

篮子："他爸都找了两天两夜了……"又哭起来。

南飞："想想，想想，不要急，他，他会去哪儿呢？"

篮子："……哦，想起来了……前些日子他问我，如果他走得很远很远，很久很久，我会不会忘记他？"

南飞："篮子，他真是这么说的？"

篮子点头，望着他。

南飞："那他早就下决心要走了……这一走，说不定就没年月了……"

篮子："不，他不会丢下我们的！"

南飞紧咬下唇，控制着感情："他，他一定是没路可走了，才去流浪。他那眼睛，我怕他……连路也……看不清。"

篮子扑到南飞胸前："不，我不要他流浪！不要！不要……"

南飞也流下两行泪水……

崇川市。夜。

刘通州背着琵琶走在街头，时而被过往行人撞来撞去……

刘通州画外音："那是我一生中无法忘记的春节，孤独一人走在欢乐的人群里。没有人需要我，我不知道哪里才是我的归宿。"

刘通州走到一个卖饮料的摊子前。卖饮料的男子打量他："小伙子，渴了？来点什么饮料？"

刘通州摇头。

卖饮料的："没钱？你不是有琵琶吗？"

刘通州当即抱紧琵琶："不，不，它是祖传的。"

卖饮料的："祖传的？你一定会弹喽！弹一个！"给他一杯矿泉水。目光颇为友善。

刘通州一口气喝了。

卖饮料的人又递了一把折椅："坐下弹。"

刘通州想了想，弹起了《荷花舞曲》。抒情悠扬的旋律让路人驻足倾听。一曲终了，不少路人鼓起掌来，还有的干脆买了饮料，或站或坐："再来一个！"

卖饮料的又送给通州一杯矿泉水。通州又喝了。

刘通州："谢谢，谢谢……我再弹一个《你送我一支玫瑰花》吧！"

喝了水，他精神好了许多，便投入地弹起《你送我一支玫瑰花》，最后，他随着音乐轻轻唱起来："你送我一支玫瑰花，我要深深地感谢你……"

唱完，好几个人为他叫好。饮料生意顿时好了起来。

……夜渐深。卖饮料的要撤摊子了。

卖饮料的："小伙子，你受累了。有了你，我的饮料多卖了不少。"拿出一元钱，"买碗面吃吧！什么时候有空，再过来，啊！"

卖饮料的推上车走了。

刘通州手心里放着一元钱："这是工资？工资！我也能挣钱了？我也能……"

一个穿着一身黑的青年用力撞了他一下："嗨嗨，这是你挣钱的地方吗？"

一身黑夺过一元钱又给了他一拳："记住，在这儿挣钱是要交份子钱的！"

刘通州："份子钱？凭什么？"

一身黑又给他一拳："就凭这个。"

刘通州被打到墙根上，嘴边流出了鲜血。他擦擦嘴角。直起身，要扑上去。

一身黑"啪"地弹出一把短刀，迎向刘通州。

突然有人喊："警察来了！"

一身黑一惊，调转头撒腿就跑。

喊"警察来了"的小个子从暗处闪出来："别发傻了，快跑！跟着我！"

刘通州跟着小个子跑，到派出所门口才放慢脚步，小个子回过头来："再遇上事儿，就往派出所跑！"

刘通州气喘吁吁："你是谁？"

小个子："无业游民。你呢？"

刘通州："我也……"

小个子："你也是游民？新手吧？"

刘通州："你是老手？你没有家？"

小个子："有跟没有一个样。不提它了。今晚住哪？"

刘通州摇头。

小个子："跟我走，给你安排个宽敞地方。"

刘通州："去你家？"

小个子："老提家干什么？我最讨厌谈家……走不走？"

刘通州默默地随他而去。

小个子打量他："走不动？"

刘通州："没吃饭哪来力气？"

小个子从怀里掏出一个面包："这是我晚饭。"掰一半给刘通州，"给。"

刘通州接过面包，狼吞虎咽起来。

小个子也一起吃面包："这回该有力气了吧！"向前走。

刘通州："慢点，别离我太远。"

小个子又站下打量他："到底什么毛病？你眼睛不行吧！"

刘通州点头。

小个子："今天可遇上大爷了！""啪"地拉住通州手腕，"走吧！"

火车编组站。

小个子带着刘通州走进火车编组站。十几组车轨或并列或交错，稍远处停着几节闲置的敞篷车皮和闷罐车。

小个子发力推开一节闷罐车厢门，纵身爬了上去。又伸出手臂把刘通州拉上车。

小个子："怎么样？宽敞吧！"

刘通州："这车，不会开走？"

小个子："我在这儿住两个月了，它从来没挂过车头。喂，发什么愣？这就是咱们的家啦！"扯过一块厚篷布，"盖上！要不，冻成棒冰我可不负责！"

刘通州随小个子躺下，头枕琵琶，身盖篷布，牙齿不由得格格打颤。

小个子："冷？"

刘通州："四处漏风。"

小个子："住几天就习惯了……"话音刚落，就打起呼来。

刘通州打了个呵欠，也睡着了。

夜半。

有节奏的"嗒嗒、蓬蓬"的声响中，刘通州醒来。他侧身倾听，撩开篷布一跃起身，用力将车门拉开一条缝，呼呼的寒风涌进车厢，列车正在暗夜中奔驰。

刘通州打了个寒噤。摇撼熟睡的小个子："嗨，嗨，嗨！"

小个子醒来："闹什么，闹什么？人家困死了！"

刘通州："快点，快看呀，车开了！"

小个子一下子坐起来："车开了！？"腾地跃起，看车外："真的开了！这可就奇了！"

刘通州："怎么办？"

小个子："不行，我得下。"把车门拉大了些。

刘通州："摔死你！"

小个子："摔死就摔死，摔不死就回家。"

刘通州："你要回家？"

小个子："我本来是怄气出走的，我可不打算流浪一辈子。嗨，你哪？下不下？"

刘通州摇头。

小个子："你不下？为什么？"

刘通州不语。

小个子："那我跳了……"

前面是大桥，火车减速。

小个子"啊——"地大叫着跳下车去，滚了几个滚，消失在黑暗里。

刘通州在列车驰过大桥的轰隆声中，茫然地望着无法预知的远方……

刘通州画外音："伙伴走了，我很害怕。我不知道命运将把我带到什么地方……可隐隐中，我内心充满期待，渐渐点燃了从来没有过的对新生活的渴望。

南方某大城市。

高楼耸立、车如流水的街区繁华而又陌生。刘通州在人行道上碰碰撞撞地走着。每走过一家店面，就问："要打工的吗？"

突然，洗车的水溅了他一身。

洗车店老板走过来："嗨，是不是北边来的打工仔？"

刘通州："我可以打工，我可不是什么仔。"

老板笑了："多大了？"

刘通州："十六。"

老板："十六我可不能用你，查出来我要挨批的啦！"

刘通州只得离去。走着走着，肩膀被"啪"地拍了一下。刘通州一愣。拍他的黑胖子问："洗碗干不干？"

刘通州："我干我干。"

黑胖子："几岁啦？"

刘通州："十八，十八。"

黑胖子："跟我来。"

黑胖子带着他从饭店前门外插进小巷走入后门，穿过杂乱的小天井，才拐进与厨房紧邻的洗碗间。

碗碟堆叠在一起，油腻腻的。

黑胖子指着两个水管子："这个冷水，这个热水。用热水洗掉油腻，再用冷水冲净。晓得啦？"

刘通州："工资……怎么算？"

黑胖子："管吃管住，没有工资。干不干？不干走人。"

刘通州："干，干。可我……两天没吃饭了。"

黑胖子指着桌上的残羹剩饭："吃吧！快一点！马上要到高峰时间了！"走开。

刘通州端起剩饭剩菜大口大口地吃起来，先是呛了喉咙，后来又噎住了，几乎上不来气。

黑胖子又来了："还没吃完？抓紧洗，这碗碟都等着用哪！"

刘通州摸索着在水池前洗起碗来。

黑胖子："嗨，嗨，绣花哪！这速度可不行。要快，要快！"

刘通州手忙脚乱地洗起来。

华灯初上。

饭店上客了。转眼间坐满了。

厨房间敲锅颠勺，红红火火，十分忙碌。

黑胖子气呼呼来到洗碗间："嗨嗨，把盛菜盘子送到厨房去！你怎么慢吞吞的！快！"

刘通州端起大摞盘子摇摇晃晃向厨房走去，在门框上撞了一下，一大摞盘子落地，稀里哗啦，砸了个粉碎。

黑胖子暴跳如雷："弄了半天你是个瞎子！瞎子到我这里添什么乱？"扑上前去，举手就是一个耳光，"快滚！快滚！"

火车站。

刘通州背着琵琶来到火车站。

他随着人流走进候车大厅，在一个空座位上坐下，打起盹来。

车站顶上的大钟敲了十二响。

候车厅里只剩下刘通州一个人。他被推醒。

"车票看一下。"

刘通州："……还，还没买。"

"买了再来。没有票不能在这过夜。"

刘通州只得背琴离去。

他漫无目的地走在街上……在一座新落成的宾馆前，宾馆老总正把酒足饭饱的宾客送出来，一一送上车，躬身致意，目送离开。

宾馆老总一眼看见倚在路灯杆上的背琴人，便走过去："你会弹唱？"

刘通州："哎，哎。"

老总："可惜是个男生。如果你是个花季女孩，我现在就可以用你。"

刘通州："我什么都能干。什么苦都能吃。你就用我吧！"

老总打量他，想了想："样子倒还帅气。这样吧，你先帮我做门童吧！"

刘通州："管不管吃住？"

老总笑了："当然。"

刘通州："有没有工资？"

老总："试用一个月。一个月以后，根据你的表现决定去留。留下来，我不会亏待你，你看可以吧？"

刘通州："行。你是……"

老总："你就叫我王总。你叫什么名字？"

刘通州："刘通州。"

老总："刘通州？你是通州人？"

刘通州："通州是祖籍。"

老总："哦——好哇，我祖籍也是通州。"拍拍他肩膀，"跟我来吧！"

刘通州换上了镶银白边的红帽子、红上衣、红裤子和一双白色皮鞋。

他肃立在宾馆大堂玻璃门前。

对于进来的宾客，他彬彬有礼地："欢迎光临。需要我帮助吗？"

对于外出的宾客，他热情周到地："需要用车吗？走好。"

他通过光影和客人身上散发出的气息辨别男女，分别称呼先生、女士、小姐，随之便是一句："我可不可以帮您？"说完，他会接过客人手中的箱包送到电梯间。

深夜。

刘通州回到宾馆阁楼上的宿舍里，累得衣裤都没脱，倒头便睡。

宿舍门开了，是王总。

王总："小老乡！累了？"

刘通州坐起来："还好……"

王总："干得不错。到底是通州人，干什么都很敬业，连续站十一个小时，很过得硬！"

刘通州："王总你多指教。"

王总拿出一把吉他："做门童是暂时的，不是一辈子的事。这吉他，借给你用。你有琵琶弹唱的基础，可以触类旁通。在我们这地方，琵琶是老古董了，你要是搞个吉他弹唱，说不定能唱红。你可以在我这儿唱，还可以到别处唱。到那时候，你发展的天地就大了。"

刘通州接过吉他："王总，我，我该怎么谢你呢？"

王总："好好干，迎来送往，让顾客满意。能做到吗？"

刘通州："能。"试弹几下吉他，"声音很特别。"

王总："没弹过？"

刘通州："只在收音机里听过。"

王总："下了班就练练，我等着听你的吉他弹唱！"又拍了拍刘通州的肩膀，"小老乡，别辜负了我！"意味深长地看了刘通州一眼，走出宿舍，下楼去了。

刘通州拨弄吉他，弹起《弯弯的月亮》："谁是我童年的阿娇？谁？"

小渔港。

篮子走向南飞家。

南飞妈在院子里簸米，看到篮子："篮子，你来啦！"转身对屋里，"飞飞，看谁来了？"

南飞并没有出来，他正用嘴叼着毛笔练习写字。

篮子进屋，凝神注视南飞。南飞的头时俯时仰、时摇时甩，猛一用力，笔甩出去老远，这才看见篮子。

南飞："通州哥有消息吗？"

篮子摇头："……他说不定真的走远了……"

南飞："就怕他这一走，就不想再回水乡镇了。"

篮子："南飞，你也这么想？昨晚做梦，梦见通州哥，他说他的家比冰还冷，他再也不想回来了……"

南飞："篮子，别多想了。"

篮子："可我一走到他家门口，由不得要站住，要喊通州哥哥。"

南飞："我每天晚上闭上眼睛，都祝他好运。篮子，他不会倒下去的。"

篮子："南飞哥，你这么看？"

南飞像个大人似的："我不会看错他的！"

篮子："那我也天天晚上闭上眼睛祝福他！哥，下周要报到了，我们一起去，好吗？"

南飞："篮子，你去吧，我不去了。"

篮子："为什么？你不想上学了？"

南飞："渔民没了船，就断了生路。都怪我……"

南飞妈："孩子，别这么说。你这么说，不是戳妈心窝子呢吗？以前，隔三岔五还能下海打点鱼，实在不行，还可以把船租出去。现在，我们娘俩是坐吃山空呀！"

南飞："我要学点本事，赚钱养家！"

南飞妈："妈不指望你赚钱。没钱上学，你在家自学。没有文化，那就成了真正的残废！"

篮子："阿姨说得对。我帮你把书买来，以后，我天天过来把当天的课讲给你听。我们一起做作业，好吗？南飞哥！"

南飞："篮子，到底是我妹！"

黄刚家。

门敞着。篮子从外面走进棚户："越越！"

越越在抹眼泪。

篮子："越越，怎么啦？"

黄刚："今天去报名，我忙来忙去，忘了给她买新衣服。"

篮子："姐姐报名的时候，穿过一身红衣服，把它送给你，行不行？"

越越："不要不要，我要新的。"

黄刚："这孩子，我不惯她，她自己惯自己！今天先去报名。等录取了，我保证你开学穿一身新。"

阿桃从外面进来："越越，今天报名吧！大喜呀！"

越越："干妈……"

阿桃打开手里的篮印花包袱，里面放着红衣红裙红袜红鞋。

黄越跳起来："干妈！"当即在阿桃帮助下穿上了一身红。

黄刚："嗨，我女儿成红孩儿了！"

黄越："干妈，你当我的亲妈吧，啊！"搂着阿桃的腰。

阿桃抚她的头，俯身亲她时瞟了黄刚一眼。

阿桃："越越，干妈就是干妈，亲妈可不是随随便便就能当的。"

黄越："怎么不随便？为什么不随便？"看看阿桃，又看看黄刚。

黄刚："好了，该去报名了。去晚了，名额满了，还要等到明年。"

篮子："越越，快跑！看谁跑得快！"

篮子在前面跑，黄越在后面追。

黄越边跑边叫："重来重来！不算不算！你先跑的不算！"

黄刚跟在后面笑了。

阿桃留在棚户门口，望了一阵，便进屋收拾起杂乱无章的房间来。

黄刚家。

篮子胃口大开。黄越也不甘示弱。

黄刚将胳膊交叉在胸前，看两个姑娘吃："鲜吗？"

篮子头也不抬："鲜。从来没吃过有虾仁的馄饨。"

黄越："我也没吃过。"

篮子调侃地："这么说，是你沾了我的光？"

黄越："不，是你沾了我的光。他是我爸，庆祝我考上小学！"

黄刚："越越，这就不对了。唐诗是不是姐姐教的？字是不是姐姐手把手练的？"

黄越："可有虾仁的馄饨是我爸包的！"

　　黄刚："爸爸包虾仁馄饨，不光是庆祝你考上小学的，也是谢你的小老师的！知道吗？"

　　黄越："晓得啦，晓得啦，我让姐姐吃到肚皮爆炸，好不好？"

　　篮子喷地一笑，馄饨汤喷到了黄越脸上。

　　黄越："姐！你坏！"

　　黄刚连忙用毛巾给黄越擦脸："姐又不是故意的。今天大喜，高高兴兴的，啊！都吃饱了吗？"

　　篮子："我吃饱了。"

　　黄刚问黄越："你呢？"

　　黄越扭脸不答。

　　黄刚："没吃饱上船再吃。好了，该走了。"又下了一把馄饨，捞起来，盛在盖碗中，又将盖碗放在篮子里，交给篮子，"给你妈带回去尝尝。"叫黄越，"走吧！看你嘴撅得！"

　　黄刚带着黄越上船去了。

　　篮子拎着馄饨篮子回家，到了河崖附近，猛抬头，左面站着阿东，右面站着阿西，一脸坏笑地看着她。

　　阿东，满脸青春痘，鼓鼓胀胀，有的地方还出了脓包："嗨嗨，小姑娘你好标致啊，交个朋友行吗？"

　　篮子躲开阿东。

　　脸上起伏不平的阿西又拦住去路："不跟阿东玩儿，跟我阿西玩怎么样？"

　　阿东也涎着脸凑过来："跟他玩不如跟我玩，我比他强。"

　　阿西："这话怎么说的，还是跟你阿西哥亲热，保你快活，快活！啊？"

　　篮子将篮子砸向阿西，阿东却把她逼退到河崖边上。

　　阿东："小姑娘，你往哪儿跑？今天，你是跳不出我阿东的手掌心了！"步步紧逼。

　　篮子节节后退，最后，一脚踩空，从河崖上仰面倒下，在长长的绝叫声中，落进崇川河中。

片尾歌：

问你，问我，
生事历历可曾有片刻遗忘？
问我，问你，
去路茫茫为什么写满沧桑？
问心、问魂，
漂泊天涯为何频频回首？
问魂，问心，
浓浓的情怎禁得深深埋藏？
此情可问地，
地知我情有多深。
此情可问天，
天知我情多久长……

四

篮子一声绝叫从河崖上落进崇川河中。

南飞从一条船上靠岸，走上埠头，听见后面的叫声时，篮子已落水。

馄饨船上，黄越叫起来："姐姐！姐姐落水啦！"

南飞转身时看到了落向水中的篮子，皱了皱眉头跳入水中。他像海豚一样扎入深水，用力摆动着身躯。

篮子正在水下无助地挣扎着，看到南飞游来，一下子抱住了他的腿。南飞与她一起下沉，沉入水底。

南飞用力挣扎，示意篮子抱上身。篮子却紧闭双眼，死抱着他的双腿。

这时，黄刚一猛子扎到水底，猛拉篮子，一而再，才将她拉开，挟着她浮游而起，来到船边。

黄越用船篙伸向河中，黄刚将篮子托举上船，又返回身去找南飞。

南飞却已不见踪影。

黄刚在水中摸索、寻找。

当他伸出头来换气时，看到南飞已游到岸边，被人拽上河岸。

黄刚："南飞！你没事吧？"

南飞站起身呼呼喘着气。

黄刚跃身上船，给篮子空水："快，送卫生院！"

水乡镇卫生院急诊室。

篮子躺在病床上。

南飞："篮子！篮子！哥在这儿哪！哥在这儿哪！你醒醒，你醒醒！千万别丢下哥，别丢下……"哽咽。

医生来了："出去出去！一个也不能留！"

南飞走出急救室。

黄越带着阿桃来了。

阿桃："篮子呢？篮子呢？篮子怎么啦？"

她被护士关在门外。

阿桃："开门！开门！那是我女儿！那是我……女……儿……啊！"倚门而泣。

水乡镇卫生院急诊室。

篮子躺在病床上。

医生检查。护士量体温："三十九度八。"

阿桃："篮子要紧吗？"

医生："不好说。强刺激造成的后果，很难预料。"

阿桃："那，那孩子还有救吗？"

医生："先退烧。退了烧再说吧！"转身去了。

黄刚从外面进来，忧心忡忡地注视篮子。

阿桃泪下："好好的……好好的……你说这是怎么啦？我也没作过孽呀，怎么就祸从天降？要降祸就降给我，怎么就落到孩子头上？"

黄刚："不急，阿桃。没事的。退了烧就好了，退了烧就没事了……"

护士进来给篮子挂水。

黄刚："你守着篮子，我先去了。"出门时又回头看了一眼阿桃，向她点了点头，示意她要顶住。

蹲在门外的南飞呼地站起来："黄叔！篮子醒过来了吗？"

石拱桥。

黄刚在石拱桥上撞上了阿东阿西。他怒目圆睁，叉开大手，掐住两个人的脖子："给我跳！跳下去！跳进河里去！"

"大爷饶命！大爷饶命！"

"跳不跳？跳不跳？不跳我把你这臭流氓扔进去！"黄刚拎起阿东，"说，你干了什么坏事？"

阿东："我要小姑娘跟我玩……"

黄刚又拎起阿西："说！"

阿西："我也没干什么，只是想跟她亲热！"

黄刚一脚踹倒一个，又踢着他们的屁股："走，跟我上派出所交代去！走哇！"

阿东阿西捧着屁股下桥，黄刚大步流星跟在后面。

水乡镇卫生院急救室。夜。

阿桃守在篮子身边。篮子两颊通红。阿桃轻按她的额头："怎么这么烫？"

阿桃走出病房，找到护士值班室："我那孩子，怎么越烧越厉害？"

护士："不急不急，退烧也得有个过程嘛！"

阿桃："她……她啥时候能醒过来？"

护士："哦哟，这可就不好说了。我要是能拎得清，也好弄个医生做做咧！"看阿桃还没走，"回去吧回去吧！你没看我正忙呢吗？"

阿桃要说什么，又咽了回去。她只好离开护士值班室，满心焦虑地守在篮子病床边。

清晨。

阿桃的头荡来荡去，似睡非睡，忽地扑向病床，又陡然惊醒过来。

她摸摸篮子额头："烧退了。"

这时，篮子睁开眼睛，定定地注视着她。

阿桃大喜过望："篮子！你醒过来了！醒过来了！"

南飞冲进病房："篮子！哥在这儿！"

篮子仍然定定地注视阿桃。

阿桃："篮子，说话呀！说话呀！认不得啦？我是你妈！"

南飞："我是你哥！南飞哥！"

篮子皱起眉头注视阿桃，又凝视南飞。

阿桃："篮子，别这么看着我，叫我一声妈，妈就放心了，叫呀，叫呀……你听见了吗？"

篮子紧张地看着阿桃，似乎很着急，却仍然没有说话。

阿桃："孩子，你受惊了吧？你吓着了是吧？你看着，看着，我是你妈，你叫我一声，叫我一声，我求你啦！"

南飞："篮子，叫哥！你哥也不认识啦？"

篮子眨了几下眼睛，眼中涌出一滴又一滴泪水……

医生来了。

阿桃："医生，快看看，篮子她不说话，也听不见……"

医生："唔？"给篮子试听力，查看耳膜，"左耳右耳都没有听力，可是耳膜完整，没有外伤。"

阿桃："怎么会这样？"

医生："她受到外界的强刺激，发生什么后果都是可能的。现在，病人烧退了，也醒过来了，其他我就无能为力了。可以办理出院手续了。"

阿桃："她还没好，出院了怎么办？"

医生："要是有钱，可以到市里省里大医院看看，能到北京上海更好。一句话，抓紧，趁早。"看了阿桃一眼，也向篮子投去一瞥，转身走了。

阿桃家。

篮子站在石埠头上，对着崇川河水发愣。

阿桃收拾屋子，不时把目光投向篮子。她深深地叹了一口气，一屁股坐下，焦灼而又怜惜地望着女儿的背影。

黄刚来了。他跟随阿桃的目光看到了篮子的背影。

黄刚："阿桃……"

阿桃："都几天了，她听不见，说不出，茶不思，饭不想，也不知她心里在想什么，整天对着崇川河发愣……你说我该怎么办？怎么办？"

　　黄刚："带她去看看大医院吧！总会有高手的。要不，怎么叫妙手回春呢！"掏出口袋里的钱，"这两年，我攒了两百多块钱，凑一凑，带篮子走吧！看病还是要赶早。"

　　阿桃："这，这怎么好意思……"

　　黄刚："你不是越越干妈吗？别见外了！等你有了钱，再给我，这总行了吧？"

　　阿桃收下钱，落泪："他叔，篮子这孩子跟你有缘。她敬重你，喜欢你。她跟我说，他心里的爸爸，就该是你这样……"擦泪，"……我们娘俩会报答你的。"

　　黄刚："嗨嗨，你这又是说到哪去了？阿桃，收拾收拾，别误了孩子。我们吃苦受累为啥？还不是为了他们吗？在我心里，篮子就像我自己的女儿……"走到石埠头上，轻抚篮子的头发。

　　篮子转过脸来，仰望黄刚，突然扑到他怀里，眼中流出一串泪水。

　　黄刚用粗大的手指给她抹去脸上的泪水，慈爱的目光洋溢着父爱。

　　黄越背着书包神色慌张地跑进来："干妈，我爸呢？"

　　阿桃："越越，一头汗，干妈给你擦擦。"

　　黄越："我爸呢？我爸呢？"

　　黄刚从石埠头进来："一放学就找爸，啥事？"

　　黄越："我们家门口围了一大群人，说是找你，让你马上去。"

　　黄刚："一群人找我？"疑惑地皱起眉，"是不是阿东阿西又出什么鬼？"

　　阿桃："你不是把他们送派出所去了吗？"

　　黄刚："人家镇上有人，第二天就放出来了。"拉着黄越，"走，看看去。"

　　黄刚带着黄越走了。

　　石子路尽头，黄刚的棚户。

　　黄刚拉着黄越走向自家棚户，他一眼看见阿东阿西在比划什么："阿东，阿西，刚从派出所出来，还不乖乖在家待着？"

阿东："你这儿热闹，来凑凑热闹。"

阿西："看看你是不是个守法户。"

黄刚："哦？你也懂法？"

一个干部模样的人朝阿东阿西："走开走开，不要影响执行公务。"转对黄刚，"你就是黄刚？"

黄刚："我是。有事请讲。"

干部："你这棚户是违章建筑，必须立即拆除。"

黄刚："我这棚子搭在水乡镇外面，什么都不影响，怎么叫违章建筑？"

干部："镇上街区要扩大，石子路要延长，你的棚户有碍观瞻，影响水乡古镇旅游开发，必须拆除。这是镇上的决定。你拆不拆？你不拆，我们帮你拆！"手一挥，当即有人舞锹弄镐，直捣棚户。

黄刚冲上去，用身体挡住房子："你们讲不讲理？"

干部："你懂不懂法？拆！"

阿东阿西在一边哈哈大笑："黄刚，没想到你也会引火烧身吧！"

黄越大哭："不许拆！不许拆！不许……拆！"突然晕倒。

黄刚当即冲过来，抱起黄越。就这个空当，棚子被砸倒了。一股黄尘冲天而起……

阿桃来了："这是怎么啦？我的天哪……"

黄刚一脸愤怒，抱着黄越向镇上走去。

阿桃到废墟上找出被褥和蚊帐，锅碗勺盆……

水乡镇卫生院急诊室。

黄越躺在病床上，护士正给她打针。

医生："过一会儿，她就会醒过来。"

黄刚："她到底是什么病？动不动就晕倒。"

医生摇头："我很愿意帮你。可我无能为力。"

黄刚："以后会怎么样？"

医生："以后？谁知道以后会发生什么？听天由命吧！"

黄刚："你！你这是什么话？！"

水乡镇。夜。

黄刚抱着黄越走进阿桃家。

阿桃迎过来："醒过来了？"

黄越脸色苍白，显得十分无助："干妈！"

阿桃："哎！小可怜儿……饿了没有？干妈给你弄点吃的？"

黄越摇头："不想吃……"

阿桃接过黄越，放在篮子床上。篮子悄然走来，看了黄刚一眼，坐到床边，守望黄越。

黄越："姐姐，你不能说话真不好……我特别想跟你说话，特别想……"

篮子眨着亮晶晶的眼睛看着黄越，目光中含着无奈。

阿桃关上篮子卧室房门："他叔，今晚就在这挤挤吧！我跟篮子，你跟越越。"

黄刚："还是上船睡吧！"

阿桃："寡妇门前是非多？你也怕这个？那好，越越留下，我可放心不下我干女儿。"

黄刚："我还是上船，顺便做点生意。"

阿桃："他叔，你就那么嫌弃我们？"

黄刚："嫌弃？没有哇！"

阿桃："没有？为什么总是躲着我？"

黄刚："不是怕给你添乱吗！篮子就够你愁够你忙的了！"

阿桃："这么说，你也知道心疼我，怜惜我？那为什么……为什么……为什么不肯要我？"

黄刚："要你？我，不能……"

阿桃："他叔，你是一条顶天立地的汉子，你也前怕狼后怕虎？你要是走进这个家，我阿桃身后就有了一座山，两个孩子头上有了一片天……自从篮子出了事，我每天晚上一个人蒙在被子里哭。我哭我的命苦，男人短命，捡了个篮子又成了聋哑人……他叔，我就要顶不住了我……"潸然泪下。

黄刚："阿桃，我早就看出来，你是个好女人……"

阿桃抬起泪眼，张开了嘴唇。

黄刚："可我……"扯开外衣，噌地脱下来，"浑身是伤……我配不上你。"

阿桃走过去，轻抚黄刚的伤疤："这不是伤疤，这是花。要不，怎么叫挂花呢？"

黄刚："阿桃，实在说不出口……不瞒你说，我已经不是男人了。"

阿桃一惊："胡说！你瞎扯！你明明是个堂堂男子汉嘛！"

黄刚坐下，抱着头，少顷，才抬眼注视阿桃："在前线，我的下身……给打掉了。"

阿桃如遭雷击："什么？怎么会？"

黄刚："真的……真的……我真的不能做男人了……"

阿桃扑在他胸前哽咽起来："我阿桃的命……怎么会这么苦？"她擦擦眼泪，抱着黄刚的肩，"他叔，不管怎么样，我也要嫁给你，黄越有了妈，篮子有了爸，这才是个家。他叔，你答应我，我求求你！"

黄刚："阿桃！"紧紧抱住了她。

阿桃轻轻推开篮子的门，篮子和黄越并肩睡着，睡得很香。

阿桃俯身亲了篮子和黄越。

阿桃给她们掖好了被子，抬起身来，与黄刚四目相视，默然相对，然后携手走出房间，轻轻掩上了房门。

阿桃炒了四盘菜，烫了一壶酒。让黄刚坐在八仙桌前。

她倒了两碗黄酒："女儿红。出嫁时喝的。"举起酒碗，"干。"

黄刚也举起酒碗："桃，得交杯。"

阿桃扑哧一笑，与黄刚勾着手腕，几乎脸贴着脸地喝尽了碗中的酒。

黄刚："真是酒不醉人人自醉哪！一碗就晕了……"

阿桃给他又倒了一碗，给自己倒了半碗："刚，从今天起，我有男人了。不会再有人看不起我，说我的闲话了……"

黄刚："桃，从今天起，我总算有了家了，有了家心里就踏实了，不再做孤魂野鬼了……"一饮而尽。

阿桃眯着眼笑了，然后捧起碗也喝干了半碗黄酒。

黄刚噌地脱掉外衣，露出伤痕累累却十分魁梧的上身，泪眼迷蒙地："桃，你我命苦，要是早几年相遇，你会知道我是个真正的好男人！"

阿桃："不晚，不晚，我知道。你是我的好男人。有了你，我没白来世上走一遭！"

黄刚把阿桃放在床上，俯下身去热烈地吻她。

黄刚惊讶地看着阿桃丰满结实的身体，伸出手去抚摸，十分温柔地抚摸，忽又激情洋溢地拥抱她，抱得她几乎喘不过气来。

阿桃闭上眼睛，微启双唇，似乎在期待什么，黄刚却倏地倒在枕上："阿桃，委屈你了，太……委屈你了……"

阿桃睁开眼，注视痛苦的黄刚，吻去了他眼角的泪："男人的眼泪是金……你是我的男人，我的……"她的泪滴到了黄刚唇边……

早晨。

阿桃推开篮子房间的门。黄刚随着她一起走向床边。

阿桃刚坐到床边，黄越就醒了。

黄刚微笑着注视女儿："越越，从今天起，她就是你亲妈了。"

黄越呼地坐起来勾住阿桃的脖子："妈！我有亲妈了！这是真的！？"

阿桃亲吻她："越越，你愿意吗！？"

黄越："我愿意！我愿意！我的病全好啦！"

篮子也醒来，眨着大眼，看着阿桃，看着黄刚。

黄刚俯下身去搂抱她，亲吻她。

阿桃："唉，可惜她听不见。她要是知道你成了她爸，不知该多高兴哪！"

黄刚抱起篮子，走出房间。篮子兴奋地勾住了他的脖子。

黄越："爸！抱抱我！抱抱我！"

黄刚回头，幸福地笑了。

长途汽车站。

黄刚背一个军用书包，拎一个旅行包上了长途车，把书包和旅行包放在行李架上，又到车门口拉上个篮子，又拽上个阿桃，才挤下车去。

黄刚牵着黄越的手来到阿桃座位的车窗下："家里有我，你不用牵挂。"

阿桃点头。

黄刚："到最大的医院，找最好的医生。"

阿桃又点点头。

篮子一直在座位上注视着黄刚。

黄刚："不要怕花钱。钱我们能挣来，孩子要紧。"

阿桃再点头时眼睛已经湿润。

汽车发动起来了。

黄刚："自己多当心。"

阿桃这才说话："你也多当心。"

长途车开动。

黄刚跟着跑了两步："照应好篮子！"

阿桃："照应好越越！"

黄越飞跑来追着公交车："妈妈，早点回来！"

阿桃举起手，复又捂住嘴，转过脸去……

南飞匆匆赶到："篮子呢？"

黄刚指指向站外开去的客车。

南飞边追边喊："篮子！篮子！"

客车越开越快。

南飞紧追，追上客车："篮子！篮子！"

客车把他甩在后面。

他又发力猛追，又追上客车："篮子！篮子！"

阿桃听见了，推推篮子，指指窗外。

南飞："篮子！加油！哥等你回来！哥等你……回……来……"

汽车终于把筋疲力尽的南飞甩在后面。

篮子把头伸出车窗，怅然望着越来越小的南飞，直到南飞消失在地平线上。

上海。

阿桃领着篮子，跟着人流，惶惶然穿过火车站地道、来到检票口。

刚通过检票口，一群旅馆拉客的就围了上来。

"招待所，便宜！"

"我家饭店顶顶好，吃饭勿要钞票。"

"住我的！住我的！"

阿桃和篮子好不容易才突出重围。

穿梭的汽车令阿桃发晕，看见一辆便"哎哎"地喊两声，却都没有停下。她只好带着篮子横穿马路，一辆轿车急刹车，司机伸出头来："嗨嗨，乡下人是伐！眼睛生嘞额骨头上喽！红灯没看清爽是伐？"

阿桃吓得变颜失色，带着篮子一溜小跑过了马路。她俩气喘吁吁，东张西望，不知该往哪里走。

这时，一个穿着中式练功服、手里拎一把剑的老年男子走过来打量她们："外地来的吧？"

阿桃："哎哎……"

老人："侬要到啥地方去？"

阿桃："我要找上海最大最好的医院。"

老人："帮啥人看毛病？"

阿桃："我女儿。"看着篮子。

老人："标标致致小囡，有啥毛病？"

阿桃："聋哑。"

老人："哦哟，真作孽！侬跟牢我……"

阿桃："跟牢你？"

老人："公交车坐九站，阿拉下车，侬也下车，好伐？"

老人向公交车站走去。

阿桃和篮子仍站在原地。

老人招手："跟牢跟牢！"

阿桃才拽着篮子跟上老人。

到了公交车站，来了一辆无轨电车。老人上车，回头叫："上车。"
阿桃篮子才上了电车。

老人："两角。一人两角。"掏出两张一角，示意阿桃。

阿桃连忙掏钱买票。

篮子眼望窗外，大都会的景色悄然无声地流过。她不禁张开了双唇……

车停了。老人喊："下车下车！"

阿桃一惊，拉起篮子的手往外挤，被撞的、被踩脚的都叽里咕噜地数落："乡下人！""十三点！""眼睛像白药一样！"

人行道上。

老人在前，走了一阵，用手中的剑指着一座大楼："喏，到了。"

阿桃："谢谢老伯。"

老人："不谢不谢，乡下人进城看毛病不容易。当心钞票！再会……"

医院。

阿桃带着篮子走进医院大厅，找到挂号处。

挂号处排着很长的队。

阿桃："挂号是在这里吧？"

一个女人瞟了她一眼，用鼻子哼了一声。

阿桃排在队伍的最后。篮子在墙边塑料椅子上坐下。

墙上钟指九点。

墙上钟指十点半，阿桃才排到挂号处窗前。

窗口里女人："看啥毛病？讲！"

阿桃："呃，呃，聋哑。"

窗口里女人："耳鼻喉科，病历本有伐？"

阿桃："我要找最好的医生。"

窗口里女人盯了她一眼："专家？一周来一次。周四上午只看半天。"

阿桃："周四？今天……周几？"

窗口里的女人："今天周五。下个礼拜四。要排一夜队的哦，晚来了你再等一个礼拜。下一个！"

阿桃被下一个挂号者不耐烦地挤在一边。她带上篮子走到医院门口，望着熙来攘往的车流、人流，茫然不知所措。

南方某大城市。夜。

高楼挤压的狭窄空隙中镶着一轮明月。

宾馆门口，一身红的刘通州频繁地拉启玻璃门："先生，您好！"

"欢迎光临！"

"这位女士，我来帮您。"

接班的门童来了。刘通州走到宾馆外面长舒一口气，伸展了一下胳膊，才向宿舍走去。

阁楼宿舍。

刘通州弹吉他，沉湎在乐曲的情绪之中。

王总从外面进来，听了一会才坐下："小刘，大有长进嘛！"

刘通州连忙站起来："王总……"

王总："什么时候登台？"

刘通州："还得再练练……"

王总："我看可以了……再不上台，我也许就听不到了。"

刘通州："为什么？"

王总："总经理要用自己最贴心的人。"

刘通州："您不是总经理吗？"

王总："我是副总。总经理、董事长你没见过。也是通州人。"

刘通州："通州人？通州人为什么要排挤通州人？"

王总笑了："人家是老大，想用谁用谁，这叫炒鱿鱼，不叫排挤。不说这些了。"拿出两听啤酒，一盒月饼，"今天是八月十五，想家了吗？"

刘通州："想水乡镇，不想家……"

王总："为什么？"

刘通州："那个家很冷，从骨子里往外冷……"

王总："唉……不提它了，喝！吃月饼。"

刘通州喝啤酒，呛了一下，又咬了一口月饼。

刘通州举起易拉罐，与王总碰了个空。

王总："我早就看出来，你的眼睛不大对劲。"

刘通州："深度弱视。"

王总："没去看看？"

刘通州："看不好。没法看。"

两人默然。

王总："不过，你掩饰得很好。你拉门的时候，怎么辨别来人和男女？"

刘通州："凭光影，气味……"

王总："这么说你有光感？"

刘通州："有一点。"

王总："可惜没有一个温暖的家。通州，我们可是同病相怜啊。"将罐中酒一饮而尽，"唱点什么吧！"

刘通州先杂乱地拨出几个音，稍顿，弹了前奏和过门，唱道："我想有个家，一个不需太大的地方……"

王总闭上眼睛倾听。一曲终了，也睁开眼："小老乡，你把我感动了……感动了……唉，人哪人哪……物质、精神、情感、天伦……什么都不能少……什么都不能少哇！小家伙，趁我没下台，今晚就带你上台，敢吗？"

刘通州疑疑惑惑地抬起头来。

王总："敢吗？通州！现在！马上！"

上海。

阿桃和篮子踩着吱吱嘎嘎的窄小木楼梯，被带进一间只能摆一床一桌一椅的小房间里。

女店主："乡下人，钞票预付三天的。三天以后不走，再预付三天，晓得伐！"斜睨阿桃一眼，转身下楼。

阿桃推开窗户，鸽子笼一样的小楼近在眼前。那些小楼挤挤挨挨，每一个可利用的空间都搭了棚子或盖了小阁楼。

对面人家一个老头站在窗前扯着嗓子唱起了京剧："八月十五……月光明哪……呃呃……"

阿桃这才倒吸一口气："啊哟喂，今天是八月十五。"伸头到窗外看，"月亮呢？月亮在哪呢？嗨，都给这些鸽子笼挡住了！"她搂着篮子坐到床前，"篮子，还是我们水乡镇好，看好了病，我可不想在这种鬼地方多待一天！一个个那么势利，好像他们从娘胎里生下来就高人一等！"

篮子眨巴着大眼睛看着阿桃。

阿桃从军用书包里翻出一张自己烙的饼，一撕两半："吃！篮子，出门在外，就把妈在家烙的饼当月饼吃吧！"随手拿起热水瓶倒了两杯白开水，"喏，酒水也有了，月饼也有了，篮子，咱娘儿俩过节了……"

她喝了一口水，咬了一口饼，若有所思："不知你爸、你妹妹……这节……是怎么过的？"

水乡镇。

南飞来到河崖上，仰望天上的圆月，俯看水中的月影。

他走进石子街，来到篮子家门口。门开了一条缝，他向屋里看了看："篮子！篮子！篮子在家吗？"

越越跑出来："谁呀！"开门看到南飞，"南飞哥？！"黄刚从里面出来。

南飞："黄叔，篮子回来了吗？我来看看她……"

黄刚："还没有。这八月十五，还不知道怎么过的。南飞，来，尝尝我做的月饼！"

南飞："谢谢，在家吃过了。黄叔，到底是谁把篮子推下河去的？"

黄刚："两个小流氓。"

南飞："这就没事啦？"

黄刚："我把他们送进了派出所，第二天就放出来了。人家娘舅是镇长。人刚放出来，镇上就扒了我的房。"

南飞："无法无天了？黄叔，告诉我，他俩是谁？"

黄刚："南飞，你想干什么？"

南飞："我，我什么都想干！我恨不得杀了他们！"

黄刚："杀了他们，你成了杀人犯。你个好人，抵两个人渣的命，值吗？"

南飞："我不管值不值！他们害得我妹又聋又哑，就该死！"

南方某大城市某宾馆旋宫歌舞厅。

王总拍拍刘通州肩膀："放开唱，不要紧张。"

刘通州走到话筒前："我给各位献上一首《英俊少年》，请多指教。"深深一躬后弹起前奏，然后唱起来："小小少年，没有烦恼……"

田明和杨柳坐在台阶上的小桌前。

杨柳："唱得不错。"

田明："怎么没见过？"向王总招手。

王总当即过来："董事长，有何见教？"

田明："这个吉他手是新来的？"

王总："来了些日子了，一直做门童。"

田明："叫什么名字？"

王总："刘通州。"

杨柳："通州人？"

王总："正是。"

田明："看不出来，你居然还能发现歌手！"

王总："董事长，您没看出来的还不止这些。我离开以后，您或许会慢慢感觉到的。"

田明："说得好！你以前为什么不这么对我说话？"

王总："以前，不想丢饭碗，尽拣好的说。"

田明："如果你真的能犯颜直谏，我倒想请你不要走，留在我身边。"

这时，刘通州已唱完，各个角落，明处暗处，都有人鼓掌叫好。

一个浓妆艳抹看不出年龄的女人走上台去，把一朵玫瑰花献给刘通州："太美了，太动人了。你能不能再唱一下电影《英俊少年》的另一首插曲？"

刘通州："请问是哪一首？"

浓妆女人："《夏日里最后一朵玫瑰》。"

刘通州："好。"通州把花别在琴上，"我唱。谢谢。"低下头激动地弹起前奏。

浓妆女人端着一杯酒走到田明桌前："田明董事长，一向可好？"

田明显得有些局促，欠欠身子："好，很好。"

浓妆女人："想跳舞吗？董事长。"瞟了杨柳一眼。

田明："我想坐一会儿。"

浓妆女人："可我很想跳，可以屈尊陪一下吗？"

田明一脸尴尬："哦，那好，请，请。"

杨柳脸上的表情变得不太好看了。

他们走进舞池。田明要带她跳。浓妆女人却带着田明跳，而且越贴越近。

田明："你怎么搞突然袭击？"

浓妆女人："你以为我真的蒸发了？"

田明："可你不该在这种地方，当着我太太的面……"

浓妆女人："我不该？你回家以后倒是该躺在床上想想，你有多少个不该！"

田明："你不要太过分了！"

浓妆女人："田明先生，我不管怎么做，都不会过分。你不要认为你可以随随便便让我消失。我今天来，是想让你知道，你还没到高枕无忧的时候！"

刘通州已唱完《夏日里最后一朵玫瑰》。

浓妆女人一溜碎步来到刘通州面前，拥抱了他："谢谢！谢谢！你给了我和我的朋友田明先生一个难忘的夜晚！"

她走到田明桌前，喝干了自己留在那里的酒："田先生，田夫人，我们后会有期。拜拜！"摘下镂空黑纱手套，向他们挥了挥，径自去了。

杨柳："她是谁？"

田明："一句两句说不清。"

杨柳："怎么说不清？有什么说不清的？"

田明："这不是说的地方！"

杨柳："这怎么不是说的地方？"

田明脸色刷白，忽地站起来："杨柳，你失态了！"悻悻地走了。

宾馆门外。

田明走出宾馆大门，王总替他打开车门："董事长，自从您要我在七天内离职以后，我已经找到了去处……"

田明："刚才我不是收回成命了吗？"

王总："可我也有自己做人的原则，不能一辈子看人的脸色行事。"

田明："你不领情？我一向待你不薄。"

王总："可我也一直努力做得更好，您的逐客令让我第一次清醒地反思自己的人生。我该自己做点什么，不管成功和失败，不管贫穷还是富有，也许那样心里更踏实。"

杨柳已从宾馆出来，听到了他们最后的谈话。

王总："副董，请。"拉开车门，"走好。再见。"

田明的车开走后，另一辆车门开了，上面下来浓妆女人。

浓妆女人："你决定离开田明了？"

王总："不，是他先下令要我离开。我不想再接受恩赐。"

浓妆女人："到我公司去吧。我可不是朝秦暮楚的人。"

王总："到您那儿干什么？给您跑腿？"

浓妆女人："把副字去掉，任你总经理。"

王总："您任董事长？"

浓妆女人："不行吗？月薪翻番，有职有权。"

王总："谢谢你看得起我，我还是想自己干。"

浓妆女人："看不出来你真有骨气，像个男人！虽然你拒绝了我，我还是很欣赏你。有什么事，你可以来找我。拜拜！！"上车，驱车而去。

田明花园洋房。

轿车驶进院子。

田明下车时，杨柳已经砰地关上身后的车门，顾自进了屋子。

田明定了定神，步履沉重地走进家里，脱去西装，松了领带，倒了一杯凉开水一口气喝了下去。

田明冲了淋浴，穿上睡衣，走进卧室，躺到床上，伸出胳膊想把杨柳揽进怀里，杨柳却翻过身去，给了他一个脊背。

田明："杨柳……你听我说……你听我说嘛……"

杨柳抽泣。

田明："别哭嘛！我是个男人，又是公司的董事长，在那样的场合，你总得给我留点面子嘛！"

杨柳倏然转过身来："面子！你要面子，我不要面子？那个女人把我搞得多么难堪？"

田明："不管怎么样，我们都该大度一些。否则，人家会在一边看笑话的嘛！你看，那姓王的，我炒了他，又挽留他，他竟然倒过来炒了我！"

杨柳："就说你在那个女人面前那么低声下气，我要是他，我也炒了你。我问你，那个女人她凭什么对你那样？你说啊？"

田明："当然不是无缘无故……"搔搔头。

杨柳："你跟她上过床？"

田明："你这是说到哪去了？"

杨柳："那她凭什么？"

田明："凭她做过的一切……"

杨柳："她做了什么，在你面前那么理直气壮，那么居高临下？"

田明："杨柳，你和我一起南下，寻找发展机会。你一直在搞你的舞蹈，圆你的梦。可我就不同了，我要寻找机会，有了机会还要有通向平台的跳板，有了跳板还要有足够的投入……原始积累嘛，不仅残酷，而且无情……你生活在理想王国里，我不愿意让你看到金钱背面的污秽和血腥……我知道，我有的时候有点下作，有时候有点狡猾，有时候又有点卑鄙龌龊，你真的要我向你展示这一切吗？……亲爱的，我愿意你是我们家里的一片净土，还有我们的儿子田野……这浑水，还是让我一个人来蹚吧！好吗？"吻她。

杨柳推开他，凝视他，像在打量一个陌生人。

　　田明："你还是做你挂名的副董事长吧，一切一切，都由我来担着。"把她拥进怀里，"杨柳，我很无奈。不管做了什么，我都得独自承受，独自化解……给我一份宽容和理解，好吗？"紧紧拥抱她。

　　杨柳却挣扎着摆脱了他。

　　她抱起枕头和被子："田明，我看不懂你，我睡沙发。"她头也不回离开了卧室。

　　田明愣在那里，无奈地摇摇头，长叹一声，闭上了眼。

　　田明家。早晨。

　　田明、田野、杨柳默默地吃早餐。

　　杨柳给十岁的田野倒一杯鲜奶，又在面包上抹了果酱。

　　田明匆匆吃完，穿上西装，夹上皮包："田野，快中考了吧！"

　　田野："还有两个星期。"

　　田明："我要你的双百，能做到吗？"

　　田野："我做到双百，你做到什么？"

　　田明："我给你赚钱，让你上重点中学，上名牌大学，还可以出国留学。"

　　田野："爸，除了钱你什么都不管！家长会一次都没去过。连班主任老师都说，人有了钱，就喜欢摆臭架子！"

　　田明："你胡说什么？再胡说当心我揍你！"

　　田野："你该去揍老师，是老师说的。他还说，现在是越有文化越没钱，越没文化越有钱。连劳改释放犯都成了暴发户……"

　　田明："好了好了，我不跟你啰嗦了！"匆匆开门出屋。

　　田野："妈，你的眼睛怎么肿了？"

　　杨柳："唔？是吗？"

　　田野："昨晚，你是不是哭过？"

　　杨柳："胡说，好好的妈哭什么？"

　　田野："你跟爸爸吵架了吧？"

　　杨柳："没有哇！快吃，又瞎琢磨什么呐！留着脑筋多琢磨功课。"

　　田野："妈，你就是我的功课。"

杨柳："嗯？为什么？"

田野："因为你是最喜欢我的人。"

杨柳："这孩子，倒还真有良心……"

田野："告诉我，昨晚为什么睡沙发？不许撒谎！你们大人要给小孩做好榜样！"

杨柳一愣："嗬，将你妈的军啦！"站起身，"走吧走吧，上学要迟到啦！"

田野被杨柳牵着手走出屋门。

她打开车门，让田野先上了车，自己坐到驾驶座上，开车驶出花园小院。

轿车驶入市区。

田野："妈，你还没告诉我，为什么睡沙发？"

杨柳瞪了他一眼："妈妈开车，不能说话。"

田野："可每次开车，你跟爸爸总在说话。"

杨柳："田野，你烦不烦？一个男孩，不该这么婆婆妈妈！"

田野撅起嘴："男孩怎么啦？男孩就该整天闭上嘴？"

宾馆旋宫歌舞厅。

刘通州刚刚唱完一首歌，浓妆女人就让侍应生把他叫了过来。

浓妆女人："可以陪我喝一杯吗？"

刘通州："老板不允许和客人坐在一起。"

浓妆女人："我在这，他就得允许。坐，坐呀！"

刘通州拘谨地坐下。

浓妆女人："喝点什么？"

刘通州："呃……喝点白水就行。"

片尾歌：

　　问你，问我，

　　往事历历可曾有片刻遗忘？

问我，问你，
去路茫茫为什么写满沧桑？
问心，问魂，
漂泊天涯为何频频回首？
问魂，问心，
浓浓的情怎禁得深深埋藏？
此情可问地，
地知我情有多深。
此情可问天，
天知我情多久长……

五

旋宫。

浓妆女人笑了，抬眼对侍应生："一杯法国香槟，一杯矿泉水。"

侍应生："请稍候。"随即躬身离去。

浓妆女人："谈谈吧！"

刘通州："对不起，我怎么称呼您？"

浓妆女人："怎么称呼都行，大姐、阿姨、干妈……"说着咯咯地笑起来，"能告诉我，你家在哪里吗？"

刘通州："北面，坐火车要两天一夜。我家是长江边上一个很小的小镇。叫水乡镇。"

浓妆女人："怪不得你那么淳朴，跟这座城市那么格格不入。"

刘通州："我喜欢这种每天都在求新求变的感觉。"

浓妆女人："哦？看不出你还是蛮前卫的人。"

刘通州："阿姨，前卫的人是不是很寂寞？"

浓妆女人："小小年纪，也懂得什么叫寂寞？说说吧，你怎么看我？"

刘通州不语。

其间，侍应生送来了香槟和矿泉水。

浓妆女人端起香槟："在你眼里，我是不是很像个坏女人？"

刘通州："我从小生活在一个封闭的小镇。像你这样的人，我还真没见过。"

浓妆女人："长见识了？小伙子你还小，不知道什么是世俗，什么是社会……"

刘通州："阿姨，我失陪了，下面该轮到我了……"

浓妆女人："不，今晚你不用唱了，我买单。跟我一起兜兜风吧！"

刘通州不语。

浓妆女人："哦，你不必害怕，我不会吃了你。只是想找一个好一点的环境跟你说说话。"瞟了他一眼，"走吧！"

刘通州："这，这恐怕不行。"

浓妆女人："走吧！在我的字典上，压根儿没有不行这两个字！"

汽车上。

浓妆女人驾车，刘通州坐在她旁边。

浓妆女人："饿了吧？"

刘通州："有一点……"

浓妆女人："好，我请你宵夜。"

轿车停在开放式的花园酒店门口。

一圈腾空而起的喷泉环绕着一座精致的人工小岛。

刘通州跟着浓妆女人从唯一的通道走上小岛。

一身白制服的侍应："还是老地方吗？"安排他们到棕榈树下的沙滩桌前坐下。

女侍应推着小吃走过来："请。"

浓妆女人："喜欢什么，自己拿。"

刘通州看不清那些精巧的食品，犹犹豫豫拿了一碗云吞。

浓妆女人："多吃点。这儿的东西不经饿。""啪"地点了一支超长的香烟，见刘通州不动，"吃呀！"

刘通州吃起来。

浓妆女人欣赏着他的吃相。

刘通州吃完了眼前的食品。

这时，又一位女侍应推来了食品。

浓妆女人："我给你挑几样有特色的。"从车上拣了几种放在刘通州面前，"吃。"

刘通州又津津有味地吃起来。

浓妆女人："……可怜的孩子，你好像很久没吃过一顿饱饭了。"

刘通州："这些东西很特别。在老家没吃过。"

浓妆女人莞尔一笑，等他放下筷子直视着他："你想当一辈子艺人吗？"

刘通州点头："我奶奶是江南有名的评弹演员。"

浓妆女人："怪不得！你们是世家！可你的吉他，在这里，还远远不是高水平。"

刘通州："我刚学不久……"

浓妆女人："我知道你是为了糊口。你要真正站住，必须是顶尖的。见过顶尖的吗？"

刘通州摇头。

浓妆女人："想不想见见顶尖的人物？"

刘通州用力地点头。

浓妆女人："想跟他拜师学艺吗？"

刘通州："当然。当然很想，可是……"

浓妆女人："没机会？没条件？首先要有饭吃，是不是？"

刘通州低下头去。

浓妆女人："我管饭，我缴学费，我带你去见他，拜他为师，怎么样？"

刘通州激动地站起来，又慢慢地坐下去："阿姨，你为什么要这样？"

浓妆女人："为什么？我当然不是活雷锋。我只是喜欢你……你身上有一种我久违了的淳朴、率真和诚恳。"

刘通州："就为了这？"

浓妆女人："我有很多钱。一生一世都用不了的钱。但是我没有朋友，没有丈夫，甚至情人给我的都是虚情假意。我自己成功了，也帮助别人成功了……可我每一次都发现我面对的是一个戴着假面具的人。没有真心，没有真情，更没有真爱。前几天，医生告诉我，我这一生都不会有孩子。可我的心很柔软，我有母爱，我希望去爱一个人，也希望这个孩子也能真心爱我……我不要回报，我只要看到他成长，他成功，到我老了的时候能来看看我，或者每周给我打一个只需五分钟的电话……哦，孩子，你大概没想到一个富婆会这么孤单，这么寂寞，这么害怕未来，是吧？"

刘通州目瞪口呆地坐在那里。

浓妆女人："怎么，这回真的给我吓住了？"

刘通州："没有没有，我没想到，吃穿不愁的人还有这么多烦恼。"

浓妆女人："想好了吗？"

刘通州不知所措地摇摇头。

浓妆女人叹了一口气："你不相信我？"

刘通州："我，不，我，不，我……"

浓妆女人："说呀！"

刘通州："我不敢相信世上还有这样的好事。"

浓妆女人："像在做梦？"

刘通州："一个我不敢面对的梦。"

浓妆女人："好吧，等你想好了，再跟我联系。你随时都可以得到我的帮助。因为我的直觉告诉我，你不是那种拿良心去喂狗的人。"喊了一声，"买单！"

旋宫歌舞厅。

刘通州回到旋宫歌舞厅。刚进门，侍应就对他说："去一下办公室，经理叫你。"

刘通州当即离开歌舞厅。

经理办公室。

刘通州轻轻敲了几下门，一个穿着很露的女孩慌里慌张从里面出来。

刘通州进去时，经理正在拉裤子上的拉链。见到刘通州，脸就挂了下来。

经理："刘通州，你卷铺盖走人吧！"

刘通州："经理，我做错什么了吗？"

经理："你做没做错什么自己知道，还用问我吗？"

刘通州语塞。

经理："我问你，你今晚抬腿就走，请假了吗？经过谁同意了吗？"

刘通州："你要炒我？"

经理："是你自己炒掉了自己。你做事也太不懂规矩了。"扔出一个信封，"这是你该得的，收拾收拾，走人吧！"

刘通州："我去找王总。"

经理："王总给田总炒了，今天上午就夹着皮包回家啦！"

刘通州愕然而立："……经理，没有余地了吗？"

经理："有哇！你跪下来求我，我可以放你一马。"

刘通州吸了一口气，似乎要说什么，倏然转身而去。

刘通州背着琵琶、夹着吉他走上街头。

到处都是笙歌管弦、灯红酒绿。他却茫无目的地踯躅向前。

刘通州画外音："在这座举目无亲的城市里，命运再一次把我推向了街头……漂泊，流浪，也许，这就是我的宿命。"

路过一个电话亭时，他眼睛贴着按键费力地按了一串电话号码。一连串的忙音使他不得不放下电话，再向街头走去。

田明家。

田明从浴室出来时，杨柳刚刚抱着被子、枕头往厅里走。

田明："杨柳！不要再睡沙发了！让孩子看见多不好！"

杨柳："田野已经看见了。"

田明："那么？他问什么没有？"

杨柳："他问我们是不是吵架了？"

田明："你怎么说的？"

杨柳："我该怎么说？现在的问题是，你不觉得该向我做出解释吗？"

田明："杨柳，不管怎么样，不该让孩子知道。不要让他的心灵受到污染……"

杨柳："你既然知道那叫污染，那很肮脏，为什么还要干？"

田明："杨柳，不那样干，会从天上掉下第一桶金？没有第一桶金，平地上怎么能盖出一座星级宾馆大厦？"

杨柳："那好，你说吧！你都干了什么？"

田明："其实，我也没干什么伤天害理的事。"

杨柳："没有？那你说，你跟她上床了吗？"

田明："杨柳，刚到这里来的时候，我们几乎身无分文。是她给我提供了一个重要信息，又给了我一个难得的机会，还在关键时刻注入了一大笔资金，我才得到了第一桶金。所以，我十分感激她。"

杨柳："仅仅是感激？"

田明："杨柳，十年了，我是不是真心爱你，你还看不出来吗？"

杨柳："好了好了，我请你书归正传，你和她究竟干了些什么？"

田明："后来，我发达了。她对我说，她为我做的这一切都是因为她爱我。"

杨柳："再后来呢？"

田明："她盯得很紧。但是从来没要求我做那种事，只是要我下决心跟她远走高飞。"

杨柳："你心动了吗？你想没想过要丢下我们母子俩？"

田明："没有！我发誓……我实在拿她没办法，只好把她介绍给一个很帅气的花花公子，把她带到国外。从此，再没有音讯。"

杨柳："没有音讯？那天不是出现了吗？"

田明："在国外五年，那花花公子花了她许多钱，还是把她给甩了。"

杨柳："所以回国来跟你重修旧好，鸳梦重温？"

田明："杨柳，为了你，为了这个家，我极力摆脱她。可是，她还是回来了。我真害怕生活在她的阴影之下。凭她现在的实力，要吃掉我，置我于死地，只需举手之劳。"

杨柳："那你就这么等死？"

田明："要么背水一战，置之死地而后生，要么明修栈道，暗度陈仓……"

杨柳："田明，我们何必在一棵树上吊死？三十六计走为上……"

田明："杨柳，你这么想？"

马路上。

刘通州走到又一个电话亭外面。

一个年轻女人正跟接电话的撒娇，没完没了地打情骂俏。他只得离开，在一家小店的公用电话机前艰难地拨号。

电话里响起浓妆女人的声音："哪一位？"

刘通州："阿姨，是我。"

浓妆女人："有事吗？你可以到家里来谈。"

刘通州："不了，太晚了。阿姨，学琴的事……"

浓妆女人："你这么快就想好了？"

刘通州："阿姨，我知道我差得远，我想学。"

浓妆女人："想学就好，我让他安排个时间到家里来见面。学费我包了。"

刘通州："阿姨，谢谢你。学费还是我自己出。"

浓妆女人："自己出？你哪来的钱？"

刘通州："我可以打工。"

浓妆女人："学费可不低哟！"

刘通州："一份工不够，我可以打两份、三份。"

浓妆女人："找到工作了吗？"

刘通州："还没有，宾馆把我炒了。"

浓妆女人："为什么？"

刘通州："可能是因为我跟你出去。"

浓妆女人："什么？他们居然敢这么干？好了好了，那你就在我这儿打工吧！"

刘通州："我可以问一下做什么工作吗？"

浓妆女人："我这儿家大业大，还能没有你的事做？我倒是很想让你跟着我开开眼，看看我怎么让那些恩将仇报的坏种满地找牙……哈哈哈哈……咯咯咯咯……你是不是又觉得阿姨青面獠牙非常可怕啦！孩子你放心，你这么纯，我会善待你的……小刘，我们明天再联系吧。拜拜！"

上海小旅馆楼上。

阿桃推醒熟睡的篮子："快，快起来，我差一点忘了挂号的事。要不，还要等一个礼拜。这么等下去，我们可没钱回家了。"

篮子揉着眼睛坐起来，愣愣怔怔地看着阿桃。

阿桃拧了一把湿毛巾给篮子擦脸："醒醒，醒醒，上海马路上车多，脑子不清醒危险……"

母女俩扶着墙壁从狭窄的木楼梯下楼。

女店主伸着懒腰撩起蚊帐："乡下人，预付的钞票用光了，明天不走，再交三天房费，拎清爽嘞伐？"

阿桃："晓得了，除了钱你还认得什么？"

女店主："哎哎，侬个乡下人哪能讲闲话嘞侬？"

阿桃与篮子已走到街上。

医院。

阿桃、篮子走进医院门诊大厅，挂号处前已排了不少人。

黄牛迎上来："号头要伐？一号两号，买一只侬可以困觉去来！"

阿桃："你卖什么？我听不懂。"

黄牛说起上海普通话来："排队的号呀，一号，明天第一个看病。你一觉睡到大天亮好来，适意伐？"

阿桃："这个也能卖？"

黄牛："乡下人不领行情是伐？我伲也是诚实劳动！买不买？不买自家排队去！"

阿桃："一号多少钱？"

黄牛："看你乡下来的，便宜卖给你，五十好伐？"

阿桃："五十？够我们母女俩坐火车打一个来回的钱！不要。买不起。"

黄牛："要么四十，最低价了，哪能？"

阿桃："你去卖给别人吧，十块我也买不起。"拉起篮子，就去排队。

阿桃刚排在队尾，后面又来了两个。阿桃与前后打了招呼，把篮子安排到墙边塑料座椅上，"妈排队，你坐着，千万不要离开。"

大厅挂钟针指十一点零五分。

大厅挂钟针指两点。

篮子在塑料椅子上睡着了，头时而倒向左面，时而倒向右面。

排队挂号的大都席地而坐，一个个东倒西歪。

挂钟针指七点半。

有人喊了什么，东倒西歪的排队者忽地一下站了起来，一个个紧挨着，生怕有人插队。

七点五十分，挂号窗口打开，排队的人贴得更紧了。

过一阵就有人喊："当心插号！""前面，盯紧了，有人想钻空子！"

阿桃终于排到窗口："看聋哑，找专家，最好的！"

挂号的盯了她一眼："挂号费二十。有病历吗？没有再加五块，交二十五。"

阿桃："这么贵？"哆哆嗦嗦掏出许多零票。

"没有大票？"

"没有……够不够？"

"差一分。"

"一分……一分？"上下左右，衣服裤子，终于摸出一分。

窗户里摔出一个病历和挂号单："下一个！"

上午十点。

耳鼻喉科护士喊："白篮子！白篮子！哪一个是白篮子？"

阿桃从墙边座椅上蹦起来："有！在！"拉起篮子，"快，轮到我们了。"

走进诊室，阿桃向气质儒雅的白发教授行了个礼："先生，你是大专家？"

篮子注视白发专家。专家也在看她。

专家："怎么啦？"

阿桃："这孩子从河崖上落水，就听不见说不出了。"

专家给篮子分别测试两耳听力，看耳膜，看声带："没有损伤，也没有病变。"

阿桃："能治吗？"

专家摇头。

阿桃："我们那儿的先生说，上海的大医院大专家肯定有办法。"

专家摇头："没有好办法。"

阿桃："你就死马当作活马医，不行吗？"

专家："她不是死马。我也不能胡来。这是尚未攻克的医学难题，我无权把孩子当作我的实验对象。"

阿桃："那么，她就这么聋哑一辈子？她还这么小，她还有大半辈子呢，那日子该怎么过呢？大专家，你就不能帮帮她？"

专家："你既然承认我是专家。我就得中规中矩地诊断治疗，不能帮倒忙。等待奇迹吧！"

阿桃："奇迹？什么奇迹？"

专家："孩子是在强刺激下突然聋哑的，也许，有一天，突然遇到另一个强刺激，她又在刹那间恢复了听力和说话能力。"

阿桃："有可能吗？"

专家："有可能。精神因素造成的疾病也许会在精神因素的作用下烟消云散。"

阿桃："烟消云散？这是真的？"

专家："目前还只是一种科学幻想。你知道，科学家也是要很有想象力的。"

阿桃："啥时候才不再是科学……幻想？"

专家："不知道。让我们一起等待。当然，在我有生之年，我会努力把幻想变成现实。"

阿桃："大专家，我千里迢迢，用完了多年积蓄来上海求医，只得到你老人家两个字：等待。你这两个字，真值钱哪！"

专家："我很抱歉，实在抱歉……请理解，请理解。"

南方某大城市。

刘通州背着吉他、夹着琵琶边走边吃面包……

他来到一座大厦前，仰望与白云相接的楼顶。他抹抹嘴，一级一级登上高高的台阶。

刘通州画外音："我简直不敢相信，新的生活就这样开始了……篮子，你该为哥高兴了吧？昨晚，我又梦见了你，我们在崇川河上，天上挂着弯弯的月亮……可不知为什么乌云一下子遮住了月亮，我再也找不到你了……"

他走完台阶，来到门前。

门卫："你找谁？"

刘通州："我找董事长。"

门卫："董事长？董事长也是你找的吗？"

刘通州："是董事长叫我来找她的。"

门卫："这不可能。"

刘通州："怎么不可能？"

门卫："那好，你告诉我，董事长叫什么名字？说呀！说呀！既然是熟人，名字总不会记不得吧！穿帮了吧！瞪大眼睛蒙人，你还嫩了点儿！"

刘通州："你，你！我，我……"

保安走过来："快滚！快滚！又是什么拐了八道弯的穷亲戚来装

疯卖傻混吃混喝的吧！去去去！你这种要饭的我见得多了！"

刘通州："你！你怎么侮辱人？"

门卫："对你这种江湖骗子，这是客气的！来呀！"

又过来一个保安，一人拧住刘通州一条膀子。

门卫："把他扭送收容所去！"

上海火车站售票厅。

阿桃和篮子终于排到了售票窗口。身后的长龙了无尽头。

阿桃："两张崇川。"从小窗口送进一叠零钞。

女售票员点钱后抬眼看阿桃："两张票差六块四角。"

阿桃："可我钱实在不够了……"

女售票员："不够就买一张。"

阿桃指指篮子："孩子是小学生，可不可以打半票？"

女售票员："现在又不是寒暑假，不可以。"

阿桃："能不能照顾一下？"

女售票员："铁道部没有这方面的规定。怎么说？买几张？快一点，后面还有很多人。"

她身后的任永艾问："差多少钱？"

女售票员："六块四。"

任永艾："我也买一张崇川，我多给你六块四。"往窗口递钱。

女售票员点钱找零，递出三张车票。

任永艾将其中两张交给阿桃。

阿桃："哦哟，你可帮了大忙！要不，我们母女俩回不了家了。"

任永艾："都是家乡人，不说这些。"

阿桃："这位同志尊姓大名，家住哪里，我回去好给你还钱。"

任永艾："我叫任永艾。这几块钱就算了。"

南方某城市大厦门厅。

刘通州正要被两名保安推下台阶，大堂里响起一声："慢！"浓妆女人走过来：

"这是怎么回事？"

门卫："董事长，又一个冒牌货！"

浓妆女人："你怎么知道是冒牌货？你们一个个怎么这么势利？小刘，真对不起！请跟我来……"

列车驶出上海站。

江南水乡景色从窗外流过……

篮子看着窗外景色。任永艾却在注视篮子。篮子转过脸，两人目光相遇。

任永艾："这孩子的眼睛好忧伤……你有什么不开心的事吗？"

篮子仍然默默注视。

任永艾："……别光看着我，可以告诉阿姨吗？"

阿桃："她听不见！"

任永艾："哦？先天性的？"

阿桃："没多久。跌到崇川河里，一下子就什么都听不见啦！娘儿俩千里迢迢到大城市求医，把几年攒的钱花得一文不剩，那大专家只给了两个字：等待！"

任永艾："哦，有这样的事？"注视篮子，怜惜地抚着她的头发。

列车员推来盒饭。

篮子咽了一口唾沫。

任永艾买了盒饭捧给篮子。

篮子："谢谢阿姨！"

任永艾揭开饭盒，掰开一次性筷子，递给篮子："吃吧，孩子。"

篮子看了阿桃一眼。阿桃点点头。篮子这才吃起来。

她越吃越快，几乎狼吞虎咽。阿桃的眼睛湿润了。

任永艾："还在念书吗？"

阿桃："怎么念吗嘛！我们水乡镇哪有聋子上学的地方？"

任永艾："进聋哑学校吧？"

阿桃："你能把她送进去？"

任永艾："这要看你能不能把家搬到市里啦？"

阿桃："只要孩子能上学，我就搬。"

任永艾："我保你能上。家搬来以后，你到崇川市残联找我。"

阿桃："残联？啥叫残联？"

任永艾："残联就是残疾人联合会，是专门为残疾人服务的。我在那儿工作。"

阿桃："你是……干部？"

任永艾："我是残联副主席。"

阿桃："这下可好了！篮子有学上了！任主席，我们运气真好，买火车票遇上了你，这是不是天意？！"

任永艾笑了。

篮子把盒饭吃得粒米不剩。

任永艾："再来一盒？"

水乡的灵山秀水在窗外旋转、后退……

崇川市聋哑学校。

黄刚拉着篮子的左手，阿桃拉着篮子的右手走进崇川市聋哑学校。

铺着地板的大教室。

女老师把学生们带进大教室。待学生们站好、站整齐，她打起手语："今天上一堂很特别的课，叫律动课。通常，人们都是用耳朵感受声音的律动，音乐的节奏。今天，我要让大家通过震动，从脚底到全身感受律动，把握节奏。"

篮子精力高度集中地看老师手语，随之惊讶地睁大眼睛。

女老师手语："相信吗？不相信？好，我们来试一试。白篮子！"她手指向篮子。篮子出列，来到老师身边。

女老师猛然踏响象脚鼓。霎时间，嘭、嘭、嘭的律动通过脚心传遍篮子的全身。篮子惊喜地张开了嘴，双脚随着嘭嘭的声音打起了节奏。跳着跳着，眼里流出了泪水。她蓦地趴到地板上感受震动的节律给她带来的快乐，身体在地板上起伏翻滚。她终于纵身跃起，翩翩起舞。当她回眸转身时，已是十七岁的妙龄少女。

她在旋转中享受着音乐的抚慰和生命的欢乐，释放着郁积在心中的澎湃激情。

有人在一边鼓起掌来。转眼看去，那是任永艾主席。

篮子微笑着走过去。

任永艾打手语，夸奖她跳得很好，掏出手帕为她拭去额头的汗水。

篮子打手语："你像妈妈一样爱我……"

任永艾："能让更多的人得到爱，是我一生中最大的幸福。"

篮子打手语："这么说，你是我们大家的爱心妈妈？"

任永艾把篮子拥在怀里："篮子，我愿意，我愿意……我非常乐意……"

刘通州旁白："时间像一只鸟，从我身边扑棱棱飞走了。篮子，你一定长成大女孩了。你忘记我了吗？你还常常想起我吗？"

垂柳依依的湖岸。

篮子将春风拂柳的画境变成了肢体语言……

玉兰含苞的林中。

篮子演绎着玉兰含苞直到舒展花长瓣的美好时刻……

鸟飞鸟落的芦荡边。

篮子抖动柔软的双臂，令飞翔的感觉更富诗情画意。

在垂柳后面，在玉兰树荫，在芦荡之滨，一双年轻男子好奇的眼睛一直在跟踪她。

每当篮子练舞结束，踏上归程，他便收起画夹，远远跟在后面。

篮子跨上自行车，驶上田间小路。

他也扶起歪倒在地上的自行车，悄悄跟在后面。

篮子进入市区，穿大街，过转盘，上小桥，进小巷，后面始终有他的身影。

　　篮子下车，把自行车停在一家洗衣织补店门口。

　　那小伙子在路对面停下，伸出脖子远望洗衣店。这个小伙子中等身材，显得很灵巧，一张娃娃脸上透出聪明、稚气和执着。他的名字叫田野。

　　洗衣织补店。

　　门面很小，空间也窄。阿桃在里面洗衣服，黄刚在柜台上熨烫衣裤。门外仍停着一辆坤车。

　　田野背着一个书包横穿马路，把自行车停在店门口。

　　田野："师傅，你这儿给洗衣服？"

　　黄刚没有放下熨斗，只斜睨了他一眼："是啊，洗衣熨烫，外加织补。你的高档衣服弄破了或者香烟烧了个洞，可以给你补得天衣无缝。"

　　田野目光投向店堂里面："你们用不用洗衣机？"

　　黄刚："用手。"

　　田野："手洗？太落后了吧！"仍然伸头向里看。

　　黄刚："嗨，你这就外行了，手洗洗得干净。机器能看到哪有一片油渍，哪有一块饭斑吗？"

　　田野："说得也是。"从包里拿出衣服，眼睛仍不停地搜索。

　　黄刚收衣服："两件衬衫，一白一篮。一条裤子，米黄卡其。"开出取衣单，"后天来取。"

　　田野没有看见黄刚递过来的单子。

　　黄刚："小伙子，你在找什么？"

　　田野："呃，啊！没找什么，没找什么……"

　　黄越从里面出来："爸，有人找我？"一眼看到田野。

　　田野接过取衣单，目光与黄越相遇。

　　黄越："哟，新顾客。"朝田野笑了笑，"欢迎再来。"

　　田野："哎，好好好……"转身出店，自语地，"不对，不是她……我跟错人了？"

彩霞满天，湖水烁金。一条胭脂色的光带在水面上跳跃着通向遥远的天边。

篮子在湖边，面对彩霞摇曳生姿，像绚丽图画中一个飘逸的剪影。

一支画笔在激动地点染着湖上烟霞、水中光路。最后，描摹出一个婀娜的剪影。

画毕，田野凝神远处的篮子。

篮子骑车走了。白色的连衣裙在风中飘飞。

田野跟在后面，进城区、上大街，绕转盘，过小桥……

篮子在洗衣店前停住车子，走进店里。

田野随之来到店外，停住自行车。

店堂无人。

田野："有人吗？"

远远地从暗处走来一个穿白色连衣裙的女孩。走近了，那女孩一笑："哦，是新主顾。"她是黄越。

田野："我的衣服洗好了吗？"递过取衣单。

黄越注视他。田野却避开了她的目光。

黄越："妈，取衣服啦！"

阿桃一面用围裙擦着手一面走："来啦来啦！"

阿桃看了看取衣单，找出衬衫和裤子："看看，干净不干净？烫得满意不满意？"

田野："嗨，洗得透亮，烫得也挺括。"

阿桃："满意就再来照顾我生意。"

田野付钱："你们这店面太小，太不引人注意了。"

阿桃："大的租金贵。就这，里面还挤着一家人。"

田野："阿姨再见！"瞟了黄越一眼。

一直在打量田野的黄越，惊喜地接住了他的目光。

南方某大城市市民广场。夜。

吉他大赛颁奖晚会正在进行。

女主持人："南方杯吉他大赛铜奖获得者是……"

男主持人："李海！"

台下一片尖叫欢呼。

女主持人："有请南方传媒公司副总王野先生颁奖。"

李海跳到台上，向台下抛出飞吻，接过王野捧给他的奖杯。

女主持人："南方杯吉他大赛银奖获得者是……"

男主持人："野人！"

许多女孩子疯狂地叫起来，向台边拥去。

野人一路跑来，拥抱了两个扑过来的女孩。

女主持人："请南方传媒公司总经理林鑫先生颁奖。"

林鑫差一点被疯疯癫癫的野人撞倒。

野人接过林鑫手中的奖杯，狂吻不已。

台下又是一片喧哗。

女主持人："下面，我们要揭开本次大赛最大的悬念，金奖的奖杯将落在谁的头上？"

男主持人："我们将惊奇地发现，获得这份殊荣的是一个流浪歌手，一个名不见经传的……"

女主持人："帅呆了，酷毙了的外乡人……"

男主持人："他的名字叫刘——通——州！"

全场惊呼起来，响起一片尖叫声。

片尾歌：

　　　问你，问我，

　　　往事历历可曾有片刻遗忘？

　　　问我，问你，

　　　去路茫茫为什么写满沧桑？

　　　问心，问魂，

　　　浪迹天涯为何要频频回首？

　　　问魂，问心，

　　　浓浓的情怎禁得深深埋藏？

此情可问地，
地知我情有多深。
此情可问天，
天知我情多久长……

六

南方某大城市市民广场。夜。

全场惊呼起来，人潮涌荡，争看刘通州。

男主持人："请南方传媒公司董事长宋长远先生颁奖！"

刘通州在汹涌的人潮中艰难行进，终于由保安人员开路走上舞台。

刘通州从宋长远手中接过奖杯，并紧紧握住。

女主持人送过话筒："有什么要讲的吗？"

刘通州："对不起，我没有……思想准备。一点都没有。"看看奖杯，捧在胸前，"这不是我梦寐以求的。因为我做梦也没想到它会属于我……谢谢！谢谢！谢谢这座躁动不安的城市，谢谢长眠在故乡的恩师，谢谢我奶奶的在天之灵……"

女主持人："可以问一下，你的恩师是谁吗？"

刘通州："崇川河边的一位老琴师，他一生都追着我奶奶，听她弹唱。用现在的说法，他是我奶奶的追星族。"

女主持人："那么你奶奶是……"

刘通州："苏州评弹艺人。不，应该是艺术家。她的灵魂一直伴随着我，让我不顾一切地去为艺术献身。哪怕只能行乞，只能流浪……"

寂静的广场突然爆发经久不息的掌声……

掌声平息后，女主持人又问："故乡还有你怀念的人吗？"

刘通州："有。有。有我童年的阿娇……"

这时，男主持人递过一把吉他："刘通州，唱一唱你童年的阿娇吧！"

刘通州接过吉他，动情地弹唱起来：

> 黛瓦粉墙石子路，
> 外婆桥畔草莓香。
> 芬芳年华东流去，
> 一轮明月梦水乡。
> 梦中又乘乌篷船，
> 梦中又见月弯弯，
> 梦中又牵你的季，
> 醒来床前一片霜……

麦迪逊啤酒广场。夜。

刘通州独自喝着啤酒。

台上，一个穿得很露的女歌手无病呻吟摇头摆尾地唱着一首浅薄的歌曲。

喝啤酒的人们各自开心，时时发出喧哗笑闹之声。

女歌手突然扔下话筒："我受够了！"

键盘手："美眉，你不能这样做！"

鼓手："老板要罚我们违约金的！"

吉他手："还没成大牌，你的脾气就见长！"

女歌手："你说什么？你竟敢这么说话？没有我，你们都得给我喝西北风！"穿上外衣戴上墨镜拂袖而去。

鼓手："哎哎哎，我给你赔不是还不行吗？"

老板出现了："美眉呢？啊？美眉呢？没有美眉，明天不用再来了，今天的劳务也不要想拿了。请吧！"

刘通州走过来："我来补个缺吧！"

老板："你是谁？我要美眉！没有美眉，我的啤酒卖不出去！"

刘通州："我的确不是美眉，可我想试试。"

吉他手认出了他："啊呀，刘通州！老板，他是吉他大赛金奖得主！"

键盘手："来吧！给我们救个场！我们火烧眉毛了！"

鼓手："哇！救星！救星啊！"

老板："我不管他得过什么奖，如果营业额下去，我们拜拜。刘通州，既然张仔王仔李仔都举荐你，你就上吧！"

刘通州："好，谢谢！"

刘通州走到台上，向广场上的啤酒客深深一躬："各位女士、各位先生，很荣幸来到麦迪逊啤酒广场。我不知各位想听什么歌？"

一个女孩站起来："《月亮代表我的心》！"

她的男友站起来，勾着她的肩："对！就要《月亮代表我的心》！"

刘通州回身向几位乐手："我们来试试？"

前奏响起来，场内仍是一片嘈杂。

刘通州用浑厚而富磁性的声音唱起来：

你问我爱你有多深？
爱你有几分？

第二句最后两个字刚落音，口哨声叫好声便响成一片……

午夜。

啤酒广场的人已散尽。

老板走过来："刘通州先生，有眼不识泰山，多多得罪！欢迎你每天都到麦迪逊来演唱。"

键盘手："酬金不能少于美眉吧！今天晚上啤酒卖得可特别的好！"

老板："刘先生，你每晚唱五首歌，二百元，怎么样？"

刘通州笑笑。

鼓手："通州老弟，就这么定了吧！"

刘通州点点头。

老板当即叫人端来几升啤酒："你们喝！能喝多少喝多少！我就少陪了。"

四个大玻璃酒杯撞在一起，酒花四溅。

键盘手："救场如救火，通州你可真侠义！"

鼓手："美眉那个小婊子不知给我们受了多少气，天天看她的脸色！"

吉他手："这下好了，四个男子汉肝胆相照，有钱大家花，有饭大家吃。"

键盘手："哇，成梁山好汉了！"

鼓手："嗨，我有个主意，我们四条好汉搞一个乐团怎么样？"

键盘手："乐团？谈何容易？那要能打出品牌！"

吉他手："品牌是人打出来的！我们哪一个上不了台面？我看可以干他一下！"

鼓手："对，干他一把！"

键盘手转脸看刘通州："能干吗？你看？"

刘通州砰地放下大酒杯："我看能干！"

鼓手："起个名字吧！"

吉他说："名字要酷一点。"

键盘手："也要沧桑一点。"

"叫什么好呢？"几个人抓耳搔腮。

刘通州喝了一大口啤酒："叫漂泊者怎么样？"

鼓手："漂泊者？！好！"

吉他手："不错！有点意思！"

键盘手："就他了！从今天开始，我们四条好汉就是一个整体——漂泊者乐团。我们不光要给麦迪逊唱，还要打进万紫千红，打进红磨坊。"

吉他手："你是说跑场子？"

鼓手："只要打响了，干吗在一棵树上吊死？一晚上跑他几个点，这样才能挣大钱哪！"

吉他手："挣了大钱，我就可以买一套属于自己的公寓房了！"

鼓手："美的你！我还想把我的那位接来，过两天大城市生活哪！"

键盘手："有了钱干吗要在大城市花？在特区挣钱，寄回老家攒起来，起一座洋楼……"

刘通州："看来，漂泊者乐团是梦开始的地方……"

鼓手："你就没有梦？"

刘通州："有。有梦。只是我不知道还有没有梦醒时分……"闭目冥想。

刘通州旁白："六年过去了。我终于拥有了一个幸福的夜晚。篮子，你在哪里？你愿意分享哥哥的幸福吗？"

红日初升的湖边。

篮子默然远望红日从水面中露出一角，像金红色的蛋黄悄无声息的冉冉浮出，在天边挥洒出一片朝霞……她闭上眼睛，伸展双臂……睁开眼时，忽见丹顶鹤在旭日中跳跃起舞。她又惊又喜，张大了嘴，眼中闪出了霞彩。

这时，她倏然转身，看到田野在拍摄她和丹顶鹤，

她连忙跑去扶起自行车，慌不择路地在湖边颠颠簸簸地飞驶起来……

崇川市聋哑学校。

篮子驶进校门后下车，猛回头，却见田野在校门口下车。

田野看到篮子转身发现了他，手中的画夹落地，画页从画夹中散落，刚要弯腰捡起，其中一张被风吹起，飘飘摇摇落在篮子脚边。

篮子低头，看见画上满纸湖水烟霞，而一侧则是一个舞蹈女孩婀娜剪影。她看看画，又抬眼看看凝视不动、不知所措的田野，转身去了。

崇川市体育场。

聋哑学校的学生坐在主席台一侧的观众席上。篮子手搭凉篷，远望体育场中央的运动员方阵。

任永艾在主席台上讲话："……崇川市残疾人运动会将挑战世俗的偏见。残疾不等于残废。残疾不是不幸，只是不便。残疾人，也有和健全人同等的尊严，因为他们同样可以创造生命的价值。世上的残废者，不是我们肉体残缺的人，而是那些灵魂残缺的人！"

在她讲话的同时，身边一位女士不断地打着手语。

观众席和场内运动员热烈鼓掌。

篮子一直注视着任永艾。

田野支起画架，准备画速写。他拿起望远镜扫描全场。望远镜忽然停在篮子的脸上。她身后，崇川市聋哑学校的校旗在迎风飘展。

田野的心声："她真的是个聋哑人？老天爷为什么要给这么美的女孩降下不幸？我能为她做些什么？我一定要为她做些什么！不，我要一辈子帮助她呵护她……哦，冥冥中好像真有上帝在指引我，让我永远追随她，永远爱她，她能看上我吗？能属于我吗？"

一片尖叫和欢呼使他惊醒。

一个工作人员走过来："喂，你影响交通。请换一下地方。万一有情况，你挡在这，没法疏散观众。"

田野只得走开。他想离聋哑学校近一点。工作人员却指着相反方向："这边不行，那边那边！"田野不得不回身转向。

大喇叭响起来："田径比赛二百米短跑马上就要揭开战幕，这将是一场强中还有强中手的紧张角逐。请看，运动员已经来到起跑线上。"

篮子陡然发现，起跑线上出现一个没有双臂的运动员，远看近似南飞，但脸长了，个子高了，也壮实了许多。她注视着他的一举一动，眼睛睁得圆圆的，大大的。她发现前面一排女同学举着望远镜，她当即抢过来，对准南飞看。

一声枪响，二百米比赛开始了。

　　南飞落在三个运动员后面。他每超过一个都引起一番骚动。他刚刚领先，又有一个运动员超过了他。少顷，他超越对方。而转眼间，对方却超越了他。如此反复拉锯几个回合弄得全场像开了锅。

　　篮子的表情也因此瞬息即变，额头上沁出了许多细汗。

　　在最后一秒钟，南飞抢先半步冲过终点线。整个体育场沸腾了。

　　大喇叭响起来："热烈祝贺南飞以优异成绩获得男子二百米短跑第一名！"

　　篮子先是站起来，后来干脆跳着鼓掌，直拍得手心通红。她突然离席，穿过过道，跑过甬道和长廊，冲到运动员更衣室门口，见男运动员在更衣，她又缩了回去，胸口起起伏伏地大喘着气。

　　更衣室走出许多男运动员，有的还回头打量她，朝她微笑。最后走出一个无臂者。她上前一步，发现不是南飞，又退了回去。

　　更衣室里已空无一人，她伸头朝里面张望。这时，一扇小门开了，刚冲完淋浴的南飞从里面走出来，后面跟着南飞妈。

　　南飞妈用毛巾给他擦干身子，转脸时看到了门口的篮子："天哪！"

　　篮子仍然站在原处。

　　南飞："妈，擦呀！"

　　南飞妈："多少年不见，你这是……"

　　南飞："妈，说什么哪？"一转身，张开了嘴，眼睛也定住了："……篮子？！"

　　篮子眼里蒙上了泪雾。

　　南飞："篮子？！……你长大了？"

　　南飞妈迎上去，握住篮子的手："越长越漂亮啦，要是走在大街上，我还不敢认哪！"

　　南飞一步步走过来："篮子，你消失了七八年，你到哪儿去啦？让哥哥找得好苦……"来到篮子身边，注视着她："你真美，我妹妹……让哥哥的心一阵阵发疼……"

　　篮子泪眼迷蒙地仰视南飞。

　　南飞："篮子，你为什么不说话？为什么？告诉我，这些年你到哪儿去了？都做了些什么？为什么突然丢下我，不给我补课，也不来找我，我们都是约定的，说好的呀！"

篮子泪下。

南飞妈疼惜地替她擦泪："闺女，有什么别闷在心里，有话憋在心里会闷出病来的。"

篮子突然转身走了，越走越快，最后跑起来。

南飞光着上身在后面追，在拐角处与田野撞了个满怀。

南飞："篮子！别跑哇！篮子！你等等！"

田野："嗨嗨，你没有胳膊还想骚扰人家？人家是聋哑人……"

南飞突然转过身，脸涨得通红："你胡说什么？那是我妹！我妹！"待他调头再追，篮子已无影无踪。

他站下来，陷入沉思："篮子她……真的成了聋哑人？"

南飞回身向更衣室走去，与迎面走来的田野擦肩而过时，互相对视后又将目光转向前方……

南飞内心独自："他是谁？"

田野内心独白："他真是她哥？"

两人不约而同回眸身后，目光又交织在一起……

南飞站下，转身："嗨，你是谁？"

田野也转身："有绅士风度的，应该先自报家门，再问对方姓名。"

南飞闪出一笑："我说过，她是我妹，我是他哥。绅士了吧！"

田野："她姓篮，你姓南，怎么会是兄妹？还是不够绅士。"

南飞仰面笑了："只知其一，不知其二，谁说她姓篮？好一个绅士！"瞥了她一眼，进了更衣室。

田野："篮子不姓篮？那她姓什么？"

洗衣织补店。

田野又送衣服来洗。黄刚、阿桃在里面忙。

田野喊："洗衣服！"

黄越微笑着迎出来，嘴里还轻轻唱着歌。

田野："好嗓子！"

黄越："真的吗？"

田野：“音色很美，有胸音，有磁性。”

黄越：“你是内行？”

田野：“我妈是搞艺术的。”

接过田野的白衬衣后，黄越抬眼看着他：“这么干净，连领子都没脏就洗？”

田野：“我有洁癖，穿过一次就得洗。”

黄越：“都像你这样，我们生意可兴隆啦！”

田野：“你贵姓？”

黄越：“我姓黄，叫黄越。你呢？”喜形于色。

田野：“哦，下次来我叫你父亲黄叔、黄师傅就行了。”转身向外走。

黄越：“下次来了，我怎么称呼你？”

田野佯作未闻，骑上自行车径自去了。

黄越悻悻地撅起了嘴……

黄刚从里面出来：“刚刚还蛮开心的，怎么嘴又撅起来啦？”

黄越瞟一眼远去的田野：“有什么了不起的？”

崇川市聋哑学校。

田野骑着自行车来到聋哑学校，在传达室前下车。

田野：“请问，你们这儿有个叫黄篮子的学生吗？”

传达员：“黄篮子？没有。”

田野：“哦！这就怪了……”

传达员：“倒是有个叫白篮子的。”

田野：“白篮子？”转身走向自行车，“她妹妹姓黄，她姓白？……”他自说白话地骑上车，慢慢驶去。

田野忽然看见街边有个门面上写着“哑语速成”四个字，便下车，锁好了，推开玻璃门，“教哑语吗？”

只见屋子里，两个人互相打着手语，面部表情之丰富远超常人。

他咳嗽一声，两人都没听见。

他走到两人中间，两人同时停下来注视他，少顷，又同时向他打起手语来。

市体育场。清晨。

偌大的体育场空无一人。

起跑线上，南飞在反复练习起跑。他已满头大汗，却还一次又一次地琢磨思考，一次又一次地纵身飞离……

有人喊："歇会儿，南飞！"

他猛回头，看见一脸慈爱的任永艾，一手拿着毛巾，一手拿着矿泉水向他走来。

任永艾先替他擦干头上的汗，又为他擦肩膀和胸背。擦完，向他嘴里喂水。

南飞："任主席，不好意思……"

任永艾："还是叫阿姨吧！我没孩子。在我眼里，你们都是我的孩子。"

南飞："我没有胳膊，起跑总是吃亏，去参加省残疾人运动会实在没底。"

任永艾："南飞，阿姨懂你。市残运会只是一个练兵场。真正激烈的竞争，在省里。你不要有思想包袱，只要你尽力就行了。我不要求你一定要摘金夺银。"

南飞："阿姨，你可以不要我夺标，可我不能。我要挑战残疾人的极限，体现生命的价值。"

任永艾："你妈妈很担心你，我也怕你超负荷运转。即使你挑战极限，极限还是客观存在。所以，你还是要注意身体，尤其不要再受伤。孩子，你不能再受伤了。我们都很疼爱你，知道吗？"抚着他重又冒出汗来的平头。

南飞："阿姨，谢谢你……谢谢。有人疼爱才是幸福的人。有妈妈……还有你……我很知足。我一定加油，为崇川市争光！"

任永艾："好孩子，阿姨祝福你……"

远处看台上，篮子静静伫立在那里。

洗衣织补店。

田野来取衣服。阿桃正在店堂里忙。

田野："阿姨，取衣服。"

阿桃："是不是白衬衫？"

田野点头。

阿桃："衣服都像你穿得这么仔细，我可真累不着了。"找出衬衫，叠得整整齐齐，放进一个塑料袋。

田野："谢谢。阿姨贵姓？"

阿桃："我姓白。"

田野："篮子跟你姓？不是还有一个女儿叫黄越吗？"

阿桃："嗯？啊！奇怪吗？我们家男女平等，一个跟爸姓，一个跟妈姓。是不是很开明？"

田野："唔，那当然！阿姨很前卫、很时尚的。"转身，却看见南飞从马路对面走过来。

南飞："又是你？！"

田野："哦，她哥！什么时候去省城比赛，我一定在家收看。"

南飞："谢谢你，小兄弟。这回还算绅士吧？"

田野把塑料袋放在车前篓子里："祝你成功！凯旋而回！"挥挥手骑车去了。

其间，阿桃一直在打量南飞。

南飞走进洗衣织补店。迎面柜台后面站着阿桃。

四目相遇……几乎同时喊出："南飞？！""阿姨！"

阿桃："一眨眼，你成大小伙子了！"

南飞："阿姨……我可找到你们了！"

阿桃："见到篮子了吗？"

南飞："见到了。可是心里很酸。我以为，她听不见说不出是一时的，一定早就治好了……"

阿桃长叹一口气："最大的医院最好的专家都看过了……命，命啊！"

南飞："她在家吗？"

阿桃："她在聋哑学校，今天排节目，要很晚才能回来。"

南飞："那我改天再来吧……"

阿桃："在家吃饭，等等她吧！"

南飞："不了，我要参加省运动会，有训练。"

阿桃："听说你跑了第一？可真不简单！训练的时候多注意，啊！"

南飞："哎，阿姨，我会当心的。谢谢。我走了……"

市聋哑学校。

南飞走进聋哑学校。

在教学楼里，他看到有的班级在上课，有的班级在画画，还有的在做手工……

走廊尽头，大教室里传来嘭嘭的律动声。门关着，他只好绕到室外，从大玻璃窗向里面看。

他看到，篮子在嘭嘭的律动中跳舞，舞姿优雅，激情时放时收，眼神中却含着沧桑。

南飞被她沧桑的眼神震动，想起他们在江边追逐时的欢笑，想起他们一起跌倒在沙滩上，在短暂的对视和心灵的悸动后倏然而至的羞怯……

震动声戛然而止。篮子凝视不动，变成雕塑般的造型。那造型，显得凄美而无奈。

南飞凝神看着篮子。

篮子也发现了窗外的南飞，却仍然像雕塑一样伫立在原地。

天上下起了雨，

南飞在雨中望着伫立的篮子。

篮子慢慢走过来，贴近玻璃。南飞也更加贴近玻璃。雨水从他的额头、眼睑和睫毛上流下来。篮子下意识地用双手抹着玻璃，似乎要抹去南飞脸上的雨水。

南飞："妹妹，这不公平，不公平！没有语言，有话不能说，永远不能和亲人交流，这太可怕，太可怕了！"他用头撞击玻璃，雨水和泪水流到了一起……

篮子从窗前向后退去，她看上去很忧伤，很无奈。最终，窗外雨中，南飞的眼里淡出了篮子的身影。

湖边。

篮子习舞后歇下来，看到了树下的画架。画架旁无人。她走过来看画架上的画。

画面上，杨柳在湖光中飘拂，而女孩在水边起舞，舞姿如飘拂的杨柳。画的一角写着题目：天人合一。

篮子感到身后有人走近。倏然转身，只见田野摘了一捧捧野花又灵巧地把它编成花环。

篮子打手语："你是谁？为什么跟着我？"

田野边说边打起手语："我叫田野。我天天在这里画画。有一天，你走进了我的画面……"

篮子："我走进你的画面，你就可以跟踪我？"

田野："我只是希望你能做我的模特儿。"

篮子："模特儿？什么意思？"

田野："没什么意思，只是创作需要。"

篮子："可你还是没经我同意，把我画到了画里。"

田野："那是因为……我把你当成了大自然的一部分，跟湖水、杨柳、天鹅、丹顶鹤一样自自然然。所以那画名叫……"

篮子："天人合一？"

田野："是的，在我眼里，你跟山水草木是融为一体的。你不属于繁华喧嚣的城市……"

篮子嘴角闪出一个微笑。

田野："可以把这个花环送给你吗？"

篮子接过花环，歪着头看了看，戴在头上。

田野："哇！让我画下来，行吗？"

篮子摇头，去找自行车。

田野推起自行车，跟在后面："你有一个哥哥叫南飞？"

篮子看了他一眼，丢下花环，骑上车子驶去。

市体育场外。

任永艾看着一个个残疾运动员上车，或帮助搭把手，或上前扶一下，或接过东西待其上车后递过去……

南飞在最后，南飞妈送到车门口。

南飞妈："照顾好自己，你已经不是小孩了……"

南飞："妈，我早不是小孩了，你总把我当小孩……"

南飞妈一阵咳嗽，越咳越厉害，几乎上气不接下气，挥着手，让南飞赶快上车。

南飞上车，从车窗里焦虑地看着妈："妈妈，到医院好好查一查，找到病根，该吃什么药吃什么药，别舍不得。"

南飞妈："看你说的！妈死不了！你能照顾好自己，妈就不用操心费神了。"

任永艾："你就放宽心吧！南飞能照顾自己，再说，还有我呢，是不是？"

南飞妈："嗨，有任主席带队，我一百个放心！"

任永艾上车。车发动后慢慢驶离体育场大门。

南飞这才发现站在运动雕塑下的篮子。

篮子向他挥手。

南飞把头伸出车窗："篮子！等我的好消息！"

南方某大城市。夜。

万紫千红歌舞厅门外贴着"漂泊者乐团"的海报。

歌舞厅里。

每一张桌子上都亮着一盏红台灯。那灯罩是纱皱的，令氛围神秘而诡谲。

漂泊者乐团奏起了耳熟能详的苏联歌曲《小路》。忧伤的旋律、不俗的品位使这里的歌迷耳目一新。

刘通州低回婉转地唱了起来：

> 一条小路曲曲弯弯细又长，
> 一直通向迷雾的远方。
> 我要沿着这条细长的小路，
> 跟着我的爱人上战场……

正要离去的沙莎，听到《小路》的歌声，停下了脚步，从门厅里转身倾听，忽又推开歌厅的门站在那里远望刘通州。

在歌声中，她梦游般地神思飘荡，不由自主地向台边走去，如梦似幻地望着刘通州。那唤起她遥远回忆的歌声令她沉迷似醉，眼前蒙上了一层泪雾。刘通州在她眼里模糊，可歌声却不绝如缕，深情缱绻在她耳边萦回不去。

《小路》曲终，掌声响起。

沙莎突然喊了一声："漂泊者，你是我的知音！"

语惊四座，所有人的眼睛都转向了她。静默少顷，人们竟然为她的忘情一叫欢呼着鼓起掌来。

沙莎被突如其来的掌声搞得不知所措："我没说错什么吧？"

人们发出了友善的笑声。

沙莎："那好，我想再点一首歌。可以吗？"

刘通州："欢迎。我们准备了五百个曲目，您每天都可以来点。"

沙莎："我每天都会点苏联的老歌，你们经得起考验吗？"

刘通州："但愿能让您满意。"

沙莎："请唱一支《有谁知道他》吧！"

鼓手站起来："九点半了，十点以前我们必须赶到下一个场子。"

沙莎："下一个场子是哪里？"

键盘手："红磨坊。"

刘通州："非常抱歉。只好明天再给您唱了。"

沙莎："不，我今晚就要听。否则，我怀疑你们那五百首是不是货真价实？"

　　鼓手、键盘手："今晚？"

　　沙莎："不行吗？"

　　鼓手："可，可我们不能迟到，迟到就是违约。"

　　沙莎："我跟你们走，这也违约吗？"

　　人们又笑起来。

　　万紫千红门外。

　　"漂泊者乐团"四个小伙子叫了一辆出租车，驶离万紫千红。

　　沙莎开着自己的车跟在后面。

　　红磨坊。

　　"漂泊者"的出租车和沙莎的私家车先后在"红磨坊"歌舞厅门外停下。

　　沙莎走进红磨坊，坐下，要了一杯矿泉水。

　　当"漂泊者"刚刚出现在台上，沙莎便站起来："我点五首苏联歌曲。"

　　"五首？"

　　人们纷纷把目光投向她。

　　沙莎："可以吗？如果没什么问题，我请漂泊者为我演唱。"

　　歌厅经理走过来："小姐，漂泊者第一次到红磨坊来，请宽容些。"

　　沙莎："我点歌就叫不宽容吗？"

　　刘通州："请问小姐尊姓大名？"

　　沙莎："你认为点歌跟我的姓名有关系吗？"

　　刘通州："这样吧，我先自报家门，我叫刘通州。刚刚出道，请多关照。您一定是苏联歌曲发烧友。请说出五首歌的歌名吧，唱得不好，还要请您指教。"

　　沙莎："好吧！五首歌是《纺织姑娘》、《丰收之歌》、《在遥远的地方》、《列宁山》，还有《忠实的朋友》。"转脸对经理，"我该付你多少钱？"

经理："不不，小姐，交个朋友吧！先唱，先唱。万一五首唱不全，请多包涵。"

说话间，音乐起。

刘通州唱起《纺织姑娘》："在那低矮的木房，油灯在闪着光。年轻的纺织姑娘，坐在窗户旁……"

鼓手、键盘手、吉他手们加进来变成四重唱："年轻的纺织姑娘，坐在窗户旁……"

沙莎安静下来，陷入沉思冥想。

刘通州旁白："简直是从天而降！她以自己特有的方式，不由分说地闯进了我的视野……"

洗衣织补店里面。夜。

狭窄的小屋里，黄刚、阿桃、篮子、黄越在看电视直播的省残运会实况。

田径赛起跑线上出现了南飞的身影。

电视主持人的声音："崇川市短跑运动员南飞，是我省田径健儿中一颗冉冉上升的星星。他虽然没有双臂，却具有极好的平衡能力和极强的爆发力。弱点是起跑时过度紧张又没有双臂助跑。尽管如此，他还是力挫群雄，成为残运会一大看点。南飞和陈雄在男子二百米比赛中好有一拼，究竟鹿死谁手，花落谁家，且看两位劲敌临场如何发挥。好，陈雄来了！看来他十分自信，主动与南飞拥抱，还拍了这位对手的肩膀。电视机前的观众请注意，一场势均力敌的比赛马上就要开始了！"

屏幕上，南飞、陈雄紧紧相邻，两人都躬身弯腰，如箭在弦上。

枪声响了。两人同时跃出起跑线。并肩飞跑，把其他运动员都甩在了后面。

观众席迅速升温，喧闹声、助威声一浪高过一浪。

南飞、陈雄时而前者抢先半步，时而后者超越半个肩膀，一直咬得很紧，大有难解难分之势。

离终点还有五十米，陈雄冷不防碰了南飞一下。南飞歪斜几步，落在陈雄后面。南飞脸涨得通红，爆出一股邪劲，咬紧牙关狂追不已，在最后一瞬抢先半步冲出终点线。

南飞回头，只见陈雄一头倒在草坪上，大口大口地喘着气。

在陈雄碰了南飞以后，黄刚、阿桃、黄越都发出惊呼。篮子倒吸了一口冷气，甚至在片刻间闭上了眼睛。

黄刚："这个陈雄！"

阿桃："真损！"

黄越："不是都说无毒不丈夫吗？"

黄刚："这是什么话？！"瞟了黄越一眼。

当南飞抢先半秒到达，全家都拍手叫好。

黄越抱住了黄刚。篮子投进了阿桃的怀抱。

阿桃："南飞，多好的孩子，事事处处护着篮子。一口一个我妹我妹……我原以为他们是天生的一对。可惜……"

黄刚："可惜没有了胳膊？"

阿桃："嫁汉嫁汉，穿衣吃饭。南飞都这样了，篮子能指望他什么？"

黄刚："那就看他们自己了。只要他们愿意，照样过得幸福。"

黄越："爸，妈，你们也太操心了吧？你知道我姐心里想的是谁？"

黄刚："小孩家懂得什么？"

黄越："我还小呀！我们班好多男生女生都谈恋爱了，还常约会哪！"

黄刚："谁谈也不许你谈！中学生，好好念书。长大了再谈不晚。"

黄越："要是有个好男孩就在眼前，等上几年，人家早跟别人好了！"

黄刚："黄越！说什么哪！你要是敢谈恋爱，我……"

黄越："怎么？爸！你还真下手呀！"

篮子起身，一个人向外面走去。

小街的电线杆上挂着一弯月亮。

她眼前出现崇川河里弯弯的月亮，与刘通州并肩坐在月光下的情景。

【闪回】……刘通州："篮子，你是个很特别的姑娘……"

篮子："是吗？那你呢？你就不特别了吗？"

刘通州弹起《弯弯的月亮》："篮子，今晚崇川河美吗？"

篮子："美，从来没这么美过……"

刘通州："天上的月亮呢？"

篮子："弯弯的，像眉毛，像小船……"

刘通州："我会记住这个夜晚，永远……你会吗？"【闪回完】

一辆摩托车驶来，几乎与篮子擦身而过，那摩托在不远处又调头，在篮子身旁刹车。那人摘下头盔，原来是阿东。阿东一脸坏笑："还认识我吗？"

篮子一惊，向后退去。

阿东："篮子，还把我当成小混混？现在我是爷们儿啦，爷们儿里我是老大。交个朋友，怎么样？"

篮子浑身发抖，上牙打着下牙，愣了片刻，才突然转身跑到店里，关上了大门。

南方某大城市，红磨坊歌舞厅。

刘通州微闭双目，轻轻摇晃着身体，已唱到第五首最后一句："从雅乌兹河上漂来了愉快的小舟，从雅乌兹河上漂来了愉快的小舟……"

沙莎沉浸在歌声回忆里，歌停，如梦初醒："唱完了？怎么就完了？不，我要再点五首。"

鼓手："小姐，我们在每一个歌厅只唱五首，半小时后我们还得赶到下一个场子。"

沙莎："下一个场子是哪儿？"

鼓手："挪威森林。"

红磨坊歌舞厅门外。

沙莎打开车门："漂泊者，上我的车吧！"

刘通州："挪威森林很偏，不顺路吧！"

沙莎："嗨，我就不能到挪威森林里见识一下？请吧！"

刘通州坐到副驾驶座，其余人挤在后面。

沙莎开得很溜，在霓虹闪烁的马路上跑得轻快而迅捷。

沙莎："现在，我该告诉你我的名字了。我叫沙莎。"

刘通州："像俄罗斯人的名字。"

沙莎："像吗？很好。因为那儿是我的第二故乡。"

刘通州："第二故乡？"

沙莎："我生在莫斯科，在那儿度过了童年和少年……"

刘通州："原来你是半个俄罗斯人！你的歌再点下去我们就要山穷水尽了。"

沙莎："至于吗？我泡了这么多歌厅，第一次听到唱苏联歌曲。能唱这么多苏联歌的乐团，在这座城市里，你们是独一无二的了。"

刘通州："中国人很怀旧。我们的苏联歌曲把一些中年以上的人也吸引到到歌厅来了。"

沙莎："没想到，你们在这儿找到卖点。"

刘通州："歌是情感的产物。情感也是可以开发的。眼下，苏联歌曲就是个盲点。"

沙莎："刘通州，你是个很特别的人。"

刘通州："沙莎小姐，在我的观众里，你也是个很特别的人。"

沙莎倏然转脸注视刘通州，轿车差一点追尾，一个急转从人行道边擦过去才免去一劫。

刘通州旁白："这个沙莎，让我眼睛一亮，但是她太耀眼了……"

洗衣织补店。

南飞来到洗衣织补店："黄叔！阿姨！"

黄刚："南飞？你回来啦！你真是好样的！"

阿桃："快进屋！"

黄越放下作业走出来："南飞哥，你现在成体育明星啦！"

南飞："越越，你看我这样子像个体育明星吗？我只不过是想证明健全人能做到的事，我们也能做到。"

阿桃："飞飞，这才是男子汉！"

黄刚："是不是还要接着赛？"

南飞："省里选中了我，要我参加集训，备战全国残运会。"

黄越："哇！飞飞哥要成全国名人啦！"

篮子骑车到门口，锁住车，一抬头，愣住了。

南飞："篮子！"

篮子走到他面前，目不转睛地注视他，慢慢地举起作"V"字形的右手。

片尾歌：

　　黛瓦粉墙小石巷，

　　外婆桥畔草莓香。

　　芬芳年华东流去，

　　一轮明月梦水乡。

　　梦中又乘乌篷船，

　　梦中又见月弯弯。

　　梦中又牵你的手，

　　醒来床前一片霜……

七

小渔港。

南飞妈又咳又喘，在院子里喂着鸡。

南飞大步走进院门："妈！"

南飞妈："胜啦？儿子！"

南飞："败啦！妈！"

南飞妈："真的？"

南飞哈哈大笑："骗你的，妈！"从书包里叼出一块金牌。

南飞妈捡起来，在阳光下一闪一闪："金的？"

南飞："妈，你看像铜的？"

南飞妈："第一？我儿第一！？"抱住南飞，"孩子，妈没白疼你！"给南飞挂上金牌，"嗯，精神！神气！你爸要是活着……唉，他没福气，没福气……"进屋往灶里添柴，"儿子，妈给你弄好吃的。"被柴烟呛得咳出了眼泪。

南飞："妈，你去检查了吗？"

南飞妈："拍了片子，就说有什么阴影。"

南飞："没说是什么病？"

南飞妈："说还要拍什么 CT，做什么磁……什么震。"

南飞："你做了吗？"

南飞妈："我才不花那冤枉钱哪！"

南飞："不行！不查不能确诊。我这回得了两千块奖金，我给你留下，你把病根查清楚喽，啊！"

南飞妈："那钱，你留着找对象用吧，妈等着抱孙子哪！"

南飞："妈，你不治好病，我就不要媳妇。"

南飞妈："我治我治，告诉妈，有对象啦？"

南飞不语。

南飞妈："说话呀！"

南飞摇头。

南飞妈："怕人家看不上你？篮子呢？篮子从小不是跟你最好吗？"

南飞："妈，你觉得这现实吗？"

南飞妈："怎么不现实？小时候哥呀妹的叫到大。你没了胳膊，她不嫌弃你，天天帮你补课。后来她聋了，唉，她真命苦……你们不是正好互相帮助互相照应吗？"

南飞："妈，你看我现在这样还怎么娶她？"

南飞妈："飞飞，没有她，你能过得踏实、过得安宁吗？"

南飞痛苦地走出门外，独自在江边疾走，越走越快，越走越急，任江风吹开了他的衣襟。最后，他突然站住，一头倒在沙滩上，望着天上的流云发呆……

他耳边又响起与篮子在江边追逐时的笑声……

南飞长叹一口气，闭上了双眼……

湖边。

篮子练完舞蹈便跨上自行车。

田野收起画夹推车走近她。

篮子看了他一眼，径自骑车前行。阡陌狭窄，无法并行，田野只得跟在后面。

进城后，在一条小街上，一个穿黑皮夹克的男子摘下墨镜看着迎面而来的篮子。

篮子看出那男子是阿东，当即急转，加速驶进一条巷子。一辆轻骑疾速驶来，篮子避让，歪倒在电杆旁。

田野连忙下车，要扶起篮子。篮子却不让他搀扶，自己扶着电杆站起来，刚走一步，却又倒下去。

田野叫了一辆出租车，把篮子扶上车，又将自行车放在后备厢里，才上车坐在副驾驶座上："去医院！"

医院外科诊室。

外科医生："脚踝肿了。脱了袜子看看。"

田野给篮子打手语。

篮子脱下右脚上的袜子，从脚背到脚都已肿得很高。

外科医生检查时看到脚背上有一块红色心形胎记。

田野也看到了胎记，抬眼看篮子，篮子却垂下了眼睑。

外科医生："心形胎记？少见！"打量篮子，"姑娘，脚背上长着心形胎记的人会跳舞，有的还能成为舞蹈家！"

田野当即将医生的话变成手语。

篮子惊喜地张大了嘴，打手语问："真的吗？"

田野："医生，她问你是不是真的？"

外科医生："当然是真的。只可惜是个哑巴。"

田野用手语告诉篮子是真的，却没有翻译后半句话。

医生："脚崴了。到治疗室处理一下，休息两天就好了。"

一辆出租车驶到洗衣织补店门口。

田野下车，打开车门去扶篮子。

阿桃看见了，从店堂里跑出来："篮子怎么了？"上前去扶。

田野："篮子从车上摔下来崴了脚。"将自行车从后备厢里拿出来，付了车资，跟到店里。

在里屋的黄刚，见状就把篮子抱起来放到了床上。

阿桃："谢谢你，小伙子。"到床前看篮子的脚。

田野："白姨，这是应该的。"

阿桃："看这脚崴的！肿得像馒头似的！啧啧啧……怎么就不知道当心一点！唉……"

田野："黄叔、白姨，我走啦……"

黄刚："小伙子，你叫什么？"

田野："我叫田野。"

阿桃："这名字好记。今天多亏了你……再来洗衣服，不收你钱。"

黄刚："不好意思，让你受累了。"

田野："黄叔，说不定我们有缘。"

黄刚："哦？这话从何说起？"

田野："缘就是个说不清的东西，叔，你说是不是？"走到外面，推起自行车一抬头，看见从小街对面过来的黄越。

黄越喜形于色："新主顾！找我？"

田野："拜拜！"挥手而去。

黄越的笑容烟消云散。

小渔港。南飞家。

南飞从外面进屋，嗅嗅鼻子："妈！什么这么香？"

南飞妈："你说呢？"

南飞："梅干菜烧肉！"

南飞妈揭开锅盖，蒸气弥漫，香味四溢。

南飞："妈，又提前过年啦！"

南飞妈："后天你要去省里集训了，妈给你加加油，拿全国金牌！"

南飞："要是拿不到呢？"

南飞妈："这也是你说出来的话？"

南飞："我宁可拿不到金牌，也要妈妈身体好。"

南飞妈鼻子一酸，用围裙擦擦眼角："我儿有良心！有良心……"把干菜肉放到桌上："儿子，吃！妈没有白疼你……"盛了两碗米饭，坐到桌前，给南飞搛了两筷子干菜肉。

南方某大城市。夜。

"挪威森林"歌舞厅里，一片清幽超然的森林景象。

沙莎走进来，在一张没有人的桌子旁坐下。

侍者过来："小姐，您用点什么？"

沙莎："沃特卡加冰。"

侍者："对不起，我们这里没有沃特卡。"

沙莎："为什么？"

侍者："上面规定，歌厅不允许出售烈性酒。"

沙莎："格瓦斯有吗？"

侍者："您说的是饮料还是酒？"

沙莎："这是俄罗斯饮料。"

侍者："对不起……"

沙莎："真扫兴。那就来一杯法国红葡萄酒吧！"

侍者："请稍等。"

说话间，"漂泊者"登上舞台。

侍者送来红葡萄酒："要加冰块吗？"

沙莎："加一点。谢谢。请你到台上跟歌手说，我想跟他同唱一首歌。"

侍者："好的。"

侍者上台，与刘通州耳语。刘通州内心独自："天哪，又是她！"

刘通州："请她上来吧！"

侍者旋即下台来到沙莎桌前："小姐，请。"

沙莎走到台上。

刘通州："沙莎！？"

沙莎："我想跟你同唱一首苏联歌曲。"

刘通州："哪一首？"

沙莎："《有谁知道他》。刘先生，这不会是你的盲点吧？"

刘通州笑了，回头扫了一眼乐手们："《有谁知道他》！"

前奏过后，沙莎唱了起来："晚霞中有一青年，他徘徊在我家门前。"

刘通州接唱："那青年闭口无言，单把目光向我闪一闪。"

接下来，沙莎、通州二重唱："有谁知道他呢？为什么目光一闪？为什么目光一闪？为什么目光一闪……"

台下响起了喝彩。沙莎向刘通州目光一闪，走下台去，喝干葡萄酒飘然而去。推门时，回眸台上，走出门外。

洗衣织补店。

田野骑车而来，在店前下车："白姨！"

阿桃："是小田。洗衣服？"

田野："篮子怎么样？"

阿桃："好一些，还没完全消肿。"

田野："可不可以看看她？"

阿桃："进来吧！"

田野穿过店堂来到里屋。见篮子靠在床上："篮子！"

田野："还疼吗？"

篮子点头。

田野手语："那是老天爷让你休息。"

篮子莞尔，瞟了他一眼。

田野从书包拿出一本《中国各民族舞蹈》的专著，递到篮子手里，篮子立即兴味极浓地浏览、翻阅。

田野："喜欢吗？"

篮子的眼睛亮了："哦！我该怎么谢你？"

田野："做我《天人合一》系列的模特儿。"

篮子："你在我不知道的时候，已经画了进去。"

田野："我现在要在你知道的情况下，做我的模特儿。"

篮子："还有什么不一样吗？"

田野："当然不一样。你说呢？同意了？"

篮子点头。

田野："谢谢。好好养着。可以再来看你吗？"

篮子不置可否地轻轻一笑。

田野穿过店堂时对阿桃说了声："白姨，我走啦！"

田野刚走，黄刚送货回来。

黄刚："田野来过？"

阿桃："来看篮子。这孩子，会打哑语。是不是他们家也有哑巴？"

黄刚："小伙子倒是斯斯文文的，挺有礼貌。"

阿桃："你看还不错？"

黄刚："阿桃，是你看他不错吧！这就要相女婿啦？篮子还小。"

阿桃："先交朋友嘛！我可不主张急火打烧饼。"

黄刚："我们俩是慢火烧饼？"

阿桃："你什么时候学得油嘴滑舌的？我这是说正事哪！我看田野这小伙子正正派派的，还很知道疼人。"

黄刚："看人不能看一时一事，日久见人心。篮子跟南飞跟通州，我都放心。他们都打心眼里疼篮子。"

阿桃："可通州那小子走了七八年也没个消息，南飞又残了……"

黄刚："阿桃，能不能做夫妻看缘分。有缘分的千里姻缘一线牵。没缘分的再撮合，还得各奔东西。"

阿桃："可我看他俩像是有点缘。篮子跟他说话显得很开心，看上去还有点喜欢他。"

黄刚："都还年轻，性情不定，难说。还是顺其自然吧！"

阿桃："还是你潇洒，怪不得收音机里天天叫人潇洒走一回呢！"

南方某大城市。

"漂泊者"四个小伙子从大超市出来。一辆轿车上走下个沙莎。

沙莎："漂泊者，你们好！"

小伙子们："哦，是沙莎！"

沙莎："刘通州先生，我请你帮个忙。"

刘通州："我能帮你做什么？"

沙莎："车上谈。"拉开车门，"请吧！"

刘通州上车。其余几个要上，被沙莎挡住："你们去忙吧！"

那三位："我们不忙，为什么不要我们帮忙？"

沙莎："人多了会越帮越忙，再见。"倒车，驶去。

轿车上。

刘通州："你要带我去哪儿？"

沙莎："海滨。"

刘通州："去那儿帮什么忙？"

沙莎："到那儿就知道了。刘通州，你总不至于认为我会绑架你吧！想过过开车瘾吗？"

刘通州："好吧。"下车与沙莎换座位，开车时眯着眼，紧皱眉头。

沙莎："你的眼睛是不是不灵？"

刘通州叹息："先天的，没有办法……"

沙莎："你锻炼得不错了……"

刘通州："所以沙莎，我帮不了你什么……"

轿车驶近海滨。一座依山傍海的别墅。

沙莎："停车，我们到了。"下车。

沙莎望着下面的海滨浴场和游乐场："环境怎么样？"

刘通州："背靠青山面对大海，好地方。"

沙莎："我要在这儿开一个音乐厅。名字叫俄罗斯童话。"

刘通州："俄罗斯童话？你的听众是哪些人？这要有个定位。"

沙莎："听众首先是我自己。我开这座小小音乐厅，是为了圆梦。"

刘通州："沙莎，你太自我！开音乐厅也是一种商业行为，你还得考虑盈亏。"

沙莎："我请你们漂泊者主唱。条件具备以后，我还要请俄罗斯的歌手、小乐队和手风琴演奏家……"

刘通州："沙莎，你这是忽发奇想，需要可行性论证。"

沙莎："我相信，到海滨浴场来的人中间，有我的知音。这里不会门庭冷落。你愿意帮我吗？"

刘通州："漂泊者不是我一个人，我们可以考虑跟你签约。"

沙莎："好哇，要的就是这句话。我渴了，咱们去喝点什么。"

两人上车。轿车驶出别墅，穿过一段绿荫夹道的山坡路，停在一家茶坊外面。

碧螺茶坊。

沙莎和通州走进茶坊。

侍应清一色穿着高领开衩旗袍。竹窗、竹帘和摇曳的竹影使这里显得清雅脱俗。

两人在竹影摇曳的窗前坐下。

女侍应："小姐、先生用什么茶？"

沙莎："红茶加糖。你呢？"

刘通州："我要一杯碧螺春。"

侍应应声去了。

沙莎："看来我们饮茶习惯不同。俄罗斯每家都有一个漂亮的茶炊。"

刘通州："在茶炊里煮，跟看着茶叶一瓣瓣舒展、张开、慢慢飘落，少了一点视觉的玩味。"

沙莎："好哇，喝茶也喝出了审美，喝出了不同的文化背景。"

刘通州："尽管茶是从中国传到高加索的，可喝法就大不相同了。"

侍应端来了一壶红茶，倒在瓷杯里。沙莎自己加了糖，用小匙轻轻搅拌。

刘通州的绿茶则随着茶叶在水中开放，弥漫出淡淡的绿色。

沙莎："红茶让我想到童年。外面大雪封门，壁炉里火光熊熊，我和爸爸妈妈在炉边喝着热乎乎的红茶……"

刘通州："俄罗斯——一个冬天的童话？"

沙莎："你读过这首长诗？"

刘通州："读过。可那对于我，很遥远，几乎遥不可及。"

沙莎："那对我，可是一个童年的梦，永远挥之不去。你知道吗？人一生如果有十个梦，那六个属于童年。"

刘通州："沙莎，我相信童年的梦深藏在我心里，永远也抹不掉。我没有六个，我只有一个。这一个梦会伴随我一辈子。"

沙莎："通州，你会很成功的。"

刘通州："为什么？"

沙莎："你是个情感资源很丰富的人，丰富得几乎深不可测。"

刘通州："你的情感更奔放，更热烈。这些，是不是莫斯科赋予你的？"

沙莎："莫斯科，列宁山，那是我最怀念的去处。爸爸妈妈在莫斯科教了多年的书，后来又进了驻俄使馆。我因此有机会看了许多世界级的芭蕾舞和歌剧演出。"

刘通州："沙莎，你一直生活在幸福之中。我们是完全不同的……不是吗？"

沙莎摇摇头："可以求同存异嘛！走，去晒晒太阳，洗洗海澡！"

刘通州："我可没下过海。"

海滨浴场。

坐的，躺的，走的，跑的，大都晒得红红的、黑黑的。

刘通州白皙的皮肤毫无阳光的色彩。面对苍茫大海，他有点不知所措。

沙莎不由分说拉着刘通州往海里跑。

到了海里，沙莎又拽住刘通州往深水处走。

最后，她扔给通州一个救生圈。通州没接住，沙莎又把救生圈套在刘通州脖子上。

刘通州一脚踩进海沟里，连喝了几口海水，沙莎大笑着托起他、抱着他，离开了危险地带。刘通州下意识地拥着沙莎不放。

沙莎："嗨，刘通州，没事啦！"

刘通州仍然不松手。

沙莎顺势搂紧他，柔情似水地吻了他。

刘通州浑身一震，似被电流击中，闭上双眼感受着前所未有的亲密。少顷，轻轻推开沙莎，转身向沙滩走去。

沙莎跟上来："嗨，你是不是觉得我是个坏女孩？"

刘通州："没有。"

沙莎："通州，那是我的初吻。一生中第一次拥抱一个男人……"

刘通州："沙莎，对不起，我，我不能……"

　　沙莎："为什么？"

　　刘通州："沙莎，你是个好姑娘。可是，我不能跟你距离太近……"

　　沙莎："这又是为什么？"

　　刘通州："沙莎，你像一颗太阳，离你太近，我会被你灼伤。"在沙滩上坐下。

　　沙莎笑了。脸朝下趴在他身边："通州，你像一个磁场。我已经被吸了进来，再也走不出去了……"

　　刘通州："天哪……"

　　沙莎："通州，给我背上抹点防晒油。我都要烤焦了！"

　　刘通州把防晒油轻轻涂在她背上。

　　沙莎闭上眼睛再也没有说话。

　　轿车上。

　　轿车奔驰在山腰上，沿海而行。

　　沙莎："通州，你能不能帮我把俄罗斯童话搞起来？"

　　刘通州："我很抱歉。我不能。"

　　沙莎："为什么？"

　　刘通州："我还有三个漂泊者兄弟，我不能丢下他们。"

　　沙莎："你能为朋友两肋插刀，就不能为我？"

　　刘通州："沙莎，君子重承诺。我答应了他们，就要跟他们抱起团来，有福同享，有难同当。"

　　沙莎："又是中国式的哥们儿义气？"

　　刘通州："有什么不好吗？"

　　沙莎："可是通州，这是一座欲望的城市，人们为欲望活着，为了一点利益不顾死活，更顾不上哥们儿弟兄……"

　　刘通州："沙莎，你这么看？"

　　沙莎："我说得不对吗？俄罗斯童话是为了我，其实也是为了你。"

　　刘通州："为了我？"

　　沙莎："通州，我希望那是我们俩的童话。我爱你，如果不能天长地久，我们分手的时候，我会把俄罗斯童话留给你。"

刘通州："留给我？"

沙莎："是的，留给你。然后我会走得远远的，为了逃离你的磁场。"

刘通州："沙莎？"

轿车陡然停在海边悬崖上。

沙莎火辣辣地看着刘通州，伸出修长的手臂环绕着刘通州的脖子："通州，你愿意我守望着你，还是愿意我远远地逃离？"

刘通州："沙莎……我真的被你烫伤了，伤得很重很重……"

沙莎把她的双唇迎了过去……

崇川郊野湖边。

篮子刚刚跳下自行车，田野就丢下画笔迎了过去。

田野："好了吗？"

篮子手语："好了。谢谢你。"

田野："我今天到这儿来，只是为了等你。"

篮子："嗯？"

田野点头："我要报考电影学校美术系，想把天人合一系列完成了带去面试。"

篮子："那么，我该做些什么？"

田野："你跳你的，喜欢怎么跳就怎么跳，就当我不存在……"

篮子："就这么简单？"

他俩都轻松地笑了，目光不由得碰到一起又在瞬间移向别处。

田野："篮子，你这么喜爱舞蹈，想不想上舞蹈学院？"

篮子："舞蹈学院？哪里有这样的大学？"

田野："北京有，上海也有。"

篮子："是不是面向全国招生？"

田野："那当然了！要不，我们一起去？我考电影学校美术系，你考舞蹈学院，怎么样？"

篮子目光灼灼地点头。

田野："决定啦？决定了就抓紧准备。到时候，我们一起去上海！"

篮子像燕子一样飞向湖边……

小渔港南飞家。夜。
南飞在母亲身边熟睡。

睡梦中，他潜入江水中捉起一条大鱼抛到船上。大鱼落入篮子怀中，篮子跌坐在船板上，

篮子在江边奔跑，左躲、右闪，南飞冲劲太大，两人倒在沙滩上。南飞趴在篮子身上，篮子仰面看着他。

南飞俯下身去："篮子，我爱你……"

篮子："南飞哥……"

南飞："妹，哥爱你。哥为了你，可以去死。你爱我吗？告诉我，告诉我……"

篮子："哥，爱是不能说的。只能藏在心里，心里……"

南飞把嘴唇贴向篮子张开的红唇……

闪电霹雷从天而降。

一阵天火之后，南飞失去了双臂。

南飞忽地坐起来，妈妈正在剧烈的咳嗽，吐出一口又一口血。

南飞："妈！你怎么啦？吐了这么多血！"

急救车在村路上颠簸……

南飞妈躺在病床上被推过医院长廊。南飞跟在车旁，紧张地注视着母亲……

做 CT。

做核磁共振。

南飞在住院处收费口窗外叨着一张张百元大钞，送进窗口："够吗？"

医生办公室。

医生将片子插进办公桌旁的灯箱里，凝神注目，皱起眉头。

南飞："医生，没，没问题吧？"

医生看了他一眼："有问题。"

南飞："要紧吗？"

医生吁了一口气："肺癌。"

南飞："肺癌？怎么会？你……没有看错吧？"

医生指着片子："喏，喏，还有这儿。这些都是客观的东西，你找任何一个医生看，都会做出同样的判断。"

南飞："能治吗？"

医生："手术，切除病灶，然后，放疗、化疗。"

南飞："你能救活她？"

医生："我尽全力，但不能保证。"打量他没有双臂的身体，"你们兄弟几个？"

南飞："我是独子。"

医生："你……有经济来源吗？"

南飞："我……暂时没有工作。"

医生："手术、放疗、化疗，都得花钱。我可以把手术尽可能做得好，除癌务尽嘛。可是费用，你得尽快筹措。耽误一天就增加一分风险。你明白我的意思？救命，要快，分秒必争。"

南飞："我明白，当年就是因为一时筹不到钱，我的胳膊才没保住。这回，我不可能为了钱让妈妈丢了性命……"

医生："看来你是个孝子，只怕心有余力不足……"

南飞："不，我会及时送来钱的！我会的，医生。"

崇川市街头巷尾。

南飞六神无主地走在大街上，想不出如何才能筹到足够的钱。人们在购物、买冷饮、挑选衣服，哗哗地付钱，哗哗地点钱、收钱，甚至乞丐碗里都盛着钱……他在电杆上靠了靠，匆匆拐进小街，走到洗衣织补店门口，往店里眦了一眼，在门口往返踯躅，最后还是走开了。

他茫然前行中猛抬头看见"血站"两个红色大字，愣怔了一下，转眼看血站大门，定了定，向门里走去。

他走到抽血的窗口。

窗口里的白衣女人："什么事？"

南飞："卖血。"

"什么血型？"

"O型。"

"抽多少？"

"能抽多少抽多少。"

"不要命啦！"

白衣女人准备好了针管："把手伸过来。"

南飞把脚抬了上去。

白衣女人吓了一跳，拍拍胸口："吓死我了你！"

医院住院处。

南飞用嘴把钱送进窗口。

里面的女人点完钱把目光投向他："钱不够。"

南飞："还差多少？"

"还差一半。"把钱掷出来，"凑够了再来交吧！"

南飞收好钱，来到洗手间，对着水管子咕嘟咕嘟喝了一肚子水。

他急步走出医院，匆匆而去，满头大汗地来到血站门口。他大步流星走进血站。

南飞站在抽血窗口前："卖血啦！"

白衣女人："怎么又是你？"

南飞："我急等用钱。"

白衣女人："那也不能一天抽两次血。半个月以后再来吧！"

南飞："半个月？半个月就出人命啦！"

白衣女人："对不起，这是规定。"

　　南飞："可，可交不上手术费，我妈就没命啦！"

　　白衣女人："那怎么办？我实在帮不了你。"

　　南飞："我求求你，求求你救我妈一命还不行吗？"

　　白衣女人关上窗口，转身离去。

　　南飞无助地走上街头，又急又累，虚汗淋漓……

　　忽然，他看到街边广场停着一辆采血车，便急步上前，到了车上："卖血。O型，要不要？"

　　"要哇！"

　　"快。"把腿抬到桌子上。

　　抽血者下意识地退后一步，惊讶地看着他。

　　针管抽出他的血浆，从皮管流进血袋。

　　南飞有点晕眩，闭上眼睛。

　　"喂，抽完了。"

　　南飞："给钱！快！"他用嘴接过钱，装进上衣口袋，匆忙下车。刚下车，眼前，一片漆黑，他背倚采血车，身体渐渐下滑，瘫坐地上。

　　幻觉：他大步流星，腾跃向前："妈，你挺住！儿子有了救命钱了！你可要顶住哇！"（高速摄影）

　　住院处窗口啪地关上了。

　　手术室门也在一阵空洞的声音中关上了。

　　带回音的声音："南飞，晚了！晚了！！晚了！！！"

　　南飞醒来，挣扎着站起来，摇摇晃晃地向医院走去。

　　住院处窗口。

　　南飞把钱送进去："够了吗？"

　　里面点钱的声音，声音中止后，收银员："找你一毛。"扔出一张毛票。

　　医生办公室。

南飞跑进来，气喘吁吁："医生，钱交过了。晚不晚？"

医生："不晚。小伙子，你可真是个大孝子哇！有好多病人就因为筹不到钱放弃抢救，唉，我也很难过哇！"

南飞："那就请你抓紧手术？"

医生："还要检查一下，你母亲有没有基础病，然后才能手术。你放心，会抓紧的，就冲着你这份孝心，我会尽最大努力保住你妈妈的命。"

南飞扑嗵一声跪在医生面前："医生，你要是保住我妈的命，你就是我的恩人！恩人！"

病房里。

南飞妈躺在病床上。医生、护士的检查告一段落。

医生看了刚刚送给他的化验单，便把目光投向南飞妈："各项检查都结束了。情况不错。"

南飞妈："情况不错？那我可以回家了？"

医生："不是可以回家了，是手术时机成熟了。"

南飞妈："我这咳嗽气喘是老毛病了，哪用手术？"

医生："大嫂，不手术去不了根。"

南飞妈："要花很多钱吧！花钱多，我就不手术了，抗一抗顶一顶就过去了。"

医生："放心吧！你儿子把手术费都交了。"离去。

病房门外。

南飞迎向医生："医生？！"

医生："我们准备一下，后天就可以手术。"向医办走去，忽又回头，"等一会，你到我这儿来，在手术协议书上签个字。"

南飞点点头，走进病房："妈！"坐在床边，端详母亲。

南飞妈："飞飞，妈好多了。别手术了，回家吧！"

南飞："不手术去不了病根，还得犯，越犯越厉害。还是听医生的吧！"

南飞妈："你哪来那么多钱？"

南飞："挣的呗！儿子大了，棒棒的，挣个钱还难了吗？"

南飞妈："不是跟人借的吧？要是借的，我宁可不动手术，赶紧把钱要回来还给人家。"

南飞："妈，这么多钱跟谁借？谁有那么多钱借给咱？你就放一百个心吧！儿子不光要给你治好病，还要你长命百岁，跟儿子过几十年好日子。"

南飞妈："好日子，好日子……儿子，只要你能过上好日子，妈也就可以放心去了。"

南飞："妈，你胡说什么？去什么去？没有你，我活在世上还有什么滋味？我就是拼上命也要给妈治病，让妈享福。"

南飞妈感动落泪。

南飞："妈，你想吃点什么，我给你买去……"

南飞妈："妈什么都不想吃，妈不想你离开我，一步都不要离……"

南飞俯下身去："妈，我不走，哪也不去……"紧贴母亲的脸。

南飞妈伸出双手抚弄他的头发："孩子，万一妈要是走了，你可怎么办？怎么办……"

南方某大城市。

"万紫千红"歌舞厅楼下。

沙莎的车驶过来，摇下车窗，频频按喇叭。

阁楼上，键盘手伸出头来："沙莎，找我？"

鼓手："不对不对，是找我吧？"

吉他手："听歌的时间不对，天黑了再来！"

三个人转身，从被窝里拽出刘通州："嗨嗨，幸福向你招手哪！"

"这么漂亮的姑娘，打着灯笼也没处找！"

"气质多好，品位多高，泡歌厅的人里头，可是千里挑一呀！"

楼下喇叭又在频频按响。

刘通州："嗨嗨，怎么搞的嘛！搅了我的好梦！"

吉他手："梦见什么啦？"

刘通州："梦见……"沉湎地回想，"从前，小的时候……多单纯，多美……"

楼下喇叭又响起来……

片尾歌：

　　黛瓦粉墙石子巷，
　　外婆桥畔草莓香。
　　芬芳年华东流去，
　　一轮明月梦水乡，

　　梦中又乘乌篷船，
　　梦中又见月弯弯。
　　梦中又牵你的手，
　　醒来床前一片霜。

八

"万紫千红"楼道里。

刘通州睡意蒙眬地把头伸出窗外。

沙莎："还睡哪！快下来，有要紧事……"

鼓手问刘通州："快说！要紧事是什么？"

键盘手："抱过了吗？"

吉他手："亲过了吗？"

鼓手挤挤眼："那个了没有？嗯？"

刘通州："瞎问什么？朋友而已。"

鼓手："而已？怎么不跟我而已？"

键盘手，吉他手："对呀，怎么不跟我们也而已一下？"

"万紫千红"门外。

刘通州穿一身休闲服走出来："沙莎，什么事？"

沙莎："要紧事。上车再说。"

两人上车。沙莎倒车，驶离"万紫千红"。

刘通州："说吧！"

沙莎："你就这么喜欢直奔主题？"

刘通州："我们这是去哪里？"

　　沙莎："俄罗斯童话。"

　　刘通州："俄罗斯童话？那是你的梦幻王国吧！"

　　沙莎："不仅是梦幻王国。我要让它成为我的精神家园。"

　　刘通州："可我的精神家园是粉墙黛瓦，石路拱桥，水上人家。一切都离不开那条穿城而过的河。那条河就是水乡的一切。"

　　沙莎："哦，好一个水文化。水文化熏陶出来的人是不是都有水性？"

　　刘通州："应该有。"

　　沙莎："比如？"

　　刘通州："水的随性随形，水的无拘无束，水的温柔含蓄……"

　　沙莎："刘通州！你有诗人气质。"

　　刘通州："可我不会有普希金的高贵，不会。"

　　轿车沿着翠绿的山岗，在蓝色大海边奔驰。最后，驶进山腰上的别墅。

　　沙莎、刘通州下车。沙莎带着他走进有弧形落地窗的圆厅。

　　沙莎："通州，我给俄罗斯童话做了个设计。"打开一卷图纸，"这是气氛图。"

　　刘通州："我看不清。"

　　沙莎："那我来讲给你听吧！这里，是一个大壁炉。我要让它一年四季都有橘红色的火苗在跳动。左边墙上挂一张白熊皮。右面墙挂一把俄罗斯古琴。我要用白桦树干做一圈围栏，地上铺着俄式地毯。侧面墙是关于伊戈尔王子远征的壁画，吧台上还要有精致的茶炊，还要用宫廷彩蛋和套娃来装饰……怎么样？我的设计？"

　　刘通州："很美。虽然我没去过俄罗斯。可我觉得你在这儿确实编织了一个童话。"

　　沙莎："真的很美？"

　　刘通州："不光很美。在美的后面，我看到你的才华，还有你的情结。"

　　沙莎："通州，只有你能读懂我。"

刘通州："其实，你也是一个漂泊者。灵魂的漂泊者。"

沙莎偎进他怀里："通州，难道你要我来向你求爱吗？"

刘通州："沙莎，别，别这样……我也有一个打不开的情结，一个自己的……童话。"

沙莎："只要你爱我，你可以有你自己的童话。"

刘通州："那是我藏在心里的秘密，我的初恋……"

沙莎："初恋？"

刘通州："童年的阿娇……"

沙莎："那么阿娇呢？"

刘通州："八年了，杳无音讯，天各一方……"

沙莎："通州，那已经变成记忆了……一切都过去了，不是吗？现实是我在你面前，我，沙莎，不顾一切地爱着你……"

刘通州："沙莎，我为什么会遇见你呢？这会不会是一个错误？"

沙莎："你们水乡人不是随性随形、无拘无束吗？通州，你把温柔都留给了过去？眼下只给我剩下了含蓄？"

刘通州笑了。沙莎也笑了。

沙莎："到楼上看看？"挽着刘通州从弧形楼梯上楼，推开一扇门，"这是我的办公室。"走进办公室，又推开一扇门，"这是卧室，三面落地窗，头顶上也是玻璃的。睡在这儿就像睡在大海上，可以听涛声，可以看星星和月亮。"

刘通州："你在这里真的是天人合一了。白天拥抱蓝天，头枕大海，晚上可以跟外星人对话，听宇宙里传来的最神秘的声音。"

沙莎："通州，这是不是天下最浪漫的婚床？"

刘通州："很唯美又很自然……人跟自然完全融为一体了……"

沙莎："你愿意留下吗？"

刘通州："留下？留下……什么？"

沙莎："今晚，就留在这儿。我们一起共享……天籁。"

刘通州："沙莎，你不觉得这儿太像梦境吗？人，终究还要回到现实中来。"

沙莎："你是我的梦境，也是我的现实。你在这，就一切都有了……"搂住刘通州的脖子，将一双红唇慢慢地迎上去。

刘通州迎住了她的双唇……

刘通州画外音："沙莎吻了我。这是我一生中第一次和一个女人接吻。我问自己，我第一个吻的，为什么不是篮子？"

崇川市人民医院。

南飞妈躺在车上，身上蒙着白被单。护士推着车，南飞跟着车子向手术室走去。

忽明忽暗的光影投在南飞妈的脸上。车子停在手术室门口。

南飞俯下身去："妈，别怕，别紧张，手术完就除根了，除了根就好了……"

南飞妈："飞飞，妈不怕，妈是有福之人，妈有指望了，有指望了……"

手术室门大开，护士把车子推进手术室。

南飞："妈，儿在外面等着你！"

南飞妈："飞飞，别担心，别着急……"

手术室门关闭。

南飞疲惫地坐在墙边椅上。见手术室红灯亮，忽又站起来，焦躁不安地徘徊……

手术室。

医生洗手，戴上乳胶手套。

无影灯亮了。

南飞妈在麻醉中昏迷……

医生接过手术刀切开胸口。他和助手都目不转睛地注视南飞妈打开的胸腔。

医生渐渐皱起眉头，助手把目光转向主刀医生。

医生决断地说："切除手术中止。缝上！"

南方某大城市。海滨。

鲜红的不再耀眼的太阳在海上摇曳着一条斑斓的光路。

沙莎挽着通州走向轿车。

轿车在绚丽的晚霞中奔驰在濒海小路上。

刘通州画外音："天哪，这里让我乐不思蜀。可是，我总不由得拷问自己，为什么？为什么？"

轿车内。

刘通州："该回家了。"

沙莎调皮一笑："是该回家了。不过，这要看是回哪一个家。"

刘通州："沙莎，我九点要上台。"

沙莎："你怎么知道我不让你上台？"

刘通州："沙莎，你到底要带我去哪儿？"

沙莎："到了你就知道了。是一个你早晚要去的地方。"

刘通州："那是什么地方？地狱？还是天堂？"

沙莎咯咯地笑起来。

崇川市人民医院手术室门外。

医生紧皱眉头脱下无菌帽、无菌服，到水池前洗手。

手术室外，红灯灭了。

正在徘徊的南飞一震，停下来，紧张地看着手术室的门。

医生从手术室走出来，步履显得有些沉重。他瞟了南飞一眼。

南飞："手术成功了？"

医生："你跟我来。"

南飞惴惴不安地跟在医生后面，走过很长的走廊，又拐了弯，过了两道门，才来到医生办公室。

医生在办公桌上坐下："你坐。"

南飞忧心忡忡地坐下来："……她……怎么样？"

医生长吁一口气："不好。"

南飞："手术不成功？"

医生："手术中止。"

南飞："为什么？"

医生："癌转移，已经扩散到全身。手术无法进行，只好缝上了。"

南飞："为什么缝上？为什么？你该救她，救她！那是我的妈！"

医生："小伙子，谁都有妈。我知道，你孝顺你妈，愿意她健康长寿。可是实在没办法，几乎所有的脏器都长了癌瘤。遇到这种情况，再高明的医生也束手无策。真的。我尽力了。你准备后事吧！"

南飞呼地站起来："什么？你，你就这么给我妈判了死刑？你，你，你……是医生还是杀人犯？你说！你倒是说呀！"

医生脸色苍白地站起来，嘴唇抖抖颤颤地要说什么，却转身离去了……

南方某大城市。傍晚。

沙莎驾车驶进市区，拐进一条林荫小街，在一幢老旧的欧式三层小楼前停下。

她和刘通州先后下车。

刘通州："这是哪儿？"

沙莎："我家。"拿钥匙开门，"请吧！"

刘通州走进屋里，面对一个精致舒适的客厅："这就是我早晚要去的地方？"

沙莎："难道你不该来吗？"

刘通州走到墙边，摸到墙上挂的三角琴，摘下来抚摸琴身，拨出几个音，忽然弹出了一曲凄美的旋律。

沙莎："《苏丽珂》？"

刘通州："一个无望的爱情故事。"随即边弹边唱："为了寻找爱人的坟墓，天涯海角我都走遍。但我只有伤心地哭泣，我亲爱的你在哪里？但我只有伤心地哭泣，我亲爱的你在哪里……"

　　听到歌声，沙莎的父母从楼上走下来。他们看上去五十岁上下，气质不俗。

　　父亲戴着眼镜，母亲穿着布拉吉，一脸的书卷气。

　　沙莎看见父母下楼："爸爸，妈妈，我带了一个朋友来。"

　　刘通州："伯父，伯母。你们好。"

　　沙母："沙莎，你该提前打个招呼。要不是听到歌声，我和你爸还不知道来了客人。"

　　沙父："叫什么名字？"

　　刘通州："刘通州。"

　　沙父："到过俄罗斯吗？"

　　刘通州："没有。"

　　沙母："三角琴可是只有俄罗斯才有。小刘，你居然无师自通？"

　　沙父："你的《苏丽珂》也唱得很有味道，让我想起了许多往事……"

　　沙莎："爸爸，通州会唱许多苏联歌曲，只要你喜欢，我就让他给你唱。"

　　沙父："沙莎，小刘唱不唱，你说了算？"

　　沙母："这孩子给我们宠坏了。小刘，你别在意。沙莎从小就喜欢俄罗斯音乐。你是她第一个带到家里来的小伙子，是不是那些老歌让你们成了知音？"

　　刘通州："伯母，我是个歌手。"

　　沙父："眼下的歌手，喜欢小题大做，无病呻吟，能唱苏联老歌的，已是凤毛麟角。小刘，看来你的品位不俗。"

　　刘通州："伯父，您过奖了。"

　　沙莎："妈，我饿了。快弄点吃的！"

　　沙母去厨房了。

　　沙父："小刘，什么地方人？"

　　刘通州："崇川水乡镇人。"

　　沙父拿起一支雪茄，用鼻子闻了闻："想不想抽一支？"

　　刘通州："我家三代人不吸烟。"

沙父："哦？为什么？"

刘通州："我奶奶是苏州弹词演员。她不吸烟，更不许晚辈吸烟。"

沙父："弹词开篇，很美的。你会吗？"

刘通州："会一点。"

沙莎："爸爸，通州读过不少俄罗斯文学作品。"

沙父："哦？难得！都读过谁？"

刘通州："普希金、莱蒙托夫、涅克拉索夫、屠格涅夫，还有高尔基。"

沙父："最喜欢谁？"

刘通州："高尔基。"

沙父："高尔基？他打动你的是什么？"

刘通州："以社会作为大学，坚韧，顽强，永不放弃。"

沙父："刘通州，你果然不俗。"

沙莎："爸，那些胡同串子、凡夫俗子，我能带到家里来吗？"

其间，沙母已经在餐桌上摆好了黄瓜、西红柿、黑面包、肉肠、果酱和和奶油。

沙母："沙莎！请小刘一起来吃一点吧！"

沙父："小刘，请。"

他们先后在餐桌前坐下。餐桌上铺着俄式花桌布，放着一个镀银烛台，点着三支白色的蜡烛。

沙父给刘通州往一个高脚玻璃杯里倒红葡萄酒："小刘，以后，有空的时候到家里来，我们一起聊聊俄罗斯文学和音乐。"

刘通州欠身的时候一抬手碰翻了盛满红葡萄酒的酒杯："对不起，真抱歉……"

红色的酒汁在白桌布上洇开。

刘通州掏出手帕揩拭，却没有揩在洇酒的地方……

沙父、沙母的目光从他的手，转向他的眼睛。

桌布的一角全都染红了……

画面全部染成了红色。

南飞发出一声绝叫："妈——"

南飞妈的遗体被推进太平间。

南飞跟进太平间。铁门在他身后砰然关上。

南飞木立在母亲的遗体身旁，有顷，伏在母亲的身上无声地哽咽、抽泣："为什么……丢下我？为什么？……一个人……走了。妈，你为我活着。现在……你走了……我该……为谁？为谁？为……谁？"

他抬起身来，满脸泪水，在母亲遗体前长跪不起……

小渔港南飞家。

南飞叼着毛笔，摇头甩发，把泪水一起洒到了纸上。

崇川市街头。

地上摊着一张纸，纸上赫然写着八个墨汁淋漓的大字"无钱葬母。请发慈悲"。

八个大字后面跪着南飞。

熙来攘往的人从南飞面前走过。

有的漠然瞟了一眼，有的站下看看字，又看看南飞。

"真可怜……"

"残疾人，没胳膊，还真有一片孝心……"

毛票、钢镚和一元、五元的钞票丢在南飞面前。

"真的，假的？"

"不会是骗钱的吧！"

"现在有的人不想吃苦就讨饭……"

南飞的脸胀得通红，想说什么，又咬紧了牙关。

"嗨嗨，他不就是那个得金牌的运动员吗？"

"怎么会落到这个下场？"

"看错了吧？"

"没错，没错！我见过。"

"是啊，电视上演过。"

"他叫南飞……"

路过这里的任永艾，听到人们议论南飞，拨开人丛，看到八个大字和跪在地上的南飞，大为震动："南飞？"

她向前走了一步："南飞！？"

南飞还垂着眼睛。

她大喝一声："南飞！还不站起来！你还是个男人吗？"

南飞一震，抬起头来，见是任永艾，满面羞愧，却站不起来。

任永艾和一个旁观者用力把他扶了起来，才发现他的双膝都已鲜血淋漓。

任永艾疼惜地："孩子，怎么成了这样？你怎么不来找我？"

南飞紧闭双唇，强忍着不让眼里的泪流下来。

南方某大城市。夜。

沙莎哼着苏联歌驾车，将车停在家门口。

她用钥匙打开门锁，轻轻推开门，蹑手蹑脚走进客厅，按了一下电灯开关。客厅灯亮了。沙母穿着睡衣坐在沙发上。

沙莎："妈，您吓了我一跳。怎么还没睡？"

沙母："睡不着。"

沙莎亲昵地坐到母亲身边，拥着她："你也会失眠？"

沙母："妈妈从来不失眠，可是最近睡不着了。"

沙莎："为什么？"

沙母："为了你。"刮女儿的鼻子。

沙莎："为了我？我不是很好吗？我已经不用您为我操心了。"

沙母："是吗？告诉我，今晚又去哪了？又是万紫千红、挪威森林？"

沙莎："妈，您觉得这不正常吗？现在的年轻人，都有点夜生活。"

沙母："告诉妈，你跟那个刘通州到什么程度了？"

沙莎："什么程度？也就是……初级阶段吧！"

沙母："初级阶段？初级阶段就带到家里来啦？"

沙莎："有什么不妥吗？您不是一向都很开明的吗？"

沙母："如果真的是初级阶段，还不是难解难分，我看就到此为止吧！"

沙莎："为什么？"

沙母："刘通州人不错，可毕竟是个瞎子。"

沙莎："他不瞎，只不过深度弱视。"

沙母："沙莎，那有多大区别？你嫁给他，就得一辈子照顾他，伺候他。沙莎，我和你爸宠着你，娇着你，你成了个很自我的人，你能照顾谁？伺候谁？一旦结了婚，一切都变得不再浪漫，你能做一个善解人意的贤妻良母吗？到那时候，你就会发现你们的结合是一个错误。"

沙莎："妈妈，您是不是太主观了？我已经长大了，不再是一个骄傲的公主了。只要我爱一个人，我就会为他去做一切。"

沙母："沙莎，你不是在讲天方夜谭吧？我怎么看不懂你了？"

南飞妈墓前。

任永艾将一捧鲜花放在墓前。

南飞垂首不语。

任永艾："南飞，谁都不可能永远跟妈妈在一起。妈妈早晚都会离开你的……你不要太自责了。"

南飞："我应该早一点陪她去检查，早一点给她治病。我能做到，可我没做到。我连世上最亲的人都没保护好……我真是不孝哇……"

任永艾："孩子，你尽心了，也尽力了。你妈不会责怪你。现在，她去了，你倒是该想想，妈妈期望你什么，你不该让妈妈在天之灵感到失望。要是光沉浸在悲伤里，辜负了妈妈的一片心，那才是真正的不孝哪！"

南飞："阿姨，你说，我该怎么办？"

任永艾："抓紧回省里参加集训，还来得及。一定要尽最大努力，在全国残运会上取得好成绩！"

南飞转向母亲之墓："妈，我去了。从北京回来，儿带着金牌再来看你。"

南飞跪下，磕了三个头。

南京某体育场。

南飞与运动员一起在跑道上训练。

南飞跑着跑着就大口喘气，汗流浃背，游离自己的跑道时而向左，时而向右。

教练大喝一声："南飞？！怎么搞的！"

南飞上气不接下气地停住，蹲下身子。

教练走过来："怎么搞的？你生病了？"

南飞："没有。"

教练："没有怎么会这样？"

南飞："不知为什么，眼前一阵阵发黑。"

教练："黑视？有多久了？"

南飞："没，没多久。教练，你放心，我会好的。"

教练："不，你去检查一下，体质是不是下降了？"

南飞："不用，我一会儿就没事了。我接着练。"

教练："有问题别瞒着，我好及时调整！我们代表全省残疾人到北京参赛。你要考虑全局！"

南飞："教练，我什么时候含糊过？你放心，到了北京，我一定冲在最前面。"

教练："那就看你的了！去吧！"

南飞故作轻松地回到跑道上跑起来，刚跑不久，就汗如雨下，上气不接下气，他竭尽一切力量努力向前跑去。

南方某大城市。夜。

"挪威森林歌舞厅"前，霓虹闪烁。沙母走进歌舞厅大门。

沙母在歌舞厅一角坐下来，看着舞池中双双对对耳鬓厮磨地摇晃着、贴近着。

侍者走过来："您用点什么？"

沙母："红茶。"

侍者："加糖吗？"

沙母："加两块。"

侍者："请稍候。"

沙母："等一下。"

侍者返回。

沙母："漂泊者在这儿演唱吗？"

侍者："您也是来听苏联歌的？已经唱过四首了。"

沙母："来晚了吗？"

侍者："不，还有最后一首。您如果喜欢，每晚十点，他们准时开始，点什么歌都可以。他们有五六百个曲目。我们这里不少中年人是专门为漂泊者而来的。"

沙母："谢谢，你去忙吧！"

侍者端来红茶时，漂泊者出现了。还没开唱，各个角落都鼓起掌来。

追光照着刘通州，他开始歌唱："我亲爱的手风琴你轻轻地唱，让我们来回忆少年的时光……"

沙莎走到母亲面前："可以请您跳舞吗？"

沙母："沙莎？"

许多中年男女走入舞池起舞。

"春天驾着鹤群的翅膀，飞到那遥远的地方……"

沙莎拉着母亲："跳一个吧！爸爸没跟你一起来？"

沙母跟着沙莎走进舞池，跳起舞来。

刘通州在继续歌唱："过去的事情就让它过去，我们并不惋惜。嗨，我们深厚的战斗友谊，就在那行军路上温暖我们的心，那道路引导我们奔向前方……"

沙莎："妈，你来干什么？玩儿？泡歌厅？"

沙母："不行吗？玩儿是你们年轻人的专利？"

沙莎："我怎么觉得你不只是来玩儿……"

沙母："是的，我来看一下，挪威森林是什么档次，刘通州到底在这里干什么？"

　　沙莎："就这些？"

　　沙母："就这些。"

　　沙莎："是不是还有别的打算？"

　　沙母："沙莎，你做什么都是独来独往，妈妈做什么就都得告诉你吗？"

　　沙莎："妈，我和刘通州的事，你不要插手。这是我的私事。"

　　沙母："在我们家这可是件大事。"

　　沙莎："我长大了，成人了。再大的事也得由我自己做主。"

　　沙母："我跟你爸都是局外人？都只能作壁上观？"

　　刘通州已唱完。舞伴们纷纷回到座位上。

　　沙莎撇下沙母去找刘通州："通州，我请你宵夜。"

　　沙母坐下，端起红茶，远远看着他俩离去。

　　崇川市郊外湖边。

　　田野似乎来了灵感，很有激情地画着。

　　篮子却停下来，俯身摘着一朵朵野花，采一朵，闻一闻，插在头上。

　　于是，田野画面上的女孩也插上了一朵又一朵鲜花。

　　篮子走过来。田野还在不停地点染。

　　篮子看画，羞涩地笑了。

　　田野："美吗？"

　　篮子点头。

　　田野："像你吗？"

　　篮子摇头。

　　田野："我画得不好？"

　　篮子不置可否。

　　田野："跟现实中的不一样吗？"

　　篮子慢慢地摇头。

　　田野："那是因为你不知道自己有多美。"

　　篮子甜甜一笑，漾出几分娇羞。

田野："第八张，也是最后一张。我的组画完成了。过些日子就可以去上海面试了。你去吗？篮子……"

篮子手语："我很想进舞蹈学校，可是……"

田野："可是什么？"

篮子手语："可是我很怕上海人的那种眼神，很怕自己基础太差……"

田野："上海人有什么可怕的？我爸说只要你比他强，他的眼神马上就变。篮子，不怕的，你很棒，我陪着你，给你壮胆，行吗？"

篮子手语："你真的会陪我去？"

田野："那还会有假？谁撒谎谁是小狗！"

篮子喷地笑了。

南京某体育场。

教练正给运动员们讲话："全国残运会越来越近了。我们省不仅是经济大省，也是文化大省，体育大省。在这个让全国人民注目的升起过一颗又一颗奥运明星的运动员队伍里，残疾人从来都没有处于弱势和劣势。这是因为我们用意志的力量、灵魂的力量战胜了残缺，拥有了完美。今天，我们进行最后一次体能测试，为的是把最强最好的选手送到北京去，为我省的残疾人争光。好了，现在热一下身，体能测试等一会儿就开始。"

排成两列的运动员散去。

南飞也蹦蹦跳跳地做起热身运动来。

教练吹哨："体能测试开始！李强！王成！南飞！都到起跑线上！"

南飞等都在起跑线上躬身以待。

"预备——跑！"

运动员们在运动场上沿着跑道奔跑。

南飞勉力领先了半圈就开始慢下来，逐渐落在一个又一个运动员后面，最后成为倒数第一，越落越远，跟跑在最前面的差了大半圈。

他斜睨耀眼的阳光。眼前一会儿亮一会儿黑，终而至于全黑。他趔趔趄趄、拖拖沓沓地撑着，歪歪斜斜地冲了几米，突然倒在地上。

医生护士向他跑来。抬担架的也随之跟了过来。

教练俯下身去："南飞！南飞？！"

教练办公室。

教练直视着南飞："南飞，究竟出了什么问题？你不再是以前的你了？"

南飞："教练，没出什么问题。我还是我，过几天就会恢复的。"

教练："不，你没有讲真话。这些日子你经常出现黑视，体力不支，今天又晕倒在训练场上。你的身体素质大幅度下降，已经不能再参加训练。"

南飞站起来："不，我能。教练，你看我表现。今天的事再不会发生了！"

教练："我已经观察你不是一天两天了。一切并非偶然。不管什么原因，你已经没有能力代表我省到全国去比赛了。"

南飞："教练，我是一步一步拼上来的，从县到市到省我一直是短跑冠军，你不能做出这样的决定。"

教练："我有权这样决定。当然，这个决定是忍痛做出的。南飞，我也很无奈。你我都无权拿全省残疾人的荣誉去冒险。请你理解，为大局着想……收拾一下吧，你该离队了。我很惋惜，也很意外……对不起，南飞。"走过来拍拍南飞的肩膀。

沙莎家。夜。

沙母按了电铃。沙父来开门。

沙母："我去了挪威森林歌舞厅。"

沙父："你什么时候对歌厅发生兴趣了？"

沙母："那是因为你的宝贝女儿对刘通州产生兴趣了。"

沙父："刘通州有什么问题吗？"

沙母："除了瞎，暂时还没发现什么问题。只是你女儿跟他的关系，好像已经不是初级阶段了。"

沙父笑了："哦？不是初级阶段，那么到了哪个阶段啦？"

沙母："行啦，你还有心插科打诨？我想在你去美国讲学以前，让这件事告一段落。"

沙父："告一段落？为什么？"

沙母："这还用说吗？刘通州不合适她！歌厅里的歌手，你知道他什么背景？那种地方，三陪、卖淫、贩毒、吸毒、黑社会，什么没有？"

沙父："真是那样，政府为什么不取缔？"

沙母："唉，你的书读得太多了，怎么不研究一下社会？不研究一下现在错综复杂的幕后交易？"

沙父："可我还是不相信，洪洞县里无好人。刘通州是个不错的人。出身卑微不是问题。你我出身就高贵了吗？你把存折找出来，我要早一点预订去美国的机票。订晚了，不能如期到纽约大学，那可不是件光彩的事。"

省体育场。夜。

南飞一个人走进体育场，坐到空无一人的观众席上，望着天上的月亮出神。

南飞内心独白："命运又一次捉弄了我，抛弃了我……妈妈，你去了，我该回到哪里？哪里是我的家？"

场内忽然响起海潮般的尖叫声欢呼声："南飞！加油！南飞！加油！加油！南飞，好样的！"

南飞闭上眼睛，垂下头去。"结束了。还没有开场，就谢幕了……"

沙莎家。

沙母在楼上喊丈夫："上来！你快上来一下！"

沙父一支雪茄还没点着："什么事这么急？"

沙母："快，快呀！"

沙父放下雪茄上楼去了。

沙父书房里。

沙母对走进书房的沙父："你动存折了吗？"

沙父："没有哇！我都不知道存折在哪儿！"

沙母："一张十万的存折没有了，你说怪不怪？"

沙父："别着急。你放在哪儿了？会不会记错了地方？"

沙母："没有。我记得清清楚楚。三张存折，夹在三本俄文版的小说里。"

沙父："夹在小说里？为什么不放在保险柜里？"

沙母："保险柜是最不保险的地方。"打开俄文版《安娜·卡列尼娜》，"十万折子夹在第200页，没了。"又打开俄文版《战争与和平》、《复活》，"你看，《战争与和平》300页，《复活》400页，两个存折都在。"

沙父接过《安娜·卡列尼娜》，翻动书页，忽然落下一张纸片。沙母连忙捡起来。

沙父："有了？"

沙母："一张纸片。"看纸片，凑到写字台台灯前，念出声音："爸爸妈妈，暂借十万，日后还清，沙莎。"

沙父："沙莎？是她干的？她要这么多钱干什么？她花钱从来都是跟你要的呀！"

沙母："会不会是那个刘通州出的主意？"

沙父："可能吗？"

沙母："怎么不可能？"

沙父："还是问问沙莎吧……沙莎从什么时候起，对钱发生兴趣了？"

沙母："现在这世道，对钱没兴趣的快成珍稀物种了。除了你！"

沙莎开门进来。

客厅灯亮着，烟灰缸里一支雪茄烧焦了烟头。

她抬眼向楼上望去。

沙母出现在楼梯口。

沙莎："妈妈，你和爸爸都没睡？"

沙母："你上来。有话跟你说。"

沙莎："可我想冲个澡。"

沙母："说完了再冲。你爸在等你。"

沙莎："深更半夜……什么话非得这时候谈？"

沙母："你就上来吧！"

沙莎上楼，走进书房。

沙父严肃地看着她，沙母也坐下来斜睨着她。

沙莎："出了什么事？你们不会……干涉我的隐私吧？"

沙父："沙莎，爸爸妈妈什么时候干涉过你？一直听任你自由发展。结果呢？把你给宠坏了。"

沙莎："爸爸，你也反对我和刘通州？"

沙父："今天不谈刘通州，就谈你。"

沙莎："我怎么啦？"

沙父："你哈佛还念不念？"

沙莎："爸，录取通知到了？我还以为没戏了呢！"

沙父："现在不谈通知书到没到。你知不知道爸爸这几十年做得很辛苦，积攒一点钱不容易？你知不知道我们的存款是给你出国留学用的？这次我到纽约大学讲课也是为了你？可你做了什么？"把纸片往茶几上一拍："暂借十万。你说得好轻松啊，我的女儿！"

沙母："沙莎，告诉妈，那十万给谁了？是不是给刘通州弄走了？"

沙莎："妈，你说到哪儿去了？刘通州是那样的人吗？"

沙母："那么钱呢？干什么用了？"

片尾歌：

　　问你，问我，

　　往事历历可曾有片刻遗忘？

　　问我，问你，

去路茫茫为什么写满沧桑？
问心，问魂，
浪迹天涯为何要频频回首？
问魂，问心，
浓浓的情怎禁得深深埋藏？
此情可问地，
地知我情有多深。
此情可问天，
天知我情多久长……

九

沙莎家。

沙莎："我租了一幢别墅。"

沙母："租别墅？你想干什么？你可是个没结婚的姑娘！"

沙莎："妈！我想在那儿搞一个音乐厅，专门演唱俄罗斯歌曲。"

沙母："你要搞歌厅？为什么？"

沙莎："为了我的俄罗斯童话。"

沙父："沙莎，我知道你心里有一个俄罗斯童话。爸爸也有。时光和岁月都抹不掉它。但你必须面对人生的抉择，是留学还是搞音乐厅。这也是你一生中的重大转折。你自己想，自己定。爸爸不干涉。"

沙母："你是不干涉，还是不负责？对于我们这个家，还有比这更大的事了吗？你让女儿自己面对两难，自己选择今后的生活道路，有你这么当父亲的吗？"

沙父："女儿大了。有头脑有主见了。我们何必代替她去思想呢？"走出房间，下楼去了。在客厅里终于点燃了雪茄，深深地吸了一口。

沙母："沙莎，十万都付了房租？"

沙莎："还剩五万，留着装修用。"

沙母："你打算怎么办？嗯？"

崇川市残联。

南飞在主席办公室门口站住，敲了几下门。

开门的正是任永艾。

任永艾："南飞？全国残运会马上要开幕了，你怎么回来了？"

南飞："任阿姨，我对不起你……"

任永艾："坐下，说说，怎么回事？"

南飞："我在训练中不断出现黑视，还昏倒了一次，教练就把我除名了。"

任永艾："南飞，你的体能测试历来都是最好的，怎么会吃不住训练？"

南飞："阿姨，我一直没告诉你，为了给妈治病，我卖了很多血……"

任永艾："卖血？南飞，你有什么困难该跟你阿姨说，残联不能帮你，我个人也可以帮帮你。唉，说来说去还是我粗心大意……"

南飞："阿姨，这怎么能怪你呢？有病的是我妈妈。我这条命是她给的，我为她卖点血是应当应份的。可万万没想到会影响训练，影响比赛……我今天来，就是给阿姨赔不是来了。阿姨，你能原谅我吗？"

任永艾："南飞，你的孝心，足可以感天动地，我怎么能责怪你？那么，今后有什么打算吗？"

南飞摇头："现在我心里一片空白……"

任永艾："南飞，你不是喜欢书法吗？正常人用手写，可你用嘴，用脚。如果你能够超过正常人的水平，不是又一次挑战极限吗？"

南飞："阿姨，你看我行？"

任永艾："南飞，你没有胳膊敢于在田径场上拼搏，从乡里到县里，从县里到省里，差一点到了全国，不已经证明了你挑战肢体残疾的勇气吗？只要不把这点精气神丢掉，我敢说，你行，你一定行！"

南飞："那我试试？"

任永艾："不是试试，是扎扎实实日积月累，坚持不懈，永不言败。你能做到吗？"

南飞激动得胀红了脸："阿姨，我能。"

任永艾打开抽屉，翻出几本字帖，又拿出一套文房四宝："这些字帖你拿去临，反复地临。笔墨纸砚是文联的朋友送的，你拿去用。"

南飞："谢谢阿姨。"

任永艾："适当的时候，可以到文联书法家协会拜个老师。有个叫林凤桐的，字就很漂亮，你可以去找找他。"

小渔港南飞家。

南飞走进到处是灰尘和蛛网的家。

他四顾凄然："没有了妈妈，这个家再也没有快乐了，再也没有了……"

南飞叼着毛笔临帖……

南飞用脚趾夹着毛笔习字……

他疲倦地倒在床上。帐子上落下了尘土。

他长吁一口气蒙眬睡去。

……妈妈向他走来："南飞，妈没走远，又回来了。"

南飞："妈，你回来呀！儿子一直在等你。"

南飞妈："阴阳相隔，我不能看你的脸，摸你的头发。妈只是放心不下……"

南飞："妈，儿子大了，你就别为我操心了……"

南飞妈："那好，你要答应妈一件事。"

南飞："什么事？妈，你说。"

南飞妈："你能答应妈？"

南飞："能，我答应。"

南飞妈："你把篮子娶回来，妈就放心了。你答应我吗？儿子？"

南飞摇头："妈，我不能……妈，我什么都能答应你，只有这件事，我不能。"

一阵风吹开了房门，把帐子吹得像篷帆。南飞猛然醒来，忽地坐起来，怔怔地望着被风吹得啪哒啪哒作响的屋门。

南飞："妈妈，我知道你对我放心不下，我知道你唯一的心愿就是让我娶篮子。妈，你让儿子作难了。儿子该听你的，还是不听你的？"

又一阵风穿堂而过，门又啪哒啪哒地响起来。

崇川市洗衣织补店。

南飞在洗衣织补店对面的人行道停下来，来回转悠，不知该不该进去。

正在店堂里熨烫裤子的黄刚不经意间看见了正在踯躅的南飞，便放下熨斗，走出店堂："南飞？进来坐坐！"

南飞这才走到路对面："黄叔，忙哪！"跟黄刚走进店里。

黄刚："你不是在省里集训，准备去全国比赛的吗？"

南飞："去了，又回来了。"

黄刚："这么好的机会你可别错过呀？我们在电视转播上看到你那么顽强那么有虎气，都觉得脸上挺有光彩的！篮子不能说话，她看到你第一，高兴得都跳起来啦！"

南飞："篮子？她真那么高兴？"

黄刚："南飞，篮子没有哥，从小你那么护着她。在她心里，你就是她哥。唉，还有那个音讯全无的通州……"

南飞："通州哥飞得真远……"

黄刚："什么时候参赛？"

南飞："我不参赛了。"垂下头去。

黄刚："嗯？南飞，这不像你说的话！"

田野、篮子各骑一辆自行车驶来。

看到南飞，篮子笑了。

南飞有些迷惘地看着并肩走来的田野和篮子。

田野："那是你哥。"

篮子走到南飞面前，抬起眼睛望着他。

篮子又举起了 V 字手形。

南飞也举起了 V 字手形。

篮子手语："什么时候参加全国比赛？"

南飞："我不再参加比赛了。"

篮子："为什么？"（手语）

南飞深深看了篮子一眼，向田野投去一瞥。便走了。

篮子追上来："哥，为什么？告诉我，这是为什么？"（手语）

南飞："……不，篮子，我不知该怎么说……"低下头。

篮子手语："南飞哥！你永远都不会是失败者。你要加油！"

南飞大为感动，紧咬下唇，眼睛不住地眨。

篮子手语："哥，我想去上海考舞蹈学校，你看好吗？"

南飞："好哇！你就是为舞蹈而生的！"

篮子："哥，你这么想？"

南飞："妹，哥早就看出来，你是个天才。"

篮子一下子抱住南飞，吓得南飞大气不敢出。

南飞："篮子，什么时候去上海，跟谁一起去？"

篮子："快了。田野要考电影学校。我们一起去。"

南飞斜睨田野，遂又与篮子四目相对："篮子，他是谁？"转身去了。

干部宿舍大院。

南飞走到传达室窗口："大爷，文联的林凤桐老师住这儿吗？"

传达室："哦，你是说书法家吧！有一个，住六号楼。"

南飞找到了六号楼，不知该进哪个门洞。

过来一个退休干部。

南飞迎上去："请问，这楼里是不是有个林凤桐老师？"

退休干部："林凤桐？那是大名人哪！就住这。一单元 502。"

南飞："五楼。"

退休干部点头，用拐杖往上指了指。

五楼。

南飞登上五楼，在502室门前看了看，按了一下电铃。没有动静。又按了一下电铃，防盗门上的一扇小窗打开了，露出一双五十多岁女人的眼睛。

女人："你找谁？"

南飞："这儿是不是林凤桐老师家？"

女人："你什么事？"

南飞："我能不能见到他本人？"

女人："告诉我什么事，我替你转达不行吗？"

南飞："我想拜会他本人。"

女人："他不在家。"啪哒一声关上了小窗。

南方某大城市。

沙莎、刘通州在人行道上并肩而行。

沙莎："我馋冰淇淋了。"拉着刘通州走进一家冷饮店。

他俩在窗口坐下。透过树荫，可见车水马龙。

侍者过来："饮料，还是冰淇淋？"

沙莎："巧克力冰淇淋。"

刘通州："我来草莓的吧！"

沙莎："你在想什么？"

刘通州："我在想家乡的草莓。"

沙莎："家乡的草莓有什么特别的味道吗？"

刘通州："爸爸每天都让我去买一个小女孩的草莓，还要把剩余的全包下来……我不知道爸爸为什么突然变得那么慷慨。从那时候起，卖草莓的小女孩成了我青梅竹马的朋友……"

侍者送来冰淇淋，分别摆在沙莎和刘通州面前。

沙莎吃冰淇淋："那小女孩是不是你童年的阿娇？"

刘通州不语，却在不停地嗅冰淇淋的草莓气味。

沙莎："通州，如果那个阿娇突然出现了，你在我和她两个人中间会选择谁？"

刘通州不语，闭上眼睛嗅着草莓气味。

沙莎："你倒是说呀！你选择谁？"

刘通州抬起眼睛看着沙莎。

沙莎："你选择她？"

刘通州摇头。

沙莎："你选择我？"

刘通州垂下眼睛："……也许，我谁都不选择。我唯一的选择，是希望两个好姑娘都真正得到幸福……"

刘通州旁白："刘通州，你从什么时候起变得言不由衷了？那真是你唯一的选择吗？"

崇川市干部宿舍大院。

南飞走进干部宿舍大院，来到六号楼，上五楼，又站在 502 室门前。他按响门铃。

木门开了，栅栏式防盗门却锁着。门后面是那个五十多岁的妇人："又是……你？"

南飞："请问，今天林老师可在家？"

妇人："你找他干什么？"上下打量他，"他活动多，很少在家。"

南飞："我想，我想……拜他为师。"

妇人："什么？你拜他为师？"从防盗门里扔出 10 元钱，"去吃顿饱饭吧！要饭也不是这么个要法！"砰地关上了门。

南方某大城市。沙莎家。

沙莎走进家门。沙母就笑容满面地迎了过来。

沙母："沙莎！特大喜讯！"

沙莎："妈！是不是我考上了？"

沙母："哈佛的入学通知书到了。你看！"把入学通知书递给沙莎。

　　沙莎："……鉴于成绩优良，可享受……全额奖学金！？"拥抱母亲："乌拉！乌拉！乌拉！！！"

　　沙母："沙莎，到了美国，人家可不懂什么叫乌拉。"

　　沙莎："可我还是要喊乌拉！乌拉！"

　　沙父衔着雪茄下楼来："沙莎，今天我们该庆祝一下。"

　　沙母："我来烧几样拿手菜，高加索茄子、茄汁牛排、乌克兰红菜汤。"

　　沙莎："哦，好妈妈，我还没吃就要流口水了。"

　　沙母在女儿脸腮上亲了一下，高高兴兴地去了厨房。

　　沙莎坐下，亲昵地搂着正在吸雪茄的爸爸。

　　沙父："沙莎，本来我想一个人去美国讲学，让妈妈留下来陪你。现在在看来，要全家一起去美国了。"

　　沙莎把绕着父亲脖子的手放下来，陷入沉思："……消息来得好突然。爸爸，我真的要面对一个两难选择？"

　　沙父："也可以是两难。也可以不是。"

　　沙莎："这可能吗？"

　　沙父："我知道你爱刘通州。去哈佛，是不是意味着放弃刘通州？你可以再好好想一想……"

　　沙母端菜出来："沙莎，要俄罗斯童话还是要美国哈佛，你可到了快刀斩乱麻的时候了。"

　　沙莎："乱麻？为什么是乱麻？"

　　沙父："要不，怎么叫剪不断，理还乱呢？怎么叫才下眉头，却上心头呢……"

　　崇川市文联。

　　南飞走进市文联院子。

　　传达员喊住他："嗨嗨，你走错地方了吧？这是文联，作家艺术家工作的地方，不是残联！去残联，再过两个十字路！去吧、去吧！"

　　南飞："我找的就是文联。"

　　传达员惊异地打量他："文联可没你这样的会员，你能写还是能画？"

南飞："我正在学习书法，想找书法家协会主席林凤桐请教请教。"

传达员："小伙子，人家是大书法家，忙着哪！不是人人都能请教他的。人家的时间就是钞票，耽误不起，你可不要不领行情。"

南飞："那我在哪儿能找到林凤桐老师？"

过来一个工作人员："你找林老师？他去展览馆参加书画展开幕式去了！"

南方某大城市。

沙莎驾着车，刘通州坐在他身旁。音响在放送《人鬼情未了》的主题歌。

刘通州："沙莎，今天你怎么没话了？"

沙莎："我在听《人鬼情未了》。"

刘通州："我也在听。故事是假的，可情是真的。"

沙莎："通州，如果一辆汽车马上要撞到我，你会不顾一切地救我吗？"

刘通州："我想我能。"

沙莎："毫不犹豫？"

刘通州："我会在第一时间冲过去……"

沙莎："通州，我没看错你。"

刘通州："沙莎，这是条件反射，是本能。"

沙莎："通州，如果爱一个人已经变成条件反射，变成本能，还该回避吗？"

刘通州："沙莎，你是巧克力，我是草莓……我们是完全不同的人。"

沙莎："如果深爱一个人，是可以求同存异的。通州，我还没告诉你，我考上了哈佛，享受全额奖学金。"

刘通州："这么好的消息，为什么不早告诉我？"

沙莎："可此时此刻，我最想知道的是，你心里有没有我？爱不爱我？"

轿车停在海滨岩礁旁。

他们面对大海，坐在岩石上。

沙莎："如果你从来没爱过我，我可以轻轻松松地去美国。现在，我真的陷入两难了！通州，我该出去，还是留下？"

刘通州："当然是出去。"

沙莎："能跟我一起去吗？我的奖学金足够两人的生活费。"

刘通州摇头。

沙莎："那么……你会等我？"

刘通州默然。

沙莎："为什么不说话？"

刘通州："沙莎，到了美国，我们就更不同了。你又多了一种文明的熏陶，不是吗？"

沙莎："通州，你到底爱不爱我？"

刘通州："沙莎，我说过，你像太阳，你的爱都把我给灼伤了。"

沙莎："那么，你呢？你是月亮？永远只能承受我的光芒？"

刘通州："沙莎，你不觉得这种爱对于我太奢侈了吗？男人一旦失去自尊，就一无所有了。跟那些被阉割的太监，没有什么两样。"

刘通州旁白："我终于说了真话。不知为什么，说完了我的心就隐隐作痛，痛了很久……"

崇川市洗衣织补店。

阿桃在织补，黄刚在熨烫。

阿桃："篮子跟我说，她要考舞蹈学校。你说，人能跳一辈子舞吗？老了怎么办？"

黄刚："老了当老师，当导演。"

阿桃："你也赞成她考舞蹈？"

黄刚："我看这孩子能成气候。"

阿桃："我老觉得业余爱好跳一跳还行，专门去学几年，花钱不说，还养小不养老。到那时候，哪能都当老师，当导演？"

黄刚："阿桃，孩子喜欢，又有灵性，你就让她学。现在跳舞的、唱戏的，不是三教九流了，那叫艺术家。我们家要是出一个艺术家，我们没白受累不是？"

阿桃："唉，也不知道是我脑筋太落后了，还是你太洋派了。我总觉得跳舞不是什么好工作。"

黄刚："什么是好工作？洗衣服熨衣服是不是好工作？社会需要就是好工作。当兵好不好？保家卫国，光荣！我能不能天天让人看我身上的伤疤，跟政府要钱花，要饭吃？"

阿桃："哎，怎么说着说着说到你自己身上去了？我知道你有志气，你要强，要不，我也不会嫁给你！"

黄刚："现在后悔还来得及。我可不想误了你的终身。"

阿桃："你说什么呢你？"

黄刚："阿桃，这么多年来我觉得自己很有福气，可又很愧，实在太亏了你。唉，真要有来世，再做一回男人，我要好好疼疼你，爱爱你……"

阿桃："我不等来世。我很知足。不管怎么样，有你给我遮风挡雨，我阿桃就是有福之人。"

四目相对，温馨的眼神胶着在一起。

田野来了："黄叔！白姨！"

阿桃："田野来啦！这回洗什么？"

田野："篮子在吗？"

阿桃："还没回来。有事吗？"

田野："我想问她去上海的事定没定，该预订车票了。"

阿桃："去上海？舞蹈学校在上海？怎么去那个鬼地方？"

黄刚："你怎么对上海有那么大的成见？田野，你也去考？"

田野："我去考电影美术，正好一起走。"

阿桃："你们一起走？没有大人带着？"

田野："白姨，我们不是小孩子了。"

阿桃："可，可是……"

田野："有什么不合适吗？"

阿桃："篮子是个姑娘，又是个哑巴，到了上海，跟你一起吃一起住，不方便……"

黄刚："你不放心，你就带篮子去。"

阿桃："不行，店里一大摊子事，放不下。这个篮子，到什么上海，考什么舞蹈嘛！"

黄刚："那是孩子的心愿，孩子的理想。你不让她去，她会难过一辈子。这样吧，我带她去，这回总可以了吧？"

阿桃："你懂上海叽哩呱啦那鬼话，你受得了那种高人一等的眼光？"

黄刚："阿桃，上海人也是人，地雷、枪子我都不怕，我怕他？那可真是天大的笑话！好啦好啦，就这么定了，我去，老爸挂帅，还怕有什么闪失吗？"

黄越气喘吁吁地跑过来："爸！妈！哦？田野也在这！我有好消息！"

黄刚："你是得三好啦，还是考试成绩全线飘红啦？快跟老爸老妈说说！"

黄越："比这些消息还好，好一百倍！"

阿桃："好一百倍？那爸爸妈妈不得乐晕了？"

黄越："是得乐晕！"

田野："快说吧，我这儿有晕海宁，乐晕了不要紧。"

黄越："市艺术学校专科班到我们学校来挑选学生，我给选进了声乐班。这回，我可以当歌唱家，在舞台上唱一辈子歌啦！"

黄刚扔下熨斗："哦！真是好消息！我们家出大学生啦！晕海宁！晕海宁！田野！我真的要吃晕海宁啦！"

阿桃："唱歌也要念大学？现在这大学到底有多少？这下好了，两个女儿，一个唱歌，一个跳舞，将来都得进戏班子，走一辈子江湖……"

崇川市展览馆。

南飞登上台阶，走进展览馆。

在书画展展厅门口，南飞被工作人员拦住。

工作人员："有请柬吗？"

南飞："没有，我找人。"

工作人员："你找谁？"

南飞："书法家协会主席林凤桐老师。"

工作人员："哦，你是从他老家来的吧！请进。"

南飞走进书画展。问了几个看展览的，都不知道林凤桐在哪里。这时，一张林凤桐的狂草映入他眼帘。他驻足观看。周围的两位中年人啧啧称赏。

南飞转身向那两位中年人："请问先生认识不认识林老师？"

一位中年人："认识！他刚刚还讲话，还剪彩呐！"

另一中年人："会不会参加笔会去了？"

南飞："笔会在哪儿？"

那人："听说在二楼小厅。"

南飞："谢谢！"

南飞连忙离开展厅，上了二楼，远远看到一个小厅里站着坐着不少文文化人。

他走进小厅，人们正围观一个头发花白的人蘸墨挥毫。屋子里悄无声息。南飞屏住气，轻轻凑过去观看。花白头发书法家正洋洋洒洒写着一大张狂草，与展厅里展出的那张有异曲同工之妙。写完，书法家题款、治印。当他印完最后一方，周围的观者鼓起掌来。

林凤桐抬起头来："见笑，见笑。各位请吧！"一个年轻人送他一把紫砂壶，他接过来，喝了一口茶。

南飞走过去："您是林凤桐老师吧？"

林凤桐看到一个无臂青年站在他面前，显得有些惊愕："你是……"

南飞："老师，我叫南飞，书法爱好者，不知能不能拜您为师？"

林凤桐："你要做我的学生？"

南飞："是。老师。"

林凤桐："你这个样子恐怕连生活都不能自理，怎么写字？"

南飞："我能。"

林凤桐："用什么写？"

南飞："用嘴，用脚。"

林凤桐："真的可以？"

南飞："真的可以。老师，我写给你看。"

林凤桐站起来，喊了一声："笔墨伺候！"

当即有人在书案铺了一张宣纸，并用镇纸压好。

南飞叼起笔，摇头甩发，写了四个大字"无翅欲飞"。又用脚趾夹着笔写了四个字"志在翰墨"。

静默的观者突然鼓起掌来，鼓得很响，鼓了很久。

林凤桐走过来："小伙子！你这个学生，我收下了！你就算我的关门弟子吧！"

南飞当即跪下，给林凤桐磕了一个头。

人们又鼓起掌来。

南方某大城市。"万紫千红"阁楼宿舍。

上午，阳光照到床上，"漂泊者"们还在熟睡。

电话铃响。无人醒来。

电话铃又响，键盘手抓起一个枕头捂在头上。

电话铃第三次响起来的时候，鼓手迷迷糊糊抓起床头的话筒："谁？连觉都不让睡啦！"

沙莎的声音："对不起。请找一下刘通州。"

鼓手伸腿踹了一下旁边床上的刘通州："嗨嗨，约你来啦，快！"

刘通州坐起来接过话筒："哪一位？哦，沙莎……"

沙莎的声音："我要去美国了。"

刘通州："祝贺你，沙莎。"

沙莎："你真的就那么高兴？"

刘通州："说实话，我的心情也很复杂……"

沙莎："通州，如果你说句话，我可以留下来。"

刘通州："沙莎，我找不到充分的理由……"

沙莎："通州，两情相悦，真的需要理由吗？"

刘通州："沙莎，不要再追问了。这些日子，我天天都在拷问自己……"

沙莎："有答案吗？"

刘通州："没有……沙莎，请你能够原谅我。"

沙莎："好吧，看来好像我在逼你。如果是这样，也请你原谅我吧。我要走了。"

刘通州："什么时候？"

沙莎："现在。我在候机大厅。最后，我只问你一句，我走以后，你会想我吗？"

刘通州："沙莎，我会很失落。很失落……"

沙莎的声音有些哽咽："谢谢，再见……"挂断电话。

刘通州若有所失地放下话筒。忽然从床上跳下来，穿上衣服，急匆匆跑下楼去，叫住了一辆出租车。

出租车上。

刘通州："机场。快！"

出租车加速驶去……

大十字路口。

交通拥堵，出租车被夹在中间无法驶离。前后左右，喇叭声响成一片。有的司机从车上跳下来骂娘。

刘通州给出租车司机丢下一些钱，从汽车隙缝中穿行而出，跑到十字路对面又叫了一辆出租车。

上了出租车，刘通州喊了声："赶飞机，快！越快越好！"

出租车加足马力奔驰起来……

机场。

刘通州从出租车上下来，直奔候机楼。

候机大厅。

沙莎和沙父沙母坐在椅子上等待登机。

沙莎不时向入口处张望。

广播喇叭响起来："飞往纽约的航班开始登机了，请旅客在六号出口登机。飞往纽约的旅客请在六号出口登机……"

沙莎、沙父、沙母从座位上站起来。

沙莎让父母走在前面。在走进六号出口前，她看到刘通州被拦在入口处。

刘通州看不见沙莎，但沙莎看见了他。沙莎眼中泪光闪闪，转身走进六号出口。

747 客机腾空而起，直指蓝天……

刘通州隔着大玻璃怅然远望客机飞离，直到在他眼中变成模糊一片……

刘通州画外音："沙莎走了。她的爱灼伤了我，把我的心生生地撕去了一片……"

南方艺术学院。

南方艺术学院音乐系进修班面试正在进行。

中老年男女教授、副教授面门而坐，表情十分严肃。

刘通州推门进来，手里拿着琵琶。

主考官："你是刘通州？"

主考官："你多大了？"

刘通州："二十三了。"

主考官："二十三岁进修弹拨乐？"

刘通州："教授，我会很努力的。"

主考官："弹一首曲子听听吧！"

刘通州："哎。"一转身，碰倒了椅子。扶起椅子后，坐偏了，又挪挪正。

考官们疑惑地看着他，有的相互交头接耳。

主考官："有问题吗？"

刘通州："没问题。"

主考官："那就开始吧！"

刘通州："我弹一首《春江花月夜》。"

刘通州指法娴熟，激情洋溢，却又收放自如，令漫不经心交头接耳的考官都屏息凝神地看他弹奏。

弹毕。刘通州起立，向考官们深深一躬。

考官们对他已经刮目相看了。

刘通州："不知道，我可不可以上进修班？"

主考官："你弹得不错，基础蛮扎实。看来，你是有师承的。我们研究一下，再通知你，你可以回去了。"

刘通州又鞠了一躬，默然退下。

崇川市火车站。

田野先上车，伸出手来把篮子拉上去。黄刚随后也上了车。上车前，他回眸看了一眼阿桃。

他们坐定后，阿桃已来到车窗外面的月台上，把两塑料袋食品从窗口递给黄刚。

阿桃："给孩子多吃水果，多喝水。"

黄刚："你放心，保证做好后勤。"

阿桃："水果都在绿袋子里。红的里有煮鸡蛋，当心挤碎了。"从怀里掏出一小袋盐，"哦唷，差点忘了，还有盐，我在里面兑了味精和黑芝麻，蘸鸡蛋吃，啊！"

黄刚笑了："在家就说过两遍啦，记住啦，记住啦！"

阿桃又拉住篮子的手："跟着你爸，别自己乱跑，大地方人欺生，还有人贩子，专门拐卖女孩儿……"

黄刚："唉，你说那么多，孩子又听不见。"

阿桃："我一说话，篮子就盯着我嘴看，现在，八九不离十了，是不是？"

篮子点头。

阿桃："田野，你要护着篮子，啊！"

田野："白姨，两个保镖。一个还是从前线回来的，你就放宽心吧！"

阿桃笑了："这孩子！"

火车开动了。篮子看见月台上的南飞。在列车渐渐加速时，南飞突然大大喊："篮子，加油！篮子，加油！"

南方艺术学院院长办公室。

刘通州在院长办公室门口驻足叩门。听到里面喊："请进！"便推门进屋。

头发花白、衣着考究的院长从金丝边眼镜上面打量走进来的刘通州。

刘通州："院长，我想请问一下，为什么我不能进艺术学院音乐系进修？"

院长："你是……"

刘通州："我叫刘通州。"

院长："哦，知道了，听说你面试成绩很不错。"

刘通州："我很纳闷。都说我基础很好，就是没有收到录取通知书。"

院长："小刘，我也很为你惋惜。"

刘通州："那就给我一个机会吧！院长，你不知道，我多么渴望学习、深造。"

院长："可是我们必须面对现实。你是一个盲人。你怎么阅读教材？怎么辨认五线谱？怎么看老师指法示范？怎么进行视唱练耳？"

刘通州："院长，我可以想办法克服困难。"

院长："你可以克服，老师们怎么办？单独给你开小灶？这可能吗？"

刘通州："我不需要老师专门为我做什么！"

院长不语，开始处理案头的文件。

刘通州："院长，我请求你收下我。"

院长摇头叹息。

刘通州："院长，是不是阿炳注定要做流浪艺人？你们就不能造就一个当代的瞎子阿炳？"

院长不无怜悯地抬眼注视刘通州："再不会有阿炳了……"

刘通州旁白："那天，院长怜悯的眼神深深刺痛了我。我强迫自己不要发作，无论如何不能发作。我不知道，残疾人是不是与生俱来地被剥夺了宣泄的权力？"

片尾歌：
问你，问我，
往事历历可曾有片刻遗忘？
问我，问你，
去路茫茫为什么写满沧桑？
问心，问魂，
浪迹天涯为何要频频回首？
问魂，问心，
浓浓的情怎禁得深深埋藏？
此情可问地，
地知我情有多深。
此情可问天，
天知我情多久长……

十

南方艺术学院院长办公室。

刘通州与院长继续对峙。

刘通州："院长，我不明白，为什么不会再有阿炳？如果艺术学院都拒收盲人，阿炳不是还要流落街头吗？"

院长："小伙子，不要再上纲上线了。说句心里话，主考官很欣赏你，我也很同情你，只是我们从师资到教学设备都没有招收盲人学生的准备。你再等一年，给我们一点时间，可以吗？"

刘通州："我的年龄不容许我再等了。院长，我旁听行不行？"

院长："旁听生是拿不到学历证书的。"

刘通州："我不在乎学历。我要的是真才实学。"

院长："那好吧！我为你破一个例，收一个盲人旁听生。但是你要交四万学费。"

刘通州："四万？！"

院长："怎么样？多了？"

刘通州："我……想办法。我交。"

南方某大城市。夜。

刘通州与鼓手、键盘手、吉他手从"挪威森林"走出来。

刘通州："今天，我请大家宵夜。"

鼓手："通州，是不是有什么喜事？"

键盘手："那个沙莎，给你拿下了？"

吉他手："就凭通州这么酷，摆平个发烧友，还不是小菜一碟？"

刘通州："嗨，你们扯到哪去了？沙莎去美国了，不会再回来了。"

鼓手："唔，天哪，她把你甩了？"

键盘手："真是太扫兴了！"

吉他手："我还等着给通州当伴郎哪！这下没戏了！"

夜宵店。

刘通州："弟兄们放开吃，吃多少都由我买单！"

鼓手："怎么？沙莎刚走，又有新欢了？"

键盘手："没看出来，通州老弟还是情场高手哇！"

吉他手："这么说，我又有希望了？什么时候办，我当伴郎！"

刘通州："嗨嗨，除了女孩还是女孩，人就不能有点别的喜事啦！"

鼓手："那就是发财了！通州，你是不是买原始股啦？我堂兄一块钱买的原始股，你猜涨到多少？一百！一夜之间，他就从万元户变成百万富翁啦！"

键盘手："哇！这么好的事，我们怎么错过了呀！"转对鼓手，"你是管账的，消息又灵通，怎么不知道盘活我们的资金啦？"

吉他手："这都是废话。大家的钱我能乱动吗？还是听听通州到底有什么大喜事吧！"

鼓手、键盘手："对啦对啦，我们也沾一点喜气，也好交上好运啦！通州，快说吧！"

刘通州："我要到南方艺术学院进修。以后，我就不能参加演出了。"

鼓手："漂泊者怎么办？"

键盘手："没有歌手，不又得散摊儿吗？"

吉他手："真是天下没有不散的筵席。我们这组合，好不容易火起来……"

刘通州："我也很矛盾。思想斗争了好久。我几乎是个瞎子,不充实自己,将来怎么办?"

鼓手："说得也是。"

刘通州对鼓手："你是管钱的。我们账户上有多少钱?"

鼓手："十九万多,不到二十万。"

刘通州："平均分开,一人一份。明天我们再演一个晚上,就散伙了……一想到这些,我也很伤感。"举起啤酒杯,"来,干!友谊长在!"

其余三人也举杯相碰:"友谊长在!"

"万紫千红"阁楼宿舍。深夜。

鼓手、键盘手架着刘通州上楼,进屋,把他放在床上,脱掉了皮鞋。

刘通州很快打起呼来。

鼓手推了刘通州两下,刘通州翻了个身,又打起呼噜。

吉他手："收拾东西,快!"

键盘手、鼓手、吉他手迅速将衣橱、衣挂和桌上的东西收在旅行包和箱子里。

早晨。太阳照到了刘通州床上。

刘通州醒来,看到太阳照着三张空床。他呼地坐起来,拉开衣橱和桌子抽屉。只剩他的一套演出服挂在衣挂上。墙角竖着两个琴盒,一个吉他和一个琵琶。

刘通州："……不辞而别?一分钱也没给我留下?"

刘通州颓然坐下,长长地出了一口气。

"万紫千红"歌舞厅。夜。

刘通州出现在台上,追光照着他,更显得形单影只。

他急促地弹起吉他,像有一团火焰要冲出胸膛。

有点嘈杂的座席安静下来,所有的人都在倾听他喷薄而出的旋律。

　　刘通州的弹奏戛然而止："各位女士、各位先生：音乐把我们联系在一起。你们爱听，我爱弹，爱唱。这种看不见的情谊，让漂泊者的心变得安宁、祥和。但是，我看来太年轻，只懂得友谊，不知道还有背叛。这让我对真诚的友谊多了一分珍惜。我会时刻拷问自己的灵魂，你是否正在变成一个见利忘义的世俗小人？……闲言少叙，就此打住，下面我给大家唱一首《朋友》。"

　　刘通州唱起了《朋友》，唱出了他的爱，他的痛。他的声音嘶哑而碎裂，最后爆发为一泻千里的狂放。

　　许多观众为之动容。

　　当他唱到最末一句，眼里溢满泪水，却没有流下来。

　　刘通州旁白："天哪，我痛快淋漓地发作了一回，用我的激情、我的歌声。谁也不知道这是为什么，我也不让任何人知道为什么……在这欲望横流的城市，我感到从未有过的孤独。我渴望真情，可真情已离我远去……"

　　南方艺术学院院长办公室。

　　刘通州敲门后走进院长办公室。

　　院长从文件中抬起头来："刘通州？还有什么问题吗？"

　　刘通州："院长，我已经准备好了学费，可又在一夜之间变得一无所有了。"

　　院长："你交不了学费了？"

　　刘通州："缓一缓。可以吗？"

　　院长："盲人进修，这本来是破例。再不交学费，我没法交代。"

　　刘通州："通融一下，我一定会如数交齐的。"

　　院长："好吧，给你半个月时间。"

　　刘通州："第一学期末，可不可以？"

　　院长："没有余地了。实在交不出，就明年再说吧。哦，我还要召开会议。"看看表，站起来，"就这样吧！"

　　刘通州默然离去。

上海火车站。

黄刚、篮子、田野先后下车。

衣冠楚楚的田明向田野招手。

田野跑过去："爸！你怎么来了？"

田明："你妈不放心，又说我对你关心不够啦！"

黄刚和篮子拉着手走过来，像是深怕被挤丢的样子。

田野："爸，这是黄叔，这是白篮子。"

田明注视篮子。

篮子也注视田明。

田明："白篮子？"

篮子仍然看着田明。

田野打手语："这是我爸爸。"

篮子闪出一个微笑。

田野手语："他来谈生意。"

田明把目光从篮子身上收回来："我们走吧！"

田明带他们向地下通道走去。

田野："爸，篮子也是来考学校的。"

田明："聋哑学校？"

田野："不，舞蹈学校。她跟黄叔能和我们住一起吗？"

他们走出地道，通过检票口。

上海站外面。

田明用遥控开了车门，瞟了一眼篮子和黄刚："一起走吧！"

黄刚："我们还是另找地方吧！"

田明："何必呢？人生地不熟的。篮子，上车。"

田野："黄叔，你跟篮子坐后面。"打开后车门。

黄刚："不好意思……"

各自上车后，田明驾车驶出上海站广场。

田明："你们都还没吃饭吧？"

田野："没有。"

田明："吃个快餐吧！"把车开到一条小街上，泊在路边，开门下车。

田明带着几个人鱼贯走进快餐店。黄刚抢着要付钱，被田野拦住，田明瞟了黄刚一眼："没多少钱，我来付吧！"

他们每个人端着一份快餐坐到窗边桌前。田明父子在一头，黄刚父女在另一头。田明与篮子正对面。他们的目光又遇到一起。

田明："篮子多大了？"

黄刚："十七周岁。"

田明脱口而出："七九年生的？"

黄刚："没错。田先生心算真快。"

田明："我女儿要是还在，也该这么大了。"

田野："爸，你怎么没说过，我还有个姐姐？"

田明摇摇头："不提她了，不提她了……"

田野："爸，为什么不提她？那是我们最亲的亲人！她现在在哪儿？"

田明："她失踪了。至今下落不明……"

田野："怎么会失踪？为什么不找她？"

田明："田野！别说了……"脸沉下来。

几个人默默地吃完快餐。

田明把轿车开进了新锦江饭店。

几个人先后下车。黄刚和篮子仰望饭店楼顶。

田明向饭店大门走去。

黄刚："篮子，我们走。"拉起篮子的手。

田明："老黄，你们去哪儿？"

黄刚："这不是我们住的地方。"

田明："老黄，篮子是田野的朋友，又是个聋哑人。住在一起互相有个照应。来吧！"

黄刚："这太豪华了……不，我们还是走吧！"

田野抢过黄刚的旅行包："黄叔，你就别客气了！我洗衣服你都不收我的钱，就不兴我老爸请一回客？"

新锦江总台。
田明："要一个标准间。"对田野，"你替他们填一下单子。"
田野填单子。
总台小姐："身份证有吗？"
黄刚掏出身份证。
田明走到篮子身边："你喜欢舞蹈？正好，今天美琪大戏院有歌舞晚会。我请客。"
田野填完了单子："哇！老爸万岁！"打手语告诉篮子。
篮子张开了嘴，眼睛闪闪发光。

美琪大戏院。
田明、田野、篮子、黄刚聚精会神地看着舞台。
台上，黄豆豆正在表演《秦俑魂》。
篮子微启双唇，目不转睛，眼中流溢着惊异和震撼。
舞毕。篮子站起来鼓掌，看到周围观众都坐着，才不好意思地坐了下来。
篮子对田野打手语："没想到世上还有这么震撼人心的舞蹈。"
田野："每一个兵俑都有一个灵魂。中华民族的灵魂。"
篮子用力地点头，眼睛亮闪闪的。
田野笑了。

新锦江饭店套房。
田野裸着上身从浴室里出来的时候，田明正与杨柳通话："生意正在谈。估计没什么问题。是他们要借助我的力量，不是我求着他。我当然不会轻易放过了。什么？……过分？你不懂生意，还是别掺和吧！……儿子？儿子明天面试，跟我在一起，你还有什么好不放心？田野来来来，你妈惦记你哪！"

　　田野刚套上衣袖就接过手机："妈，才一天没见，就想我啦……有没有把握？这可不好说。全国各地来考的人很多……你来也帮不了我……我知道……我没包袱，今年考不上明年再考……等到胡子白了还考不上，妈，你该骂我没出息了！……好了好了，你就别操心了！离那么远，还想遥控我？你就好好睡吧，别为我失眠……你不睡，我还想睡哪！BYEBYE！"把手机还给田明。

　　田野："老妈太烦，老爸不管，你们俩可真是的……"

　　田明："又来了，又来了。你爸都五十来岁的人了，东一头，西一头，把产业做大做强，为了谁？"

　　田野上床，钻进被窝。

　　田明也脱衣上床："田野，那个叫篮子的女孩，你什么时候认识的？"

　　田野："快一年了吧！"

　　田明："她是哪里人？"

　　田野："听说她家是从水乡镇搬来的。"

　　田明："水乡镇？为什么她爸姓黄，她姓白？"

　　田野："她跟妈姓。她妈叫白阿桃。"

　　田明："她天生就是聋子？"

　　田野："可能吧？"

　　田明："你什么时候学会了哑语？"

　　田野："认识她以后……"

　　田明："跟她学的？"

　　田野："爸，你这是审问？"

　　田明："爸不能问？篮子这孩子……我一见到她就觉得我很久以前见过她……她身上有一种让我感到亲切的东西……"

　　田野："爸，你喜欢她？"

　　田明："是个讨人喜欢的孩子。这样一个好姑娘，又聋又哑，实在让人心疼，让人怜惜……"

　　田野："爸，你同意我跟她交朋友？"

　　田明："我同意不同意你很在意？爸要是不同意，你就不跟她来往了？”

田野：“老爸！你真开明！”

田明：“我可没有正式表态哟！”关掉床头灯，“明天我要谈判，你要面试，睡吧！”

南方某大城市。夜。

刘通州背着琴拎着箱子走到一幢别墅前。他按响门铃，一个女管家来开门。

刘通州：“阿姨在家吗？”

女管家：“在。你可好久没来了。”

刘通州穿过院子进了屋子。

浓妆女人抱着一只狗从楼梯上下来。

刘通州放下东西：“阿姨！”

浓妆女人：“小刘？我还以为你把我忘了呢！”

刘通州：“阿姨，能在你这儿住几天吗？”

浓妆女人已来到客厅：“小刘，不要说几天，住几个月几年都行。”

刘通州：“阿姨，谢谢你了……”

女仆端来了绿茶和咖啡，把茶放在通州面前，将咖啡放在女主人面前。

浓妆女人：“你不是跟你的漂泊者在一起吗？”

刘通州：“散伙了。”

浓妆女人：“听说很火嘛，怎么会？”

刘通州：“我跟阿姨犯了同样的错误，太相信人，太不设防……”

浓妆女人：“搞艺术的，也会出田明那样的人？”

刘通州：“每天跑几个场子，一直唱到凌晨两点，赚了差不多二十万……”

浓妆女人：“那可真是血汗钱。”

刘通州：“一个没留，全卷走了。”

浓妆女人：“什么？几年前，我给你讲田明的事，你好像还听不懂。现在该知道交个掏心窝子的朋友比登天还难了吧！”

刘通州："难！我一直相信人心换人心，可现在……"

浓妆女人："换来一副狼心狗肺。好了，就算交了学费吧！是不是还想给阿姨打工？"

刘通州："我要去艺术学院进修两年。"

浓妆女人："你不是已经唱红了吗？"

刘通州："阿姨，学艺术就像爬山，越爬越觉得顶峰还很远很远……"

浓妆女人："嘿，小刘！没想到你真有想法！能有大出息！有什么困难，你跟阿姨说。"

刘通州："眼下还真有点困难。"

浓妆女人："说！"

刘通州："开学的时候，要交四万学费。"

浓妆女人："四万够了吗？"

刘通州："够了。"

浓妆女人："还有生活费呢，买书什么的呢！明天我开张五万支票给你。就不用还了。"

刘通州："不，阿姨，是借。我要还的。你能借给我，我就很感激了。我打算白天上课，晚上出去唱歌。"

浓妆女人："小刘，在金钱世界里滚了几年，你还没变。真难得！好，算借的。就这么定了！"

上海舞蹈学校。

黄刚和篮子在舞蹈学校校园里走着……从落地玻璃窗外可以看到一个又一个练功房。

在第一个练功房里，男生和女生穿着练功服在把杆前练习芭蕾基础动作。

篮子驻足观看。黄刚拍她的肩膀，她才往前走去。

在第二个练功房里，男生和女生在练习蒙古舞组合。

篮子又停下来观看，黄刚拽着她的手，才继续前行。

到第三个练功房外，活泼俏皮的花鼓灯组合更让她流连不去。

这时，走来一个迈八字步的教师："喂喂，我们这里不好参观的噢！"

篮子这才有点扫兴地跟着黄刚离去，找到了办公楼里面的报名处。

报名处。

一个腰背挺直、满脸矜持的女人坐在报名处桌旁。她看上去像个没结过婚的芭蕾舞老教师。

老教师扫了篮子一眼："是来报名的吗？"

黄刚连忙回话："是，是。"

老教师："叫什么名字？"

黄刚："白篮子。"

老教师："几岁了？"

黄刚："十七岁。"

老教师："十七岁腰都硬了，还学什么舞蹈？"从头到脚把篮子扫了一遍，"脖子、胳膊、腿，倒还好，准备报考什么专业？"

黄刚："什么专业？这，这得问，问我女儿……"

老教师："怎么不说话？"盯了白篮子一眼，"讲！报什么专业？快一点。"

白篮子直眨巴眼。

老教师："讲啊！"

黄刚："老师，我女儿耳聋。"

老教师："耳聋学舞蹈？这不是开国际玩笑吗？舞蹈讲的是节奏，节奏离不开音乐。音乐又是有内涵的，它是舞蹈的灵魂。听不见音乐，怎么掌握节奏？怎么把内涵挖掘出来？啊？"

黄刚："可我女儿节奏跳得很好，听不见演奏也能跟上音乐。"

老教师："唔？有这样的事？"走到钢琴前，向篮子招招手。

篮子向钢琴走去。

老教师弹起舞剧《白毛女》中的《北风吹》。

篮子节奏准确地跳起喜儿的独舞。

音乐停止。篮子也停下舞步。

老教师注视篮子："怪了，还真有节奏感。"

黄刚："老师，允许我女儿报考了？"

老教师摇头："我没这个权力。我们建校几十年，从没收过聋哑学生。"

黄刚："要是聋哑孩子有舞蹈天分呢？"

老教师："真有天分，可以自学成材嘛！我们没有条件也没有能力收聋哑生。"

黄刚："这么说，聋哑人和键全人不是平等的，不能享受同样的权利？"

老教师："我可没这么说。那是你的理解。"

黄刚："不管我理解得对不对，你们不还是要把聋哑人挡在校门外面吗？老师，你们可以不收我女儿，我也可以到中央，到教育部，问问他们谁授权让你们剥夺了残疾人受教育的权利？"

老教师腰一挺，脖子一梗："那就悉听尊便吧！"

黄刚拽起篮子的手："篮子，我们走！"

篮子眼泪汪汪地跟在黄刚后面，到了校门还频频回首。

新锦江饭店。

篮子一进房间，就扑到床上哭起来。

黄刚："篮子！篮子！他们不要我们，我们自学。我知道篮子是个争气的孩子，咱不蒸馒头咱还要争这口气！"轻抚她的头发。

篮子抬起泪眼，钻进黄刚怀里大哭起来……

田野穿过新锦江饭店大堂，上了电梯。

下电梯后，他直奔篮子的房间，按响门铃。按了几次，无人回应，便敲门："黄叔！开门！黄叔！开门！是我！"仍然无人回应。

他乘电梯回到大堂，问总台："8015 的客人回来了吗？"

总台小姐："8015？哦，结账了。"

田野："客人是不是叫黄刚？"

总台小姐："是啊，还带了一个小姑娘。"

田野："走了？自己结的账？"

田野跑出大堂，在门口叫了一辆出租车。

上海火车站。

田野下车，冲进售票大厅，插队买了月台票。

他拿着月台票通过检票口跑上月台。列车已经开动。他在一个一个窗口前跳着看里面的人，终于没看到篮子。

列车驶出上海站。

田野收住脚步，无奈地望着远去的列车……

在飞驰列车的窗口，篮子望着田野和河流从眼前掠过。

一片蒸气朦胧了她的脸。蒸气散去，她纯净的目光中似乎又多了一份沧桑。

篮子的内心独自："在我十八年的生命历程里经受了两次沉重的打击：一次是突然走进了无声的世界，一次是被舞校拒绝，我心中的理想轰然坍塌……"

新锦江饭店。

田野从出租车下来，田明在身后喊住了他。

田明："考得怎么样？"

田野："不怎么样。"

田明："你不是有一个'天人合一'系列吗？"

田野："在崇川，自我感觉还不错，到这里一看，比我强的人有的是。"

他们边说边走，进了大门，穿过大堂，进了电梯间。

田明："干什么都要打开眼界。上海市最近有个油画展还有个国画展，你可以去看看。对你来说，首先是学，是充实自己。学而知不足嘛！"

田野："还得憋足劲学几年。"

田明："不是几年，是一辈子。许多名画家到了晚年还改变画风哪！"

他们从电梯间出来，走向下榻的套房。

套房里。

田明宽衣。田野一头倒在床上。

田明："篮子呢？你怎么不去看看她？"

田野："篮子回去了。"

田明："回去了？什么时候？"

田野："总台说已经退房了。"

田明："是不是遇到了什么问题？"

田野："我刚才去了舞校。报名处的老师说她去过，因为是聋哑人，没让她报考。"

田明："真是乘兴而来，败兴而去，这打击实在太大了！"

田野："篮子不知道能不能承受这种歧视？这会毁了她。她是个天才。"

田明："她看上去是很有灵气。"

田野："就连外科医生都说，她将来能成为一个舞蹈家！"

田明："外科医生有什么科学依据吗？"

田野："有一次她崴了脚，医生看到她脚背上长着一个心形胎记，红红的。医生说，脚上长心形胎记的人十有八九能成为舞蹈家。"

田明："那是玩笑话！"突然感觉到什么，"心形胎记？心形胎记！田野，你说是长在脚背上？"

田野："是啊，我亲眼看到的！"

田明："左脚右脚？"

田野："左脚？右脚？哦，是右脚！"

田明："你没看错？"

田野："肯定不错。哎，爸爸，这胎记有什么问题吗？"

田明："没有没有。我随便问问，随便问问。"

田野："是不是你也听到过这种说法？"

田明："哎，哎，我也好像……听谁说过……右脚背上长心形胎记的人……在艺术上……会有作为。"

田野："你确定？"

田明："确定。田野，你对篮子……看起来很在意。"

田野："第一次在湖边见到她，就觉得她好像在我的梦里出现过。我觉得很亲。"

田明："唔？是直感？"

田野："完全发自内心，完全身不由己……"

田明："你恋爱了？儿子？"

田野："我也不知道。只是总想走近她，亲近她，每天都想见到她，还由不得想……帮助她，保护她……"

田明："天哪，我儿子都知道怜香惜玉了……真是不可思议……"

田野睡熟了。

田明却辗转反侧。他打开床头灯，下床，在西装内袋里掏出皮夹子，轻轻掩上卧室门，在客厅里开了灯，坐在灯下，从皮夹子里拿出一张照片。

光着上身的田明抱着只穿一个小肚兜的女儿。女儿右脚背上有一块红色的心形胎记。

他凝视照片，长吁短叹，陷入沉思……

（闪回）田明与前妻在危楼阁楼上吵架。

两周岁的女儿吓得号啕大哭。

田明与前妻越吵越凶。

前妻突然抱起女儿离去。在狭窄的楼梯口，女儿右脚掉了一只鞋子，脚背上露出心形胎记。

田明把头伸出窗外。

前妻抱着右脚无鞋的女儿愤愤地穿过马路……（闪回完）

田明："十五年了。我的女儿，你现在在哪儿？篮子脚上的胎记，会不会只是一个巧合？可为什么我第一次见到她就那么想走近她，亲近她？为什么？难道这也是一个偶然吗？"

崇川市洗衣织补店内室。

篮子端着饭碗发呆。黄刚不无忧虑地看着她。

阿桃搛了几只虾放在篮子碗里：

"吃。吃！篮子，犯得着吗？不让考就不考。考上那跳舞的学校，一辈子蹦蹦跳跳的，那也叫工作？那戏班子有什么好，把你给迷成那样！"

黄越："妈，我从艺校毕业了，也得进戏班子。我看没什么不好。你那种叫法过时了，现在叫艺术团体。"

阿桃："艺术团体还不是卖艺的团体？换汤不换药。"

黄越："妈，你看不起人！"

黄刚："越越！你妈这不是给你姐宽心呢吗？现在是新社会，只要是诚实劳动，不搞坑蒙拐骗，都该受人尊重。"

篮子放下筷子，撂下蚊帐，脸朝墙壁躺在床上。

阿桃："你看这趟上海去的！唉！孩子像丢了魂似的，可怎么办哪？"

黄刚："篮子不会垮的。让她自己慢慢化解吧！"

阿桃："慢慢化解？她才多大？说得轻巧！"

黄刚："人一辈子总归要遇到挫折。抗过来了，想明白了，就成熟了。你信不信？"

阿桃："我不信也得信。她要是顶不住，我看你这个当爸爸的怎么交代！"乒乒乓乓收拾盘碟碗筷。一抬头，见南飞从外面进来："南飞，你可来了！"

南飞："篮子考上啦？"

崇川市别墅区。

轿车驶进别墅区。田明、田野下车，从后备厢里取出东西。田野按电铃。少顷，杨柳出来开门。

杨柳："哟，父子俩一起回来了！"

田野："妈！"

杨柳抚抚儿子的脸："气色不错，凯旋而归？"接过田明的箱子回到屋里。

田明脱去西装，杨柳接过来挂好。

杨柳："喝点可乐？"

田野："妈，来点冰茶。"

杨柳："这孩子贪凉。你呢？"问丈夫。

田明："随便。开车累了，想美美儿地睡一觉。"

杨柳端来两杯冰茶，分别摆在田明和田野面前："快说说，考得怎么样？"

田野："考（烤）焦了，都掉渣了！"

杨柳："瞎说！我儿不会。"

田明："我打听了一下，这次可能没希望了。除非出高价。"

杨柳："出高价就出高价。我们又不是出不起。"

田明："你问问你儿子愿意吗？"

田野："妈，我还是愿意凭自己实力考进去。"

杨柳："下一届竞争会更加激烈。"

田野："我说过，我要一届一届考下去。不要动不动就拿钞票开路。"

田明："我倒是很欣赏儿子这股子倔强劲儿。男人就该这样。"

田野："爸，你总算开始理解我了！"

田明："照你这话，我以前根本不理解我儿子？"

杨柳："你从来没真正关心过他，理解又从何说起？"

田明："那我关心谁？"

杨柳："你最关心的是你自己的公司，在社会上的虚名，还有钱。"

田明："钱就那么不好吗？没有钱能有现在的一切吗？"

杨柳："钱是好哇！钱能壮胆，遇事不慌，什么都能摆平。不是吗？"

田野："妈，人家都要饿死了，还不给弄吃的？"

　　杨柳："好好好，我去弄。你等着。"

　　厨房里。

　　杨柳在厨房里忙，又是洗，又是切。

　　田野进来，拿起一根黄瓜就咬。

　　杨柳："哎哎，没洗没洗。"夺过黄瓜用自来水冲洗。

　　田野又抓起一块熟牛肉塞进嘴里："妈，艺校舞蹈班招不招生？"

　　杨柳："招不招生跟你有什么关系？"

　　田野："我想给你推荐一个女生，特有天赋。"

　　杨柳："特有天赋，那该去考舞蹈学院。"

　　田野："人家不是不收吗！"

　　杨柳："为什么？"

　　田野："那女生又聋又哑。"

　　杨柳："儿子，你给妈推荐一个聋哑女孩儿？你叫我怎么教？"

　　田野："人家特灵，特有悟性，节奏感可好哪！"

　　杨柳："你认识她？"

　　田野："认识啊！"

　　杨柳放下手里的活："快说，你们是怎么认识的？"

　　田野："妈，你怎么一下子变得这么严肃认真？"

　　小渔港。

　　南飞、篮子并肩走在江边上。

　　南飞转脸注视怅然若失的篮子："篮子，这是你吗？我的小妹？"忽然调皮地一笑，跑起来，"来，快点，追我，追呀！"

　　篮子忽然甩掉脚上的鞋猛追起来。

　　南飞时而调头，时而转弯，最后，与篮子撞了个满怀，双双倒在沙滩上。

　　南飞仰面朝天，篮子伏在他胸前。

　　南飞："记得那次我为什么追你吗？"

　　篮子点头。

南飞："记得你自作主张，给我报名参加运动会吗？"

篮子点头。

南飞："篮子，在我绝望的时候，是你给了我勇气。现在，你也绝望了？"

篮子伏在他胸前，少顷，抬起上身，手语："你好热……"（手语）

南飞："那是勇气和力量……"

篮子："你的，你的心跳得好快……"（手语）

南飞："那是因为我的勇气还不够……"

篮子："你缺少勇气吗？"（手语）

南飞："有的时候……是的。小妹，我有许多话想对你说。可你，已经听不见我倾诉……"

篮子："哥，我也有许多话，可我无法倾诉……那么，你说吧，我能看得懂。"（手语）

南飞闭上眼睛，默然不语。

篮子："为什么不说？"摇晃他。

南飞长长地吁了一口气。他突然坐起来，"篮子！"

篮子期待地看着他。

南飞忽又倒下，仰面朝天，又慢慢闭上眼睛。

篮子幽幽地站起来，向江边走去……

任永艾办公室。

黄刚走进任永艾办公室。

任永艾正在接电话："这件事可不小，得从长计议，我们还是约个时间面谈吧。好，再见。"站起来，"老黄，哪股风把你吹来了？坐。"沏茶送上，坐在他旁边的沙发上。

黄刚："唉，别提它了。这回，送篮子到上海报考舞蹈学校，受了一肚子窝囊气。"

任永艾："怎么？没考上？"

黄刚："没考上倒也罢了，人家干脆就没让考！"

任永艾："为什么？"

黄刚："还不就因为我女儿是个聋哑人。你听听说的那些话，都能气炸了肺。说什么聋哑人考舞校，你开的什么国际玩笑？这是人话吗？多伤人！"

任永艾："是啊，怎么可以这么说话呢？"

黄刚："任主席，我想告他们！你是残联主席，你给我指个路。"

任永艾："现在虽然社会上对残疾人很同情，但遇到具体问题，就露出一种歧视心理，把残疾和残废画了等号。"

黄刚："我只想讨个说法，残疾人有没有跟健全人一样平等的权利？如果没有，他们不就成劣等人了吗？"

任永艾："老黄，你这个问题提得很尖锐，很好。我们残联就是为保护残疾人利益而存在的。你放心，我一定站在弱势群体一边，为他们争取正当权益。在社会、生活中，和健全人平起平坐。"

黄刚："任主席，篮子的事你看……"

任永艾："作为残联主席，政策性问题我可以向上反映。同时，我也能保证，在本市范围内，残疾人的各种利益受到保护。老黄啊，我们市里有一所艺术学校，也培养出不少有成就的青年。如果篮子愿意，我可以安排她进舞蹈班学习，你看行不行？"

黄刚："任主席，那当然好哇！不用问，篮子肯定愿意，就麻烦你帮着办一下吧！"

小渔港。

篮子向南飞家走去。

南飞家门上挂着一把锁，却没有锁上。

篮子推开房门，满屋萧然。

她将一块毛巾系在头上，掸灰尘，扫蛛网，整理床铺。

她倏然转身，看见门外站着南飞。

两人对视。

南飞跨进门内。

篮子仰望他，偎在他怀里。

南飞："篮子……"

篮子："哥，让我做你的新娘吧！"搂紧他。

南飞："篮子，你还小……"

篮子："你不爱我？"

南飞："爱，可是……"

篮子抬起头，疑惑地看着他。

片尾歌：

　　问你，问我，

　　往事历历可曾有片刻遗忘？

　　问我，向你，

　　去路茫茫为什么写满沧桑？

　　问心，问魂，

　　浪迹天涯为何要频频回首？

　　问魂，问心，

　　浓浓的情怎禁得深深埋藏？

　　此情可问地，

　　地知我情有多深。

　　此情可问天，

　　天知我情多久长……

十一

小渔港，南飞家。

南飞："要。可是……"

篮子疑惑地看着他。

南飞："可是我养活不了你。"

篮子："我会去挣钱养活自己。"（手语）

南飞："那么我呢？谁来养活我？我还是个男人吗？"

市艺术学校。

任永艾走进琴声歌声四起的艺术学校。

在楼梯上，她遇到捧着教案下楼的杨柳。

杨柳："任主席！稀客！"

任永艾："你是不是正忙？"

小渔港。

南飞急步爬上山岗，站在面江的悬崖前大叫："南飞！你还是个男人吗？你还是个男人吗？是吗？我想用胳膊去拥抱她，可我没有胳膊……我想用双手挣钱养家，可我没有双手……没有……没有……没有！"

市艺校。

任永艾走进山楼，迎面碰到杨柳："你是不是很忙？"

杨柳："有一堂观摩课，去听一下。"

任永艾："那我等你下课？"

杨柳："那怎么可以呢？我们先谈。"带任永艾到三楼副校长室，"坐，任主席。"沏茶送上，坐在任主席身旁，"你是无事不登三宝殿，艺校有好久没来关心一下了吧？"

任永艾："杨校长，残联是呼吁全社会都来奉献爱心的地方。你这话是不是说反了？我还等着你去关心一把哪！"

杨柳："有什么指示？你尽管吩咐。"

任永艾："市聋哑学校有一个应届毕业生，是我看着长大的。那孩子要长相有长相，要身材有身材，跳舞在聋哑学校是拔尖的。你看，可不可以进艺校舞蹈班培养一下？"

杨柳："聋哑人？男孩女孩？"

任永艾："女孩。叫白篮子。这孩子命苦，心灵有创伤。她心气很灵，也很刻苦。"

杨柳："任主席，我搞了半辈子舞蹈教学，还从来没教过聋哑人，你可给我出了个大难题！"

任永艾："怎么说，收不收？"

杨柳："这我可做不了主。"

任永艾："你不是管教学的吗？你说了还不算？"

杨柳："收聋哑生，这是个新问题。收一个人是件小事，后面跟上了一大堆生活上、教学上的难题。从这个角度讲，又是一件大事。还真得商量，统一思想。"

任永艾："杨校长，你的倾向很重要哦！你一句话决定思想往哪头统一，是不是？那好，我等你答复。"站起来，走到办公室门口，"杨校长，拜托了。"

崇川市文联。

南飞背着文房四宝，走进文联大院。

传达员："小伙子，你找谁？"

南飞："大叔，我没走错。我找书协主席。"

传达员："林凤桐？住院啦！"

南飞："不会吧！前些日子辅导我，还精精神神的。"

传达员："跌了一下，中风啦！都半个月啦！"

南飞："住哪个医院？"

传达员："二院。"

南飞走出文联大院就跑了起来。

他跑出小巷……

他穿过小街……

他绕过车流如织的转盘……

他在一条林荫路上跑进第二人民医院……

病房。

林凤桐躺在病床上，正在输液。

满头大汗的南飞推门进来，直奔林凤桐的病床："老师！"

林凤桐嘴有点歪，说话语音含糊："南飞，你来啦……"

南飞："老师，我光顾在家练字，没听说，来迟了……你怪我了吧？"

林凤桐："老师不怪你……老师……最惦记的……是你这个……关门弟子。"

南飞："老师，你那么忙，还要替我操心费神……"

林凤桐："总得……给我学生……找个饭碗吧？……可是一听说没有胳膊……都不愿……接收。"

南飞："老师，你放心。学生饿不死。你就不要再惦记我了。"

林凤桐："唉！老师……都这样了……更无能……为力了。你是个要强的……孩子，靠你……自己吧！"

南飞不觉潸然……

田明家里。

田明走进家里时，杨柳正从厨房往餐厅里端菜。

杨柳："哟，今天回来得早。"

田明："是啊，好久没陪陪你和儿子啦！"脱掉西装。

杨柳朝楼上喊："田野！吃饭！"

田野应声下来："爸，太阳从西边出来啦！没人请你，你也不请人家？"

田明坐到餐桌前："你以为爸爸喜欢饭局呀！爸爸晚上就想喝碗你妈熬的稀饭，就上一块臭腐乳，一盘雪里蕻炒毛豆。"

杨柳："喏，你的雪里蕻毛豆。"把毛豆放在田明面前，给田明、田野和自己各盛了一碗稀饭。

田野："妈妈的雪里蕻毛豆真鲜，可以申报专利啦！"

杨柳："你什么时候学会拍妈妈马屁了？妈可不想当厨子，给你们爷俩做饭是被逼无奈。你见谁家教授伺候一家人吃饭的？"

周明："田野，我们吃的都是高价菜。教授烧出来的，还了得？"

田野："妈，我求你的事怎么样啦？"

杨柳："什么事？"

田野："就是篮子上舞蹈班的事呀？"

杨柳："白篮子到底怎么样？"

田野："我不是说了吗！她是专门为舞蹈而生的。"

杨柳："可她是个聋哑人，这有点难办。"

田明："聋哑人有天才，更不应该埋没。"

杨柳："你也替她说话？这姑娘，你认识？"

田明："认识啊，是个好姑娘，一个让人见过一次再也忘不掉的好女孩。"

杨柳："嗨，那白篮子是个什么人物？都在帮她说话！我还真想见识见识。"

田明："孩子妈，这个忙你要帮哦！"

田野："爸，你从什么时候起，变得这么有人情味了？"

杨柳也把探询的目光投向田明。

洗衣店门外。夜。

南飞来到店门外时，田野也刹住了车。

四目相视。

南飞："又是你？"

田野："看看篮子，不行吗？"

南飞摇头。

田野："为什么？"

南飞："我是他哥。"

田野："不，你不是他哥。"

南飞："我们从小在一起，她从来就叫我哥。"

田野："是他哥又怎么样？你能帮她吗？你知道她现在有多苦恼吗？"

南飞："这么说，你能帮她？"

田野："当然。"

南飞："你知道她的梦想是什么吗？"

田野："我知道。"

南飞："唔？说说看。"

田野："舞台。舞蹈。"

南飞："你能帮她实现梦想？"

田野："我能。"

南飞："你能？凭什么？"

田野："我可以让她进市艺术学校舞蹈班。"

南飞："当真？"

田野："当真。如果我帮不了她，我会主动离开她。"

南飞："一言为定？"

田野："一言为定。你呢？"

南飞垂下头，少顷，抬起头来："如果你能帮助篮子实现梦想，我就离开她。"

田野："一言为定？"

南飞："我说了算。"

小渔港。

篮子走向小渔港南飞家。

南飞家门上挂着一把大锁。

篮子在江边徘徊，脚被江水冲刷、淹没。

不远处岩岸有人纵身跳进江中。篮子吃了一惊，过了一会儿，那人在水中露出头来，向她招手，篮子迷惘地望着那人。

那人终于喊起来："篮子！下水哇！"

篮子下意识地向后退了两步。

那人游近了，是田野。

田野："这么热的天怎么待在岸上？江水可凉快啦！"

篮子摇头，又退了一步。

田野在水浅处站起身来："篮子，你怕什么？"

篮子站在原地不动。

田野："我护着你，包你没事。"伸出手来。

篮子摇头退缩。

田野："要么我明天带你到游泳馆去。到水浅的地方学，一点危险都没有。"

篮子不置可否。

田野："游泳对形体很好的。"

篮子把目光转向江面。

田野走近她，"想不想进市艺校舞蹈班？"

篮子手语："他们收聋哑生吗？"

田野："没收过。"

篮子从他身边走开。田野跟过去。篮子越走越快，头也不回。

田野："篮子，你别走嘛！你听我说！"追到路边，发现自己只穿一条三角裤，连忙向岩崖跑去。

洗衣织补店。

田野骑车驶来："白姨！"

阿桃正在织补，抬起头："田野来了。"

田野："篮子在家吗？"

阿桃："整天闷在家里，不是睡觉，就是坐着发愣，唉，我真怕她精神出问题。"

田野进屋。

黄刚迎出来："田野，篮子最近不大好。你带她出去散散心吧！"

田野："黄叔，把任务交给我吧！"

阿桃："田野，你长本事啦！"

黄刚："嗨，还真看不出。有什么高招，给黄叔教两手？"

田野走向正在看电视的篮子："篮子！"打手语，"去不去看水上芭蕾？"

篮子转过脸来，睁大了眼睛。

田野手语："游泳馆。看不看？"

篮子点头。

田野："跟我走。"

篮子跟黄刚、阿桃用手势打了招呼，就随着田野出去了。

阿桃眉开眼笑："神了！你说是不是一物降一物？"

黄刚："看看这小子到底有什么招数？"

阿桃："哎……不会有什么吧？"

黄刚："能有什么？都还是孩子！你看田野像那样人吗？"

阿桃："他们家那么有钱，会不会是个花花公子？"

黄刚："你不是说他们俩有缘吗？"

阿桃："我希望他们有缘。田野这孩子倒没什么坏毛病，看着倒还顺眼。"

黄刚："你现在看我还顺不顺眼？"

阿桃："轻骨头！皮越来越厚！""啪"地在黄刚厚实的光脊背上打了一巴掌，黄刚顺势拽住她的胳膊，把她揽进怀里。

阿桃："大白天，也不怕人看见！"一扭一拧挣开了他。

市游泳馆。

田野带着篮子来到看台上，俯看下面天蓝色的游泳池。

深水区正在进行水上芭蕾训练。教练不断地吹哨叫停。几经更正后，音乐响起，水上芭蕾运动员忽升忽沉，举手投足，队形变幻成含苞的花蕾和开放的花朵……

篮子目瞪口呆，脸上展现出惊奇而又羡慕的笑容。

田野看到篮子的笑容显得十分兴奋："篮子，是不是很精彩？"

篮子兴奋地用力点头。

"想学吗？"

篮子看了田野一眼，低下头去。

"我教你。"

"我害怕。"篮子手语。

"我包教。包你一个星期学会。怎么样？敢不敢？"

"我试试。"篮子手语。

"决心不够。要去掉怕字，挑战自我。"

"好，为了水上芭蕾，我挑战。"篮子忽地站起来，一面打着手语。

田野笑了："对了！这才是我心中的篮子！"

游泳池内外。

站在男更衣室外的田野做着下水前的热身动作。偶一转身，看到穿着泳装走出女更衣室的篮子，他的动作顿时凝固了。

篮子的泳装紧贴身体，描绘着花季少女轻盈娇好的曲线。

田野："篮子？！"眼中放出光彩。

篮子很不习惯，又有些羞怯。

田野拉着她跑向浅水区。

田野扑通一声跳到水里，溅起许多水花。篮子向后退了一步。

田野伸出手臂。

篮子蹲坐在泳池边。没有拉住田野的手。

田野把她猛拉进水里。篮子吓得脸都白了。

浅水区有几个人在打水仗，打来打去，田野和篮子成了双方的挡箭牌。田野见篮子缩着脖子捂着脸，哈哈大笑起来。

……田野将头浸在水里，嘴角冒起一串串水泡："憋气。试一下。"
篮子将头伸进水里憋气，扬起头时大口喘气，突然咳呛起来。
田野："好，再憋气，时间长一点。"
篮子又将头伸进水里，嘴角冒起水泡……

……田野两手两腿平伸，交替打水："憋气，打水……试一下。"
篮子伸出两手，紧紧闭上双眼。
田野："伸腿，打水！"
篮子一伸腿，人沉了下去。
田野托住了她的腹部："腿伸直，打水！好！憋气……头不要翘起来。再来一遍！"
篮子打水前行，眼睛仍然紧闭。
田野托着她腹部跟着前行。他悄悄放开，篮子突然沉了下去，两手乱扑腾。田野扶了她一把，篮子拽住田野不放手，下意识地抱住他。

篮子学会了蛙泳……
篮子学会了自由泳……
篮子学会了仰泳……
田野在岸上鼓掌。篮子抹了一把脸上的水，仰望田野，脸上漾起自豪的笑容。

崇川街头。
田野带着篮子走进一家冷饮店。
田野打手语："吃什么冷饮？"
田野指着玻璃柜里的样品："要哪一种？"
篮子指指草莓冰淇淋。
田野买了两客草莓冰淇淋交给篮子，自己要了两客菠萝冰淇淋。
他们坐下来，贪婪地吃着冰淇淋。

　　田野："好吃吗？"

　　篮子手语："好吃。草莓的味道让我想起童年。"

　　田野："草莓和童年也有关系？"

　　篮子手语："那当然。那时候，我是个卖草莓的小女孩。"

　　田野："真可惜，我没看到你卖草莓的样子。我生在南方。夏天热得没地方钻，就钻到河里，一钻进去就不想出来。"

　　篮子："那时候，妈妈带着我卖草莓，织补衣服袜子挣钱，给我攒学费。我上学的书包文具都是黄叔给买的。"（手语）

　　田野："黄叔？他不是你爸爸吗？"

　　篮子："那时他还不是我爸。"（手语）

　　田野："你们不是一家人？"

　　篮子手语："我的故事可以写一本书。"

　　田野："你还没写，我就开始读了。"

　　篮子："你的书里写着什么？"（手语）

　　田野："你读了吗？"

　　篮子笑了："田野，你的书是橘红色的。"（手语）

　　田野："那么你呢？什么颜色？和我一样吗？"

　　篮子摇头："我是蓝色的。"（手语）

　　田野："对，是蓝色的。很宁静，很安详，很深情，很感伤……篮子，我喜欢蓝色。"

　　篮子："可你那《天人合一》系列，没有一张是蓝色的。你能给我画一张蓝色的吗？"（手语）

　　田野："给你？献给你！？当然，当然！"

　　市残联主席办公室。

　　任永艾放下手中的话筒，想了想，又拨了一个号码。

　　任永艾："你好，我任永艾。杨校长，你的电话真难挂呀？……哦，放暑假了。白篮子的事研究了吗？……开学前？……还有一个月呢吗！能不能早一点？孩子可是度日如年哪……"

　　杨柳的声音："任主席，你可抓得真紧哪！暑假也不让我们喘口气？”

任永艾：“杨校长，牺牲你半天时间，就算向残疾人奉献一份爱心，行吗？”

杨柳的声音：“任主席，真拿你没办法！这样吧，让白篮子来一下。”

任永艾：“什么时间？”

杨柳：“今天下午。”

任永艾：“谢谢你啦，杨校长！都像你这样，残疾人政策就好落实了！”

杨柳：“你瞧你瞧，事还没办，高帽子先戴上了！”

任永艾咯咯咯笑起来：“就看高帽子灵不灵啦！谢谢，再见！”

洗衣店。

阿桃带着篮子走出洗衣店。

篮子面带微笑，在阳光中眯了一下眼睛。

南飞迎面走来，看到篮子脸上灿烂的笑容：“篮子！今天心情这么好？”

阿桃：“遇上喜事啦！”

南飞：“哦？真的？怎么不跟哥说一声？”

篮子手语：“我的梦想在向我招手哪！”

南飞：“梦想？招手？我怎么弄不懂？”

阿桃：“要上艺校啦！还是舞蹈班！”

南飞：“今天报到？”

阿桃：“反正让去见一见。”

南飞：“见谁？”

阿桃：“杨校长。就是田野他妈。”

南飞：“哦……那好，那好……”

艺校副校长办公室。

阿桃带着篮子上了三楼，在副校长办公室门上敲了几下。

隔壁教务处的门开了：“你们找谁？”伸出一个女教师的头。

阿桃："找杨校长。"

女教师："什么事？"

阿桃："校长让带孩子来看一下。"

女教师打量篮子："是不是聋哑人？"

阿桃点头。

女教师："杨校长开会去了，你们到这屋来吧！"

阿桃、白篮子跟着女教师走进教务处办公室。办公室里有个助手正在电脑上打一个材料。

女教师对阿桃："坐。"自己坐到办公桌后面。

阿桃拉着篮子坐下。

女教师："不，你站起来。"指着篮子。

阿桃又示意篮子站起来。

篮子有些忐忑不安地站起来。

女教师上下打量篮子，看得篮子有些手足无措。

女教师转身对助手："帮我量一下。"

助手连忙从抽屉里找出皮尺，走到篮子身边。

女教师："身高。"

助手量篮子身高："1 米 65。"

女教师："脖子。"

助手量篮子颈长："X 厘米。"

女教师："臂长。左臂。"

助手量左臂："XX 厘米。"

女教师："腿长。左腿。"

助手量左腿："XX 厘米。"

女教师："右腿。"

助手量右腿："XX 厘米。"

女教师："腰围。"

助手量腰围："XX 厘米。"

女教师："臀围。"

助手量臀围："XX 厘米。"

女教师将所有的参数都记在一个表格上。最后，把笔一扔："下个星期五上午八点文化考试，下下个星期五上午九点面试。"甩出一张表格："把表格填一下，交二寸免冠照片两张，报名费一百元。"

田明家。

田野从外面进来，杨柳正在弹钢琴曲《致艾丽丝》。

田野："妈，你没去学校啊？"

杨柳："学校没事，我去干吗？"

田野："你不是约了篮子去见你吗？"

杨柳："我约篮子，你怎么知道？"

田野："篮子是我朋友，我当然知道。你是校长，说了话怎么不算数？"

杨柳："我总不能不管大事小事都事必躬亲吧！"

田野："妈，你官不大，才是个副科级，架子可是不小哇！人家残联主席任阿姨，正处级干部，从来不摆谱。"

杨柳："她那残联，到处给人磕头作揖的穷单位，能摆得起谱来吗？"

田野："妈，不管怎么说，你也不该让人寻条皮尺从头到脚量人家吧！"

杨柳："舞蹈演员，身长、脖子长、腿长、胳膊长才美，胸围、腰围、臀围三围都要有适当的比例，才有线条，有曲线。光靠目测是不行的。你小孩子家懂什么？"

田野："我看你们是成心刁难人家，找个理由把人家关在门外。"

杨柳："田野，你也来指责我？我问你那个白篮子跟你什么关系？"

田野："我说过了，是朋友。"

杨柳："什么样朋友？"

田野："那就要看发展啦！"

杨柳："发展，你打算往什么方向发展？"

田野："妈，那是不以人意志为转移的，只能跟着感觉走。"

杨柳："田野，妈就是要问你，你想跟着感觉往哪走？走到哪儿？

要知道她是个聋哑人。我可不希望她做我的儿媳妇。"

田野："妈，我早就看出来了，你歧视残疾人！你对残疾人没有爱心！"

杨柳："那好，既然连你都这么说，白篮子干吗还要做上艺校的梦？"

田野："妈！你的心怎么变得这么硬？"拉开房门，用力一摔，走了。

市游泳馆。

水上芭蕾运动员在岸上进行形体训练。

对岸，田野根据音乐节拍朝篮子打着手语，篮子跟着对岸的运动员做着各种形体动作。

运动员们纷纷下水了。

田野、篮子也下到泳池里。

音乐又起。水上芭蕾练习开始。

田野有节奏地击水，篮子随着节奏做着水上芭蕾动作。田野或上或下或左或右或升或沉，引导篮子跟上动作变化。

篮子有时顾着看动作而拉开了节奏，有时因队形变化或动作复杂而做走了样。

田野时而肯定地点头，时而使劲摇头，时而做一个似是而非的形体示范。当音乐终止的时候，他一下子沉到池底。篮子一吓，潜入水底把筋疲力尽的田野托出了水面。

当他们爬上池岸时，一抬头，眼前站着两手叉腰的教练。

教练："我注意观察了很久了。你们俩一搭一挡，出什么洋相？"

田野："教练，你误会了。我们只是好奇。"

教练盯着篮子："你也是好奇？"

田野："她是……是水上芭蕾发烧友。"

教练："唔？水上芭蕾也有发烧友？姑娘，是这样吗？为什么不说话？"

田野："她听不见。"

教练："听不见，还能模仿动作？"

田野："教练，她舞跳得很好，非常喜欢水上芭蕾，能让她跟着学学吗？"

教练摇摇头："你们学归学，离得远远的，不要影响我们正常训练！"

田野："谢谢教练！多谢了！我们一定不影响你们！一定……"

水上芭蕾又开始训练。

田野和篮子的活动，也随之在游泳池的另一端开始。

音乐戛然而止。

教练拍拍手，令运动员上岸。

运动员上岸排成一队。

教练趋步迎向门口。门口进来田明，后面跟着司机。

教练："田总！欢迎欢迎！"

田野发现父亲，打手语让篮子上岸。

上岸后，他们溜边走，向更衣室走去。

田明一转身还是看见了他们："田野？！"

田野："爸……"

田明："篮子也来了？"

篮子站住，向田明一笑。

田明看见了篮子右脚背上的心形胎记。身不由己地向篮子走去。他从头到脚打量篮子，目光落在脚上。

田明："篮子……为什么是篮子？"自语地。

教练："田总，我让姑娘们给你表演一遍？"

田明一愣："唔？啊……好吧！"

田野："爸，我去换衣服。"

田明："换了衣服，你们一起来看表演。"

田野："哎，哎！"招呼篮子，两人分别走进男女更衣室。

教练陪着田明一行坐上主席台。教练，田明坐前排正中，司机坐在他们身后。刚刚坐好，田野和篮子来了。

田明招呼田野和篮子："来，坐我旁边。"

教练："这是你家公子和千金？"

田明含糊地嗯了两声。

教练忙欠起身："对不起，刚才有所得罪。"

教练："以后想学，尽管来。没关系的，没关系的。姑娘很有悟性，很有悟性。"

田明："篮子真的可以？那还要请你多费心！"

教练："那是当然！那是当然！田总，这就开始？"

田明："开始吧！"目光却转向身边的篮子。

西餐店。

田明带着田野和篮子走进一家美国西部风情的西餐店。乡村音乐背景若有若无，却无处不在。

他们在一个安静的角落坐下来。窗外开始下雨。

侍者走过来。

田明："有套餐吗？"

侍者："有。请问要哪一种？一百、一百五还是二百？"

田明："一百吧！三份。"

侍者："好的，请稍候。"

田野："爸，你也喜欢水上芭蕾？"

田明："不是我喜欢。是他们要我赞助。以前什么都讲路线，现在什么都讲金钱，线和钱只换了一个偏旁，情形可是大不一样了！"

侍者送来三杯咖啡。

田明注视篮子："篮子，你是在水乡镇长大的？"（田野打手语）

篮子点头。

田明："生在哪里？"

篮子摇头。

田明："对出生地有没有一点印象？"

篮子摇头手语："以前，我常常做一个梦，梦见我从天上掉下来，掉到妈妈怀里。"（田野译手语）

田明："唔？这个梦很奇怪是不是？"

篮子微笑。

田明："见过亲生父亲吗？"

篮子摇头。

田明："你现在姓谁的姓？"

篮子手语："我妈的姓。"

田明："你爸姓什么？你知道吗？"

篮子摇头。

一道道菜已先后送来。

田明："唔……篮子，吃吧！吃！"

田野："爸，你今天怎么像个查户口的？"

田明："查户口的？不，这孩子跟我有缘，所以我才关心她的身世。"

田野："爸，是不是我们俩跟她都有缘。"

田明："嗯？我们俩？"

田明家书房里。

田明又对着他当年抱着女儿拍的照片屏息凝神。

杨柳走进来，他连忙收起照片。

杨柳："你在看什么？"

田明："没，没看什么。"

杨柳："是不是跟女儿拍的照片？"

田明："你，你翻过我的皮夹子？"

杨柳："是你的皮夹子掉在地上，我偶然看见的。小姑娘长得不错。要是还在，该十七八了吧？"

田明："一想起她，我就觉得很愧疚。没想到你表姐遇上了车祸，孩子到现在没有下落……如果那天我忍一忍，不跟你姐吵，如果……"

杨柳："唉……想起表姐，我心里也觉得堵得慌。田明，已经发生的，永远无法挽回了。这个世界上，一切都是现实的，没有如果。"

田明："就是因为没有如果，我才更觉得自己有罪，罪孽深重，不可饶恕。如果女儿还活着，我要让她回到我身边来，加倍的，不，十倍的补偿她。让她成为世上最幸福的人。"

杨柳："明，你看你，又如果上了……"从后面搂住丈夫的脖子，"别跟自己过不去了，睡吧，啊？"

洗衣织补店。

田野骑着摩托驶来："黄叔！白姨！篮子在吗？"

阿桃："在复习功课，明天不是要考文化了吗？"

田野："我的成绩怎么样？"

黄刚："嗯，你天生是做思想工作的料。"

阿桃："篮子不愁眉苦脸的了，这功劳阿姨给你记上啦！有衣服拿过来洗，就顶上劳务费了！"

田野："我可不敢要劳务费。我是要篮子心情好起来……"

阿桃："就不知这文化考试会怎么样？还有啥面试？考来考去，还不得把人考糊涂哇！"

黄刚："我对篮子有信心，从小学到现在，一直都是前五名。"

田野："我去看看她。"

阿桃："去吧！"

洗衣店内堂。

篮子在复习功课。

田野突然抽走她面前的书本。

篮子一吓。

田野："走，去兜兜风！"

篮子拿回书本，继续复习。

田野把手往书上一捂："太累了，歇一歇。打疲劳战，没有效果。走，放松放松！"

篮子站起来，跟着田野向外走。

田野："黄叔，白姨，我带她散散心。"

阿桃："去吧去吧！再这么没日没夜地看，眼睛都要看出毛病来了！"

黄刚："田野，慢一点！摩托最容易闯祸。"

田野："哎！"示意篮子上车。

篮子上车，坐在田野身后。车子猛一开动，篮子一惊，连忙搂住田野的腰。

阿桃、黄刚看着他俩驶去。

阿桃："一男一女搂着个腰，好不好？"

黄刚："不搂就得跌下来，摔个头破血流，你说该怎么办？"

阿桃："我就怕这么一来二去……"

黄刚："怕也没用。我还是那话，还要看他们有没有缘，有没有份。"

阿桃："你看有没有？"

黄刚："你是希望有，还是希望没有？"

阿桃："我也说不好。你呢？"

黄刚："世事难料，谁能未卜先知？两个都是好孩子，都应该得到幸福。尤其是篮子，多大的孩子，就经历了那么多曲折……"

阿桃："你说，这是不是命？我真恨不得自己聋了哑了，让孩子好好的，老天爷怎么这么不公平？"

黄刚："上海的专家不是让等待奇迹吗？我总觉着说不定有一天，奇迹真的发生了！咱们的篮子不聋了也不哑了！"

阿桃："刚，你真的相信？哦哟老天爷刚才我说走嘴了，你老人家可千万别怪我这个不知好歹的粗人……阿弥陀佛，阿弥陀佛……"

田野的摩托穿小巷，过大街，在车流的空档里钻来绕去。到了郊外，更是开足马力，篮子吓得闭上双眼，紧紧搂着田野的腰。

她的长发在风中飘飞。

摩托车旁，客车和大卡车飞掠而过……

市艺术学校。

早晨田野骑着摩托驶进艺校，后面带着篮子。

杨柳在三楼副校长室窗口看见了田野和篮子。田野和篮子并肩向大楼走来，显得很亲密的样子。杨柳皱起了眉头。

南飞在校门外看田野、篮子的背影陷入深思……

片尾歌：

　　问你，问我

　　往事历历可曾有片刻遗忘？

　　问我，问你，

　　去路茫茫为什么写满沧桑？

　　问心，问魂，

　　浪迹天涯为何要频频回首？

　　问魂，问心，

　　浓浓的情怎禁得深深埋藏？

　　此情可问地，

　　地知我情有多深。

　　此情可问天，

　　天知我情多久长……

十二

市艺校校门外。

南飞凝神望着田野、篮子远去的背影。

"田野真是那个能帮助篮子实现梦想的人？也许吧！难道我不愿意篮子梦想成真吗？那么，是不甘心？……不，篮子，我看到了，你的笑容很灿烂，很幸福……这不正是哥哥梦寐以求的吗？"

他转身走去，渐行渐远。

艺校楼内。

田野和篮子并肩登上三楼。

田野敲响副校长办公室的门。

门开了。门内站着杨柳。

田野："妈！"

杨柳打量篮子："你就是白篮子？"

田野："妈，她听不见。"

杨柳："这是学校，不是家里，别喊爹喊妈的。"

田野："文化考试在哪儿？"

杨柳："隔壁，教务处。"

田野把篮子带到隔壁，敲门，教务处女教师开门。

田野："你好，我送白篮子来考试。"

女教师："进来吧！"

田野要跟着篮子进教务处，女教师拦住他："考场重地，你还是去杨校长那儿坐坐吧！"

田野退出，教务处门关上。田野推门进副校长室。

副校长室。

杨柳："渴了没有？这儿只有凉白开。"给田野倒凉开水。

田野咕嘟咕嘟喝完，自己又倒了一杯。

杨柳："怎么是你送她来？"

田野："有什么不合适吗？"

杨柳："我是管教学的副校长，你该避避嫌。"

田野："妈，篮子的事研究了没有？"

杨柳："看看考试情况再说。"

田野："怎么又是再说？"

杨柳："田野，这是学校领导班子的事，你既不该过问，更不该露面。你怎么这么不懂事？"

田野拿起头盔："那我走，避嫌。免得人家说篮子在走后门。"

杨柳："走吧走吧。白篮子自己有腿，用不着你接送。"

午时，田野的摩托驶到艺校门外大树下。

篮子从校门出来。

田野迎上去："怎么样？"

篮子瞟了他一眼，转身走开。

田野追过去："篮子！"

篮子顾自走去。

田野骑上摩托与篮子平行："篮子，上车！"

篮子穿过马路，来到一个公交车站。

田野绕过一个大圈，调头赶到公交车站。篮子已上车。公交车驶去。

田野的摩托一直追在后面。

公交车拐了两个弯，停了三个站，篮子才下来。田野把摩托横在她前面。

田野手语："为什么？"

篮子绕开摩托径自向前。

田野又拦住她："告诉我，为什么？"

篮子手语："我们不该在一起。"

田野："为什么？"

篮子泪光一闪，跑过马路，一辆汽车从她身前闪过。其中一辆公交车上，站着背背包的南飞，他没有看到篮子，却听到乘车员叫他买票的声音。南飞："火车站。多少钱？"

田明家。

田野气冲冲地走进家门，直奔厨房。杨柳正在炒菜。

田野："妈！"

杨柳："回来啦？马上好。饿了吧？"

田野："我不吃了。"

杨柳："在外面吃什么了？是不是跟那个白篮子一起吃的？"

田野："我还没吃就饱了！"

杨柳转过身："怎么啦？儿子……"

田野："妈，你跟篮子说什么了？你为什么要伤害这个可怜的姑娘？"

杨柳："儿子，妈不管说了什么，做了什么，都是为了你好。"

田野："你要是真为我好，就该爱我爱的人！"

杨柳："你爱的人？白篮子从什么时候起成了你爱的人？你知不知道真正的爱是要付出一生的，是要负责到底的？田野，花季是人生最美好的时光，初恋也会留下难忘的记忆，可那是短暂的，转瞬即逝的。那不过是青春的激情，一时的冲动，很难白头到老，天长地久。妈是过来人，相信妈，白篮子不适合你，也不适合我们这个家庭。你冷静一下，好好想一想，世上还会有比妈妈更疼爱你、关心你的人吗？

嗯？"搂住田野的肩膀，在他腮上亲了一口。

田野挣开他，嗵嗵嗵上楼去了。

小渔港。

篮子又来到南飞家门前。门上挂着锁，锁上夹着一封信。篮子取信，看到信封上写着"篮子亲启"，当即撕开信封。

响起南飞画外音："篮子，我的小妹。虽然，我在人世间只剩下你是我唯一牵挂的人。可是我纵有满腔激情，也不能紧紧拥抱你，更不能用我的双手养家糊口。我知道，你的梦想在舞蹈上。那是你毕生的追求。可我不是能帮你实现梦想的人。我觉得，我没有资格拥有你的爱。你更不该为我放弃什么……我走了。这也许是逃避。可是如果我不能为你付出，这应该是唯一的选择。篮子，每当想起我们在一起的时候，我心里就充满了幸福。现在，我已经不能再给你幸福了。只有离开你，我才不会感到深深的愧疚……祝你梦想成真，永远快乐！"

篮子热泪盈眶，转身疾走，最后飞跑起来……

崇川火车站。

南飞背着文房四宝走进火车站候车大厅。

南飞排在缓缓移动的长队中。

南飞过检票口……

南飞登上南去列车，坐到一个窗口。

火车站前。

篮子跳下出租车，冲进售票厅，夹塞买了站台票，她迅即跑到候车室，通过检票口，碰碰撞撞地奔向月台。

汽笛鸣叫，列车缓缓开动。

篮子小跑着，蹦跳着，看一个个车窗。

当列车加速的时候，南飞看到了篮子。他要喊叫，又克制了自己。

篮子终于没有看到南飞……

南飞的心声："篮子，我走了，可我把灵魂丢在了水乡……也许，我命中注定要四海为家，漂泊一生……篮子，我不能真真切切地拥有你，就让你做我的梦中人吧！你能在每个夜晚都走进哥哥的梦境吗？能吗？"

　　田明夫妻卧室。
　　田明吸着烟走进卧室。
　　杨柳从浴室出来，闻到烟味，走到田明身旁，揪下丈夫嘴里的烟，在烟灰缸里捻灭。
　　田明："我就这么点嗜好，你还……"
　　杨柳："我是为你好，再说，我也不想被动吸烟。"
　　田明："说了半天，还是为你自己好。"
　　杨柳："我说，该管管你儿子了。"
　　田明："儿子怎么啦？"
　　杨柳："你儿子跟白篮子形影不离，你就没注意到？"
　　田明："他们是走得很近。不过我觉得很纯。"
　　杨柳："你就不怕出界？"
　　田明："有那么严重吗？他们充其量算两小无猜……"
　　杨柳："都十七八了，还青梅竹马哪？你做生意的精明劲儿都跑到哪去了？万一他俩有个什么，你想娶个哑巴回来做你的儿媳妇？"
　　田明："篮子，做我的儿媳妇？不不……我一直在想，她说不定就是我失踪多年的女儿……"
　　杨柳："老田，你们做生意的人，居然不缺乏想象力。"
　　田明："我没有证据，可我有直感。跟篮子站在一起，有一种久别重逢的感觉。"
　　杨柳笑了："好了好了，老田，想想儿子该怎么办吧吧！我看，最好的办法是让他去上海念书。"
　　田明："念书？电影美术系他不是分数不够吗？"
　　杨柳："差十分的都可以上。一分一万块。"
　　田明："可孩子不愿意这样做。"
　　杨柳："把钱汇过去，让对方把录取通知书快件寄过来，就说是备取生。你要是同意，明天我来办这件事，一个电汇，一份传真，全齐了。"

田明："也好……万一是兄妹，还真怕不好收拾。嗯，你办吧！"

洗衣织补店。

黄越学着毛阿敏边唱边从内堂走向店堂："你从哪里来？我的朋友！好像一只蝴蝶飞进我的窗口……"

田野的摩托停在小店门口。

黄越："哇！真的飞来一只蝴蝶。"

田野："黄越，你的模仿秀快要乱真了。"

黄越："田野！你帮我看看前奏的时候摇摆的动作像不像阿敏？"倒带，《思念》重新开始。她模仿毛阿敏左右摇摆。

黄刚、阿桃也停下了手头的活。

田野看着她有点夸张的模仿，哈哈大笑起来，差一点笑出眼泪。

黄越："笑什么？不像吗？"

田野："太像了！比毛阿敏还要毛阿敏！"

黄越："还行？"

田野："微微再收一点。不光要形似，还要神似。"

黄越："田野，你还真有两把牙刷！我们老师也说，就是模仿，也要形神兼备。"

田野："嗯，黄越真是越来越有学问了。你姐姐呢？"

黄越："我姐不在，就不能带我出去兜兜风！"

田野："来吧！"

黄越喜出望外："爸，妈，我玩儿去了！"骑在摩托后座上搂着田野的腰向街上驶去。

黄刚："这个野丫头！"

阿桃："老师说她变声了。变声是不是就发育成大姑娘啦？"

黄刚："咱们两个女儿都不是小孩子了。是不是我们俩这就要老了？"

摩托车上。

黄越把田野搂得紧紧的。田野在穿过市区后，越开越快。黄越发出一声声尖叫。"慢一点！慢一点！我要掉下去了，要摔死了！"把脸紧贴在田野背上。

当摩托车在乡间路上又蹦又跳时，黄越不胜颠簸之苦："停下！停下！让我下去！"

田野不管不顾，冲出乡间小路，让摩托停在江边沙滩上。

黄越下车："吓死我了！魂都吓掉了！"变颜失色地大喘着气。

田野："黄越，这回过足瘾了吧？"

黄越扑上去，抡起双拳密如雨点地槌田野的胸膛："你坏你坏你坏！"

田野咯咯咯哈哈哈地笑起来："黄越，你真逗！"

黄越："真逗？我又不是戴红鼻子的小丑！在你眼里，我是丑小鸭，还是灰姑娘？"

田野："你不是丑小鸭，也不是灰姑娘。"

黄越："那我是什么？"

田野："你就是你，黄越，一个天真可爱的小丫头。"

黄越："我可爱？这可是你说的！"

田野："我不说，你就不天真不可爱了吗？"

黄越："不，我不要天真，我要可爱，最最可爱。"

田野："等你长大了，会变得更可爱的。"

黄越："我都变声了，已经长大了。田野，再说一遍，我很可爱……"

田野打量她，喷地一笑。

黄越贴近他："亲我一下，田野。除了爸爸妈妈，还没有人亲过我。"

田野："不。"

黄越："你能亲我姐，就不能亲我？"

田野："哇，你真是个孩子！"在她腮上轻轻一吻。黄越趁势搂住他。田野却推开了她。

黄越哭了，独自向江水走去。

田野："越越，别哭畦……"跟在她后面。

黄越："你欺负我！你们……你们……谁都……不爱我！"大哭起来。晕厥过去。

田野扑上去："黄越！醒醒！醒醒！黄越！黄越！"

挪威森林歌舞厅。夜。

刘通州在电吉他上弹出最后一个音符。座席间响起掌声。他向观众一鞠躬后走下台去。

老板给他一个信封："二百。你能不能每天都来？"

刘通州："一周两次。"

老板："为什么有钱不挣？你如果觉得劳务低，我可以根据上座情况加薪。分成也可以。"

刘通州："老板。我在念大学。总熬夜影响学习。挣够学费、生活费就行了。"

老板："喝点什么再走吧！"

刘通州接过老板给他的法国干白："谢谢。"

幽暗角落里一张桌子上坐着一个帅气中带一点女气的青年，敞开的衬衫上隐约可见胸毛。

刘通州端着酒走过去，才看到那青年面前摆着一杯干红，两侧座位前各一杯干红闲置在那里。

那青年："久违了。"

刘通州："你认识我？"

那青年："你不是漂泊者吗？怎么散伙了？"

刘通州："一言难尽。"指指桌上另两杯酒，"你这儿有人？"

那青年："我在等人。"

刘通州："我坐下方便吗？"

那青年："何止方便，你帮了我的忙。"

刘通州："你等的是……"

那青年："顾客。"

刘通州："顾客？"

那青年："要我的人。"

刘通州："要你的人？"端错杯子，把干红送往嘴边。

那青年用干白把刘通州酒杯换下来。

"这酒你不能喝。这是我的身价。"

刘通州："你的身价？"

那青年："一杯干红一千，两杯两千。"

刘通州："哪有这么贵的酒水？"

那青年："刘先生，你真的不明白我是做什么生意的？如果小姐要我陪，一杯酒的价钱。如果女士要我陪，那就是两杯酒的价钱。"

刘通州："你在出卖自己？"

那青年："嗨，女生可以出台，男生为什么不可以？没有职业，要活下去，总要挣点饭钱吧！"

刘通州摇头，困惑地望着他。

那青年："刘先生，你很性感。如果你有兴趣，我愿提供免费服务，去开个房间吧？"

刘通州："不，不……"站起来离开那张桌子。

那青年："你害怕了？刘先生？人连灵魂都可以出卖，这又算得了什么？你少见多怪了……"

在刘通州匆匆走向歌厅厚实的皮门时，一个女人走到那青年桌前，端起一杯干红。那青年摇摇头，女人又端起另一杯干红。那青年看着女人喝干两杯干红，自己也将面前的酒一饮而尽，挽起那女人向外走去。

一个女歌星唱起白光的歌曲："我等着你回来，我想着你回来……"

刘通州旁白："那天晚上，我一直对着天上的月亮出神。月亮弯弯的。那亮晶晶的星星多么像篮子的眼睛……篮子对于我，已经像星星一样遥不可及……"

崇川市游泳馆。

"水上芭蕾"运动员站成一列，篮子在最后。大家注目教练，等他发令。

教练扫视队员，最后把目光落在篮子身上："白篮子！"招手。

篮子向前一步。

教练比手势，叫她下水："我要看看你的节奏感。做全套动作。"

音乐响起。篮子站在泳池边，她晚了两拍才纵身池中。她的动作与音乐脱节。运动员有的为她着急，有的捂嘴失笑。

篮子忽然发现一道亮光在她眼前闪来闪去。她按照光亮闪动的节奏调整动作，跟上了音乐，越做越好。

原来，田野在看台上用一面镜子对着阳光一闪一闪地打着节拍。

音乐结束。田野闪动最后一下。篮子看到了看台上的田野。田野高高举起 V 字形右手。

教练走到已上岸的篮子面前："很好，你可以做替补队员了。"

田野等在游泳馆门外。

篮子出来，看见田野，闪出一个微笑。

田野追上去打手语："明天要面试了，千万不要紧张。"

篮子站下来，抬起眼睛注视田野。

任永艾和杨柳在各自办公室里。

任永艾拿着话筒："杨校长吗？"

杨柳拿着话筒："哦，任主席吧！有什么见教？"

任永艾："明天白篮子该面试了吧？"

杨柳："是啊，按程序应该是明天。"

任永艾："我想去看一下，可以吗？"

杨柳："你觉得方便吗？"

任永艾："起码，我可以做翻译吧！我可是哑语专家。"

杨柳："那你到了考场上，只能当哑巴。"

任永艾："除了做好翻译工作，什么都不说，是吧？杨校长，我一定遵守游戏规则。"

杨柳："那我们明天见？"

任永艾："明天见，杨校长。"

市艺术学校考场。

考场门外，几个男孩女孩在等候，有的还有父母兄妹陪着。篮子一个人站在窗前，心神不定地望着窗外。

考场里出来一个女孩，几个人围上去问长问短。篮子回眸看着这些忐忑不安的考生。

教务处女教师打开一个门缝，伸出头来："白篮子！白篮子！"女教师出门走到白篮子身边，拽着她："快进去，轮到你了。"

篮子怯生生地走进考场。面前坐着一排男女老师。任永艾在杨柳旁边。

杨柳："白篮子，你会芭蕾舞，民族舞，还是民间舞？"

篮子手语："芭蕾不会踮脚尖。民族舞、民间舞学过一点。"

任永艾翻译给杨柳听。

杨柳："谁教给你的？"

篮子手语："聋哑学校形体老师，还有的是自学的。"

杨柳："自学是怎么学的？"

篮子手语："跟着电视上跳。"

杨柳："表演一段吧！想跳个什么？"

篮子手语："蒙古族的《安代》。"拿出录音带。

一个老师接过去放在录音机里。

在音乐开始的时候，任永艾拍了一下手掌，随之打了几下节拍。

篮子跳起《安代》，一举手一投足都带着草原风情。

崇川市艺术学校门外。

田野挥汗如雨，一支接一支地吃雪糕。看到篮子出来，立即举了一支雪糕跑过去："快吃，要化了。"

篮子接过雪糕，手语："你一直等在校门外？"

田野："妈妈让我避嫌。快三个钟头了，天热，心里又急……考得怎么样？难为你了吗？"

篮子摇头。

田野："把他们镇住没有？"

篮子手语："不知道。让我等结果。"

田野："还要等？等到猴年马月了要！"

他们沿着浓荫如盖的河边并肩走去。

田野："篮子，我要上学去了。"

篮子手语："你考取了？"

田野："电影美术专科班，备取生。"

篮子手语："祝贺你！你真行！将来，电影字幕上可以看到你的名字了。"

他们来到一个水榭边。开阔的水面上莲叶层层，荷花轻摇。

田野从背包里取出一幅画："篮子，这是你让我画的画：《天人合一》系列第九幅。"

篮子手语："蓝色的！月亮、湖水、芦苇都溶化在一片蓝色里面。还有跳舞的女孩……"

田野："那是你……喜欢吗？"

篮子点头。

田野卷起画送给篮子："这张画也许会成为记忆。"

最后，田野从背包里拿出一双白色的舞鞋，捧在篮子面前。篮子的眼睛顿时亮了。

篮子手语："太美了。我早就梦想有一双白色的舞鞋。"

田野："篮子，我走以后，你会想我吗？"

篮子点头。

田野："你会盼着我回来吗？"

篮子点头。

田野："如果我一辈子都不回来……"

篮子摇头。

田野："如果我一辈子都想跟你生活在一起……"

篮子摇头。

田野："你爱我？"

篮子还是摇头。

田野："篮子，告诉我，你到底爱不爱我？"

篮子看了田野一眼，忽然转身跑了。她头也不回，消失在绿色浓荫之中……

田明家。

起坐间里，田野面对电视机，坐在大沙发上，频繁地按遥控器换频道。突然，噪音大作，一群男女又蹦又跳，大呼小叫。田野关掉电视，站起来，焦躁地走来走去。

杨柳开门，拎着青菜和熟食进来："田野，今天没出去？"

田野："避嫌哪！"

杨柳："好哇，我儿子知道替妈妈着想啦！妈给你补一补，过两天我的小鸟要飞了。"向厨房走去。

田野跟到厨房："妈，要不要帮忙？"

杨柳："你能帮什么忙？知道心疼妈了？田野，考上大学，是不是觉得一夜之间长大了？"

田野："妈，我走了，你会不会觉得很寂寞？"

杨柳摸摸儿子的脸，揉揉他的头发："儿子，将来你做了父亲，就知道你爸你妈现在的心情了。"

田野："妈，我不该老是顶撞你。其实，我一直……很爱你。"

杨柳的眼睛湿润了："儿子，有你这一句话，妈这十八年的苦和累没白受。"亲田野的两腮。

田野也拥住了母亲。

餐桌上摆满了红红绿绿的冷菜和热炒。

田野："哇！都是我爱吃的菜！"

杨柳解开围裙，坐下来："爱吃就多吃点。"

田野："到了上海，想起妈妈的菜，就会流口水。"

杨柳："现在不是有长假吗？别到了上海就忘了家。"给田野和自己各盛了一碗饭，又给田野搛了几筷子菜。

田野和杨柳的目光遇到一起。

田野："要走了，突然感觉在爸爸妈妈身边的时间真短。太短了……"

杨柳："儿子，其实人生就很短。过去了，才觉得自己没有珍惜……"

田明进来，脱掉外衣，走进餐厅："有什么好吃的？"看了看桌子，端起臭腐乳，"嗯，正宗的绍兴臭腐乳。"用手捡了一粒毛豆，"雪里蕻毛豆，味道不错！"

杨柳："今天没有应酬？"

田明："推了，回来陪陪儿子。我儿子是大学生了。今天一整天，我的心情都格外地好。"看桌子，"怎么没酒？"

杨柳："我去拿。"

杨柳拿来一瓶红酒，倒了三杯。

田明举杯："儿子，爸爸祝贺你。爸爸期待你……"

杨柳举杯："儿子，妈妈祝福你，你还没走，妈就已经开始想你了……"

田野："谢谢爸爸妈妈养育之恩……"

三人碰杯，饮酒。

杨柳："今天这个家才真像个家的样子……"

田明："要是大女儿也在，那就更美满了……"

田野："爸爸，姐姐要是活着，会来找我们吗？"

田明："不知道……我相信她活着。也许远在天边，也许……近在眼前。"

田野："近在眼前？如果她迎面走来，你能认出她来吗？你们会不会像陌生人一样擦肩而过？"

田明摇头，喟然长叹。

洗衣织补店。内室。

月光照着无眠的篮子。

她的脚边，黄越早已熟睡。

朦胧间，田野向她走来。他不再打手语，情景则由白昼的荷塘水榭变成月夜的荷塘水榭。

田野："篮子，我走以后，你会想我吗？"

篮子点头。

田野："你会盼着我回来吗？"

篮子点头。

田野："如果我一辈子都不回来……"

篮子摇头。

田野："如果我一辈子都想跟你生活在一起……"

篮子摇头。

田野："你不爱我？"

篮子摇头。

田野："你爱我？"

篮子还是摇头。

田野："篮子，告诉我，你到底爱不爱我？"

篮子看了田野一眼，转身跑了。她跌了一跤，白舞鞋摔了出去，她捡起来，拍拍土，珍惜地捧在怀里。

月光照着床上的篮子。她没有醒来，眼泪却静静地流着，浸湿了枕头……

田明家。田野的卧室。

熟睡的田野忽然坐起来："篮子，你不爱我？不，你爱我……不管你爱不爱我，不管远在天涯还是近在身边，我都想着你……恋着你……"

他把目光转向床头柜上的相框，里面放着篮子和丹顶鹤一起跳舞的彩照。

"篮子，为什么不回答我？为什么……你是蓝色的，你是月亮的女儿……月亮才不说话，永远没有语言……是不是？"

田明的卧室。

田明解开浴巾，穿上睡衣，躺在杨柳身边。

杨柳在床上沉思默想。

田明："又在想儿子？儿子不是还没走吗？"

杨柳："还没走，我的心已经空了……"

田明："还有我在嘛！我会多回来陪陪你……"

杨柳："就你？"

田明："我怎么啦？我不是好男人吗？"伸出胳膊揽住她，"哎，白篮子面试成绩怎么样？"

杨柳："你还真把她当成你女儿了？"

田明："不是女儿就不能喜欢她了？你是内行。她在舞蹈方面有没有发展前途？"

杨柳："这姑娘舞蹈感觉还真不错，可惜呀！"

田明："可惜什么？有天赋，就不要埋没。你的水平，就表现在慧眼识珠，不管珍珠上有多少泥沙，都能知道她将来有闪闪发光的一天，不是吗？"

杨柳："我说，一谈到篮子，你总是那么激动。"

田明："这有什么不正常吗？我问你，你打不打算收下篮子？"

杨柳："校长探亲去了，不跟他商量没法定。篮子是个特例。"

田明："特事特办。这就对了。不然，你会发现自己犯了一个错误。"

杨柳："好了好了，我是个瞪着眼睛硬是去犯错误的人吗？今天，连分管的副市长都打电话过问篮子的事啦！这个任永艾，可真是了不得……"

崇川火车站。

田野和杨柳通过检票口，走上月台。

杨柳："已经是秋天了，不要贪凉。该加衣裳就加……"

田野："妈，你还把我当小孩儿……"

杨柳："儿子再大，在妈妈眼里也是小孩。人多，妈不上车了。"

　　田野上车，把旅行包安置好，从车窗口接过杨柳递给他的提包："妈，回去吧！别在这儿看着我……我会哭的。"

　　杨柳强笑："这孩子，怪娘娘腔的。"掏出一个手机，"给。"

　　田野："手机？"

　　杨柳："每天给家里打一个电话。我不等开车了……"转身走几步，回眸时泪光一闪，加快脚步离去。

　　列车开动。

　　篮子从一根大柱子后面伸头看车上的田野。

　　田野伸长脖子望着进站口。

　　列车开始加速，逐渐驶离月台。

　　篮子从柱子后面走出来，望着仍然守望在车窗口的田野，不觉泪眼迷离，一切都变得模糊不清。

　　南方某大城市别墅区。夜。

　　刘通州拎着电吉他走进一个别墅小院。

　　按过电铃后，女管家来开门。

　　刘通州："谢谢。阿姨睡了吗？"

　　女管家："最近，她越到晚上越有精神。"

　　刘通州："又去打桥牌了？"

　　女管家："没有。听音乐呢！"

　　刘通州走进起坐间。音乐在幽暗的光线中回旋。刘通州不觉间踮起脚尖放慢脚步。

　　浓妆女人闭着眼睛斜倚在摇椅上。

　　刘通州蹑手蹑脚向楼梯走去。

　　浓妆女人："小刘，这么好的音乐不一起来分享？"

　　刘通州收住脚步折回身向她走去："阿姨……"

　　"这音乐怎么样？"

　　"很忧伤，很透明。"

　　"是一种透明的忧伤。"

"阿姨对音乐这么有研究！"

"因为阿姨很忧伤。不用研究，就听懂了。"

"阿姨，明天我想搬到学院去住了。"

"为什么？你走了，我会很寂寞。"

"阿姨，住在学校更方便一些，随时可以向老师请教。"拿出五万元现金放在浓妆女人面前的茶几上，"这钱还给你。谢谢阿姨给我救了急。"站起身，准备离去。

浓妆女人也站起来："小刘，抱抱我。"

刘通州注视她，却仍站在原地。

浓妆女人："我就那么可怕？"走到刘通州面前，亲了他一下："孩子，我希望你永远是一片净土。"

门铃响后，进来了那个以红葡萄酒为身价的青年。他走进起坐间，一眼看到了刘通州，四目相视，少顷，那青年莞尔一笑："刘先生，你好。"

浓妆女人："小刘，你们认识？"

刘通州不语，默然离去。

那青年："在家里做，还是到外面？"敞开外衣，露出一撮胸毛。

浓妆女人："去吧去吧！来得真不是时候。"

洗衣织补店。

田明把轿车泊在较远的路边后下车。他一身休闲服，背着一个包，来到洗衣店门口。

阿桃看了他一眼："洗衣服？"

田明："几件衬衫，烫一下。"从背包里取出衣服，"老黄不在？"

阿桃："他送货去了。"

田明："篮子呢？"

阿桃："上游泳馆。"打量他，"你是不是田野他爸？"

田明："你看出来了？"

阿桃："你们爷俩很像。田野那孩子好着哪！"

田明："篮子也很懂事。听她说，生父去世很久了？"

阿桃："唉，死鬼走了有二十一年了。"

田明："唔，对不起，我是说你又当爹又当妈的，很不容易。"

阿桃："听说田野到上海念书去了，一下子不习惯吧！"

田明："自从生下来，十七年都在我们身边。他一走，鸟窝空了，家里剩两只老鸟，你看看我，我看看你，实在没趣。"

阿桃："这么说，我们篮子比田野还大一岁。"

田明："她十八了？"

阿桃："十八了。把她带大，我可操碎了心。这孩子遭的磨难可真不少。"

田明："可她还是很率直，很可爱。有一次她说她老是做一个梦，说自己是从天上掉下来的。"

阿桃一愣："她真这么说过？这孩子，傻乎乎的。"

黄刚自行车后面驮着篮子，在门前下车。

黄刚："田先生？稀客。"

篮子朝田明笑了一下，向阿桃举起一封信。

阿桃："那是什么？"

黄刚："录取通知书。你女儿要上艺校舞蹈班啦！"

阿桃："真的？！"

田明抚了抚篮子的头发："篮子天赋很好。将来一定能成气候。"

篮子眼中星光闪闪，兴奋而娇羞地看着田明。

田明："篮子，加油！"攥起拳头。

篮子也攥紧拳头，慢慢地举起来，脸上洋溢着自豪。

轿车中。

田明驾着车从小街驶去。

田明内心独自："篮子十八了，可阿桃的丈夫死了二十一年。篮子的父亲究竟是谁？究竟是谁？"

汽车追尾，田明急刹车。

前面车上下来个胖子："你有病啊，看把我车撞的？"

田明："对不起。我赔，我赔。"

风和日丽的初秋。

阳光从树丛中筛出许多跳跃的光点投映在轿车的挡风玻璃上。

田明驾车，驶向江边岩崖上的一座原木构架的小楼。田明、杨柳下车。

杨柳看小楼："好别致的小楼！"

田明："很有野趣。周末到这儿度假，是不是有点返璞归真的感觉？"

他们并肩走进小楼，推窗看江。

杨柳："儿子走了，你倒生出闲情逸致来了。"

田明："总得填补心理空白吧？"拥抱杨柳，"都说孩子离家以后，中年夫妻又有一次青春期回潮？"

杨柳："回潮？回光返照吧！"

片尾歌：

黛瓦粉墙青石巷，
外婆桥畔草莓香。
芬芳年华东流去，
一轮明月梦水乡。

梦中又乘乌篷船，
梦中又熬鲈鱼汤。
梦中又牵你的手，
醒来床前一片霜……

十三

江上木楼。

田明："儿子不在，我怎么觉着自己变年轻啦！"吻杨柳。

杨柳："我可觉着自己老了……都不敢照镜子了。"

田明："杨柳，在我这面镜子里你一直很美。"

杨柳："你的嘴真甜……"

他们并肩倚在一张大床上，对面落地窗镶嵌着如画的江水和几只渔船。

田明："那天，篮子的妈妈说，他前夫死了二十一年了，可篮子只有十八岁。那么篮子是谁的呢？"

杨柳："你这是度假休闲？你的心一点都不闲。那只能说明篮子不是她前夫亲生。"

田明："不是亲生，就是别人所生。当然也不排除她和另一个男人有暧昧关系。"

杨柳："这是人家隐私。你怎么能弄得清楚篮子生父是谁？"

田明："可万一篮子是我孩子……"

杨柳："就怕连万分之一的可能性也没有。再说，事情过去十六年了，要找到当事人比大海捞针还难。"

田明："可我还是想捞。我不能因为难，就放弃找回孩子的机会。"

杨柳："这也要看机缘了。你说是不是？"吻他，"别想了，你不是到这里来找回青春的吗？"

田明转过脸，四目相视，俏皮一笑，田明揽住了杨柳。

两年后。

南方艺术学院草坪上，毕业生们身穿学士服，有的在老师们的椅子前席地而坐，有的站在椅子后面，还有的则站在阶梯上。

系主任扫视全场："各班看一看，缺不缺人？这可是毕业照，一个也不能少。"

有人喊："少一个刘通州。"

系主任："他是旁听生。"

又有人说："旁听生怎么啦？人家成绩一点也不差！"

系主任："成绩不差也不能算正式毕业。"

有人说："在一起照张相留个纪念总可以吧！"

系主任："你可以单独跟他留影纪念。"又扫视一下队伍，"不缺人就照了！大太阳底下，别把老教授晒晕了！"向对面的摄影师示意开始。

摄影师："要照了，这可是终身纪念，情绪要饱满，想一想，现在是艺术学院毕业生了，立马就成艺术家了，是不是？"

有些人笑起来。

摄影师："笑得太大了，不行不行。跟我一起喊'茄——子！'"

大家齐声喊："茄——子！"

摄影师："好！好极了！"

刘通州站在树荫下静静地看着上述情景。

照片拍完，师生们纷纷散去。

刘通州离开树下，走向宿舍楼。

"刘通州！"有人在身后喊他，他转过身看到头发花白的教授向他走来。

刘通州迎向教授："苏教授？"

苏教授："怎么样？心里很不是滋味吧？"

刘通州："苏教授，我原本就不是为文凭而来的。"

苏教授："那就好，那就好，可你们要走了，我心里还真不是滋味……"

刘通州："苏教授，这两年，您手把手地教，对我，像对自己的孩子，我感受到了一种说不出来的亲情……老师，我会想您的。一辈子都不会忘记您……"

苏教授："谢谢，谢谢。刘通州，你是个又刻苦又有天赋的好学生，可命运对你太不公平了……来，你跟我来。"

苏教授把刘通州带到自己办公室里。

办公室。

苏教授坐到办公桌前："你没有毕业证书，找工作会很吃亏。现在，有证书还不一定能找到合适工作哪！这样吧，南方歌舞剧院院长是我学生，我写一封亲笔信，你带着我的推荐信去找他。"

刘通州："老师，真是太让您费心了……"

苏教授拿起毛笔，用自己的专用信笺写了一封短信。写毕，装在一个老式信封里，站起来，郑重地交给刘通州。

苏教授："刘通州，老师能做的，仅止于此了。"

刘通州接过信深深一躬："老师，我走了。您多保重。"

苏教授摆摆手，目送刘通州走出办公室。

崇川市艺术学校小礼堂。

舞台横幅上写着崇川市艺术学校毕业演出。

乐池里，乐队奏起新疆音乐《掀起你的盖头来》。指挥将指挥棒向侧幕条方向用力一点，篮子随即从侧幕边舞蹈而出。与此同时，黄越在乐池里开始伴唱。

观众席里，杨柳、任永艾等有关领导并肩而坐，其余便是艺校学生。黄越的伴唱声情并茂。篮子的舞蹈也热情而又妩媚。她眼睛下面挡着一块薄薄的面纱，眼波的流转更显得神秘而富于柔情。

　　杨柳的目光由挑剔而至赞赏。

　　任永艾则目不转睛地看着篮子。

　　阿桃、黄刚悄然推开礼堂门，站在后面观看。

　　手鼓一阵急敲，梆的一声与音乐一起戛然而止。

　　篮子走到台中央，行礼。

　　黄越也上台，两人手挽手向师生深深鞠躬。

　　掌声十分热烈。

　　黄刚也忘情地拍着手掌："阿桃，咱家两个孩子没说的吧！"

　　阿桃眼泪汪汪地直眨眼："……我都不敢相信……那是我的孩子……我的……孩子。"

　　南方某大城市。南方歌舞剧院。

　　刘通州拎着琴盒走进南方歌舞剧院大门。

　　剧场。

　　刘通州走进黑漆漆的剧场。台上正在联排，不穿服装。

　　只有大白光照明。台下第五排地方亮着两盏工作灯。一盏灯前坐着总导演，一盏灯前坐着冯院长，面前都有话筒。

　　刘通州向他们走去。

　　一个女演员正在台上唱着音乐剧《猫》的著名唱段。

　　总导演忽然喊："停！温莎，怎么搞的？一连好几个破音。下去下去！下一个节目准备上！"

　　刘通州走到冯院长工作台旁："是冯院长吗？"

　　冯院长正在和总导演说着什么："你没看我正忙吗！"

　　刘通州等他与总导演说完话："院长，南艺苏龙教授让我带信给你。"

　　冯院长："苏龙教授？信呢？"

　　刘通州把信交给他。

　　冯院长扫了他一眼："你坐。"从信封里抽出信，把信纸抖开，

"嗯,是老师的亲笔。你从他那儿来?"

刘通州:"是。"

冯院长看信,看毕:"你就是刘通州?"

刘通州:"正是。"

冯院长:"趁下一个节目还没上,你演奏一段听听。"

刘通州:"《阳关三叠》行吗?"

冯院长:"好哇!"转身对总导演,"插一个琵琶独奏。"

刘通州穿过座椅间狭窄的过道,走到舞台边。光线很暗,他从台阶上登台时绊了一下。

总导演喊:"准备一把椅子,放在正中。"

有人拿着椅子放在舞台中央。

刘通州走到台中时,一道追光骤然照在他身上,他碰倒了椅子,又摸索着把椅子扶起来。

院长皱起眉头看着他。

刘通州坐下,平静了一下,打开琴盒,拿出琵琶,弹起了《阳关三叠》。

两边侧幕条旁聚集了一些演员看刘通州演奏。

"这是谁呀?"

"琵琶弹得挺溜的。"

"有激情。"

"有古风古韵。"

"眼睛是不是不大灵光?"

"眼睛不灵能弹到这样不是更了不起了吗?"

"哇,长得好酷哟!"

"你干吗?选美哪!"

刘通州弹完古曲,起身行礼。侧幕边竟响起了掌声。

冯院长和总导演的头又靠到了一起,不时瞟一眼正向他们走来的刘通州。

待刘通州来到冯院长身旁,冯院长让他坐下,注视他:"你的眼睛……"

刘通州："深度弱视。"

冯院长："老师的信里只讲到你素质很高、悟性很强，没有提到你眼睛的事。深度弱视跟失明有什么区别吗？"

刘通州："区别不大。只有一步之遥。"

冯院长："哦……是这样！"

总导演喊起来："台上怎么啦？下一个节目怎么还不接上来？印度大篷车，快！"

冯院长："小刘，这样吧，我们研究一下，后天上午九点，你到我办公室来一下，好吗？"

刘通州："好，冯院长。我先走了？再见……"

崇川市残联主席办公室。

任永艾拿起话筒拨号："喂，单团长吗？我任永艾。……稀罕吧！……没事不找你，现在找你了，你办不办吧！"

崇川市歌舞团团长办公室。

单团长："你的事我敢不办吗？说！"

任永艾："听说你那里需要舞蹈演员？"

单团长："任主席，你什么时候关心起文艺来啦？是不是快接副市长的班啦？"

任永艾："算了吧！我连自己这一摊子还照应不过来哪。哎，你就别跟我打哈哈了，要不要？"

单团长："有好的，当然要。谁？"

任永艾："艺校舞蹈班应届毕业生，最拔尖的。"

单团长："是不是叫白篮子？"

任永艾："你也知道？"

单团长："我有星探。听说这小姑娘相当不错。"

任永艾："这么说没问题了？"

单团长："任主席，你把我这儿当成民政局给聋子、瞎子办的福利厂哪！"

任永艾："单团长，聋子不还有作曲家贝多芬吗，瞎子不是还有《二泉映月》那个阿炳吗？白篮子是个天才，你可别不当回事儿！"

单团长："好吧好吧，你让白篮子到我这儿来一趟。看一看再说。怎么样？"

南方某大城市。南方歌舞剧院院长办公室。

院长办公室门打开，五十多岁的优雅女人一脸优雅的微笑。

"刘通州先生？请。"

刘通州跟着优雅女人走进套间内室。

冯院长正在打电话："什么？把内衣广告放在舞台上？对不起，赞助费不要了。我们的演员总不能在胸罩、三角裤前面跳舞唱歌吧……你没想到？你应该能想到，我们是在国内外有影响的艺术团休，再市场化也不能堕落到这种地步吧？唔，我是不是太激动了？很抱歉，我有客人。再见。"放下电话。其间，他瞟了眼刘通州，用眼神示意他坐下。

优雅女人端来一杯茶，放在刘通州面前："冯院长老家的茶，请。"随即离去。

刘通州抿了一口："碧螺春。"

冯院长："太湖边上的小丘陵。我在那儿长大。除了碧螺春，别的茶我都不太喜欢。"

刘通州："可您这儿是搞百花齐放的地方。"

冯院长："我是艺术多元，喝茶一元。"哈哈哈大笑了起来，"小刘，苏老师是我的恩师。在我印象里，他还没有给谁写过推荐信。"

刘通州："苏老师待我，有时是严父，有时是慈父，让我终身感怀。"

冯院长："苏老师没看错你。你确实很优秀。不知你注意到没有？我们是双管编制的交响乐团，是西乐。你那琵琶只能单列，作为独奏节目。"

刘通州："独奏？那我还得好好下一番功夫。"

冯院长："小刘，你听我说。我们这个团经常出国巡演，在某种意义上讲，也代表国家形象。你的眼睛……带来诸多不便。本来，苏老师推荐的人才应该照单收下，可是这实在很为难。为了剧院的对外形象，小刘，我不得不忍痛割爱。不知你能不能给我一份理解和宽容？苏老师那里我会登门谢罪，向他做出解释……你能原谅我吗？"

刘通州站起来："冯院长，你不必为难了……"

崇川市歌舞团。

单团长在琴房里帮助演员练声。有人敲门后，带着白篮子进来："单团长，这个姑娘找你。"

单团长对练声的演员："休息一刻钟。你先去吧。"

演员当即离去。

单团长打量白篮子："你是白篮子？"

篮子点头。

单团长："你能听见我说话？"

篮子掏出笔和纸，写道："看口形。"

单团长："你想到团里工作？"

篮子点头。

单团长："我本来不想用你，可又不想违反残疾人政策，不然，任永艾任主席又要跟我没完没了。听不明白？"拿起笔写道："你被录用了。每月来领取60%基本工资，就不必来上班了。"

篮子看到你被录用几个字时喜形于色，随后，渐渐皱起眉头，困惑地看着单团长，突然用力地摇头。

单团长笑了笑："你该领情。给你一口饭吃。"

篮子写道："我不接受施舍。"转身走了。她走出琴房，眼里噙着泪，直到穿过走廊走出校门，眼泪才簌簌地落下来。

她骑车驶到小街口，田野驾着摩托过来了。

田野："篮子！"

篮子下车，避开他的目光。

田野："你刚哭过？告诉我，为什么？"

篮子手语："市歌舞团让我坐在家里拿百分之六十工资，不用上班。"

田野："他们居然这样对待你？不过篮子，我的情况也不好，跑遍上海南京的电影厂电视台，没有一家肯要我。"

篮子若有所思地转过脸去。

田野："篮子，二十一世纪不相信眼泪。我打算做个自由职业者，自己推销自己。"

篮子手语："可我怎么推销自己？"（手语）

这时，他们已走到洗衣织补店附近。

黄越看见了他们："姐！市体委来电话，叫你马上去游泳馆。"

田野："去游泳馆？篮子，你不用推销自己了！走！"

市游泳馆。

在强烈的快节奏的音乐中，篮子与运动员们一起进行形体训练。

教练注视着她的肢体语言和韵律感。

音乐终止。教练走向篮子："篮子，你不再是替补队员了。你要正式上场，参加比赛。"

篮子大喜过望。

音乐起。水上芭蕾运动员在泳池边排成一列，双手过顶合十，侧身倒入水中。篮子赶到，最后一个合十侧身倒入水中。

田野又在看台上晃起了镜子。阳光一闪一闪，与节奏同步。

篮子在水中沉浮腾跃，倒竖脚尖，左旋右翻，十分自如。随着节奏加快，渐入佳境，终于推向高潮，在一个立体造型——鲜花层层开放中结束。

主席台上站起个田明，用力地鼓着掌。

教练走到主席台下："田总，还满意吧？"

田明走下来："这次比赛，我独家赞助。"

这时，水上芭蕾的姑娘们已列队站好。

教练："田总，讲几句？"

田明："很美。线条美，造型美，舞蹈更美。当然，首先是人美。你们个顶个都可以做我们企业的形象大使。"

教练："谢谢田总慷慨解囊。"带头鼓掌。

姑娘们随着教练热烈鼓掌。

田明："不，我要谢谢各位帮助我塑造了企业形象！今天晚上，我请大家吃饭，蹦迪！"

姑娘们欢呼起来。

田明走向篮子，把目光投向她右脚背上的心形胎记："篮子，这胎记是一颗心？"

篮子点头。

田明："一颗舞蹈心？"

篮子用力点头。

田明："你今年二十岁了吧？"

篮子注视田明。

田野："爸，我可以一起去蹦迪吗？"

田明："行，你大专毕业了，好好放松放松吧！"

南方某大城市。红磨坊歌舞厅。

刘通州走进歌舞厅，环顾四周。

老板走过来："小刘，多时不见。在哪里发财？"

刘通州："没地方发财，念大学去了。"

老板："金盆洗手了？"

刘通州："不，我一辈子都会唱歌。"

老板："什么时候重返红磨坊？今晚？我出比以前多一倍的价！不瞒你说，现在，素质好的歌手越来越少了，怎么样？签个约？"

刘通州："谢谢你想着我。给我几天时间考虑一下，行吗？"

老板："好，我等你消息！"打了个响指，过来个侍者，"给刘先生送一杯法国干白，喝什么随便，喝多少都行，免单！小刘，你坐，我去一下。"走了。

刘通州坐下，侍者送来法国干白。

刘通州听到有人叫他，转过脸，身后桌上坐着以红葡萄酒为身价的青年，仍然面前一杯，两侧各一杯。

那青年："你好。两年没听到你的歌声了。一起喝一杯？"

刘通州没有动。

那青年端起眼前的一杯，坐到他身旁："可以吗？"

刘通州："你还在做？"

那青年："我一无所有，唯一的资本是身体。"

刘通州："男人总还要有一点尊严。"

那青年："要尊严就得受穷。穷得叮当响，还有什么尊严？"

刘通州："就不想做点别的？"

那青年："想过。什么也干不了，什么也做不成。只有这一条路最省力，又来钱。"

刘通州："阿姨那里你还去吗？"

那青年："她不再需要我提供服务了，她病了，活不了多久了……"

刘通州："这是真的？"

那青年："你搬走，她很难过。她不愿意你看到我和她在一起。那时候，医生告诉她，还有三年不到的寿命。嘻！她很富有，也很不幸。她叫我去，只是陪陪她，抱抱她。她早就什么都不能了。可是她很痛苦，很寂寞……她最在意的还是你，盼望你发达，还在意你怎么看她。最不愿意你认为她是个坏女人……"

刘通州喝尽杯中酒，缓缓站起来，走出歌舞厅。

崇川市一个大酒店。

包间里田明左面坐着教练，右面坐着篮子和田野。酒过三巡，姑娘们显得非常兴奋，有说有笑。

田明转眼看着篮子，举起酒杯。

篮子也举起酒杯。

田明一饮而尽。篮子只抿了一口。

田明："篮子，每次跟你在一起，我就想起我的女儿……"

田明已半醉："篮子，你要是我的女儿就好了……"

田野："爸，你醉了。"

篮子："田叔，是不是我跟你女儿有一点像？"田野翻译手语。

田明："何止一点，很像很像。连右脚背上的胎记……都一模……

一样。"

田野："爸，你又说醉话了。"

田明："没有，没有……酒后吐真言，我女儿右脚背上有块胎记，像一颗红心。"

教练："姑娘们，蹦迪去吧！"

姑娘们一哄而散。

教练："田总，我送你回家。我来开车。"

田野："叔，不用，我会开。"

田明："谁说我要回家，走，蹦迪！我也蹦迪！老夫聊发少年狂嘛！啊？"

南方某大城市。夜。

刘通州下出租车，按别墅门铃。门开了。

女管家："小刘，你可来了，她快不行了。"

刘通州进门后，快步走上楼梯，推开浓妆女人卧室的门，慢慢走到床边。

浓妆女人已素面朝天，她看上去很老，很衰弱，闭着眼睛。

护士站起来将食指竖在嘴边，让刘通州安静。

刘通州坐在护士的椅子上端详浓妆女人。

浓妆女人："我梦见小刘来了……小刘，是你来了吗？"

刘通州："阿姨，是我。"

浓妆女人："还能认出我来吗？人人都戴着假面具，都对别人说着言不由衷的假话。阿姨对你说的都是真话，就是假面具没有摘下来。现在，我的假面具摘下来了，我要向这个世界谢幕了。小刘，你是不是看不起我，认为我是坏女人？现在，我要走了。阿姨要告诉你，我的钱是干净的。我这个人也是干净的。阿姨想死得很有尊严。"

刘通州："阿姨，我很感激你，也很想念你。"

浓妆女人："这是真话？"

刘通州："阿姨，你没有假面具。你是个真实的人，除了那些，除了那些该死的化妆品……"

　　浓妆女人："小刘，我没有亲人，没有后代。你愿意为我料理后事吗？"

　　刘通州："阿姨，我愿意……"

　　浓妆女人："抱抱我吧，阿姨最后一次……请求你。"

　　刘通州俯身拥抱她。

　　她的眼角慢慢地流下一滴泪水……

　　浓妆女人："谢谢，谢谢……我可以……去了……"

　　崇川市某大酒店舞厅。

　　水上芭蕾的姑娘们在蹦迪。

　　田野和篮子面对面地蹦着。田野的舞姿热情而奔放，篮子的肢体语言却显得柔婉而神秘。

　　田明和教练坐在一张桌前喝饮料，看蹦迪。

　　田明的目光一直没离开篮子。

　　田明："你看篮子有没有一点像我？"

　　教练注视他："叫你这一说，还真有点像哎！她不是你女儿吗，怎么能一点都不像呢？"

　　田明长吁一口气，自语："如果真是我女儿，我有勇气认她吗？她还肯认我这个不负责任的老爸吗？"将饮料一饮而尽。

　　南方某大城市。

　　刘通州穿一身黑色西服走进一座背山面海的陵园。他将一捧鲜花放在镍有浓妆女人照片的桑林之墓墓碑下面。

　　墓志铭上刻着：她富有，却一生孤寂。她憎恶虚伪，却把自己隐藏在浓妆后面……

　　刘通州深深一躬："阿姨，我不知道你很在意我怎么看你。也许，你认为我是世上唯一能听你倾诉的人。你走了，走得那么匆忙，是不是还有很多压在心底的话没来得及说？我知道，这是我的错，一个永远无法弥补……的错。阿姨，在你寂寞的时候，我会来陪你……"转身离去。

他走出陵园，只见陵园外面一辆黑色轿车上下来一位两鬓斑白、西装革履的男子。

律师："刘通州先生？"

刘通州："正是。"

律师："我是桑林女士的律师。"伸出右手。

刘通州与之握手："幸会。"

律师："可以请您到我的事务所去一下吗？"

刘通州："去你的事务所？有这个必要吗？"

律师："刘通州先生，我认为很有必要。请。"为刘通州拉开车门。

刘通州跟随律师走进他的事务所。

女秘书从电脑桌前站起来。

"有两位先生、一位女士找您。"

律师："我现在不会客，不接电话。"

女秘书："可他们已经等很久了。"

律师："道个歉，请他们喝杯咖啡。"随后走进办公室，待刘通州进来后关上门，"请随便坐。喝点什么？"

刘通州："清茶。"

律师："好的。"倒了两杯清茶，送给刘通州一杯后，回到办公桌后面，坐在大皮转椅上，注视刘通州，"刘先生，桑林女士患绝症以后，一再向我提起您。"

刘通州："我忙着写毕业论文，不知道她得了绝症。"

律师："三年前，她已经知道自己不久于人世了。"

刘通州："哦？我真是太粗心了……"

律师："她很爱你，像爱自己亲生的孩子。虽然你很吝啬自己的情感，她还是从你身上找到了天伦的温馨。"

刘通州："可惜一切都晚了。我没有看懂阿姨，总跟她保持着距离，一定让她伤心了……"

律师："她知道你很难，想帮助你，你却对她拥有的巨大财富很淡泊。因此，她更欣赏你，更喜欢你。"

　　刘通州："阿姨看懂了我。可我一直对她怀有戒心……"

　　律师："她说这世上唯一的亲人是你，唯一够资格得到她遗产的，也是你。"

　　刘通州："？！"

　　律师："三年当中，她已经把公司股份全部转让，处理了百分之九十九的固定资产。根据遗嘱，她留给你三千陆佰伍拾柒万人民币，一辆奔驰车和她一直住到临终的那幢别墅。"拿出有关遗赠的文件，"请在这里签个字。"

　　刘通州坐在那里不动。

　　律师："刘先生？"

　　刘通州："这是真的？"

　　律师："刘先生，我是律师。我只能根据最真实可靠的遗嘱办事。"

　　刘通州："可我还是不能接受这个事实。"

　　律师："接受吧，刘先生。这可是一笔巨大的财富。签个字吧！"

　　刘通州疑疑惑惑地站起来，向律师的大办公桌走去。

　　刘通州按响别墅门铃。

　　女管家开门："刘先生回来了。"帮他脱去西装，"饿了吧？想吃点什么？"

　　刘通州："面条。"

　　女管家："拉面？刀削面？还是龙须面？"

　　刘通州："泡一碗方便面吧！"

　　女管家："刘先生，家里什么都有，还真没有方便面。"

　　刘通州："那就下一碗光面，加点葱花，洒点胡椒粉。"

　　女管家："吃光面总要有点菜吧！想吃什么？要不要烫点酒？"

　　刘通州："花生米，茴香豆，烫一壶黄酒。"

　　女管家："吃得真简单。你稍等，我马上去准备。"

　　少顷，女管家端来一个托盘，把花生米、茴香豆、黄酒和酒杯放在茶几上："刘先生，先喝一点吧！面马上好。"

　　刘通州一杯一杯地喝黄酒，自言自语："刘通州一夜之间成了千万富翁？千万富翁……后半辈子整天吃喝玩乐，无所事事？"摇摇头，又喝干一杯，"那是一种什么样的生活？"

女管家端了阳春面来："刘先生，尝尝我下的阳春面。"

刘通州吃了一口："嗯。有点苏州阳春面的味道！"

女管家："刘先生，我就是苏州人。我爹爹在朱鸿兴烧了一生一世的阳春面。"

刘通州："怪不得这么正宗。阿姨，你在这做了多少年了？"

女管家："除了她跑美国的几年，我一直都伺候她。听说，这房子留不住了。"

刘通州："没人需要这样的豪宅。"

女管家："那我只有回苏州乡下了。现在人多地少，回去也没有生计做。"

刘通州："阿姨，我会给你补偿的。起码让你衣食无忧吧！"

女管家："刘先生，你的心真善！现在都是用完了，一脚踢开，遇上你，真是前世修来的福气。"

刘通州吃完了阳春面。

女管家："阿要再添一点？"

刘通州："吃饱了。再烫一壶酒吧！"

女管家："刘先生，喝醉了，要伤身体的噢！"

刘通州："阿姨，今天晚上我特别想哭。特别想喝醉，真正地醉一回。"

阳光照在刘通州睡的大床上。

女管家端着早餐走进来："刘先生！刘先生？"

刘通州醒来："嗯？几点了？"

女管家："十一点了。你睡了整整一圈。"

刘通州："一圈？"

女管家："大钟转了一大圈！你喝得太多了……"

刘通州一骨碌坐起来。

刘通州从别墅出来。

司机为他拉开奔驰轿车车门。

刘通州："谢谢。"上车，"去律师事务所。"

奔驰车驶出别墅，在林荫路上无声地驰去……

律师事务所。

刘通州走进律师事务所。

女秘书："刘先生！"

刘通州点点头走进律师室。

律师："刘先生，有什么吩咐？"站起来，"请坐。"倒茶，送给刘通州。

刘通州："昨天晚上，我喝了许多酒。以前，一喝就醉。昨天，越喝越清醒。"

律师："哦？为什么？"

刘通州："我也不知道。我反反复复地想，这三千万该不该属于我？千万富翁的日子该怎么过？"

律师："刘先生，我做了多年律师，遇到过不少为遗产闹得不可开交，打得头破血流的，还没遇到过不知道钱该怎么花的继承人。"

刘通州："我想来想去，这不是我的钱，不该属于我。一旦拥有了它，我就不再是我了……"

律师："你是说，你会因此被异化？"

刘通州："它不是我劳动所得，不是我生命的一部分。"

律师："你拒绝接受？可你已经在文件上签了字。"

刘通州："我不拒绝。"

律师："那好，那就没什么麻烦了。"

刘通州："缴了遗产税还能剩下多少？"

律师："三千万左右。"

刘通州："一半捐给希望工程，一半捐给残疾人基金会。"

律师："刘通州先生，你一点都不留？"

刘通州摇头。

　　律师："这是最后的决定？"

　　刘通州点头。

　　律师："那别墅和汽车……"

　　刘通州："别墅拍卖，汽车先留下。"

　　律师："好的。看来我们还得形成两个文件。对不起，请允许我最后问一句：您想好了吗？"

　　刘通州："想好了。起草文件吧！"

　　刘通州旁白："遭遇了一夜暴富，更加感到精神的匮乏。行走江湖，人在漂泊，可是心，还守望着远方的阿娇……"

　　崇川市电影院里。

　　篮子在看电影。她身旁坐着穿夹克衫的大卫。银幕上放映《泰坦尼克号》最后的场景。男主角在冰海中冻得牙格格地抖，却不愿与女主角争夺生还的机会。两个情人最后的依恋，男主角沉没前的眼神，令篮子泪下。

　　篮子掏出手帕轻轻揩拭，不好意思地顾盼左右，却遇到了大卫的目光。

　　篮子转过脸去看大银幕。

　　大卫仍在看她。

　　篮子感到了他的目光，斜睨了他一眼。

　　大卫迎住她的目光，却仍不把视线转向银幕。

　　电影结束。篮子离席，随人流向外走去。大卫紧随其后。

　　外面下起了大雨。

　　篮子反复看表，几次想冲进雨中又缩了回来。

　　大卫打开伞："我可以送送你吗？"

　　篮子没有听见，仍对着大雨发愣并不时地看表。

　　大卫："嗨，我送你，好吗？"

　　篮子直视前方。

　　大卫走进雨中，面对屋檐下的篮子："送你一程吧！"

篮子看懂了口形，摇摇头。

大卫打手语："雨太大，我送你。"一松手，雨伞被吹走，大卫追了一程才在风雨中抓回雨伞。就此一个回合，他浑身都淋湿了，样子很滑稽。

篮子扑哧一下笑了。

大卫看看自己，也傻乎乎地笑起来。一阵风吹来，那伞成了喇叭，大卫被拖着跑出去几步。

篮子笑得弯下腰来。

片尾歌：

　　问你，问我，

　　往事历历可曾有片刻遗忘？

　　问我，问你，

　　去路茫茫为什么写满沧桑？

　　问心，问魂，

　　浪迹天涯为何要频频回首？

　　问魂，问心，

　　浓浓的情怎禁得深深埋藏？

　　此情可问地，

　　地知我情有多深。

　　此情可问天，

　　天知我情多久长……

十四

大卫叫住一辆出租车，钻进车里，打手语让篮子上车。

雨小了。篮子走出廊檐一溜小跑。

出租车跟在她身后，大卫招手要她上车。

篮子瞟了大卫一眼，加快脚步跑进了游泳馆。

游泳馆内。

横幅：新世纪杯水上芭蕾比赛。

喇叭响起："本届比赛最后出场的是一支新兴的劲旅——崇川市水上芭蕾代表队。且看姑娘们如何表现！"

音乐起。

姑娘们在泳池边作三层叠罗汉造型。篮子在最上面，单腿站立，另一条腿高高翘起。

主席台上。田明和大卫并肩而坐。大卫用望远镜瞄准了篮子。

叠罗汉渐渐倾斜，篮子斜入水中后，中下两层先后倒入水中。

观众席掌声四起。

大卫忽地从座位上站起来。

音乐舒缓时，姑娘们动作舒展而优美。节奏加快后，姑娘们潜入水中，旋转着跃出水面，动作鲜明而爽朗。最后，她们从四面八方鲤鱼跳龙门般飞腾而起，转瞬间变成一个水上人塔。篮子在塔尖上高扬双臂。

观众们欢呼起来。大卫的望远镜里放大着篮子优美的形体和灿烂的笑容。田野在观众席里跳了起来。

大喇叭响起："最年轻的劲旅在最后的时刻取得了最出色的成绩，成为本次比赛的冠军！"

全场起立欢呼。

"现在，请出新世纪实业投资有限公司的董事长田明先生，为新世纪杯水上芭蕾比赛冠军——崇川市水上芭蕾运动队颁发奖杯奖牌。"

田明拉着大卫："大卫先生，我们一起来颁奖。"

大卫："这合适吗？"

田明："我说合适就合适。"

大卫随田明走下主席台，给排成一列的崇川市代表队颁奖。

田明从礼仪小姐手里接过水晶奖杯，颁发给领头的姑娘。

姑娘高举奖杯，转身向左向右向前向后。前后左右依次响起掌声。

田明从右面起，给姑娘们脖子上挂镀金奖牌。大卫则从左面开始挂牌。篮子站在中间，大卫将最后一个奖牌举起来时，目光与篮子相遇。篮子一惊，低下头去，大卫把奖牌挂在她的脖子上。

这时，田明正好给篮子右边的姑娘挂奖牌。他的目光落在篮子右脚的心形胎记上。田明的手索索地颤抖，绶带落在姑娘耳轮上。姑娘自己取下来挂在脖子上。田明向她歉然一笑，视线仍不由地投向篮子右脚。而大卫的目光却凝在篮子脸上，篮子闪出一个局促不安的微笑。

当领队的姑娘带着队员们转身离去，田明和大卫才如梦初醒。大卫的目光随着篮子远去。

田明："大卫，她很优秀是不是？"

大卫："她让我想起许多往事。"

田明："你们早就认识？"

大卫："不，我还不知道她叫什么名字。"

田明："她叫白篮子。想认识一下吗？"

大卫："当然。"

他们回到主席台。

洗衣织补店。

阿桃、黄刚、黄越在看电视直播。

阿桃揩揩眼角："篮子，篮子真争气，真有两下！"

黄刚："给咱们崇川市争光啦！地上芭蕾能跳好就不容易，水上芭蕾，那得什么样水性，什么样水……水平！"

阿桃："我去买点好吃的，犒劳犒劳我那篮子！"向外走去。

黄越："爸，你们左一个篮子，右一个篮子，越越怎么办？毕了业没人要。"

黄刚："篮子毕了业不也没人要吗？自己闯啊！如今可没人上门来请，也没有现成工作等着你。"

阿桃拎着编织袋走在小街上，见一家杂货店开着电视："李老板，看现场直播了吗？"

李老板："是不是水上芭蕾？"

阿桃："对呀，咱们崇川队多风光。"

李老板："是啊，看着心里真痛快。"

阿桃："那宝塔尖上的姑娘，是我女儿。"

李老板："就是那个腿翘得高高的，第一倒进水里的？"

阿桃："对呀，那是我家篮子！"

李老板："啊呀，这姑娘真了不得！恭喜你呀！"

阿桃："同喜同喜。"笑得嘴都合不拢了，又向前走了一段，在一家小吃店门口站下，"王大姐，看电视直播了吗？"

王大姐："直播什么？"

阿桃："水上芭蕾呀！"

王大姐："啊！刚结束那个？"

阿桃："就是呀！宝塔尖上那个是我女儿！"

王大姐："哎哟喂！小弄堂里还出了个体育明星啦！"

阿桃被王大姐拉进店里："我这里糕团点心随便挑，不要钱，拿回去给你女儿尝尝！"

阿桃眼睛笑成一条缝："王大姐，你可真客气……"

游泳馆门外。

篮子走出游泳馆，田野迎过来。

田野竖起大拇指："你还需要推销自己吗？"

篮子手语："游泳不是我终身事业，我的梦想在舞台上。"

田野："人有的时候也要'曲线救国'嘛！"

篮子："曲线救国？！"

田明驾车驶到他们身边："上车吧！今天是个好日子！"

田野拉开后车门，让篮子上车。自己坐在副驾驶座上。

篮子上了车，才发现大卫也在车上。

汽车驶离体育馆……田野的眼睛盯着后视镜。

大卫："自我介绍一下，我叫大卫。从新加坡来。"

篮子手语："我叫白篮子。你来观光旅游？"

大卫："不，我是来寻根怀旧的。"

篮子手语："寻根怀旧那是老头的事。你也老了吗？"

大卫："我二十六岁，还不算老。可我很怀旧。通州是我父亲、祖母的故乡，我母亲是崇川人，她也是聋哑人。"

篮子手语："你学哑语是为了和她交流？"

大卫点头："她很爱我。可惜去世太早。我很妒忌那些年纪大了还有母亲的人。"

篮子："我很幸福，我有一个最爱我的母亲。"

大卫："你真令人羡慕。"

田明："大卫先生，给你介绍一下，我的儿子田野。"

大卫把手伸到斜对面的副驾驶座与田野握手。

田明："大卫先生有意向跟我合作一点实业。"

大卫："父亲和奶奶要我回家乡来看一下，有可能的话，做一点对家乡有益的事。"

轿车停在一家名为"空中花园"的酒店门前。

大卫下车，为篮子拉开车门。田野晚了一步。

田明带着他们登上透明的观光电梯升向顶层。

下了电梯，甬道通向一座屋顶花园。

座席簇拥在鲜花丛中。中间是一个舞地，一支小乐队在演奏舞曲。有两对男女情意绵绵地跳着舞。

他们在侍者引导下坐在一个可以观赏崇川景色的桌子旁。

田明对侍者："全套水乡船菜。"

侍者："好的，先生。酒水呢？"

田明："崇川黄酒。大卫先生，如何？"

大卫："黄酒好。田先生，越中国越好，越乡土气越有味道。"

田野："是不是在国外待得越久，越馋中国菜、中国酒？"

大卫："对，我们全家无一例外。什么都能改变，只有中国文化、中国习俗、中国口味改不掉。"

两个侍者端来几碟凉菜和热好的黄酒。

田明："加乌梅和生姜了吗？"

侍者："都加了，先生。"

田明嗅了嗅："嗯，不错。"

侍者给客人一一斟酒。

田明："大卫先生，为了家乡的山水，家乡的月亮，还有家乡的黄酒，干了？"

大卫："谢谢田先生。"与田明、田野碰杯，"篮子小姐，幸会。"注视她，"我们干了？"

篮子腼腆地一笑，与他碰杯，又与田明、田野碰杯，田野向她投来火热的一瞥。

三个男人干了杯中酒，篮子只抿了一口。

一道道菜端上来。

田明："这是河鲜，这是江鲜，这是海鲜。"

大卫："我奶奶说，她做梦都想着崇川三鲜！"

田明："老人家贵庚？"

大卫："七十。"

田明："七十，身体好吗？"

大卫："还不错。"

田明："那你该陪她回来呀！"

大卫："这不是打发我来打前站了了？"

几个人又笑起来。

小乐队奏起温馨伤感的《一路平安》。

大卫站起来，向篮子打手语："可以请你跳个舞吗？"

篮子手语："交谊舞……我没学过。"

大卫："我来带你，请。"

篮子起身，大卫牵着她的手走进舞池。

田野显得有些坐立不安。

大卫带着篮子跳起缓慢优雅的舞步。

篮子抬起头来，遇到了大卫的目光，嘴角闪出一个腼腆的微笑。

大卫："篮子，能辨别我的口形吗？"

篮子仰望他，轻轻颔首。

大卫："你知道为什么我总在看你的眼睛吗？"

篮子摇头。

大卫："很像一个人的眼睛。"

篮子眼中闪出困惑的眼神："？"

大卫："像我母亲的眼睛。几乎一模一样。清澈见底，纯净、善良，有一点忧伤，还有一点沧桑。"

篮子的眼神变得很惊讶："？！"

大卫："妈妈爱我，从来没有语言。可她的爱比语言丰富得多，深刻得多。我十岁的时候，她就病逝了。可她的爱，她的眼神，我至今刻骨铭心。"

田明一面喝酒一面欣赏着那一对舞伴。

田野却心不在焉，显得有些烦躁。

田明："天生的一对……真正是绝配。"

田野："爸爸，你说什么？"

田明："那才真正叫郎才女貌，你知道吗？"

田野："爸，篮子是我的朋友。"

田明："儿子，你们只能是朋友，朋友！记住啦？"

田野："为什么？"

舞池边。

大卫："篮子，你刚才讲你有一个深爱你的母亲，是不是？"

篮子点头，眼睛闪闪发光。

大卫："可你眼里的沧桑从哪里来？"

篮子垂下眼睛。

大卫："对不起，我不是有意的。你们的眼睛实在太像了。我母亲童年很不幸，所以……"

音乐终止。

大卫把篮子送到餐桌前，并为她把椅子摆好。

餐桌前。

田明："大卫先生，看你们跳舞，是一种美的享受。让我想起《魂断蓝桥》的烛光舞会。"

大卫："田先生，您过奖了。我可没有罗伊那么优雅，那么帅气。不过篮子倒有费雯丽的光彩。"

田明："大卫先生，吃！菜要凉了。"

音乐又起，是一首爵士乐曲。

田野倏然站起来："篮子！咱俩跳一个！"

篮子站起来。田野拉着她的手走进舞池。

他们跳起活泼的爵士舞，田野几次贴近篮子，篮子都轻轻推开了他。

餐桌前。

大卫："田先生，你儿子很有活力。他是学什么的？"

田明："电影美术，刚刚毕业。"

大卫："哦——也是一个艺术家。"

田明："可我觉得，篮子更有天赋。"

大卫："我从篮子的眼睛里看到了艺术家的激情和敏感，可是她很含蓄，很内敛。"

田明："也许是因为她有过许多不幸吧！"

大卫："唔？"

南方某大城市。

高楼挤压着一轮明月。

刘通州在别墅草坪上仰望天上的月亮："离家九年了……家乡变了吗？……我变了吗？……还有她……为什么这里的月亮……看上去没有崇川大？没有崇川圆？为什么？"

大超市门口立着一棵希望树。刘通州看着上面挂着的纸片上写着各种祝福的话语。有的写着："妈，儿愿你长寿。"有的写着："宝贝，永远美丽！"刘通州抽出笔写了一张："篮子，哥想你，祝你幸福！"

他把纸片挂在希望树上，退后两步，看着它在风中飘飘摇摇，才转身离去……

他回到屋里，拉开一道道紧闭的窗帘，让月光射进起坐间。顿时，没有开灯的起坐间被浸润在月色之中。

他操起琵琶，弹起《弯弯的月亮》。

曲终。他陷入沉思默想。

女管家走进来，打开吊灯。刘通州眯起了眼睛。

女管家："刘先生，如果没什么事，我明天就回苏州乡下了。"

刘通州："这就要走了？你一走，这座大房子就更没有人气了。"

女管家："要不，我再服侍你几天？"

刘通州："不，我也快走了。漂泊太久了。我也想家了……尽管家里并不温暖。"

女管家："这儿不是很好吗？有房有车，再娶一个好姑娘，比天堂也差不了多少。"

刘通州："阿姨，天堂不是我的。我还是回到本乡本土去，做一点实实在在的事情。"

女管家："我真不明白，刘先生你到底要什么？"

刘通州："要什么？问得好。我到底要什么？我在这座城市找到了什么？"笑，摇头，"阿姨，你问得像个哲学家。"

女管家："刘先生，看你说的？想不想吃点什么？"

刘通州摇头，从怀里掏出一张支票："阿姨，这是十万元的支票。回苏州乡下搞点副业吧！够了吗？"

女管家哆哆嗦嗦接过支票："太多了……太多了……连我孙子上大学都够了……刘先生，我该怎么谢你？"

刘通州："这是阿姨留下的钱。你还是谢她吧！临走前，到她墓前看一看，跟她说上几句话，行吗？"

女管家："应该，应该！我一定去，一定去……刘先生，再让我给您烧碗面吧！"

刘通州："好哇，阳春面，苏州朱鸿兴风味的。"

南方某大城市。

街上落叶萧萧，店铺里一片节日气象。春节快到了，路人依然行色匆匆。刘通州竖起上衣领子在人行道上走着。

远远的一面墙上挂满春联。墙下面，一个无臂人正衔笔摇头，汗水淋漓地书写春联。

几个中老年男女在看春联，还有人在挑选。

"字不错，不是野路子！"

"出手不俗，没想到没有手的人能写这么好！"

"唔，一看就是下过大功夫的。"

一个中年妇人忌讳地："大过年贴残废写的春联，就怕生个孩子没有屁眼儿！"

无臂人陡然停止书写，笔从嘴里掉下来，一串串汗珠洇染了春联。

那是南飞。他垂着眼睛凝然不动。

刘通州目睹了这一切，哗地一下扯掉挂在墙上的春联。

南飞抬起眼睛，挺直身子正待发作，突然愣住，大叫一声："通州哥！"

刘通州上前紧紧拥住南飞："南飞！"

南飞："通州哥，我想你想得好苦哇！"泪下。

刘通州："哥这不是来了吗？"声音变得喑哑，少顷，猛地推开南飞，"收拾东西，回家过年去！"

大奔驰行驶在高速公路上。

刘通州驾车，南飞坐在副驾驶座上。

南飞："通州哥，你那眼睛……也能开车？"

刘通州："盲人开车不稀奇。再说我没完全失明呀，我可是考了驾照的！"

南飞："我哥真行！这车跟谁借的？"

刘通州："一个阿姨……"

南飞："阿姨？凭什么？不对，是女朋友吧！"

刘通州："南飞，你会找一个阿姨做女朋友吗？"

南飞："唔，是不是你发了？到特区几年了？"

刘通州："九年，一直是个……漂泊者。"

南飞："我两年，可惜不知道我们在同一座城市里。"

刘通州："心有灵犀，还是撞上了。"

南飞："狭路相逢，总算没有擦肩而过！"

刘通州："离开崇川前，你见过篮子吗？"

南飞："通州，你大概不知道，她聋了……"长叹一声。

刘通州："为什么？"车陡然冲向路障，又在最后一刹那急转。

洗衣织补店。

田野骑摩托驶来："白姨，篮子在吗？"

阿桃："看电影去了。"

田野："哪家电影院？"

阿桃："是……解放吧？"

田野："是不是看《芝加哥》？"

阿桃："对对，是什么……哥。"

田野驾车驶去。

解放电影院。

电影院门前人头攒动。

田野存了车，来到售票窗口前。窗口紧闭，上面挂着"全满"的牌子。

田野十分懊恼。刚走几步，后面有人问："本场票要吧？"

田野："多少钱？"

票贩："五十。"

观众厅。

场灯已灭。田野被手电筒光引到座位上。

电影开始放映，田野四下观望，忽然看到隔一排坐着篮子。

他躬身从别人座椅前走过，来到篮子的邻座："这位先生，换个座好吗？"

那人转过脸来，原来是大卫。

田野很尴尬。

大卫："田先生？换到哪里？"

田野："不换了，不换了。"退回原来座位。

电影院内。

银幕上放映着美国歌舞片《芝加哥》。

篮子聚精会神地看着银幕，显得兴奋而又讶异。

大卫碰碰篮子，给她一块糖。

篮子接过糖，撕开糖纸，将糖放进嘴里，眼睛却盯着银幕。

银幕上，歌舞如火如荼，篮子沉浸其中。

大卫转眼凝视篮子。

篮子微启双唇，脸上带着一丝微笑。

田野无心看电影，目光一直盯着大卫和篮子。看了一会儿，他起身走了。

解放电影院外门庭冷落，田野望着街景，长出一口气。

他走向幽暗的一侧准备取寄存的摩托车，两个穿黑皮夹克的人突然把他夹在中间。

阿东："你是田野？"

田野："我是。你要干什么？"

阿西："你爸是田明，大款？"

田野："这跟你们有什么关系？"

阿东阿西把他架到旁边小弄堂里。

阿东："上次英雄救美那一出是你演的？"打田野一拳。

阿西："演技不错呀！"也打出一拳。

阿东："篮子那姐也是你泡的？"把田野打倒。

阿西："十年前哥俩就相中了！"补上一脚。

阿东："警告你，你要是不想缺胳膊少腿，就离篮子远一点！"俯下身去，"听明白啦？"又是一脚。

两人扬长而去。

电影散场了。

大卫和篮子并肩走出影院。

大卫："我饿了，你饿不饿？"

篮子手语："这电影太让人兴奋了。看完了才觉得肚子空空的。"

大卫："你想吃什么？"

篮子："鸭血线粉汤。你呢？"

大卫："油炸臭豆腐。在国外待得越久，越想那股又臭又香的味道。回来以后，还没发现哪里有卖。"

篮子手语："我带你去。"

夜市排档。

琳琅满目的小吃，高声谈笑的食客，大快朵颐地吃相，油锅的煎炸，明炉的烘烤，掀开蒸笼的热雾，摊主的吆喝调侃，营造出一幅世俗生活的图画。

大卫："这才是中国的、世俗的、也是我最想拥有的。"

篮子手语："世上还有你这样的资产阶级？"

大卫："你是不是认为资产阶级都是红眉毛绿眼睛？"

篮子打量大卫："我看你就有那么一点。"

大卫嗅鼻子，顺着味道找到了油炸臭豆腐："嗯，这一家很正宗。"

篮子和大卫坐到一张小桌前。

大卫："臭豆腐，多加辣。"看看篮子，"再来一碗鸭血汤。"

摊主是个麻利的女人，三下五除二把炸好的臭豆腐蘸上辣酱，盛好了鸭血线粉汤，端到桌上。

女摊主："先生，尝尝我的口味！"

大卫连吃几口臭豆腐，直点头，头上冒出汗珠，眼里溢出泪水，张开嘴："好臭！好香！好辣！辣得好爽啊———"

篮子看着他滑稽的样子，笑得差一点把汤汤水水喷了出来。

大卫："还是家乡好。这才是生活！"

田野步履蹒跚地回到家里。蹑手蹑脚回到自己的房间。

他关好房门，脱去外衣，胸前和肋下一块又一块乌青。

他面对镜子看着身上的伤痕："那是两个什么人？下手这么狠……"

房门忽然推开，杨柳从外面进来。

田野连忙穿衣服已经来不及。

杨柳："田野，你怎么浑身是伤？"

田野："骑摩托摔了。"

杨柳："摔了？这伤的地方……不对呀！怎么摔的？摔哪儿了？"

田野："妈，快给我找药抹上吧！你怎么总像审案子似的？"

杨柳："好好好，我这就找药去。"

大卫、篮子离开小吃摊的时候，另一个小吃摊上，阿东阿西在喝啤酒。

篮子看到了阿东。阿东一脸坏笑地看着她，意味深长地向她点点头。

篮子掉头就跑。

大卫追上来："篮子，去哪儿？"

篮子越跑越快。大卫在后面紧追。在穿越马路时，一辆汽车迎面而来，大卫蹿过去，一把拉回篮子，汽车擦肩而过。

篮子眼前闪现出一个长长的抛物线，那抛物线，落在阿桃的怀里。

篮子紧闭的双眼忽然睁开，发现自己正倚在大卫的怀里。

大卫："篮子，你怎么啦？"

篮子眼里汪着泪，摇摇头，轻轻推开大卫。

大卫："篮子，你到底怎么啦？有什么问题吗？你是不是……看到了什么？"

篮子手语："一个梦。梦里总是有一条长长的抛物线，然后我就从天上掉到妈妈怀里。"

大卫："一个好奇怪的梦。篮子你从小吃街变颜失色地跑出来就为了这个？不，你一定还看到了什么！"

篮子手语："我还看到了逼得我从河崖上落水的人……从那以后，我突然变得又聋又哑……"

大卫："他在哪里？带我去！我要好好教训教训他们！"

篮子手语："不……不，你不是他们的对手。"

大卫拉起篮子就往小吃街走。

他们走进小吃街，阿东阿西正要起身离去，看到大卫和篮子向他们走来，便站在路中间等着。

阿东："篮子，又交了新朋友？"

阿西："喂，这姑娘不归你。我们是她老朋友。"

阿东伸手要摸篮子的脸。

大卫挡住阿东的手："你想干什么？你们对她伤害得还不够吗？"

阿西抽冷往大卫腰间捅了一拳："这也是你说话的地方？"

阿东顺势一拳把大卫打到一张餐桌上，大卫同桌子一起倒下，响起一片瓷器碎裂声。

阿东："就你这两下，也敢跟我阿东叫板？"上前抬腿要踢，大卫顺势拽住腿，阿东当即跌了个仰面朝天。大卫纵身站起，一脚踩住阿东胸部，一拳打倒了扑上前来的阿西。

大卫用力踩阿东。阿东大叫："大哥饶命！"

大卫："以后还敢骚扰篮子吗？"

阿东："不敢了，不敢了！"

大卫抬起脚来。阿东爬起来。大卫在他屁股上踹了一脚："滚！你这个人渣！"

阿东阿西灰溜溜地走了。

大卫给店家扔下几张百元大钞，带着篮子离去。

他们沿河而行。河上游船翩然驶过。

大卫带着篮子走上一条小小的游船。

船娘送来两杯香茗。

篮子呷了一口茶。身上像发寒热似地轻轻发抖。

大卫脱下外衣披在她肩上："篮子，是冷，还是紧张？"

篮子摇头，时而颤抖。

大卫："篮子，别怕。在美国我学的是文科，可是课余时间我常常去打勃克星。"

篮子抖抖颤颤地手语："什么是……勃克星？"

大卫："勃克星就是……就是……"比划着两个拳头，"拳击，对，拳击！我还在州里得过银牌呐！"

篮子凝视大卫。大卫的目光和她凝在一处。

大卫伸出手去轻触篮子的手指："篮子，只要你愿意，我会保护你，随时随地……"

篮子手语："是吗？为什么？"

大卫："从我看到你第一眼起，我心里有个声音在喊：就是她！

她是那个跟我共度一生的人，我会不惜一切地爱她，呵护她，永远伴随在她左右……"握住篮子的手。

篮子轻轻地把手抽出来，却转过脸去揩了揩眼角。

刘通州驾着大奔驰驶进崇川市区。

南飞："到家了！"

刘通州："到家了！九年，好像比一辈子都长。变了变了，连街道都认不出来了。"

南飞："去哪儿？我给你指路。"

刘通州："当然是篮子家！现在，我最想见到的是我的小妹，你呢？南飞？"

南飞："当然。第一是篮子！小妹在心里永远是第一位的！嗨，绕过大转盘转！好，向右。对，左，再左，进小街，还有五十米，对，就那家洗衣店。"

大奔停在洗衣织补店门外。

阿桃、黄刚停下手里的活，注视这辆气度不凡的轿车。

轿车上下来个刘通州，给南飞拉开车门，南飞也下车，两人一起走向洗衣店。

阿桃和黄刚都张大了嘴。

片尾歌：

问你，问我，

往事历历可曾有片刻遗忘？

问我，问你，

去路茫茫为什么写满沧桑？

问心，问魂，

浪迹天涯为何要频频回首？

问魂，问心，

浓浓的情怎禁得深深埋藏？

此情可问地，
地知我情有多深。
此情可问天，
天知我情多久长……

十五

洗衣织补店。

刘通州走过去："阿姨！黄叔！还认识我吗？"

阿桃："通州？！啊哟喂，小通州成男子汉了！"

黄刚："这一走有八九年了吧？篮子可想你这大哥哥啦！"

刘通州、南飞走进店堂。

黄越闻声出来，打量刘通州："通州哥哥？"

刘通州："越越？一眨眼你就变成漂亮姑娘啦！"

黄越扑过来："真话假话？"

刘通州："当然是真话啦！"

黄越迅雷不及掩耳地在通州脸上亲了一下："谢谢！到底是我哥！"

南飞："越越！？都是你哥，就不一碗水端平？"

黄越在黄越在南飞腮上碰了一下："端平了吧？"

刘通州和南飞进内室时，篮子正对着白舞鞋发呆。

黄越拍拍她肩膀，篮子回眸，看到已成为成熟男子的刘通州和更多几分沧桑的南飞，眼里顿时蒙上了泪雾。她慢慢站起来，扑进刘通州怀里，泪水扑簌簌地流下来。

刘通州旁白："看到篮子眼睛里的沧桑，我的心碎了……我为什么要离开她？为什么？"

刘通州轻轻推开她，帮她揩眼泪："篮子，不哭，不哭……哥回来了，回来了……"

篮子转身倚在南飞胸前，用含泪的眼睛看着南飞额前刻下的皱纹。

南飞："妹，哥想你。"眼睛也湿润了。

刘通州："嗨，大喜的日子，咱们去水乡镇看看那些老地方吧，怎么样？"

黄越："好哇，我早就想去了！姐，你呢？"

篮子脸上绽出了微笑。

刘通州、南飞都被她的微笑感染了。

刘通州旁白："不只眼泪，还有微笑……篮子，是谁把你推入那个没有语言的世界？是谁？"

飞机场出口。

大卫翘首踮脚望着陆续走出来的旅客。

一个俊朗的五十岁男子挽着一个风韵犹存头发皆白的七旬女人出现在远处。

大卫当即兴奋起来，高高地举起手。

那一男一女走近了，还没看见大卫。

大卫喊起来："奶奶！爸爸！"

五十岁的男子吴思川看见了大卫，对身边的白发女人说："妈妈，大卫来了！"

白发女人笑了："大卫回国没几天，我就梦见他好几回。他跟我说，还是家乡好，不想再回新加坡了。"

吴思川："是啊，我们吴家的根在这里呀！"

他们已走到出口。

大卫迎上来和奶奶拥抱："奶奶，我天天都在想你。"接过吴思川手中的提包，"爸，累不累？"

吴思川："一想到回老家，疲劳就烟消云散了。"

机场外。

大卫打开出租车门，扶奶奶上车后，又安排父亲上车，才坐到副驾驶座上。

出租车司机："请问到哪里？"

大卫："爸，先住下吧！奶奶累了。"

梅蕊："不，直接回水乡镇。我已经等不及了。"

吴思川："妈，您怎么突然间返老还童啦？"

梅蕊："这一天我已经盼了二十年了。谁知道，我还能不能再有一个二十年？"

吴思川："妈，您的性格，您的体质，没问题！"

大卫："奶奶，你过百岁的时候我来给您操办，全套水乡船菜！"

梅蕊："大卫，你才回来几天，就已经吃过船菜了？"

大卫："不光吃了船菜，还认识了一个姑娘。"

梅蕊："唔？快说说看！那姑娘什么样？"

大卫："……她的眼睛，她的神情，跟妈妈……一模一样！"

梅蕊："世上真有这样的巧事？"

吴思川："天下还会有一样的眼睛，一样的神情？"

大卫："爸爸，在襁褓里，我就熟悉了妈妈的眼睛。到现在，她的神情还常常浮现在我眼前。童年时代许多事情都忘记了，只有妈的眼神，总也忘不掉……"

梅蕊："那姑娘多大了？"

大卫："二十。"

吴思川："念书还是工作？"

大卫："刚刚从艺校舞蹈班毕业。"

梅蕊："大卫，你回来没多少日子，收获真不小哇！"

吴思川："大卫这么一说，我还真想见一见这个姑娘。"

大卫："爸，她也是个聋哑人。"

吴思川："唔？"

梅蕊："怎么会这么巧？"

水乡镇。

一座尘封的老宅院门被推开。

吴思川走在前面，大卫搀着梅蕊走在后面，相继走进天井。

吴思川走到天井的水井前，朝里面看了看。

梅蕊也来看井水：“以前，这口井的水好甜。夏天，一大早把西瓜放到吊桶里，睡过午觉起来吃，又凉又甜，像冰镇的一样！”

吴思川走进堂屋，环顾四周：“还是老样子……”

在书房里。

梅蕊：“大卫，这是你爷爷的书房。他教了一辈子私塾，他才真正称得上是桃李满天下了。”

在卧室里。

吴思川：“大卫，你妈妈就是在这张床上生的你，难产，差一点送命。你让她受了许多罪，可她特别地爱你……”

梅蕊：“妈妈多么爱你，你还记得吗？”

大卫：“记得。妈妈给我留下的财富，就是让我懂得了爱。”

梅蕊：“大卫，爱可是一本永远也读不完的书。”

吴思川：“仁者爱人。要做到这四个字，需要一生的时间，要经过许多关口，接受许多考验。”

吴思川推开临河的窗扇。

一艘船从远处驶来，随风飘来船上的琴声、歌声和笑声。船的后面，河的极处，一钩弯月已经升起。

船舱口，刘通州用琵琶弹奏《一轮明月梦水乡》，一面轻轻哼，篮子在船头起舞，脚上穿着那双引人注目的白舞鞋。

大卫：“篮子？！”凝视渐渐驶来的小船。

梅蕊：“大卫，谁是篮子？”

大卫：“奶奶，在船头跳舞的女孩，就是那个眼睛跟妈妈一样的姑娘……”

梅蕊："是她？可惜我眼睛不行了，看不清。"

大卫："爸，你能看清吗？"

吴思川："离得再近点就好了！"

大卫举起右手："篮子！篮子！"

篮子停下舞步，扬起头看河窗。

船驶近了，越来越近。

吴思川："天哪！那是你妈妈的眼睛！"

梅蕊："嗯，我也看清楚了。像！真像！"

大卫朝篮子喊："这是我的家！你家在哪里？"

篮子朝远处石拱桥指了指。

刘通州不再弹琴，注视大卫，直到船儿离去。

吴思川、梅蕊的目光始终没有从篮子身上移开，直到那船驶过窗下，只能看到姑娘的背影。

吴思川："真是不可思议！"

梅蕊："我怎么忽然觉得时光倒流了？"

大卫："奶奶，爸爸，改天我让篮子跟你们见见面？"

一条船驶来，上面燃着橘红色的炉火。船上的男人敲起竹梆子吆喝："赤豆粥、糖芋艿，还有新鲜热白果，香是香来糯是糯。"

吴思川："嗨，老乡！过来一下！"

那男人："要点啥？把篮子吊下来！"

吴思川："对不起，我啥都没有！"

那男人："啥都没有怎么办？要么到船上来吃吧！"

吴思川："好哇！就到船上吃！"拉开门栓，推开后门，走下石埠头，回身叮嘱："大卫，搀好你奶奶。"一脚跨上船去，又转身拉住梅蕊的手，大卫护卫着奶奶上了小船。

石子街上的小酒店。

刘通州一走进小酒店就喊："烫几壶黄酒，来几碟下酒的小菜！"

黄越、南飞、篮子围着八仙桌坐下来。

只见柜台上放着一排酒坛，酒坛后面陈年老匾写着"太白遗风"

四个大字。

刘通州："小的时候天天从酒店门前过，还从来没进来过。"

黄越："这是大男人才可以来的地方。"

南飞："可不，女人要是进酒店喝酒，肯定给人戳脊梁！"

篮子上下左右看着店里的陈设，脸上漾着温馨的微笑。

酒保送来了凉菜和烫好的酒。

刘通州倒了四杯："十年一聚，两个妹妹也喝一点吧！"

南飞："不要怕给人戳脊梁哦！"抬起脚去夹酒杯。

篮子端起酒杯送到南飞唇边。

南飞一震，凝视篮子，喝下篮子端到唇边的酒："妹，哥谢谢你了……"

篮子又撰茴香豆给他吃。

南飞："妹，哥还是自己来。"

篮子摇头，又给他倒了一杯酒。

刘通州："来，干了！"一饮而尽。

黄越也喝了一杯。

南飞喝了篮子端到唇边的酒，又看着她喝了自己杯中的酒。篮子呛了一下，咳了几声。南飞关切地看着她。

刘通州又给每人杯里都倒满了酒："今天在座的，不是我弟弟，就是我妹妹。这么多年，第一次有这么多亲人坐一起聚会。在南方，我举目无亲，时时刻刻都在想念水乡镇，想念你们……现在，我们总算聚到一起了。聚到一起就别分开了，好吗？我们都是最亲近的人，为什么要天南海北地漂流呢？在外面，每次听到费翔那首《故乡的云》我都会悄悄流泪……南飞，篮子，黄越，我们在一起做点什么吧！"

黄越："要么，咱们也弄它个皮包公司！"

南飞："都是本本分分的人，可别做坑蒙拐骗的事，还是靠劳动吃饭。"

黄越："我们能干什么？唱歌，跳舞，弹琴，谁要我们？！"

刘通州："越越，你说没人要我们？在南方，我组织过漂泊者乐团，小型的，才四个人，很火爆的。回到老家来，该大干一场，搞它个艺术团怎么样？"

黄越："艺术团？国营的？"

南飞："哥，我这缺胳膊少腿的还能上台演出？"

刘通州："为什么不能？篮子，你说呢？我们就搞它个民营的，自食其力，自负盈亏。"

篮子看上去很兴奋，右手比划一个 V 字。

刘通州："篮子举手了！"

黄越举手："我唱独唱，行不行？"

刘通州看看南飞。

南飞摇头不语。

刘通州："书法也是艺术，也可以表演。而且，你是口书，脚书，更可以展现残疾人的顽强意志和艺术才华。"

篮子向南飞点头，用力地点头。

黄越："南飞哥，行！你这个节目很震撼！"

南飞目光转向通州："行吗？"

刘通州："当然行！南飞，你什么时候服过输？"

南飞："干？"

刘通州："干！说干就干！我来挑头！"

水乡镇刘通州家。夜。

刘通州敲门。门开了，刘三愣在那里，他的两鬓已染上白霜。

刘三："通州？是你？"

刘通州："爸，我回来了。"走进家门。家里只亮着一盏昏黄的电灯。堂屋墙上，残留着琴盒的印迹。

刘三："你喝酒了？好大的酒味！"

刘通州："老同学老朋友在一起聚了聚。两个弟弟呢？"

刘三："都走了，跟着他们的妈妈一起离开了我，无影无踪，不知去哪了！"

刘通州："为什么？"

刘三："嫌日子苦，没指望。通州，我退了，闲在家里，没事可干，只剩下回忆和悔恨……"

刘通州："爸，振作起来。儿子给你养老。你放心……"

刘三眼中溢满泪水："儿啊，我对不起你……我不值得你这么对我……"

刘通州："不，爸爸，你给了我生命，我就该尽孝。你快快活活地多享几年福。有你在，我在水乡镇就不是一片浮萍，我就是有根的人，这样活得踏实，不是吗？"

刘三流泪，哽咽，泣不成声……

洗衣织补店。

刘通州驾着奔驰车驶到店门外。副驾驶座上坐着南飞。

听到汽车声，黄越从里面跑出来："这就去？"

刘通州点头。

黄越当即转身进屋拉着篮子朝外面走。

阿桃："你们这是去哪儿？"

黄越："办大事去！"

阿桃："大事？你们能办什么大事？"

刘通州朝阿桃摆摆手，驾车离去。

市残联主席办公室。

任永艾望着鱼贯而入的南飞、黄越、篮子、刘通州，从办公桌后面站起来。

南飞上前："任阿姨。"

任永艾："南飞！？"拥抱南飞。

篮子默默地拥抱任永艾。

南飞转身朝着通州："这是我哥。"

刘通州走到任永艾面前："我叫刘通州。"

任永艾给他们泡茶、送茶："看到你们真高兴。"

南飞："任阿姨，我们找您撑腰来了。"

任永艾："撑腰？不是让我跑腿出力吧！"

　　刘通州："任主席，我们想成立个残疾人艺术团，您看行不行？"

　　任永艾："好哇！这是件大好事哇！我早就有这想法，可是建一个艺术团体得花好多钱，一套灯光，一套音响再加一套乐器就得百八十万。排一个晚会，还得购置服装、道具，还得画布景，搞宣传，都离不了钱。这一大笔钱从哪儿来，我真是一筹莫展！"

　　黄越："天哪！要花这么多钱哪！这可怎么办？"

　　南飞："任阿姨讲得很现实。没有资金搞不成艺术团。"

　　篮子也露出一脸困惑。

　　刘通州："我们头脑发热了？"

　　任永艾："不，我支持你们的想法。咱们一起想办法寻找资金来源。比如说，银行贷款、企业赞助、向各界募捐，各种融资方式都可以考虑。你们提个方案，我来打通一下渠道。大家都动起来。不要等上帝恩赐。你们看是不是？"

　　黄越："没想到这么复杂！这可真是件头疼事。"

　　南飞："通州哥，你看怎么办？"

　　刘通州："方案我来拿。成立艺术团各方面的手续请任主席帮帮忙。"

　　任永艾："体制首先要定下来。建立一个靠政府拨款的国营艺术团体，可能性很小。"

　　南飞："集体所有制的怎么样？"

　　刘通州："我看还是搞个股份制民营团体吧！不吃皇粮，不靠补贴，自力更生，自负盈亏。怎么样？"

　　黄越："这可能吗？"

　　南飞："身无分文，拿什么入股？"

　　刘通州："你那一身书法绝技就是股，干股。"

　　篮子手语："我跳舞也可以入股？"

　　黄越："大家都入干股，开办费从哪儿来？"

　　刘通州："想办法。总会有办法。"

　　任永艾："我也来想办法。从现在开始，我们就动起来，全力以赴，争取早一点把残疾人艺术团办起来，怎么样？"伸手与刘通州相握，"小刘，我们随时联系，通报情况。"

洗衣织补店。

田野骑着摩托驶来，额头上贴一块纱布。

阿桃："小田，受伤啦？"

田野："碰了一下。"

阿桃："骑摩托可得注意，不能玩儿命。"

奔驰车驶来。刘通州下来，给篮子、黄越拉开车门。

田野打量刘通州。

篮子走向田野，手指他额头："怎么啦？"

田野："一点擦伤，不要紧的。"

篮子回头看到刘通州："那是我哥。"（手语）

田野："又一个哥？"

篮子手语："大哥。从特区回来，要办一个残疾人艺术团。"

田野："好哇！要不要美工？"

刘通州走过来与田野握手："当然要。我叫刘通州。"

田野："我叫田野。我可以给你们画布景，制作道具，画海报，包括设计服装。"

刘通州："你全包了？能受得了？"

田野："这是我最想干的事，不吃饭不睡觉也得干好！"

刘通州："有学历吗？"

田野："上海电影学校美术系毕业。"

刘通州："好，就这么定了。你被录用了。"

田野："哇！我有工作了！什么时候上班？"

刘通州："等候通知吧！"上车，驾车驶去。

黄越、篮子向刘通州、南飞招手。

田野："艺术团什么时候成立？"

黄越："开办费还不知道在哪儿呐！"

田野："开办费？要多少？"

黄越："少说也得一百五十万。"

田野："篮子，上车！"

篮子跨上摩托后座。摩托驶去，篮子搂着田野的腰。

黄越嘴一撇，轻轻哼了一声，进屋去了。

新世纪实业投资有限公司。

田野带着篮子穿过大厅，走进电梯间。

他们从电梯上下来。田野带着篮子直奔董事长办公室。

女秘书追在后面："等等，等等！"

田野门也没敲就推开办公室的门走了进去。

田明正与吴思川、梅蕊、大卫交谈，几个人同时转过脸来。大卫看到了篮子，从沙发上站起来。

田明："田野，怎么门都不敲？你没见我这儿有客人吗？"

田野："篮子找你有急事。"

田明："有急事？先见过奶奶和吴伯伯。"

田野："奶奶，伯伯。"

大卫已迎过来："篮子……"

田明："你去吧，让篮子留下来。"

田野："我，我得留下。"

田明："留下干什么？回家去吧！"

田野斜了他爸一眼，不放心地看了看大卫，很不情愿地转身离去。

大卫带着篮子走到沙发前："这是我奶奶。"

梅蕊握住篮子的手，上下打量她，目光落在她眼睛上。

大卫："这是我爸爸。"

吴思川："篮子，坐吧！"注视她的眼睛，脸上流露出讶异的神情。

田明："篮子，你有急事找我？"

篮子摇头。

田明："这个田野，怎么搞的嘛！"

篮子手语："我们要成立一个残疾人艺术团，田野说，可以找你帮忙。"

大卫将手语译给田明听。

田明："需要帮什么忙？说！篮子。"

篮子摇头："我想我们应该靠自己，尽量不麻烦别人。"

大卫边听边翻译。

田明："篮子，我是别人吗？"

篮子困惑地看着他。

田明："好，我们以后再说。吴先生，对不起，我们的谈话被打断了。"

吴思川："没有没有。我倒是很欣赏篮子的想法，靠自己。大卫，你该从中受到启发哟！"

田明手机响。

田明："吴先生，我可以接听电话吗？"

吴思川："请便。"

田明听手机："哪一位？噢——噢。你好你好……请我？应该我请你……还要帮你请谁？……帮忙？这怎么算帮忙？……不谢不谢，这是我的荣幸……好，好，一定转达，谢谢……再见。"关掉手机，"吴先生，我们市残联主席任永艾几次到宾馆找您都没找到，想请您全家夜游崇川河，不知肯不肯赏光？"

吴思川："夜游崇川河？母亲，您怕不怕凉？"

梅蕊："凉不凉都不能拂了任主席的美意，再说，我还真想好好看一下崇川河的夜色。"

吴思川："田先生，那就这么定了？替我们全家谢谢任主席。我们合作的事，今天已经达成了许多共识，至于做什么项目和合作方式，改天再议。可以吗？"

田明："当然。"站起来，"谢谢吴先生一片诚意。晚上我到宾馆来接各位。"

大卫对篮子打手语："奶奶和爸爸想跟你一起喝茶，你愿意吗？"

篮子点头。

柳叶渡水榭。

吴思川、梅蕊、大卫、篮子走来。

回廊曲折，错落有致。篮子搀扶着梅蕊。

水榭是伸出式的，摆着明式桌椅，简洁而优雅。

吴思川望着水面："好优雅的去处！"

大卫为奶奶、爸爸和篮子端好椅子，几个人先后落座。

古琴声如从天外传来，似有似无。

一个穿着蓝印花布旗袍的女子出现在他们面前："欢迎光临柳叶渡水榭。用点什么茶？"

吴思川："母亲，还是碧螺春？"

梅蕊："有清明前采摘的吗？"

旗袍女子："有的。"

吴思川："大卫，问篮子喝什么茶？"

大卫问篮子，口语兼手语。

篮子："杭菊花。"

旗袍女子："三杯明前碧螺春，一杯杭菊花？这就来。"离去。

梅蕊一直握着篮子的手，慈祥地看着她。

点完茶，吴思川、大卫也都把目光投向篮子。

吴思川摇头叹息："真像看着一个梦。"

大卫："第一次在电影院看到她，我就不由得要看她，也有一种如梦似幻的感觉。"

梅蕊："也许，这是上天的安排？"

送来四碟零食。

随后送来三杯碧螺春，一杯杭菊花。

白色的菊花在篮子面前的杯中渐渐绽放……

吴思川："篮子，跟我们坐在一起，你觉得我们是不是外人？"

篮子摇头，眼睛亮晶晶地看着吴思川。

梅蕊："你是不是觉着我像你的奶奶？"

篮子点头。

梅蕊笑了。

吴思川看了一眼大卫："你妈不会说话，可她的眼睛会说话。在我事业失败，一夜间变得身无分文的时候，她的眼睛还是那么温暖，那么清澈纯净，给了我从头再来的动力……"

大卫："爸爸，你现在该知道我为什么急着要把篮子介绍给你们了吧？"

梅蕊："大卫，你的眼力不错。她很完美。"

吴思川："儿子，我相信你的判断，你的感情。但愿这不是你一厢情愿。"

大卫把目光转向篮子，深情地看着她："上帝会把你赐给我吗？会吗？"虔诚地闭上了眼睛。

游船码头。

落日将崇川河映成胭脂色。

任永艾和刘通州在码头上等候客人。

任永艾看着表："快到了。小刘，我今天请的客人都是响当当的人物。一个是新加坡华侨巨商吴思川，就是我们崇川水乡镇人；还有一个新世纪公司董事长田明，一个在崇川实业界可以呼风唤雨的人物。"

刘通州："田明？这个名字怎么这么熟悉？"

任永艾："八年前从特区回来的时候，已经是个重量级人物了。"

刘通州："田明？"

一辆轿车停在附近，田明下车，满面笑容地走过来："任主席，吴先生一家还没到？"与任永艾握手。

任永艾："介绍一下，这是即将成立的崇川市残疾人艺术团团长刘通州先生。"

田明伸出手去："田明。"

刘通州与田明握手。

四目相视。

田明："我们是不是在哪儿见过？"

刘通州："我想是在特区吧。在您开的酒店里。"

田明："啊，你是歌手，吉他弹唱，唱得令人动容。"

刘通州："田先生记性真好。"

田明："没想到在家乡重逢。你的艺术团我一定支持。有什么困难就来找我。"

刘通州："谢谢田先生。"

驶来两辆出租车。

第一辆车上下来个吴思川，他打开车门，扶着梅蕊下车。

第二辆车上下来个大卫，他打开车门，伸出手拉篮子下车。

田明迎上去："我来介绍一下，这是崇川市残联主席任永艾女士。"

任永艾与吴思川、梅蕊、大卫一一握手。

任永艾："欢迎欢迎。"

吴思川："幸会幸会。"介绍家人，"我母亲梅蕊，犬子大卫。"

田明："这是刘通州先生。"

任永艾："正在组建残疾人艺术团。"

吴思川与刘通州握手："哦——这可是独树一帜、功德无量的盛事。"

刘通州："请多指教。"

刘通州与大卫握手时，两人目光相遇，对视片刻。

刘通州："篮子，搀着你哥上船。"

篮子搀起刘通州的胳膊。

大卫走上画舫，搀扶父亲和奶奶上船。

大卫伸手拉篮子上船。篮子又伸手拉刘通州。

刘通州上船。大卫仍不离篮子。

刘通州："篮子，还记得小时候你对我说的话吗？"

篮子与他并肩坐下。大卫坐在篮子另一侧。

刘通州："你说你要做我的眼睛。"

篮子看刘通州口形，点头指指眼睛。

刘通州："从现在起，我要做你的耳朵。"

篮子感动地闪出一个微笑，指指耳朵。

大卫爽然。

画舫驶离码头。

月光灯影在河中摇曳，交相辉映，两岸树林掩映着亭台楼阁，石桥水榭，书院庙宇，园林深宅……

吴思川："二十年真像南柯一梦。回家真好，家乡真美……"

梅蕊："我可不想把这把老骨头丢在异国他乡……"

任永艾："那就回家乡来兴办实业吧！如果能考虑办一座适合残疾人的厂子，吴先生一家可是造福积德咯！"

吴思川："任主席，你的想法让我很容易就产生共鸣。你知道为什么吗？"

任永艾摇头。

吴思川："大卫的母亲是聋哑人。如果她活着，也该是任主席工作的对象咧！"

任永艾："这么说，吴先生对残疾人的艰难，感同身受？"

吴思川点头："我们全家都愿意为残疾人做点什么。办厂可以考虑，残疾人艺术团我们也可以尽力支持。"

梅蕊："看到篮子，就想起大卫的妈妈。为了篮子，我们也会资助艺术团的。"

大卫："篮子，你高兴吗？"

篮子的眼睛闪闪发光，看了大卫一眼，又转眼看刘通州。

刘通州的目光却在窗外的月色之中……

画舫泊在码头边。

大卫先下船，搀下了梅蕊，又伸手去接篮子，篮子却牵着通州的手。

田野倚在码头栏杆上，身旁是一辆摩托。他目睹了刚才的情景。

田野："篮子！"迎上去，手里举着两张票，"晚场电影，都是歌舞片！"

篮子一下子兴奋起来："歌舞片？都有什么？"（手语）

田野："《灰姑娘》、《罗密欧与朱丽叶》，还有《红菱艳》！"

篮子张大了嘴。

田野："走！快开演了！"

篮子瞟了通州一眼，跨上摩托后座，跟田野去了。

田明："这个田野！一点礼貌都不懂。"

刘通州画外音："眼睛……我的眼睛又离我而去了……舞蹈，舞蹈是她的激情，她的生命……"

刘通州驾车行驶在霓虹闪烁的大街上。

他停下来，南飞上车坐在他身边。车继续行驶。

南飞："跑了一天，价格都打听过了。音响、灯光一家比一家贵。乐器在本市配不齐。唯一的办法到厂家买，至少可以便宜两成。"

刘通州："我们不能花冤枉钱。还是跟厂家直接对话。"

南飞："资金有点眉目了吗？"

刘通州："有两家公司有投资意向，还不落实。"

南飞："意向什么时候能变成钱？那不得等到猴年马月！"

刘通州："这种事急不得。就是真的投资，那还是人家的钱。我还是愿意花自己的钱。"

南飞："自己的钱？把我拿去卖了，谁要？哎，要是这车是自己的，倒还可以拿去抵押，你说是不是？"

刘通州："嗨，南飞，你还真提醒了我。我们这不是骑着驴找驴吗？就拿这辆奔驰车开刀！"

南飞："这奔驰不是借来的吗？"

刘通州诡谲地笑了："我借的早晚还她就是了！对，就这么办了！"

晚场电影散场。

田野和篮子走出电影院。

田野："困了吗？"

篮子摇头。

田野："要是接着演，你还看吗？"

篮子点头。

田野："我送你的白舞鞋还在吗？"

篮子点头。

田野："你会穿上它去跳朱丽叶吗？"

篮子立即做了一个朱丽叶独舞的动作。

田野："篮子，我可不可以做你的罗密欧？"

篮子瞟了他一眼，垂下眼睛。

田野："为什么？为了大卫，还是刘通州？篮子，你是我的最爱。不管遇到什么，不管对手是谁，我都不会放弃的。你相信我的真诚吗？看着我，看着我，篮子！"

篮子抬起眼睛。

田野凝视她："篮子，你在我的眼睛里看到虚伪了吗？看到谎言了吗？告诉我，你告诉我呀……"

篮子又垂下了眼帘。

洗衣织补店。

大奔驰驶来，泊在洗衣店附近。

刘通州、南飞下车。

刘通州对阿桃："阿姨，篮子在吗？"

篮子从内室出来，后面跟了个田野。

田野："通州大哥，我爸说他可以提供五十万启动资金。"

南飞："五十万？这可不是个小数目！"

刘通州："你父亲是谁？"

田野："你不是认识吗？他是田明呀！"

刘通州："田明？你父亲是田明？"

田野："没想到？没对上号？这回弄清人物关系了吧！你给一句话，我帮你约时间，随时可以办手续。"

刘通州："谢谢你，小田，不过我还是尽量不花别人的钱。"对篮子，"篮子，上车！"

篮子走到刘通州身边，回头看了一眼田野，才上车，坐在南飞身旁。

刘通州："阿姨，我们去了！"

阿桃："早点回来！"

南飞："篮子跟我们走你还不放心？"

阿桃咯咯地笑了："跟着两个比亲哥哥还亲的大哥哥，我放一百个心！"

奔驰车驶去。

田野灰溜溜地站在那里，慢吞吞地戴上头盔，发动摩托，一溜烟去了。

轿车内。

南飞："篮子，知道我们带你去哪儿吗？"

篮子摇头。

南飞："知道会有什么意想不到的事吗？"

篮子摇头。

篮子内心独白："两个哥哥回来了。真像又回到了童年……我飘浮的心终于落了下来。我知道梦想成真的日子已经离我不远了……"她把目光投向南飞，最后落在刘通州脸上。

片尾歌：

黛瓦粉墙青石巷，

外婆桥畔草莓香。

芬芳年华东流去，

一轮明月梦水乡。

梦中又乘乌篷船，

梦中又熬鲈鱼汤。

梦中又牵你的手，

醒来床前一片霜……

十六

南飞："篮子，什么都不知道就跟我们走？"

篮子调皮地一笑。

刘通州："篮子，哥哥要让你放出光来！"

篮子："？！"

刘通州："还要从东方地平线上慢慢地升起来……"

篮子手语："星星？还是月亮？"

刘通州和南飞都笑起来。

南飞："也可以是星星，也可以是月亮。"

篮子手语："那是干什么？我能做到吗？"

刘通州："篮子，那就看你的了！"

南飞："要是哥有手，哥会把你举上去，举得高高的。可最终还要靠你自己。妹，你说是不是？"

篮子困惑而又兴奋地看着两个哥哥。

崇川市文化宫。

奔驰车驶进文化宫。

刘通州下车给篮子开车门，给她搭了把手。篮子又给南飞开了车门。

三个人并肩走进文化宫。

他们乘电梯到了六楼。电梯门一打开，便可以看到一个宽敞明亮的排练大厅。

一群女孩正在跳民族舞组合。

一个中年女子正在前面做着示范。

刘通州、篮子、南飞驻足观看。

音乐停。中年女子停下来："今天就到这里，记住气息的运用。用不好气息，人不是活的，就没有生气，只剩下一堆死板干涩的动作。那不叫舞蹈，那叫行尸走肉。好了，回去好好体会一下。"

姑娘们散去。

刘通州向那女人走去："欧阳老师。"

欧阳转脸看篮子："是她？"

刘通州向篮子招手。篮子走过去。

刘通州："从北京来的欧阳老师。"

篮子看着欧阳，笑了笑，微微一躬。

欧阳："她是哑巴？"

刘通州："可她在艺校是最出色的。"

欧阳："看来我在面临一个挑战。"

刘通州："你是国家级的舞蹈教练，既然从北京来了，就帮着调教一下。残疾人艺术团建团演出，要有一个主打节目。"

南飞："老师，请您给她排一个舞，最棒的民族舞。"

刘通州："我们要让她成为艺术团的一颗星。"

欧阳："艺术团还没成立，你们就在造星了？够超前的呀！"

刘通州："建团之初，我们必须推出一台高质量的晚会。而这个晚会里必须有几个亮点，推出一个高潮。欧阳老师，请您担任舞蹈节目的总编导行吗？"

欧阳："给这姑娘教个舞，没问题，总编导还是另请高明吧！"

刘通州："不，我就认准您了。您不是中国舞蹈家协会的理事吗？到崇川来，这点事还是要理的吧！"

欧阳大笑起来："你还真能做工作！好了，我被你说服了。这姑娘交给我。过几天，我把总体设计定下来，你们一起来定夺！"

刘通州："篮子，就把你交给欧阳老师了！"

南飞："哥要你变成星星，变成月亮。能做到吗？"

篮子腼腆一笑。

拍卖会。

会场里坐了几十个人。

刘通州和南飞坐在后面一排空座位的一角。

刘通州："南飞，你说，我们的奔驰车能不能卖个好价钱。"

南飞："内行不是说车况、性能都跟新车差不多吗？"

刘通州："新车卖到三百万哪！旧车就不好说啦！"

一位西装革履四十岁左右的男子走到台上："各位女士，各位先生，拍卖会现在开始。今天首先要拍卖的是奔驰 S600 轿车一辆，一九九八年十二月出厂，一九九九年五月售出。原价二百九十六万，起拍价一百万元。"

前排有人举牌。

"一百〇五万。一百〇五万一次。"

中左有人举牌。

"一百〇八万。一百〇八万一次，一百〇八万两次……"

中右有人举牌。

"好，一百一十万。一百一十万一次，一百一十万两次……"

后面有人举牌。

"一百二十万。一百二十万一次。"

后面又有人举牌。

"一百二十五万一次……"

前排中间举牌。

"一百三十万。一百三十万一次，一百三十万两次……"

中左再次举牌。

"一百三十五万。一百……"

中右再次举牌。

"一百四十万。一百四十万一次，一百四十万两次，一百四十万三……"

中右一侧有人举牌

"一百九十万！一百九十万！"

举座哗然，回看举牌人。原来是大卫。

"一百九十万一次，一百九十万两次，一百九十万三次！"落锤，"奔驰 S600 以一百九十万元拍出。"

大卫高兴地站起来。

刘通州："怎么是他？"

南飞："他是谁？"

水乡镇石子路。

田明走在水乡镇石子路上。

他看到迎面走来一个年轻人："请问，刘三家住哪儿？"

年轻人摇头。

他又拦住一个中年男子："老乡，知道刘三住哪儿吗？"

中年男子："不知道。"

他走进路过的一个供销合作社，来到柜台前。

那个当年喜欢被称为会计的售货员迎上来："这位先生好眼生啊……来旅游观光的？买点什么纪念品？"

田明："我跟您打听一个人。"

女售货员："谁？是不是老住户？"

田明："应该是。"

女售货员："叫什么名字？"

田明："刘三。"

女售货员："汽车司机，是不是？嗨，老婆带着两个儿子跑了，每天来这儿买山芋干酒。借酒浇愁！"

田明："他住哪儿？"

女售货员："往东，街对面。门口有一根电线杆子那一家。"

田明："谢谢，谢谢。"

女售货员：“城里人就是客气。”

田明从供销社出来，走到路对面，找到了门口有电线杆的老房子。
他敲门。无人回应。
再敲，仍无回应。
他用力敲了几下，里面才有动静，稀里哗啦地响了一阵像打翻了
什么东西。
门开了。刘三红头胀脸地看着田明：“你找谁？”
田明：“你是刘三吗？”
刘三：“你有什么事？”
田明：“我想跟你谈一谈。”
刘三：“你，你是公安局的？”

刘三家。
田明：“我可以进来说吗？”
刘三让开。田明进门。刘三关上木门。
田明：“坐下谈行吗？”
刘三不置可否。
田明坐下：“八年前在特区，我就认识了你的儿子刘通州。”
刘三：“你们是老熟人？”
田明：“他很出色，值得你这个做父亲的自豪。今天来，先不谈
你儿子。我想跟你谈的是我女儿。”
刘三：“你女儿？跟我谈？”
田明：“是的。十八年前她失踪了，在一起车祸之后。”
刘三：“车祸？”
田明：“十八年前，在崇川市长途汽车站外面，一辆卡车撞死了
我的妻子，女儿从此下落不明……刘先生，你听说过那起车祸吗？”
刘三：“我怎么会听说？你什么意思？”
田明：“我请你回忆一下……”
刘三：“我回忆什么？你想干什么？”

田明："我只是想找回我的女儿。"

刘三："你找女儿找到我家来，这不是太荒唐了吗？我请你出去，出去！现在就离开我家！"

田明："刘先生！"

刘三连推带搡把田明推出门外，关上门，插上门闩。

田明在外面敲门："刘先生！刘先生！"

刘三进屋躺倒在床上。

少顷，忽地坐起来："篮子？篮子？！篮子是他女儿？"

崇川市拍卖会会场外——花园广场。

刘通州和南飞从拍卖会出来。在电梯间旁边遇到了大卫。

大卫伸出手来。

刘通州与之握手。

大卫："刘先生，我这样做是不是显得有些唐突？"

刘通州："我没想到买主会是你。"

大卫："我听说刘先生人格高尚，是个特立独行的人，当然不会接受我的资助。正好，我回乡投资兴业，需要一辆好车。你卖我买，这是最正常不过的渠道。这样，我们谁也不欠谁的，不是吗？"电梯门开，走进电梯间。刘通州、南飞也跨入电梯间。

刘通州："大卫先生又细心又周到，我真该对您刮目相看了。"

大卫："刘先生，过奖了。我只不过见机行事罢了。"

电梯到达一楼。

大卫先走出电梯："我先走一步。祝你们顺利。"

刘通州："谢谢。"

刘通州、南飞走出电梯间，穿过大厅。

南飞："这个大卫，可不能小看，有一手。"

刘通州："没有一手，他们吴氏家族能做得这么发达？"

南飞："通州哥，可得睁大眼睛，我怕你不是他的对手！"

刘通州："南飞，我跟他什么时候成了对手？"站住，看着南飞。

南飞："哥，你是真傻还是装傻？他对篮子可是有野心的！"下台阶，与通州一起在花园长椅上坐下。

刘通州："你就没有？"

南飞："我爱篮子。从小学一年级同桌的时候起就喜欢她。她成了我生命的一部分。可我早就没有野心了，因为我不能让她得到幸福。我会拖累她一辈子。哥，我弃权。可我不希望篮子属于别人，她该是你的。你可不能斯斯文文的，大意失荆州啊！"

刘通州："南飞，我的心情跟你一样，希望篮子幸福。可我总觉得，应该有比我更好的人，也许这个人还没出现？"

南飞："他是谁？不会是大卫吧！这种腰缠万贯小白脸，十有八九是个花花公子。通州，我们对篮子可要负责任！"

刘通州："大卫，我还没看明白他……也许，他真是一个白马王子？"

南飞："嗨嗨，你不上我可是当仁不让啦！"

刘通州："哎，你什么时候学会激将啦？……哦，还是谈正事，你跟音响、灯光的厂商尽快联系，谈好价格。我去京剧团，把他们的排练场、单身宿舍租下来，然后，就可以在报纸、电视台出广告，招募演员啦！"

南飞："好，我这就去！"走几步又回头，"哥，篮子的事你可别稀里糊涂哇！"

刘通州笑，给了他一拳。

市文化宫。

电梯门开。刘通州走出来，面对排练场。

篮子在欧阳指导下握着一把白色羽扇做"卧鱼"舞姿。

欧阳："眼睛看着斜上方。那里有什么？"

篮子斜卧在地，打开羽扇，扇子的边缘上露出两只眼睛，身子渐渐倾斜，视线却始终不离空中的一个点。

欧阳："对，这就对了。心里眼里时时要有江天上那一轮水灵灵的月亮。好，继续。音乐！"

音乐响起，是那首脍炙人口的《春江花月夜》。

刘通州凝视篮子。

篮子在转身回眸时看到了刘通州。

欧阳拍拍手："停！"

篮子停下来。

欧阳："篮子，你刚才看到了什么？是天上的月亮，还是站在那里的刘通州？重新开始！音乐！"

电梯间。

刘通州按了"1楼"。篮子看着他。

刘通州："老师好吗？"

篮子点头。

刘通州："喜欢她教的舞蹈吗？"

篮子竖起拇指。

刘通州："《春江花月夜》，一个最中国化的舞，如诗如画。"

篮子手语："你看过？"

刘通州拿出一盘VCD："我有碟片，陈爱莲跳的。"

篮子手语："太好了，我要看看。"

电梯到达一楼，门开了。可他们没下电梯。

刘通州："我们这就去看一下！"又在键盘上按了"6"。

电梯门关，又升上六楼。

刘通州与篮子并肩走出电梯，来到排练场一侧的放映间。

刘通州把VCD碟片放在播放机里。

投影电视上出现陈爱莲跳《春江花月夜》的画面。

篮子全神贯注地看着屏幕，几乎沉迷似醉。

刘通州坐在她身旁，不时看她的神情，眼中流露出温柔的爱意。他把手伸向篮子的手，却在最后一刻缩了回来。

刘通州旁白："此刻，篮子的神态那么美，那么令人爱怜……我真想把她拥进怀里，紧紧抱着她，说一声：篮子，我爱你……可我还是什么也没说，什么也没做……"

文化宫——冷饮店。

刘通州和篮子并肩走出文化宫。

他们路过一家冷饮店。

篮子向里面指一指。

刘通州："这么冷的天吃冷饮？"

篮子拉着他走进店里，在窗前坐下。

刘通州对侍者："草莓冰淇淋。你呢？"看着篮子。

篮子伸出两个指头。

刘通州对侍者："两份草莓冰淇淋。"

篮子摇头，指自己。

刘通州："你要两份草莓冰淇淋？"

篮子笑。

侍者端来三份草莓冰淇淋，将其中两份放在篮子面前。

篮子和刘通州不约而同地闭上眼嗅冰淇淋的味道。

刘通州睁开眼："你为什么光闻不吃？"

篮子指指他："你呢？"

刘通州："草莓的味道总跟回忆联系在一起……"

篮子手语："我想起卖草莓的时候……"

刘通州："我怀念那个卖草莓的小姑娘……"

篮子手语："我忘不了每天来买草莓的大哥哥……"

刘通州："我到现在也不明白，为什么爸爸让我每天都把剩下的草莓包下来？"

篮子手语："我也不明白，哥哥为什么一去八年，连一封信都没写回来？"

刘通州："你记恨我吗？篮子？"

篮子手语："我想，你一定是忘了我。我也想忘掉你，忘得干干净净。"

刘通州："这是真的？"

篮子点头，手语："可我还是常常做梦，有时从梦中哭醒。特别是在无助的时候……"

刘通州："篮子，对不起，哥伤害了你。我在南方，漂泊不定，先是打工糊口，后来读艺术学院，又得打工交学费。我几乎一事无成，所以……"

篮子手语："哥，你在那里有没有女朋友？她会不会突然出现在崇川？我可是有男朋友的，你信不信？"

刘通州："哥有过女朋友。她去美国了，再也不会回来了。哥愿意你有男朋友，愿意有一个有责任心的好男孩呵护你一辈子……"

篮子："这是真心话？"

刘通州："是真心话。"

篮子手语："这么说，我不该等你？不该梦想你回来，永远跟我在一起？"

刘通州不语，少顷："篮子，我说过，你不该做我的眼睛。"

篮子手语："可你为什么说，你愿意做我的耳朵？为什么？"

刘通州旁白："篮子向我发出追问。我也不时在追问自己。我为谁守身如玉？这么多年，我一直在守望着谁？"

水乡镇刘三家。

田明从石子街上走来，在刘三家门口停步，敲了几下木门。

门开了。刘三一脸讶异："又是你？"

田明："是我。刘先生。我来找你，只是谈谈，没有恶意。"进屋。

刘三关上木门。

田明："车祸过去十八年了，人死不会复生。我不想再为这件事对簿公堂，更不想追究肇事人的法律责任，只是想找到我的女儿。你能相信我吗？"

刘三："请坐。"

田明："我相信女儿活在世上，据目击者说，现场只有一具尸体。有人还看见孩子飞了起来。那是交通要道，出事后一片混乱，没人注意孩子落在了什么地方……"

刘三敬烟。

田明摇头："谢谢。"

刘三倒端茶给田明："先生，我还是不明白，我能为你做什么？"

田明："你真的毫不知情吗？刘先生！"

刘三："我真不知道，真不知情……"

田明："水乡镇还有知情人吗？你能不能提供一点线索？听说，附近有过一个卖草莓的白阿桃？"

刘三："白阿桃？她怎么会知情？她是土生土长水乡镇人，从来不进城。"

田明："听说她现在已经搬到崇川市了？"

刘三："先生，你别再问下去了。你请回吧！我要做生活去了，请吧请吧！"

田明霍地站起来："刘三，你手拍胸膛想一想，你这样做对得起自己的良心吗？"走到门外，又回过头来："我还会再来的。找不到女儿，这件事就没完！"气冲冲地走了。

市民广场。

刘通州走进市民广场。

不远处传来如泣如诉的《二泉映月》。刘通州循声而去，看到一个戴墨镜的青年坐在石凳上投入地拉着这首二胡独奏曲。他神情木然的脸上写着几分凄惶和孤寂，身边一个倒置的帽子里盛放着一些零钱。周围散散落落地有几个人在倾听。

刘通州凝然不动，注视着那青年。

听者发出议论：

"听说是一个要饭的艺人拉的曲子？叫什么……"

"瞎子阿炳！"

"对对对，瞎子阿炳。"

"唉，又一个瞎子阿炳。"往帽子里丢进一张钞票。

曲终人散。

刘通州走近盲人青年："拉得好哇！琴声在哭。心也在哭。"

盲人欠了欠身子："谢谢。"

刘通州："拉了几年了？"

盲人："父母去世以后，一直在拉。这琴是传了三代的，我命中注定要流浪，讨饭，用二胡说话，用二胡流泪……"

刘通州："你叫什么？"

盲人："阿根。"

刘通州："阿根，你愿意到残疾人艺术团当演员吗？"

盲人："当演员？就我？一个瞎子？"

刘通州："要的就是你。"

盲人："有没有饭吃？"

刘通州："管吃管住。"

盲人："那我不用再住在水泥管子里了？"

刘通州："不光有吃有住，还要发你工资。"

盲人："哦哟，这真是天上掉馅饼了！先生，你不是拿穷人开心吧？"

刘通州："阿根，你明天到老京剧团大院来报到。"

阿根："到那儿找谁？"

刘通州："找我呀！许多残疾人都要到我们艺术团来报名。阿根，京剧团能找到吗？"

阿根："能。"

刘通州握住阿根的手："阿根，流浪生活该结束了。你该过上有自尊的生活了。"

阿根："自尊？天哪……我早忘记什么叫自尊了。"

新世纪公司小会议室。

任永艾、田明、吴思川、大卫坐在会议桌两侧。

田明："前些日子，任永艾主席提出希望办一个适合残疾人的企业。我反复考虑，又查了不少资料，看来，玩具厂比较适宜。只是，我这里没有适当的外销渠道，经济效益难以保证。"

吴思川："外销渠道我可以解决。关键是玩具要有特色、有新意，还要有科技含量。"

任永艾："很感谢两位企业家都有一颗仁爱之心。我很感动。终于有人关注弱势群体了。民政局下属一家福利厂关掉了，厂房有两千平米，不知够不够用？如果合适，我可以做做工作，让他们以厂房参股。"

田明："好哇！这可以省掉一大笔投资。"

大卫："设备要最先进的。这样可以减轻残疾人劳动负荷，聋哑人、盲人都有适合他们的工种。设备商我熟悉，我可以请他把资料传过来。"

任永艾："残疾人艺术团就要成立了，如果玩具厂能把这个团的演职员全收进来，玩具厂就可以成为他们的基地，半工半艺，将来不能上台演出了，还可以做个技术工人，不至于生活无着。"

吴思川："好哇！这倒是个一举两得的好主意。"

田明："吴先生说的是。下面就涉及投资问题了。"

大卫："投资问题，恐怕要等各方面参数出来以后讨论更实在一些。"

女秘书敲门，捧着一个大盒子进来："田董事长，您的邮包，还是急件。"

田明："北京寄来的？"

女秘书："是北京来的。"

田明："终于到了！总算没误事！"

任永艾："董事长，什么包裹让您这么兴奋？"

田明："服装。"

任永艾："您的？"

田明："不，给篮子的。"

任永艾："给篮子的？可以看看吗？"

女秘书打开包装，揭开盒盖。任永艾拎起一袭白纱舞裙："这是婚纱？篮子要出嫁了？"

大卫一下子站起来。

江海剧院。

剧院外面贴着巨幅海报：崇川市残疾人艺术团建团演出：

还我一个春之梦。

广告下，剧院前，售票窗口外人头攒动。

后台，化妆间。
任永艾出现在篮子的镜子里。
正在化妆的篮子停止了动作。
任永艾："篮子，紧张吗？"
篮子摇头又点头。
任永艾："幸福吗？"
篮子用力点头。
任永艾："我也很幸福。"
篮子手语："任阿姨，我会永远感谢您……真不知怎么才能回报您。"
任永艾："你成为出色的舞蹈家，就是最好的回报。"
篮子晶莹的眼睛闪闪发光。
田明捧着大盒子出现在镜子里。
田明："篮子，打开盒盖。"
篮子站起来打开盒盖。
任永艾倏然拎起舞服。
篮子大为诧异，大张着嘴，目光灼灼，指指自己。
田明点头："当然是送给你的。"
任永艾："快试试，看合适不合适？"
篮子兴奋地抱着舞服到屏风后面换装。
当她从屏风后走出来的时候，田明、任永艾都张开了嘴，眼睛一眨都不眨。

剧院门厅。
观众们通过检票口进入门厅。
田野向观众赠送节目单。

　　吴思川、梅蕊、大卫走进门厅。田野低着头送节目单，猛抬头，目光与大卫相遇。

　　大卫："你好，谢谢！"

　　观众厅响起悠悠的钟声，演出要开始了。

　　观众厅。

　　杨柳坐在第八排座位上。田明在灯光渐暗时，来到杨柳身边坐下，向后面的吴思川一家欠了欠身子。

　　杨柳："你跑到哪儿去了？"

　　田明："我给篮子定做了一件演出服。"

　　杨柳："你真把她当成你女儿了？"

　　田明："为什么不可以？有这么个女儿不好吗？"

　　任永艾走进八排，坐在杨柳另一侧："杨校长，今天，是您的教学成果展示哟！"

　　杨柳："谈不上谈不上……你别说，我还真为篮子捏把汗，这毕竟是她第一次正式公演。"

　　田明："我相信她会很出跳。"

　　任永艾："杨校长，您手下的高才生，错不了！"

　　他们都笑了。

　　第九排坐着吴氏一家。

　　大卫："奶奶，我手心都出汗了。"

　　梅蕊摸摸孙子的手心："大卫，你这是怎么啦？"

　　大卫长出一口气："比我自己登台还要紧张。"

　　梅蕊碰碰吴思川："思川，你儿子已经病入膏肓了……"

　　吴思川："是吗？"

　　梅蕊喷地一下笑了，随即用手帕捂住了嘴。

　　这时，田野把阿桃和黄刚送进第十排，坐在吴思川一家后面。

　　钟声又一遍悠悠地响起。场灯全暗。

　　追光下，黄越穿着印蓝花旗袍从大幕边走出来："父亲们！母亲们！叔叔阿姨们！兄弟姐妹们！亲爱的朋友们！今天，我们将共度一个难忘的夜晚。你们将看到的，不是肢体的残缺，而是生命的顽强；不是失落的遗憾，而是灵魂的升华。还我一个春之梦，我将把七色的彩虹撒向人间！"

　　黄刚："越越！我的越越真棒！"
　　阿桃："我的天，她完全变了样！"

　　追光渐收，黄越隐去。
　　天鹅绒帷幕渐启。
　　小桥流水的背景上走出个刘通州："如果我有一双明亮的眼睛，我会回到水乡的石子路，去寻找儿时留下的足迹。如果我的眼睛像儿时一样明亮，我会去石拱桥下探访青梅竹马的朋友。如果我的眼睛像你的一样明亮，我会摘下鲜红欲滴的草莓，送给时时记挂在心的我那童年的阿娇……"
　　石拱桥上，阿根用二胡奏起《弯弯的月亮》。
　　石拱桥下，刘通州弹响琵琶。前奏过后，他唱起了《弯弯的月亮》。

　　阿桃："听小刘这么一说，鼻子直发酸。"
　　黄刚："这孩子年岁不大，也算得上饱经沧桑了。"
　　梅蕊："世上怎会有这么让人心痛的歌曲？他的心里能装下多少忧伤？"掏出手帕擦泪。
　　吴思川："残疾人心里都有伤痛啊……"
　　大卫："奶奶，你哭了！"握住梅蕊的手。
　　梅蕊："大卫，做个健全人真幸福……"

　　刘通州在唱："只为那弯弯的忧伤，穿透了我的胸膛……"

任永艾眼里泪光闪闪。

刘通州唱完，深深一躬。台下掌声四起。

舞台暗转。

一束强光照着没有双臂的南飞的背影。音乐骤起。他缓缓转过身，一步一步向前走来。

南飞：“多少次，朋友告诉我这个世界上没有如果。多少回午夜梦回，我还是希望这个世界能给我留下一个如果……童年的一天，妈妈剪下留了二十年的长发，给我换了一双回力球鞋、一件背心和一条短裤，让我到运动会上去赛跑。我赢了，我得了第一。可就是那天，狂风把妈妈给我换来的背心刮到了变压器上。我在强烈的电击中失去了双臂。妈妈对医生哭喊：把我的两条胳膊割下来，割下来给我的儿子！我要给儿子一个完整的身体！”（停顿）

侧幕边，莉莉热泪盈盈，用双手捂住了脸。

观众席一片唏嘘。

南飞：“后来，妈妈得了绝症，我用卖血的钱也没能留住她的生命。十五年过去了。如果我能长出双臂，我会拥抱为我哭干了眼泪的母亲，不，我会拥抱她冰凉的墓碑，告诉她：儿子没有倒下去，他还坚强地活着，一定要做一个她所期望的男子汉！”

莉莉和田野端来桌子，摆上文房四宝。南飞叼起笔，摇头甩发写出五个大字“无翅也飞翔”。

莉莉和田野高高举起五个大字。

全场掌声雷动。

暗转，莉莉和田野迅速撤下桌子。

南飞热汗淋漓地走进后台。

莉莉在身后喊：“南飞！”

南飞转身，莉莉拧了一把毛巾擦去他额头的汗水。

南飞：“你是谁？”

莉莉：“不认识？咱们是一个单位的呀？”

南飞："你叫什么？"

莉莉："我叫莉莉。管服装的。"

南飞："你也有残疾？"

莉莉摇摇头笑了："我喜欢跟残疾人在一起工作。"

南飞："为什么？"

莉莉："不知道……"瞟了他一眼，"你是不是好久没洗头了？一股味儿！"

南飞："我马上洗，马上洗……"

莉莉："去化妆间洗吧，我来帮你。"

化妆间。

莉莉在洗脸盆里接了凉水，又兑了暖瓶里的热水，用手试了试："来！"瞟了南飞一眼。

南飞低下头，莉莉为他洗头，用洗发露细细细地揉搓："一股馊味，你自己闻不到？"

南飞："这两个月，一天也没闲着，白天黑夜地赶……"

莉莉："唉！也真是……"给南飞擦干头发，"好了。"

南飞："谢谢……莉、莉莉。"

莉莉抿嘴笑了。

观众厅响起掌声。

南飞："哦！下一个节目该是篮子的了！"从凳子上蹦起来直奔侧幕。

舞台上。

天上一轮明月，江中一条光路。

篮子一身雪白的纱裙，一把雪白的羽扇，踏着如云似水的碎步飘然而出。

观众席。

黄刚："篮子！"

阿桃："我闺女活像仙女下凡……"

吴思川、梅蕊回头看了他们一眼。

梅蕊："那是篮子的父母？"

吴思川："我想是的。"

大卫却全神贯注看着台上的篮子："天哪，篮子简直是月光里的一个精灵。"

侧幕边。

南飞走到幕条边上，莉莉在他身边驻足。

另一个幕条边，刘通州托着下巴眯起了眼睛。

田野操纵着灯光，看着篮子身上变幻的光影。

篮子则把《春江花月夜》的意境演绎得如梦似幻。

阿东、阿西都穿着黑皮夹克、黑皮裤、戴着黑墨镜从太平门外进来，他们几乎同时摘下墨镜，眼中灼灼闪光。

侧幕边。

南飞："篮子就是一个梦。"

莉莉看了他一眼。

另一个侧幕边。

刘通州依然托着下巴："她完全忘了自己……"

舞台上。

篮子的舞姿定格。她姣好的身影消失在一轮明月之中。

观众席一片寂静。

少顷，才梦醒般响起如潮的掌声。

篮子谢幕。

侧幕边，刘通州眼里噙着泪水……

大卫这才转过神来，若有所思地鼓掌。
阿东阿西在太平门边吹起了口哨。

片尾歌：
　　问你，问我，
　　往事历历可曾有片刻遗忘？
　　问我，问你，
　　去路茫茫为什么写满沧桑？
　　问心，问魂，
　　漂泊天涯为何要频频回首？
　　问魂，问心，
　　浓浓的情怎禁得深深埋藏？
　　此情可问地，
　　知我情有多深。
　　此情可问天，
　　天知我情多久长……

十七

观众席。

任永艾："杨校长，一块石头落地了吧？"

田明自言自语地："篮子，篮子，你是我的……我的！"

侧幕边。

刘通州举起捏紧了的右拳。

篮子脸上漾起灿烂的笑容。

南飞也迎过来："妹！成功了！"

田野在操控灯光的地方举起 V 字形右手。

化妆室。

篮子到镜子前坐定就有人送来一只花篮。

她刚要补妆，门外进来个大卫。

篮子在镜子里看到了他。

大卫边说边打手语："篮子，你创造了一个最有诗情画意的梦幻。"

篮子："？！"

大卫："我几乎不想从梦幻里走出来。"

大卫："喜欢这些花吗？"

篮子点头。

黄越走进来，打量大卫："你是谁？这花篮是你送的？"看花篮，"……大卫敬赠，哦——你就是新加坡来的款儿？"

大卫瞟了她一眼："我该走了。"向篮子招招手后离去。

黄越："姐，你的命真好。人见人爱！"

有人喊："黄越！快！该你上了！"

黄越："来啦！"连忙跑向台前。

篮子站起来，一转身，只见门口站着一身黑色的阿东。阿东关上身后的门，拿出一支红玫瑰。

篮子大吃一惊，想夺路而去，被阿东拦住。

阿东："篮子。这支玫瑰是献给你的。知道为什么吗？因为我爱你。真心地爱你，就爱你一个，因此，一心一意想得到你。"篮子挣扎，"篮子，不要怕。我不会强迫你，我今晚来，只是想告诉你，爱能使一个人变得善良，也可以使一个人变得疯狂！篮子，你愿意拯救我吗？我会用一生来感激你！"把玫瑰花插在她发间"这样很美。篮子，我会天天想着你，夜夜梦见你。再见，我的宝贝。"欲吻篮子的手，被篮子甩开，"好，好，总有一天你会让我吻你爱你的。我等着，等着……"打开门，转眼间消失了。

篮子砰地关上门，插上插销，脸色苍白地跌坐在椅子上，揪下头上的花慢慢地揉碎。

舞台上。

黄越在放声歌唱：

> 难道我像雪花，一朵雪花，
> 不能获得阳光炽热的爱？
> 难道我像秋叶，一片秋叶，
> 不能得到春天纯真的爱？
> 啦啦啦啦，啦啦啦，啦啦啦啦啦啦……
> 啦啦啦啦，啦啦啦，啦啦啦啦啦啦……

观众席。

黄刚："女儿一个个成才了，我们没有白辛苦……"

阿桃："辛辛苦苦，就是为了她们都进了戏班子？"

梅蕊在前排捂嘴失笑，大卫也向他们瞟了一眼。

黄越唱完，掌声响起。黄越频频鞠躬后下场。

刘通州在侧幕边伸出拇指。

黄越："通州哥，我都要吓死了！"

刘通州："你唱得很好。一开始声音有点紧，到后面越来越好。"

黄越："真的？"

刘通州："当然。"

黄越："我一定要发挥到极致。"

刘通州："加油！"拍拍她的肩，"好妹妹……"

黄越受宠若惊地看着他。

场上大歌舞已近高潮。

刘通州拉着黄越走到舞台中央，领唱《难忘今宵》。

观众起立，有节奏地鼓掌。刘通州朝观众席打起节拍，许多人一起高唱《难忘今宵》。

任永艾、杨柳也唱了起来。

任永艾："杨校长，桃李芬芳，成绩斐然哪！"

杨柳："任主席，你这个伯乐，功不可没呀！"

幕闭。观众意犹未尽，有些人仍在鼓掌。

田明转身，向吴思川、梅蕊、大卫点头致意。

吴思川回身看着黄刚、阿桃："二位是篮子的父母？"

黄刚："老先生，你？"

吴思川："你们生了两个好女儿，真让人羡慕不已呀！"

梅蕊注视阿桃："你是篮子妈？"

阿桃："您认识我女儿？"

梅蕊点头："所以很想认识一下，是谁生出了这么出众的女儿！"

转对大卫，"大卫，见过叔叔，阿姨。"

大卫微微一躬："叔叔，阿姨，你们好。"

任永艾走过来："吴先生一家是从新加坡回家乡来投资兴业的。"

黄刚、阿桃："噢。"了一声。

化妆室。

刘通州敲化妆室的门，敲了一阵，门才打开。

刘通州："篮子，你怎么啦？"

篮子扑到他胸前，眼泪扑簌簌地流下来……

刘通州："篮子，告诉哥，这是为什么？"

田野兴冲冲地跑来，看到篮子和刘通州相拥在一起，当即收住脚步垂下头转身去了。

刘通州旁白："篮子，我的怀抱让你感到安全吗？如果是这样，我愿意紧紧抱着你，直到地老天荒……"

残艺团宿舍。

刘通州走进原京剧团一排排平房宿舍。因为首场演出成功，演员们都很兴奋，有说有笑，打打闹闹，有的还放开嗓子唱起歌来。

刘通州一路招呼演员："早点睡！""别疯了，留点精神明天用！""你今晚不错，再加把劲！"

他走进自己的房间，打开灯，脱去外衣，又给自己倒了一杯开水。

有敲门声。

刘通州："进来！"

进来个田野，手里拎着两瓶啤酒："刘团长，我请你喝酒！"

刘通州："小田，该我请你，舞美很添彩，到底是科班出身！"

田野拿出五香豆和椒盐花生米，又打开酒瓶盖，给刘通州递过去一瓶："喝！"

刘通州跟田野碰了碰酒瓶子："谢了！"

田野咕嘟咕嘟连喝几口。

刘通州："小田，悠着点！吃点花生米。"

田野："刘团长，我使劲喝，是给自己壮胆。"

刘通州："酒壮怂人胆？至于吗？"一笑。

田野："我想跟你进行一场男人之间的谈话。"

刘通州："哦？"

田野又连灌了几口酒。

刘通州："好哇！你谈！"

田野："刘团长，我，我，我爱篮子。"

刘通州注视他，却默然不语。

田野："你为什么不说话？为什么不做出反应？"

刘通州："小田，爱不爱篮子是你个人隐私，不必跟我说。"

田野："不，我必须跟你说。"喝酒。

刘通州："为什么？现在谈恋爱可用不着组织批准了！"

田野："可你是她哥。她很在意你。"

刘通州喝酒："她是在意我。因为我们从小在一起，有很深的感情，很多共同的回忆。"

田野："她现在还生活在回忆里。这就是我来找你的原因。"喝酒。

刘通州："那么，我能帮你做点什么？"

田野："帮助篮子从回忆里走出来。"

刘通州："嗯？……小田，让她接纳你，这要靠你自己。"

田野："不，你不愿意帮我！我知道我这是徒劳。"

刘通州："这话从哪儿说起？"

田野："就从你说起！你爱她，为什么丢下她八年？你是一个负责任的男人吗？我爱她，就永远不离不弃，永远像初恋一样，一直到老，到死！"

刘通州愣愣地看着他，端起酒瓶咕嘟咕嘟地喝起来。

刘通州旁白："田野的诘问深深刺痛了我。为了篮子，他可以不顾一切。我呢？我做了什么？"

刘通州举起酒瓶，狠狠地摔在地上。

剧场门口。夜。

卖报的在喊："晚报，晚报！请看崇川残疾人艺术团首演成功，场场爆满啦！"

售票窗口挂出今明后天全满的牌子。

舞台上。

白衣白扇的篮子旋转出一片白色光影。

闪光灯频频闪亮。

场内掌声如潮……

篮子化妆间里排列着一个又一个花篮。

最后，不得不摆到走廊上。

每一个花篮的绶带上都写着"大卫敬贺"。

黄越走进化妆间："一个、两个、三个、四个、五个、六个……这么多花篮！大卫、大卫、大卫、还是大卫！篮子，这个叫大卫的新加坡帅男，是不是真的爱上你啦？"

篮子瞟了她一眼，仍在化妆。

黄越："姐，那可是百分百的白马王子哎！你要是没态度，我可要有态度啦！"

篮子又在镜子里瞟了她一眼。

黄越："这个世界真不公平！我比你少了什么？我是长得不如你，还是艺术比你差？真是看不懂了。"

钟声响起来。

有人喊："黄越！该报幕啦！"

黄越离开。田野进来，扫了一眼花篮，走到篮子身边。

篮子注视他。

他们的目光相遇。

田野："篮子！"俯下身去，"你还是湖边跳舞的那个小姑娘吗？"

篮子凝视他。

田野："我还是我。在我的画里，你永远是主角。在我心里，你也永远是主角。"

篮子的眼睛与他的目光在镜中相遇……

田野："要开演了。我干活去了。"出门时撞到一只花篮，"这么多糖衣炮弹！篮子！你要当心……"

演出在大歌舞中结束。

热烈鼓掌的观众中站着风度翩翩的大卫。

当篮子从舞台一侧的门走出剧场时，一群记者迎上来拍照，还有不少男女观众请她签名。

她签完最后一个，抬起眼睛，才看到这个人是大卫。

大卫："允许我做你的追星族吗？"

篮子嫣然一笑。

大卫："可以请你宵夜吗？"

田野推着摩托过来："篮子，我送你。"

大卫："篮子，我奶奶和爸爸在餐馆等你呢。"

田野："又一发糖衣炮弹。"

大卫："你说什么？"

田野："你想干什么？你以为有几个臭钱，就什么都可以得到吗？"

大卫："你？你？！"无奈地摇摇头。

篮子气得胀红了脸。

田野："篮子？！"

大卫拉开奔驰车门："请吧！"

田野猛踹一脚摩托，呼的一声驶离剧场后门。

刘通州望着这情景，长吁了一口气，低下头陷入沉思。

轿车内。

大卫在驾车，篮子默默坐在他身旁。

大卫："你们是好朋友？"

篮子点头。

大卫："我可以做你的好朋友吗？"

篮子看了他一眼，手语："我是个灰姑娘……"

大卫："我妈妈也是个灰姑娘。跟爸爸相濡以沫，感情很深。妈妈去世十六年了，爸爸坚持不再续弦。因为他心里只有妈妈一个人。"

篮子手语："不是每个人都会有这么美丽的爱情故事的。大卫，我有时很害怕。"

大卫："害怕什么？"

篮子手语："害怕自己被毁掉……"

大卫："又是阿东，阿西？你可以报警。"

篮子手语："我常常梦见自己被逼到河崖上，无路可走，一脚跌下悬崖以后，忽然醒过来。"

大卫："篮子，不要怕，我会帮你，保护你。如果你愿意，我愿意一辈子做你的守护神。"

篮子手语："守护神？你是守护神？"

田明家。夜。

田野骑摩托驶来。

他开门进屋："妈！妈！我饿了！"

杨柳从楼上下来："我给你下碗面吧！"走进厨房。

田野跟进去："妈，借点钱给我。"

杨柳："跟妈借钱？你以前不是没钱就伸手要吗？"

田野："我现在工作了，不能白花你的钱。"

杨柳点火烧开水："嗬，我儿子还真出息了！说吧，借多少？"

田野伸出一个巴掌。

杨柳："五十？"

田野摇头。

杨柳："五百？"

田野摇头。

杨柳："五千？！"

田野点头。

杨柳："你刚工作，就大把大把花钱，以后怎么办？"

田野："我说过，我会还你的。借不借？"

杨柳："不说明用途不借。"

田野："好吧，我要买东西。"

杨柳："什么东西这么值钱？"

田野："戒指。"

杨柳："戒指？"

田野："对，白金钻戒。"

杨柳："白金钻戒？买它干什么用？"

田野："送人。我要向一个姑娘求婚了。"

杨柳："什么？求婚？谁？那姑娘是谁？"

秦淮小吃店。夜。

吴思川、梅蕊、大卫、篮子坐在临河的窗边。

一道道秦淮小吃送上来。小吃盛在精致的小碗、小碟里，每人一份。

吴思川："篮子，你演出很辛苦，吃一点。"

梅蕊："篮子，《春江花月夜》我连看了三场。中国的民族舞蹈，真是无与伦比。"

大卫："爸爸、奶奶的话，你能明白吗？"

篮子点头。

吴思川："从你的舞蹈看，你的心灵很纯真，很美。"

梅蕊："篮子，你是不是觉得我们之间距离很大？"

篮子直视梅蕊，默然一笑。

梅蕊："其实，我们也是穷苦出身。只是因为我叔叔没有子女，才到新加坡继承了一大笔遗产。金钱是身外之物，我们一家人都把它看得很轻。"

大卫："我和爸爸决定在崇川为残疾人办一家玩具厂，作为残疾人艺术团的基地。你觉得这样好不好？"

篮子点头，手语："这是一个福音。"

梅蕊："篮子，你就不想找一个依托？一个相互搀扶着走过一生的人？"

吴思川："也许，这样会更踏实，更有安全感。"

梅蕊："每一个女人早晚都要面对这个问题。不知你有没有考虑？"

篮子手语："我考虑过。"

梅蕊："怎么考虑的？可以跟奶奶说说吗？"

篮子手语："我还小，才二十岁。我的事业还没有真正开始……我还是想先立业，后成家。"

吴思川："嗯，很有远见。"

梅蕊："你就不怕如意郎君跟你失之交臂？"

篮子摇头，手语："我相信缘，有缘就不会错过。古人不是说，蓦然回首，那人却在灯火阑珊处吗？"

大卫同声译出。

吴思川："不可思议，不可思议……"

梅蕊："篮子，你让我对你多了一分尊敬。我欣赏你的品位，你的人生态度。"

大卫："我会众里寻他千百度的。这也是我的人生态度。"

田明家。

田野端着面条走进餐厅。

杨柳："田野，你还没有回答我，那姑娘是谁。"

田野："妈，我就不能有一点个人隐私？钱借不借？我明天就要用。"

杨柳："你不讲是谁，这钱是拿不走的。婚姻大事，妈有权知道，爸也有权知道。说！谁？"

田野："这是什么家庭气氛？老像审贼似的？"

田明从楼梯上下来："深更半夜，你们娘儿俩嚷什么呢？"

　　杨柳：“好了，你爸也来了。说说吧！五千元的白金戒指打算送给谁？”

　　田明：“儿子，你要向女孩求婚了？你才多大？”

　　田野：“先订婚。过几年再结婚。”

　　田明：“我未来的儿媳妇是谁？”

　　田野：“必须说吗？”

　　田明：“那当然。你是我们唯一的儿子，将来，这份家业要由你来继承。继承人的妻子非同小可，无论如何含糊不得，必须从长计议。”

　　田野：“那好吧，我说，她是篮子。”

　　田明、杨柳：“篮子？！”

　　杨柳：“儿子，你就认准了她？”

　　田野：“不行吗？”

　　田明：“不行。”

　　田野跳起来：“为什么？”

　　田明：“不为什么。总之一句话，不行就是不行。”

　　田野：“我宁可不要你的家产，也要我的篮子！”

　　田明：“我倒要问问你，这又是为什么？”

　　田野：“因为篮子是纯洁的，干净的。你的钱，一点都不干净！我才不稀罕！”

　　田明“啪”地打了田野一记耳光。

　　杨柳：“老田！你！”扑向儿子。

　　田野泪下：“……你，你打我？”

　　田明：“我打你，是为了让你学会怎么尊重父母，该怎么跟父母说话！”

　　田野：“如果我说的是真话呢？”

　　田明：“那也轮不到你来说我！”

　　田野：“你认为你有资格管我吗？”

　　杨柳：“田野！”

　　田明：“你认为我没有资格管你吗？”

　　田野：“没有！”

田明又打了田野一记耳光："够了！你给我滚！我不想再见到你！"

田野调头就走。

杨柳追出去："田野！田野！"

摩托发动声响起来。

杨柳："田野！你回来！田野……"

摩托车在深夜的街巷间奔驰。

摩托车几乎要飞起来，疯狂地穿行在大街上，闯过一个又一个红灯，直奔郊外而去。

江上波涛滚滚，夜行船的灯光闪闪烁烁。

在即将冲出江崖的最后一刻，摩托熄火。田野从车上滚落，仰面朝天，长长地吁出一口气，望着天宇中的寒月出神。

原京剧团宿舍。

现在，这里门外挂了一块崇川市残疾人艺术团的牌子。

奔驰车在门外停下。

大卫下车，给篮子打开车门。篮子回身向梅蕊、吴思川招招手才下车。

篮子手语："这车怎么这么眼熟？"

大卫："我从刘通州那里买的。"

篮子惊异的眼神。

大卫："他要用钱，我要用车，就这么简单。"

篮子大惑不解。

大卫："刘通州很要强，不太愿意寻找资助。而我，又很希望看到你早一点登上舞台。"

篮子手语："这么说，是为了我？"

大卫："篮子，这不值一提。为了你，做什么都不过分，做什么都是应该的。"

在篮子宿舍门外，他们站住了。

大卫："做个好梦。拜拜！"

篮子嫣然一笑。

平房另一头，一间亮灯的屋子门开了，走出个刘通州。

他走过来："篮子？"盯了大卫一眼，"演出以后，该好好休息。外出，要跟我说一声。"

篮子点点头，转身推开宿舍门。

刘通州与大卫目光相遇。

黄越披衣而出，看到大卫："姐，你是不是快要飞了？"

大卫："刘先生，再见。"

刘通州嗯了一声，转身去了。

刘通州内心独白："篮子真的要飞了？一想到这些，我的心就沉了下去，就像掉进了无底深渊……"

水乡镇石子街刘三家。

田明将轿车泊在桥下，只身穿过石子街。他来到刘三家门外，轻轻敲响木门。

少顷，睡眼惺忪的刘三打开木门："又是你？"

田明："对不起，扰了你的午觉。"走进屋里，"刘先生，我想跟你做个朋友。"

刘三："朋友？什么样的朋友？黄鼠狼给鸡拜年？"

田明："刘先生，你是男人，我也是男人。你是父亲，我也是父亲。你能不能站在我的角度，来一个换位思考？"

刘三："换位思考？思考什么？"

田明："如果你的女儿失踪多年，终于找到了线索，你希望对方给你吃闭门羹吗？"

刘三："你又想逼我？"

田明："不，刘先生，我跟你商量，请你帮个忙。"

刘三："这忙是白帮的吗？"

田明："一，既往不咎，我绝不纠缠往事；二，你帮了我，我也会帮你。你可以到我公司车队来工作。"

刘三："威逼不成，改成利诱？先生，你以为我这几十年白活了不成？"

田明："刘先生，如果找不到我女儿，我死也闭不上眼睛。就算我求你了，行吗？刘先生，你的心就不是肉长的吗？"

寄卖行。

田野骑着摩托驶来，在寄卖行外停下，把车推进店堂里。

老板打量田野和他的车子。

田野："这车怎么样？"

老板："名牌。款式旧了。顶多七成新。"

田野："出个价吧！"

老板："卖出去以后付钱，五千。"

田野："什么？我这车两万五买的！"

老板："现在你这种型号的，新车也只卖一万多，款式还是最时尚的。"

田野："太少了，多给点。"

老板摇头："你到别家去问问，连这个价也没人出。人家已经叫我大头了。"

田野："我要现金，给多少？"

老板："四千。"

田野："四千？你也太狠了吧？"推车向外走。

老板："回来回来，给你四千五，行了吧？"

田野继续向外走："五千！"

老板："五千就五千！"点钱付钱。

田野把钱揣进衣袋里："我要不是急等钱用，才不让你抓这个大头呢！"

老板："哎，你这个小青年，怎么得了便宜又卖乖呀！回来回来！把身份证拿来！"

田野："干什么？"

老板："我得记下号码。我光明正大开店，可不给人家销赃，弄不好要吃官司的。"

金银饰品店。

田野走进金银饰品店，浏览着各色戒指和耳环。

一个打扮得珠光宝气的小妇人走过来："先生，想选购首饰吗？"

田野："白金钻戒有吗？"

小妇人："有哇！要国产的、港产的还是日本的、南非的？"

田野："要精致一点的。"

小妇人："请这面看。"

田野在她指引下拐弯进了一个很深的套间。

田野在一套白金饰品面前停下来。

白金钻戒、项链、耳环精美优雅，在灯光下闪闪烁烁。标价一万五千元。

田野自言自语："太美了……只是太贵了……"摇摇头。

响起一个声音："这套白金首饰我要了。"

田野抬头，站在他身旁的原来是大卫。

田野吃了一惊，大卫微微一笑。

大卫："田先生，真巧，我们总是陌路相逢。"一面从钱包里掏钱、付钱。

小妇人收钱后，把手饰盒作了一番考究的包装："先生，这一套首饰送给未婚妻，她一定会很开心的。"转向田野，"我建议你也买一套，它会让你的心上人更加光彩照人。"

大卫接过包装好的首饰盒："田先生，你慢慢挑选。我先走一步。"走到店外，直奔大奔驰去了。

小妇人："先生，想好了吗？你也来一套？"

田野："我，我不太喜欢项链……和耳环的花式，我只买一只戒指……可以吗？"

小妇人："这一套拆开就不好卖了。类似这种戒指还有一款，工艺差不多，是国产的。想看一下吗？"

　　田野："好吧！"

　　小妇人："请跟我来。"走出两米，手指一只白金钻戒，"这只，怎么样？"

　　田野："嗯，跟那只很像！多少钱？"

　　小妇人："五千两百块。"

　　田野："打个九五折吧！"

　　小妇人："我这家店从来不打折的。不过……看先生的样子蛮诚心的，就算五千吧！"

　　田野："那好，我买下了！"

　　田明家。

　　田明从轿车上下来，开门锁，进家门。

　　厨房里传来杨柳的声音："是田野吗？饿了吧？"随后端着菜走出来，"老田，是你？回来这么早？"

　　田明："田野回来过吗？"

　　杨柳："没有哇！我还以为……"

　　田明："唉，没有给他台阶，他不会回来的。"

　　杨柳："你从来也没打过孩子，怎么会下手那么狠？"

　　田明："田野绝对不能娶篮子！我必须让他知道……"

　　杨柳："知道什么？从小任性惯了，这一下更逆反了。其实，我也不想让他找一个又聋又哑的媳妇。"

　　田明："聋哑怎么了？篮子这样的姑娘百里挑一，千里挑一。"

　　杨柳："老田，你的话怎么转着圈儿说？田野到底该不该娶篮子？"

　　田明："不该。这是不能改变的。"

　　杨柳给田明盛饭，也给自己盛了一碗。

　　两人坐下吃饭。

　　杨柳："好，现在达成共识了。下一步怎么办？"

　　田明："你去找他谈谈。"

　　杨柳："看来也只有这一条路了。"

田明："杨柳，我今天找到了当年车祸肇事者，他承认当时篮子是从他妈怀里飞了起来，落到了卖草莓女人的篮子里。"

杨柳："卖草莓的女人是谁？"

田明："那还不清楚吗？篮子的养母白阿桃。"

杨柳："白阿桃？你不觉得这故事有点离奇？"

田明："这个世界上，什么事情都可能发生。现在我明白，孩子为什么叫篮子了。"

杨柳："那肇事者在哪？叫什么名字？"

田明："住在水乡镇，名叫刘三，卡车司机。他的儿子就是刘通州。"

杨柳："刘通州？！怎么会这么巧？"

田明："现在，只剩下白阿桃这个环节了。我还没想好该怎么跟她谈这件事……"

杨柳："老田，这件事张扬出去对你就好了吗？"

田明长叹一声："你吃完饭，抓紧去找田野吧！不能让他俩在蒙然不觉的情况下，上演一出人伦悲剧。如果那样，那会把我彻底打垮的……"

洗衣织补店。

杨柳来到洗衣织补店："白大姐……"

阿桃正在熨衣服，抬起头："杨校长？哪股风把你吹来了？"

杨柳："路过。顺便看看你们。篮子在家吗？"

阿桃："她住在团里，演出、排练什么的，方便。"

杨柳："唔……她爸呢？"

阿桃："送货去了。坐坐？你可是贵客！"

杨柳走进店堂。阿桃又把她让进内室，倒了一杯茶捧给杨柳。

阿桃："杨校长，你是不是有什么事？有事就说，都不是外人！篮子没有你的培养，也不会有今天！"

杨柳："我今天来，还真是为篮子的事。"

阿桃："哦？篮子做错事了？"

　　杨柳："怎么会呢？篮子是个好姑娘。这孩子的身世……是不是还有一点秘密？"

　　阿桃："秘密？什么秘密？"

　　杨柳："最近，田野他爸找到了当事人。"

　　阿桃："什么当事人？"

　　杨柳："十八年前的夏天，在汽车总站外面发生过一起车祸。那个撞死人的司机……"

　　阿桃："谁？"

　　杨柳："刘三！"

　　阿桃："什么？是他？！"

　　杨柳："你也知道这件事？"

　　阿桃："不，不不……"

　　杨柳："那天，他撞死了我丈夫的前妻，可他看见一个孩子飞到了一个草莓篮子里……"

　　阿桃："他看到卖草莓的是谁了吗？"

　　杨柳："当然。他不想投案，又觉得内疚，每天把那个女人剩余的草莓包下来……你知道，那个卖草莓的女人是谁吗？"

　　阿桃："刘三他都说了？！"

　　杨柳："白大姐，你是不是希望这个秘密永远不要揭开？"

　　阿桃落泪，抽咽："我知道会有这一天，我害怕这一天会来……我不知该怎么办？"

　　杨柳："我来帮你。"

　　阿桃："你？"

　　杨柳："你要答应我两个条件。"

　　阿桃："说吧，只要能保住女儿，我答应你。"

　　杨柳："如果我先生来找你，你千万不要承认你就是那个卖草莓的女人。听清楚了？别光擦眼抹泪！"

　　阿桃点头，用手背揩干眼泪。

　　杨柳："第二个条件，让篮子离田野远一点。他们这种关系，能做夫妻吗？"

阿桃摇头。

杨柳："两个条件，你能做到吗？"

阿桃："……能。我能。"

杨柳："好，我们两个人可以让这个秘密永远不见天日。篮子也不会再离开你。白大姐，这样是不是对你我都好？"

市残疾人艺术团大院。夜。

大奔驰驶来，停在大院门外。大卫下车开门，篮子从车上下来。

大卫送篮子进大院，来到篮子宿舍门外。

大卫拿出一盘 VCD："碟片给你吧，就是刚才看的《雀之灵》。"

篮子接过碟片，显得非常兴奋，手语："这个舞太美了，我希望学会它。"

大卫："你会跳得很好。想不想请杨丽萍来教你？"

篮子点头。

刘通州从自己房里走出来，站在门口，遂又走过来："篮子，你真的想跳《雀之灵》？"

片尾歌：

　　　问你，问我，

　　　往事历历可曾有片刻遗忘？

　　　问我，问你，

　　　去路茫茫为什么写满沧桑？

　　　问心，问魂，

　　　漂泊天涯为何要频频回首？

　　　问魂，问心，

　　　浓浓的情怎禁得深深埋藏？

　　　此情可问地，

　　　地知我情有多深。

　　　此情可问天，

　　　天知我情多久长……

十八

残疾人艺术团大院。

刘通州："篮子，你真的想跳《雀之灵》？"

篮子目光灼灼，用力点头。

刘通州："杨丽萍几乎已经发挥到极致，你学这个舞，是对更高艺术境界的挑战。"

大卫："所以篮子希望由杨丽萍指导，才能不走弯路。"

刘通州："杨丽萍由团里负责请，我们可以通过全国残联跟中央民族歌舞团打招呼。大卫先生，您看呢？"

大卫："公事公办，那当然更好。篮子，我走了。拜拜！"

篮子向大卫招招手。

刘通州："篮子，明天要到外地演出，收拾收拾，早点休息。以后，晚上尽量减少外出。"

市残艺团大院。

大卫走出残艺团大院，用遥控打开车门，倒车时，田野被车灯晃了一下，车子擦身而过。

田野冷冷地看着奔驰车驰去。

他走到宿舍区，远远看到刘通州和篮子在说话，便径直往自己房间走去。

刘通州："田野！准备准备，明天上午布景道具先走，你押车，再带两个舞美队的，到大学城把台装好！"转身回房去了。

篮子瞟了田野一眼。田野也看了她一眼。

篮子正要进屋，田野过来了。

田野："篮子！……你又跟大卫出去了？"

篮子不置可否。

田野："篮子，大卫除了有钱，还有什么？"

篮子转过脸去。

田野："我不喜欢这个阔少爷，他看上去总是那么居高临下。篮子，我不想看到一部中国版的《灰姑娘》。"

篮子要走。

田野拦住她："他是不是给你送了礼物？"

篮子莫名其妙地看了他一眼。

田野："篮子，你给我讲实话，他向没向你求婚？"

篮子摇头。

田野："真的没有？"

篮子眼泪汪汪。

田野："不，我相信，我相信你，篮子！你从没有跟我说过假话！"

篮子捂着嘴冲进自己的房间。

田野的房间。

宿舍兼工作室。墙上挂着许多气氛图和海报草稿。

田野推门进屋，脱去外衣，往床上一扔。椅子上坐着一个女人，以背示他。

他打开灯，女人转过身来，是杨柳。

田野："妈？！"

杨柳："我等你很久了。"

田野："你到这儿来干什么？"

杨柳："不到这儿来能找到你吗？怎么，老爸打了你两巴掌就不回家啦？"

田野："艺术团就是我家。"

杨柳："你到现在还不知道自己错在哪里？你是我们的儿子，婚姻大事，居然事先没个商量，没个说法，你对父母还有一点尊重的意思吗？你那天说你爸的话，你不觉得太放肆了吗？"

田野："妈，又来了！"

杨柳："怎么是又来了！刚才你跟篮子讲的那番话，我都听见了。"

田野："你在偷听？"

杨柳："我用不着偷听。我在这儿等你，什么都能听到。儿子，大卫比你强，篮子嫁给他，会很幸福。你就不希望篮子过一辈子好日子吗？"

田野："妈，你怎么胳膊肘向外拐！"

杨柳："如果你真的爱一个人，就要诚心诚意地为她着想。不光想现在，还要想将来，替人家着想一辈子。"

田野："妈，爱情是那么大公无私的吗？"

杨柳："田野，听妈一句话，你不适合篮子，你也不会拥有篮子。"

田野："你？！这是……诅咒？"

杨柳："不，这是预言。你等着看，妈的预言能不能实现？走吧，跟妈回家，对你爸认个错，就是真的要求婚，也得把程序正儿八经走一遍。"

田野："不，我不回去。关于篮子我们无法对话。再说，我明天要去大学城装台了，这里离不开人。"

长途汽车站。

刘通州带领着残疾演员走向一辆长途客车。他身后，有拄双拐的、单拐的，还有被聋哑人搀扶的盲人，紧紧挨在一起，排成一队。

篮子搀着盲琴手阿根。南飞时时回头："跟紧喽，跟紧喽，谁也别落下！"

开往大学城的客车前站着一个大腹便便的胖司机。

刘通州走过去："这车，是去大学城的吗？"

胖司机："是。"厌恶地看着他身后一长队残疾人。

刘通州转身拍拍手："大家一个挨一个，互相帮一把，别跌了，别碰了。好，上车吧！"

胖司机一下子拦在车门前："慢！"

刘通州："师傅，我们的人手脚不利索，你多包涵。"

胖司机还是没让开。

刘通州："师傅，让个路。"

胖司机干脆点了一支烟，坐在车踏板上。

刘通州："师傅，你这是……"

胖司机："你看看你带来些什么人？一个个……一个个，嗯？别的旅客看着不恶心？人家还能不能坐我的车？"

刘通州："师傅，你说话放尊重些。我带的人怎么啦？"

胖司机："你说怎么啦？你们上了车，我还有生意吗？"

刘通州："说了半天不就是一个钱字吗？这车我包了！空座位的钱我出！你走不走？你不走我包别的车！"

胖司机："给钱干吗不走？上车吧！"

南飞："真是有钱能使鬼推磨！"

胖司机："哟嗬，大兄弟，来者不善哪！看你没有胳膊，不跟你计较。现在这世道，只要有钱，都得推磨！要不，哪来那么多落马的贪官？还有没落马的呢？拿了人家的钱，一条道儿奔到黑地推。有动力呀！钱！什么动力都比不过它！"

刘通州："行啦，师傅，别高谈阔论了。开车吧！"坐在门边的座位上。

南飞和篮子坐在同一个双人座位上，莉莉则坐在他俩后面。

南飞："妹，好久没坐在一起了。就像又回到了小学一年级。"

篮子手语："你愿意再回到从前？"

南飞："当然，那是最无忧无虑的时光。"

篮子手语："那次，你从江里捞起那么大一条鱼！"

南飞："那鱼汤把你的眉毛都鲜掉了！"

大客车驶出车站，向市区外开去。

刘通州："再没喝过那么好喝的鱼汤！"

南飞："一转眼，同桌的你长大了。"

篮子手语："我很幸福。我们都走到了一起。"

南飞："哥关心的是，你怎么想？会离开我们吗？会吗？"

篮子摇头。

南飞："永远？"

篮子用力点头。

南飞："通州是我们的大哥，篮子，除了父母，有谁比他更亲？"

洗衣织补店。

田明将轿车泊在附近，走到店门口。

田明："老黄！"

黄刚："田先生！有衣服要洗？"

田明："篮子妈在吗？"

黄刚："在。"

田明："我想找她谈点事情。"

黄刚："请吧！她在里面。"

田明走进内室。阿桃正在干活。

阿桃："田先生怎么来了？"

田明："跟你聊聊。"

阿桃放下活，倒了杯茶："请坐，喝茶。"

田明："我想打听一件事。"

阿桃："什么事？"

田明："十八年前在汽车总站外面发生的一起车祸。"

阿桃："十八年前的车祸？"

田明："我前妻被撞死了，我女儿从她怀里飞起来，掉到一只草莓篮子里。听说，你在那里卖过草莓？"

阿桃："田先生，我不明白你的意思。"

田明："阿桃，你应该明白我的意思。我女儿失踪了十八年，我想找到她，补偿她，让她生活得幸福。两年前，水上芭蕾比赛前后，我两次看到了她脚上的胎记。"

阿桃一惊："胎记？！"

田明："胎记。长在右脚背上，像一颗心。医生说这样的胎记很少见，重复的可能性在百万分之一以下。"

阿桃："就凭这块胎记，我的女儿就？"

田明："阿桃，你抚养了她十八年，我不打算从你身边夺走她。她也不一定愿意认我这个不负责任的父亲。可是我很内疚，很失落，如果我到死还没有找到女儿，那将是我一生最大的痛苦，最大的失败……你能理解吗？我连赎罪都找不到下家呀！"从包里取出十万现金，"阿桃，你别误会。这是我的心意，你收下，我心里会好受些。"

阿桃："田先生，这钱我不能收。"

田明："阿桃，请给我一个机会！"

黄刚进来："田先生，如果你有罪，多少钱也洗不清。人的良心能用钞票来衡量吗？请把钱收起来吧！"

田明："老黄！你也不能给我一份理解？"

黄刚："田先生，我不知道是不是人越有钱就越缺乏感情？我实在看不懂你们这些豪门富商……"

阴云密布，大雨如注，夜幕降临。

大客车上。

篮子睡着了，头荡来荡去，最后倚到了南飞胸前。

南飞浑身一震，少顷又渐渐放松，微闭双眼，呼吸篮子头发的清香，感受着她的脸颊贴在自己胸前的感觉……

南飞内心独白："篮子，多少年来，我就盼着你能偎在我胸前，变成我生命中的女人……你依偎着我，让我周身都充满幸福的感觉。但愿这感觉永远属于我。但愿，夜永无尽头，路也永无尽头，我们永远在车上，你永远在我的胸前……"

崇川宾馆里。

漆黑的房间突然灯亮了。

梅蕊面前摆着一个三层大蛋糕。

大卫："奶奶，生日快乐！"

吴思川："妈妈，祝您健康长寿！"

大卫在蛋糕上插了七支蜡烛，用火柴一一点燃。

大卫："奶奶，吹！"

梅蕊深吸一口气一下子吹灭了蜡烛。

大卫："奶奶，气真足，活一百岁没有问题！"

梅蕊："奶奶活到你成了家，给我生一个胖孙子，就满足了。"

大卫："可篮子说了，先立业后成家。"

吴思川："我们一起来帮她创造条件，让她早日事业有成。"

梅蕊："大卫，我相信古人说的：精诚所至，金石为开。你只要认准一个诚字，篮子一定会牵你的手。"

大卫："奶奶，你这么有信心？"

梅蕊："我一直有信心。不说家产，不凭势力，只凭做人。我孙子的做人，无可挑剔。大卫，我们必胜！"

大卫："奶奶，就凭您的鼓励，我也得送您一份生日礼物。"打开首饰盒，"喜欢吗？奶奶？"

梅蕊："呵——"地吸了一口气。

大卫："听爸爸说，奶奶嫁到吴家的时候，吴家穷得连戒指也买不起。今天是您七十大寿。孙子给您把戒指补上。"拿出白金钻戒戴在奶奶手上，又为她戴上白金项链。

当梅蕊捏起白金耳环戴上耳朵上的时候，眼里已汪满了泪水："大卫，奶奶谢谢你……谢谢……"

她和大卫紧紧相拥……

田明家。

田明在雨中下车，小跑几步进了家门。

他把淋湿的外衣甩在椅子上，一屁股坐进沙发里，闭目不语，一个人坐在黑暗里。

杨柳打开灯:"老田!淋成这样!"连忙找来干毛巾替他擦干头发。

杨柳:"吃饭没有?想吃点什么?……怎么不说话?"

田明:"……杨柳,我直到今天才发现,我的人生很失败!很失败……"

杨柳:"田明,在崇川,你是家喻户晓的成功人士。对于你的业绩,你的名望,你的财富,个个垂涎三尺……"

田明:"杨柳,这些东西生不带来,死不带去,都是空的!空的!"

杨柳:"田明,是什么让你突然间大彻大悟,四大皆空?"

田明:"两个耳光,打掉了十八年养育之恩。女儿的下落也成了解不开的谜团。你说,我还有什么?我富有吗?不,我不光是个老混蛋,还是个真正的穷光蛋!我已经一无所有了!一无所有了!"

杨柳把田明拥在怀里。田明把头埋在她胸前哽咽起来……

公路上。夜。

暴雨如注,雷电交加。

大客车上,篮子在南飞的怀里睡熟了。南飞却毫无睡意,只是微闭双眼享受着短暂的美好时光。

一串炸雷之后,刘通州惊醒过来。

胖司机:"什么也看不见了!这车怎么开?"

刘通州:"那你说怎么办?"

胖司机:"前面弯道多,弄不好会出事的。"

刘通州:"附近有没有加油站,到那儿避一避?"

胖司机:"没有。哦,这一带好像有个旅店。"

刘通州:"那就开到旅店去。"

胖司机慢速行驶。雨却越来越大,雷电交加。

篮子惊醒。炸雷连续轰鸣,电光频频闪亮。她紧紧搂住南飞。

南飞:"篮子,有哥在,不怕,不怕……"

公路右侧出现灯光。

胖司机:"旅店到了。"将车驶出公路,停在距旅店不远的地方。

车门开了。

刘通州下车，冒雨跑进旅店。

南飞："醒醒！都醒醒！下车住宿了！相互照应点，雨大，注意脚底下！"

人们纷纷站起来，相互搀扶着下车，顶着雨向旅店跑去。

旅店。

刘通州叫醒睡在柜台后面的老板。

老板又伸懒腰又揉眼，愣愣地看着外面走来的残疾人，又揉揉眼睁大了看："干吗干吗？"

刘通州："住宿呀！"

老板："谁住宿？"

刘通州指指身后："艺术团的，二十六个人。"

老板："艺术团的？"又看一眼走来的一群残疾人，"什么艺术团？天下还有这种艺术团？谁敢看？"

刘通州："看不看随你的便，请你安排住宿吧！多少钱一个房间？"

老板："给多少钱都不给住。"

刘通州："为什么？"

老板："嗨嗨嗨，干什么？谁说让你们住了？我这儿客满了！都给我滚出去！今晚上真他妈的晦气！"

残艺团的演员站在雨中，默然不语。雨水顺着他们的头发和面颊流下来，和泪水混在了一起……

刘通州："我要到消费者协会告你！"

老板："告吧！老子在这儿等着！"

刘通州愤然走出旅店。站在雨中的残疾人看着他。他挥挥手，搀起一个盲人向车上走去。

一个个像落汤鸡一样回到车上。人们默默地上车，默默地坐到座位上，默默地垂下头去……

胖司机却酣然睡去，打起呼来，一阵响似一阵……

雨停风息，阴云散去，红日冉冉升起。

大客车继续赶路。载着一车沉默的残疾人……

大学城。日。

大客车驶进大学城时，崇川残艺团演出的海报已张贴在大学城。

几个学生在看海报。

大学生甲："残疾人艺术团？残疾人能搞艺术吗？艺术首先是审美，残疾人美得起来吗？"

大学生乙："瘸子跳舞，瞎子唱歌，残酷的艺术！惨不忍睹！"

大学生丙："现在要饭的竞争也很激烈的，我看这是变相行乞。"

大学生丁："那还不如干脆放个募捐箱，有钱的松松腰包，别拿瘸麻疤瞎开涮啦！"

田野走进来："怎么说话呢？大学生，这么歧视残疾人？我都替你们脸红！"

大学生丙："你是谁？也来教训我们？"

田野："我是谁？我是谁跟你有什么关系？但我可以告诉你，第一，我不冷血，我的血是热的。第二，我是个有爱心的人，不会拿人家的残疾寻开心！"拂袖而去。

大学城大礼堂。夜。

礼堂外，残疾人艺术团的海报下只站着一两个人。售票窗口无人问津。

礼堂内。

观众席里只坐着几个老头老太。还有几个孩子在座位间跑来跑去，打打闹闹。

开场铃响。

孩子们仍在打闹。

又有一两人走进来，没有入座，只在后面观望。

舞台上。

刘通州站在侧幕边目光专注地望着下面的观众席。

南飞："哥，一共只有八个人。"

刘通州："八个？"

南飞："我数了几遍了。原来是六个，响铃后进来两个，还演不演？"

刘通州默然。

南飞："要不，退票吧！电费都不够，更别说场租了。"

刘通州："不，不退票。"

南飞："推迟十分钟，再等等看？"

刘通州："一分钟也不推迟，按时开演。"

洗衣织补店。夜。

内室床上。

阿桃和黄刚并肩仰卧。

阿桃："我一连两个晚上都合不上眼。"

黄刚轻抚她的头发："你怎么啦？你从来就是倒头就睡的呀！有心事啦？"

阿桃长叹："我反来复去地想，我对田明讲了假话，这是不是昧了良心？篮子的亲爸爸明明活着，我不让他们相认，是不是太不通人情？可是，我要是对田明讲出实情，我要是把篮子还给他亲生父亲，我还有什么？十八年，十八年篮子已经成了我的血肉，我的命。没有了她，我还有命吗？可是不讲真话，藏着掖着，我还能睡得上安稳觉吗？"偎到黄刚胸前。

黄刚："……难，难，真是太难了！"

大学城礼堂。

刘通州："全体演职员立即做好准备，第三遍铃响之后，开演！"

又一遍铃响。

场内观众寥寥，无人继续进场，孩子们仍在戏耍。

黄越："一看下面心就凉了，叫人怎么来情绪？"

刘通州："你眼睛里应该有满场的观众！一个演员，要善于无中生有。"

黄越："无中生有？谁能做到？"

刘通州："艺术是想象的产物，从来就是无中生有的。你说是不是？"

第三遍铃响。

刘通州在追光下走到舞台中央："这是一群聋哑姑娘。她们渴望倾听，渴望倾诉。她们心中怀着一个信念，只要心怀善良，只要心中有爱，就会有一千只手来帮助你：只要心怀善良，只要心中有爱，就会有一千只手去帮助别人……"

刘通州在追光消失时悄然隐去。

大幕拉开。

篮子像金身佛像一样凝然不动，身后伸出千姿百态的手臂。

八个观众在下面鼓掌叫好。

观众厅后面的门帘掀开，陆续有观众进入。

千手观音在变幻的灯光中摇曳生姿，风情万种，既有佛身的庄肃与辉煌，又有人性的渴求和张场。

舞毕。剧场内已有许多观众，长时间鼓掌欢呼。

篮子与哑女们一再谢幕，一再鞠躬，掌声才渐趋平息。

黄越在《血染的风采》独奏声中走上舞台。

她和盲人阿根每人一束追光。阿根坐在一个高台上。黄越则从舞台深处走向中央："爸爸从前线的猫耳洞回到水乡的时候，已是遍体鳞伤。他流着泪对妈妈说，我已经不再是男人了。妈妈擦去爸爸眼角的泪：男人的眼泪是金。金子是不能随便洒的。她说：只要你活着，我们母女头上就有了一片天，身后就有了一座山！"

接着，黄越唱起了《血染的风采》。

化妆间。

篮子坐在镜前喝了一大杯水。

镜子中出现田野："篮子！你穿上观音的服装还真像一个菩萨。"

篮子："菩萨真的那么好？"

田野："她让我相信，这个世界还有爱。有了爱，这个世界才有了光彩！"

有人进来："篮子，快一点！下一个节目是《踢歌》！"

田野向篮子丢了一个眼色匆匆去了。

舞台上。

黄越谢幕时看到台下已坐满了观众。

她走到幕边拽住刘通州："通州哥，英明！满了！全坐满了！"

刘通州："黄越，如果台下没有人，你能另外长出一双想象的眼睛吗？"

黄越摇头："恐怕暂时不行，我这双真实的眼睛会伤心落泪的。"

刘通州笑了，刮了刮她的鼻子。

舞台上。

南飞从高台上一级一级走下来："我不喜欢怜悯的眼光，我不喜欢哭泣的眼神。我喜欢如果：如果母亲没有用留了二十年的长发为我换一身汗衫、短裤和回力球鞋；如果风雨大作雷电交加的时刻我没有去追赶被风刮走的汗衫；如果汗衫没有落在变压器上，如果我没有扑到变压器上去拣我心爱的汗衫……我终于明白，如果只是一个虚无，世上没有如果。我深知我永远无法用双臂拥抱离我远去的母亲，拥抱一起长大的女孩，可我每时每刻都在用整个的心拥抱我生命中的最爱，直到……最后……一刻！"

他叼起桌上的毛笔，激情洋溢地甩出"仁者爱人　生命永恒"八个大字。

莉莉和黄越把这幅大字高高举起来，走向台口。

全场起立，热烈鼓掌。

女孩们纷纷向台上投掷鲜花。

不少大学生先后从侧面的台阶登上舞台把钱投放在桌子上。

转眼间台上台下鲜花和钞票如飞舞的小鸟，令人目不暇接。

南飞为之动容，默然不语。待高潮过去，场内转静，莉莉、黄越蹲下身拾起一张一张钞票放在桌上。南飞走到台口，深深一躬："谢谢各位老师，各位大学生，谢谢你们慷慨解囊，奉献一片赤诚。我现在已经是一个自食其力的劳动者了，请把你们的钱拿去帮助那些无助的弱者吧！我替他们谢谢你们啦！谢谢各位叔叔阿姨，各位兄弟姐妹……"深深地鞠躬，再鞠躬。

场内骤然响起经久不息的掌声。

一个叫杨婕的女大学生跑上舞台，拥抱了南飞。南飞一愣，难为情地看着她。

杨婕："我叫杨婕。你是个真正的男子汉！"在南飞面颊上亲了一下。

台下又一次爆发出掌声和欢呼声。杨婕在欢呼声中跑下台去。

幕闭。南飞走向后台。

莉莉已准备好洗脸水，水还冒着热气。

莉莉："一头汗！"拧一把热毛巾为南飞擦头上颈上的汗，

莉莉："衣服都溻湿了，擦擦身吧！"帮南飞脱去外衣。

南飞健硕的胸肌和残缺的双臂令莉莉为之一震。

她又拧了一把热毛巾为南飞擦结实的后背和脊沟。在揩拭前胸时动作渐缓，用眼睛抚摸着他的胸肌。

南飞："莉莉？"

莉莉："南飞，你很美。"

南飞："莉莉，不要！以后再不要了……我不能……"

莉莉："为什么？是不是因为你已经成了大众情人？"

南飞："莉莉，别说了！你以后别再管我的事了！我不会接受任何一个女人！任何一个！"粗暴地撞开她，大步离去。

莉莉眼里涌出泪花，把毛巾掷在脸盆里，溅出了许多热水……

无名湖畔。

月光摇着湖中的塔影、垂柳、翠竹和点点野花。

田野与篮子并肩走来。

田野："篮子你看，花前月下，出双入对，他们一定都很幸福。"

篮子手语："田野，我比他们更幸福。"

田野："为什么？"

篮子手语："我有了舞蹈，有了舞台。那是我的命，我的魂。"

田野："那么我是什么呢？"

篮子手语："你是我的朋友。"

田野："朋友？"

篮子手语："最好的朋友。"

田野："篮子，最好的朋友最真心地爱着你。不要相信香车宝马，金钱豪宅。有了这样那样的前提，爱就是一场肮脏的交易。篮子，我说得对吗？"

篮子瞟了他一眼。

他们来到一个幽静无人的去处。

田野："篮子，你相信我的感情是纯真的吗？"

篮子注视他。

田野："篮子，我知道，真正懂我的，只有你。我，我，我向你求婚！"单膝跪下，掏出白金戒指，拉起篮子的手。

篮子挣了一下，缩回右手。

田野："白金钻戒，爱情的信物。"

篮子缩回手，频频摇头："不，我们还太年轻！"（手语）

田野："年轻？这不是理由！罗密欧朱丽叶比我们年轻得多！"

篮子转身跑进树丛。

田野："篮子！这不是戒指，这是我的心！我的心！"追进树丛。

篮子已不见踪影。

又一个夜晚。

大学城礼堂外，海报下，售票窗口前人头攒动。

售票处排起了长队。入场处也排起了长龙。

剧场内。

观众起立，掌声如潮。

南飞满头大汗走向后台。

莉莉又端来了热水："南飞，我给你擦擦！"

南飞叫起来："我说过！不要再管我了！我不需要别人可怜我！不需要！你知道吗？"

水盆落地，热水四溢，莉莉哭着跑出去。

观众席又传来一片掌声，欢呼声。

南飞长吁一口气，坐到一个道具箱上，深深地埋下头去……

南飞从后台门走出去，看了看天上的月亮。

他走下台阶，一簇野花送到面前，一惊，抬头看："杨婕，又是你？！"

杨婕："我这是三送鲜花，可不是三顾茅庐。感动上帝了吗？"

南飞："上帝不是别人，正是你，纯真热情的观众。"

杨婕："可以陪你在校园里走走吗？"

南飞："这样，回头率是不是会很高？"

杨婕："看谁？"

南飞："当然是你。"

杨婕："我不在乎，我本来回头率就不低。"

南飞："有我在旁边，恐怕会更高。"

杨婕："不好吗？"

南飞："不好。我不愿意在众目睽睽之下走来走去。"

杨婕："为什么？"

南飞："我……"

杨婕："我明白了。那我们去没人回头的地方，行吗？"

杨婕带着南飞走到一株株参天大树下，树隙中露出星星点点的月光。

南飞望着前面的图书馆大楼，感慨万千："从小，我梦想有一天能走进大学校园，在有许许多多藏书的图书馆里博览群书……后来，我的大学梦被打碎了。唉！……这一生，不会踏进这座神圣的殿堂了……"

杨婕："其实，你已经从大学里毕业了，而且，各科成绩优秀。"

南飞："杨婕，你在取笑我？"

杨婕："不，社会大学已经给你颁发了毕业文凭。"

南飞："哦！可我的大学毕竟不是你的大学。"

杨婕："可以互补。你完全可以找一个大学生做你的老婆。"

南飞："那是做梦。"

杨婕："如果是梦，梦就在你眼前。"

南飞："杨婕？！"

杨婕："不可以吗？在我眼里，你是一个百分之百的男人。"

南飞："为什么是百分之百？"

杨婕："一点都不掺假，纯，纯而又纯，没有一丝一毫的女气、小家子气。"

南飞笑了："杨婕，你真是一个理想主义者。其实，我是一个俗人，一个再普通不过的人。"

杨婕："可是你真实，你坚韧，你纯粹。我才看准了只有你是男人百分百。"把脸贴向南飞，嘴唇凑过去。

南飞的双唇像被灼伤似的抽搐了一下："不，杨婕，不……"

化妆间。

篮子回到化妆间，看见桌上放着一只宝蓝色丝绒首饰盒。

田野从门外伸头看见她拿起饰盒便缩回头去。

篮子打开盒子，一只晶莹精致的白金钻戒呈现在她面前，她轻轻捏起它，欣赏它，凝视它……

刘通州走进来，一眼看到篮子手中的钻戒。

篮子在镜子中看到刘通州的身影，当即把钻戒放进盒里。

刘通州："多漂亮的钻戒！"

篮子要盖上饰盒，刘通州却拿起来端量。

刘通州："是大卫吗？"

篮子摇头。

篮子看着他把饰盒放在自己面前。

刘通州："那么是谁？"轻轻一笑。

篮子："？"

刘通州："哦，我知道了。是个好男孩。"

篮子："？"

刘通州："可他还小。说不上是男人。"

篮子手语："你这么看？"

刘通州直视篮子："这是定情之物。已经定下来了吗？"

篮子摇头。

刘通州："哥希望你幸福，非常非常地幸福，你知道哥的心吗？"

篮子注视着他。

他也意味深长地看着篮子："爱不需要语言，也不需要理由。爱是付出，不惜一切地付出。篮子，记住哥的话。要天长地久，不要一朝拥有……"

他们四目相视。刘通州轻抚她的头发，旋即转身离去。

刘通州旁白："那时，我多么想转过身去，含着眼泪对她说，篮子，我爱你。爱得心都碎了……可我还是像懦夫一样走开了。"

舞台上。

演出在大歌舞中结束。

观众起立，长时间鼓掌。

幕闭后，胖司机在后台迎住了刘通州："刘团长，我向你道歉。实在对不起！我不该歧视残疾人。你们才是最坚强的人。"

刘通州与之握手。

片尾歌：

问你，问我，
往事历历可曾有片刻遗忘？
问我，问你，
去路茫茫为什么写满沧桑？
问心，问魂，
漂泊天涯为何要频频回首？
问魂，问心，
浓浓的情怎禁得深深埋藏？
此情可问地，
地知我情有多深。
此情可问天，
天知我情多久长……

十九

大学城礼堂。后台。晨。

天已大亮。睡在大小化妆间的女孩都还没醒，莉莉轻轻起床，来到睡在道具箱上的南飞身边，歪着头看着他，慢慢搭好滑在肩下的毯子，端走他的脸盆和牙具。

盥洗间。

南飞脸盆里有一条短裤和一双袜子，莉莉把短裤和袜子洗了，晾到院子里的铅丝上，用夹子夹好。又回到盥洗间将牙缸接了水，在牙刷上挤好了牙膏……

胖司机将大客车开进大学城，停在大礼堂外。

田野和几个小伙子已将道具箱、服装箱等装在另一辆卡车上。

刘通州："田野，检查一下落下什么没有？"

田野："十二个箱子一个不少。"

这时，演员们已相扶相搀，鱼贯上车。

礼堂后门走出一个肢残演员，拄着单拐，还拎着个皮箱，走在他前面的盲人阿根闻声回头："兄弟，我来帮你。"

肢残演员把箱子交给他。阿根拎着箱子走在他身后。肢残人碰一下他的右臂，他便右转。再碰一下他的左臂，他便左转。最后，肢残人将拐用力一点，阿根便站在了大客车门前。

胖司机帮助把箱子拎到了车上。阿根跟着肢残人上车，并肩坐在一个双人座上。

南飞坐下以后，莉莉用眼角余光瞟了他一眼，想要坐下。

南飞："篮子！坐哥这儿！"

莉莉用力抿了抿嘴唇，向后面走去。

篮子坐在靠窗口一边。田野走过来。

篮子朝他点头，他走到窗下。

篮子掏出宝蓝色首饰盒交给他。

田野："你！"见车里有人将目光投向他，便收起了首饰盒。

刘通州："田野！你押着道具车先走一步，我们随后就来！"

田野瞟了篮子一眼，转身离开，上了卡车的副司机座。

刘通州登上大客车："人都到齐了吧！"

黄越："齐了！就差我一个啦！"坐在刘通州身边。

刘通州："开车！回家！"

黄越挨向刘通州，瞟了一眼，见无反应，又挨近一点，刘通州仍佯作不觉。

胖司机发动大客车时，杨婕跑过来，沿着车窗找南飞。

杨婕："南飞！"

南飞把头伸出车窗外。

杨婕："要走，怎么不说一声？"

南飞："我不喜欢分别。"

杨婕："什么时候再见？"

南飞："不知道。还会再见吗？"

杨婕："会的。南飞。"

南飞笑了："谢谢你来送我。"

杨婕从口袋里掏出一个小本子，迅速写上一个号码，撕下来给南飞："这是我的手机号。给我来电话！"

南飞用嘴叼住了那张小纸片。

大客车驶离大礼堂。

杨婕站在原地挥手。南飞瞟了她一眼坐回座位上。

篮子看着他叼在嘴上的纸片，伸手要帮他取下来。

南飞却抿了两下嘴唇，把纸片吃进嘴里，嚼了两下，咽进肚里。然后，默然看着前方，一言不发……

坐在过道另一侧的莉莉一直注视着南飞。

一个倒闭的工厂。

任永艾带着田明、吴思川、大卫走进厂房，打量着空无一人的空间。

任永艾："这厂房还合适吧？"

吴思川："车间够大的了，是一间国营企业吧！"

任永艾："厂长捞足了，厂子搞倒了，有什么办法？倒霉的是工人，损失的是国家！"

大卫："这车间可以分隔开来，我看蛮实用的。"

田明："那就定下来用这儿？任主席，民政局想作价多少？"

任永艾："二百五十万。"

田明："不能再少一点？"

任永艾："田先生，这厂房盖的时候花了一千多万！二百五十万不跟送礼一样？"

吴思川："二百五十万很公道。这么一来，我们这家投资一千万的厂，民政局就占了百分之二十五的股权。"

田明："我投二百万。"

大卫："爸，我们……"

吴思川："余下的我们兜底吧！"

任永艾："五百五十万？"

大卫："这样，我们占百分之五十五的股份。"

吴思川："任主席、田先生，你们看这样行吗？"

田明："我看可以。本来，我也只是想为本市残疾人做点什么，没想得到更多的回报。"

吴思川："既要献爱心，又要有盈利，岂不更好？"

大卫："任主席，请你安排个时间，把民政局的有关领导请过来一起谈谈，签一份正式协议，就可以开始运作了。"

任永艾："好哇！这事就交给我！没想到各位都这么痛快，都这么关心弱势群体。今晚上我请你们吃烧烤，各位跟民政局方面先见个面！"

夜色四合。

在崇川市韩国烧烤店包厢里，任永艾、田明、吴思川、大卫和民政局领导的酒杯碰在一起。

任永艾："为了一个共同的目标，干！"

田明："任主席又背起老三篇来了！"

民政局领导："《为人民服务》，常背背也好。就怕小和尚念经，有口无心。"

吴思川："那么，我们就来个老和尚念经，有口又有心？"

大家都笑了，一起干了杯中酒。

大卫："任主席，等签了协议，我就要回新加坡搞设备去了。"

任永艾："对，我们都抓点紧。时间就是金钱哪！为了各位对残疾人的一片爱心，我敬大家一杯！"给在座的一一斟酒。

残艺团乘坐的大客车在夜色中行驶。

篮子看着窗外。南飞直视前方，似乎仍在沉思默想。

刘通州身旁，黄越摇晃着脑袋打起盹来，偎向刘通州胸前……时而睁开眼，看看刘通州有何反应。

胖司机嘴上叼着一支烟，烟灰已攒了长长的一截。

前方路中间横着两辆摩托车，胖司机连忙急刹车，烟灰猝然落在他的腿上。

刘通州身子往前一冲："怎么了？啊？"

黄越顺势抱住刘通州："吓死我了！"

胖司机："路上拦了两辆摩托！"开门下车，"嗨嗨，好狗不挡道，这是干什么哪？"

路左走出个阿东，路右走出个阿西。

阿西："嗨嗨，说话干净点。当心我让你满地找牙！"

胖司机："你挡道，我找牙？有这道理吗？"

阿东："喂！车上是不是残疾人艺术团的人？"

胖司机："是又怎么啦？"

阿东："叫头头下来，我有话找他说！"

胖司机回到车上："刘团长，人家找你哪！"

刘通州下车，走向阿东阿西："是你们？有什么话？说吧！"

阿西："那好，刘团长，跟你借两个烟钱。"

刘通州："烟钱？借多少？"

阿西："两万。"

刘通州："两万？真是狮子大开口哇！是吸毒的钱吧？"

阿西："那你就甭管了。借不借？"

刘通州："对不起。没有。"

阿西："没有？那我们也对不起了。"弹簧刀啪的一声，刀尖对准了他。

阿东："刘团长，没钱就把白篮子留下。"

刘通州："那是不可能的。再说，白篮子跟烟钱有什么关系？"

阿西将刀对准刘通州心口："少废话，你要命还是要篮子？"

刘通州："你杀了我我也不会把她交给你们！"

阿西用刀背猛击刘通州头部。刘通州当即倒下。

这时，大客车门突然开了，残疾演员一个个走下客车，一步步逼近阿东阿西。

南飞发一声喊，大家举起拐杖和啤酒瓶冲向阿东阿西。先是南飞一头撞倒了阿东，随后，拐杖、木棍和啤酒瓶打向阿东、阿西。

阿东阿西跪着求饶："大爷饶命！大爷饶命！下次不敢了！不敢了！"

南飞："滚！不要让我再见到你们！"

阿东阿西跌跌爬爬骑上摩托一溜烟跑了。

南飞："快，快把通州抬上车，送医院抢救！"

大客车加速向崇川市驶去。

大客车上。

第一排座位连在一起，成了刘通州的临时病床。

刘通州脸色苍白地躺在那里。

南飞、莉莉和篮子守在他左右。黄越泪流满面。

篮子泪水涟涟地手语："他死了吗？"

南飞："没有，没有……"

篮子手语："他会死吗？"

南飞："不会。不会……"

篮子手语："他是不是为了我？"

南飞："不，不是……"

黄越："还说不是！还说不是！"

篮子的泪水落在刘通州脸上。

刘通州的脸抽搐了一下。

篮子："他活着！他活着！"

南飞："师傅，再开快一点！再快一点！"

崇川市第一人民医院。晨。

刘通州被大家簇拥着抬进急诊室。

急诊室。

医生："请各位到走廊等候。"

篮子、南飞、莉莉、黄越、阿根等离开急诊室。

急诊室外。

拄双拐的、单拐的、戴墨镜的、没有胳膊的和坐轮椅的，守候在急诊室外。大家默默无语，木然伫立。

路过这里的医护人员和患者用异样的眼光看着这个沉默的集体。

急诊室门开。刘通州躺在车上被推出来。

残疾人静静地围上来，跟着车子一路走去，依然是一言不发，悄无声息。

车子被推进 CT 室，CT 室门随即关上。

人们又默默地站立在 CT 室外面，面对着 CT 室紧闭的门。

CT 室门打开，刘通州躺在车上被推出来，人们又围上来，静静地跟着车子来到急诊病房。

刘通州被安置到病床上。

南飞："医生，要紧吗？"

医生："脑震荡。"

南飞："他什么时候能醒过来？"

医生："不好说。办一下住院手续吧！"扫了一眼静默的残疾人，"除了陪护的，都请离开病房吧！"

人们默然离去，静静站到病房外面。

南飞："莉莉，你去办一下住院手续。其余人回团吧！"

没有人离去。有的坐到塑料椅子上，有的蹲在墙边，仍然无人说话。

病床边。

篮子和黄越守护着刘通州。

护士推着一辆镀铬小车走进病房，给刘通州吸氧、挂水。

红日东升。

城市恢复生机。

寂静的街道车水马龙，人流如织。

急诊病房。

刘通州的眼皮颤动了一下，又颤动了一下。

他微微睁开眼，眼睛渐渐睁大。

篮子、黄越同时叫起来："通州哥？！"

南飞从外面冲进来："醒过来了？哥，你可醒过来了！"

病房外，坐着的、蹲着的、靠着的都离开原地，拥进病房，把刘通州的病床围了个水泄不通。

刘通州："这是……怎么啦？"

残疾人激动地看着他。

刘通州："我怎么觉得我到那边……走了一回？一下子……一片空白……什么都消失了……"

医生和护士走进来。

医生："病房里怎么可以有这么多人？"

护士："各位请回吧，病人还没脱离危险，需要安静。走吧走吧！"

人们默默地退出去。

南飞："大家都回去吧。我跟大家一起走！"

南飞走在前面，人们跟在后面向外头走去。

医生："哪来这么多残疾人？"

黄越："我们是崇川市残疾人艺术团的。"

护士："是不是残疾人都不爱说话？"

医生："好一个沉默的集体！"

护士："看着他们，心里真有说不出的滋味……"

医生给刘通州作了一番检查："头还疼吗？"

刘通州："胀疼。"

医生："还有什么感觉？"

刘通州："晕。天旋地转。"

医生："闭目养神，少说话。"

黄越："医生，熬点鸡汤给他喝，行吗？"

医生："可以。"

黄越："篮子，我去买鸡，熬鸡汤。你守在这。"

篮子点头。

刘通州又昏昏然睡去。篮子守着他打盹。

崇川某宾馆。

田明乘电梯上楼。

他走出电梯间，在一个房间门外按响电铃。

开门的是吴思川："田先生！请！"

吴思川请田明在客厅沙发上坐下："喝点什么？"

田明："随便。有绿茶吗？"

吴思川："当然。"转身去沏茶。把茶水端到田明面前，田明双手接茶，放在茶几上。

田明："听大卫说，先生和伯母要先走一步？"

吴思川："离开新加坡多时了，那里的业务还要处理一下。"

梅蕊从卧室出来："田先生来啦？"

田明起立："伯母。"

梅蕊："快请坐。"

田明："听说伯母要回新加坡，过来看看您。顺便带了一点水乡的明前茶。"从皮包里拿出两听茶叶。

梅蕊："田先生，这可是最珍贵的礼物。在新加坡，我最想的就是咱们水乡春天的明前茶！"

田明："大卫先生不在？"

梅蕊："他帮我去买东西了。我们家没女孩，大卫心细，就把他当女孩用啦！"

田明："大卫在新加坡有意中人吧？"

梅蕊："女朋友不少。都是一头热。"

吴思川："大卫最不喜欢趋炎附势的人。尤其是那些冲着我们财产来的姑娘。真可谓身边美女如云，却没有一个可以交心的人。"

梅蕊："正好，回家乡创业，我们都希望他找一个纯纯的女孩子……"

田明："篮子倒是蛮合适。"

梅蕊："田先生，你也这么认为？"

田明："当然，除了聋哑，篮子完美极了。伯母、田先生，你们要让大卫紧追不舍呀！"

梅蕊："可孩子说，要先立业，后成家。"

田明："凭她的条件，只要天时地利人和样样具备，红起来并不难！"

吴思川："田先生，我们想到一块去了！"

病房里。

刘通州醒来。篮子的头却在他眼前荡来荡去，头发有时扫到了他的面颊。

刘通州轻轻触摸篮子的手，又缓缓收回手，放进被子里。

篮子醒来，腼腆一笑。

刘通州："篮子，我刚才做了一个梦。"

篮子："我也做了一个梦。"

刘通州："我梦见放学的时候你来接我……"

篮子："我梦见你来买我的草莓……"

刘通州："可我怎么也想不起来，你为什么要来接我？"

篮子："我到现在也不明白，你为什么天天包下我剩余的草莓？"

刘通州："你能想起来吗？为什么？"

黄越走进来："鸡汤来了！"

篮子手语："我来喂。"

黄越："姐，妈叫你回家休息去。还是我来喂吧！"

篮子看了通州一眼，起身走了。

黄越打开保温瓶："嗯，还是热的！香不香？"

刘通州："味道好极了……"

黄越："哥，我来喂你！"

吴思川搀扶着梅蕊来到洗衣织补店，看看招牌，看看店堂。

吴思川："有人吗？"

一声"来啦！"阿桃笑嘻嘻地从内室走出来，见是吴氏母子，"哦哟，贵客！吴先生有衣服要洗，还是……"

吴思川："没有没有，上街转转，顺便过来看看。"

阿桃："屋里坐会儿？只是里面太乱了！"

梅蕊："也好，既然来了，就进去坐坐。"

阿桃："快请，快请！老黄！来客了！"

　　黄刚正在内室将一大堆床单、毛巾叠好、打包，准备送货，猛抬头，叫起来："吴先生，梅伯母，家里太乱，见笑见笑。"

　　阿桃连忙掸椅子、抹桌子："二位请坐。喝杯粗茶？"

　　吴思川、梅蕊刚坐下，阿桃就端来两杯茶水。

　　梅蕊："篮子不在家？"

　　阿桃："去医院了。"

　　吴思川："她怎么了？"

　　黄刚："刘通州住院了。"

　　梅蕊："二位可见过我孙子大卫？"

　　阿桃："见过见过。眉清目秀，长得好体面哟。"

　　黄刚："听说，建团演出的时候，他每天送一个花篮。"

　　梅蕊："我这孙子，新加坡社交圈里许多名门闺秀，还有什么亚洲小姐，他都看不中。"

　　阿桃："哦？他心气一定很高咯？"

　　梅蕊："他嫌这个太艳，那个太俗，说他周围的女孩子太多浮华之气。"

　　吴思川："唉！真是给我们出尽了难题。"

　　黄刚："哎，大卫倒真是个明白人！"

　　阿桃："他想找个什么样的？"

　　梅蕊："纯纯的，静静的，有内涵，不张扬的。"

　　吴思川："他妈就是这样的一个人。她是个哑巴，永远只用眼睛说话。"

　　梅蕊："有一天，大卫在崇川电影院里看电影，发现坐在他旁边的姑娘的眼睛跟他妈妈像极了。他几乎没有看电影，一有机会就转身看那姑娘的眼睛。"

　　阿桃："那姑娘是谁？"

　　梅蕊笑了："你说哪？"

　　阿桃："谁？"茫然地摇摇头。

　　梅蕊："就是你家篮子呀！"

　　黄刚："天下会有这么巧的事？"

梅蕊："黄先生，这是不是缘？"

黄刚："真像是在听评书。"

阿桃："只是，我们篮子还小……"

黄刚："刚刚走上舞台……"

梅蕊："二位，我们一切顺其自然，行吗？"

阿桃："不般配，不现实……"

吴思川："如果他们两相情愿呢？"

阿桃："不可能，不可能……"

梅蕊："是不是怕我孙子是个花花公子？我保证他没有婚姻史。如果篮子答应，我们是明媒正娶。黄先生，你看呢？"

黄刚："对不起，我一直觉得自己在做梦。新加坡富商，屈尊到小店来谈婚论嫁……这不是做梦又是什么？"

吴思川："黄先生，我们也是开小店的。要不是一笔意外的遗产，现在还在开小店。其实，我们没什么不同……"

黄刚："是吗？"

阿桃："是这样？！"

篮子从外面进来，看到吴思川、梅蕊在座，吃了一惊，遂又露出腼腆的微笑。

梅蕊过来握住篮子的手："篮子，奶奶要回新加坡了，来看看你。"

吴思川："欢迎你有空的时候陪着爸爸、妈妈一起过去。"

篮子微笑着点头。

梅蕊起身，吴思川扶着她。

一家人送他们出门。

阿桃："真不好意思……"

黄刚："慢待了，慢待了……"

吴思川："谢谢，我们谈得很融洽，很开心。"

梅蕊再一次握住篮子的手："篮子，我会想你的。"直视篮子的眼睛，"如果有缘，我会再见到你的，好姑娘……"

奔驰车缓缓开到洗衣织补店附近。

吴思川拉开车门，扶梅蕊上车。

洗衣织补店。

黄刚、阿桃、篮子看着轿车驶去。

黄刚："刘通州怎么样？"

篮子手语："醒过来了。"

阿桃："有危险吗？"

篮子摇头，手语："他们来做什么？"

阿桃："还不是为了你。"

篮子困惑的眼神。

阿桃："你喜欢那个大卫吗？"

篮子不语。

黄刚："那么田野呢？"

阿桃："篮子，你可不能脚踩两只船哦！再说，田野不适合你。"

篮子手语："这是怎么啦？我脚下一只船也没有！"

阿桃："没有好，没有好……省得我跟你爸瞎操心啦！"

崇川市人民医院。

一队残疾演员井然有序地走向医院。

南飞走在前面，后面跟着拄双拐的、拄单拐的、聋哑人、盲人和侏儒。

右转弯时，拄拐人用力点一下左边的拐；左转弯时，拄拐人用力点一下右拐。他们一个紧挨着一个，上台阶，进大厅，转向走廊，拐进病房，簇拥到刘通州床前。

刘通州要抬起身，却坐不起来。他闭了闭眼睛，激动地看着大家："怎么都来了？……"

几乎同时，每人拿出一朵花放在他的床前。

南飞："通州哥，大家说，一朵花就是一颗心。感谢你给了我们一个温暖的家。"

刘通州："我也要感谢……大家给了我一个……温暖的家。"

南飞："通州哥，好好养着。大家眼巴巴等着你。"

刘通州："下周有三场演出。南飞，我不在，你把团里的工作顶起来。"

南飞："你放心。我会的。"对大家，"走吧，通州哥需要静养。"

南飞领头，残疾人鱼贯而出。

黄越："通州哥，想吃点什么？"

刘通州摇摇头，又闭上了眼睛。

机场。

大卫与梅蕊、吴思川走向安检通道。

梅蕊、吴思川通过了，回头看大卫。

大卫也在通过安检。

梅蕊："大卫，你也回去？"

大卫："不，我不回去！"

吴思川："奶奶有我照顾，不用送了。"

大卫："我要去一趟北京。"

吴思川："去北京做什么？"

大卫笑了："找杨丽萍。"

梅蕊："杨丽萍？你在北京有女朋友了？"

大卫："奶奶，我可配不上人家。人家杨丽萍老师是舞蹈家！"

梅蕊："大舞蹈家跟你有什么关系？"

吴思川："大卫，你在搞什么名堂？"

大卫："篮子想跳她创作的《雀之灵》。"

梅蕊："哦！我明白了，让她赶快立业。"

大卫："奶奶，爸爸，理解了吧？"

梅蕊："好，好，做得好！奶奶可以放心地回去了。"转对吴思川，"你儿子真不错，比我们多长了一个心眼。"

吴思川："大卫，你可以晚回来几天，玩具厂设备的事，我先做起来。"

大卫："谢谢爸爸。"与梅蕊拥抱。

吴思川拍拍儿子肩膀："大卫，加油！"

大卫："我会努力的。"俏皮一笑。

病房。

刘通州慢慢坐起来，稍停，把腿移到床下，再稍停，扶着窗台站起来，身体微微摇晃了两下。

黄越从外面进来："哥，你怎么起来啦？"

刘通州："我要憋死了！"

黄越摸摸他前额："你在发低烧！"

刘通州："越越，带哥出去走走……"

黄越搀着他走出病房，穿过走廊，向后园走去……

医院后园。

草坪、灌木、喷泉和林荫小路。

黄越搀着刘通州走在林荫路上。

黄越："哥，搀着你的感觉真好……"

刘通州："唔？"

黄越："你呢？"

刘通州："我的感觉？我感觉头晕目眩，还有点恶心……"

黄越："这不就得了！还不是需要一个搀扶你的人？"

刘通州："当然，越越，多亏了你……"

黄越："我愿意一辈子搀扶着你。"靠近他。

刘通州："那你不成拐杖了吗？"

黄越："对，做你的拐杖，我心甘情愿。"偎着他。

刘通州："为什么？"

黄越："你真的不懂？"转过脸，将双唇凑过去。

刘通州转过脸去："越越，你再长大一些就明白了。爱情不是一时的冲动，也不是一根拐杖。"

黄越突然甩开他："刘通州！我早就长大了！你真无情！我恨你！我恨你！"大步走去，突然倒下。

病房。

黄越躺在病床上。她睁开眼，黄刚和阿桃都如释重负地舒了一口气。

阿桃："可醒过来了！"

黄刚："越越，你把爸爸吓坏了……"

黄越："吓什么？一下子什么都不知道了，也挺好的！"

黄刚："小小年纪，怎么这么说话？"

黄越："爸，我得的什么病？"

黄刚："没什么，就是晕倒了。"

黄越："为什么我总会晕倒？"

黄刚："这我还真说不上来，医学上那些名词，挺绕嘴的。"

黄越："不，你骗我！"

阿桃："越越，你就别难为你爸了。他都两天两夜没合眼了，他的身体你还不知道？"

黄越："可是我要知道我到底怎么啦？还能活多久？值不值得再活下去？"眼泪流下来。

北京首都机场。

大卫走出候机厅，叫了一辆出租车。

出租车内。

大卫："去中央民族歌舞团。"

司机在后视镜里朝他看了一眼："您是艺术家？"

大卫："你看像吗？"

司机："不太像。"

大卫："艺术家什么样？"

司机："反正不是您这样。"

大卫："我像什么？"

司机："您像个老板，不过……是肚子里墨水多的那种，儒商。"

大卫笑了："师傅，您的眼睛真毒。"

司机："嗨，差不离吧？您说我什么人没见过？啊？"

中央民族歌舞团。
大卫从出租车上下来，走到传达室门口。
大卫："请问，你们团有一个叫杨丽萍的舞蹈家吗？"
传达室："有哇！那可是个腕儿！"
大卫："她在吗？"
传达室："哦哟，这可说不好了。她可是大忙人，一会儿港台，一会儿国外的。"
大卫："我怎么才能找到她？"
传达室："你还是到她宿舍去看看吧！"
大卫："麻烦你告诉我，去宿舍怎么走？"

筒子楼。
大卫走进筒子楼。走廊两侧堆积着杂物，摆放着碗柜，煤气灶。他一面走一面看房间号码。最后，停在一个门前，敲了几次门，均无回应。
迎面走来一个穿着睡衣的女人。
大卫："请问，杨丽萍是不是住在这儿？"
那女人："是啊，有几天没看见她了。"
一个矮胖男子从隔壁出来："你找谁呀？"
大卫："杨丽萍。"
矮胖男子："她呀！去大理了！还不知什么时候能回来哪！"

崇川市医院住院处医生办公室。
黄越走进医生办公室，坐到医生对面："医生，我得了什么病？"
医生："哦，我已经跟你父母谈过了。"
黄越："我父母不肯告诉我。"
医生："一定要知道吗？"
黄越："我有知情权。"

　　医生："那当然。"搔搔半秃的头，"你的病是大脑先天性发育不良。"

　　黄越："我脑子没问题。怎么会发育不良？"

　　医生："你经常晕厥。今后可能会更多。"

　　黄越："有办法治愈吗？"

　　医生摇头。

　　黄越："那我该怎么办？"

　　医生："不能太辛苦，不能太兴奋，避免受刺激，切忌大喜大悲。"

　　黄越："这么说，我得生活在世外桃源里？"

　　医生："你做什么工作？"

　　黄越："独唱演员。"

　　医生："演出多吗？"

　　黄越："有的时候一天演两三场。"

　　医生："我劝你换一个工作。"

　　黄越："不换工作会怎么样？"

　　医生："后果不堪……哦，不明确。"

病房。

　　黄越回到病房，躺在床上出神。

　　刘通州来到她床前："越越……"

　　黄越一惊："哦！通州哥……"

　　刘通州："对不起，我收回那天的话……"

　　黄越："收回？"

　　刘通州："也许，我太自私了。不过，我真的不想伤害你。你是我看着长大的小妹……我还记得你小时候天真活泼、争强好胜的样子……"

　　黄越："可是我长大了，不再天真活泼了，医生也不允许我争强好胜了。哥，你说我该怎么办？"

　　刘通州："越越，哥会对你负责到底，我们一起来面对，好吗？"

　　黄越："那你多陪陪我，哪也别去……"

刘通州："越越，我很愿意。可团里几十号人，一大堆事，又有演出任务，我得出院。"

黄越："可你还在发低烧。"

刘通州："烧不死，没事的。"

莉莉从外面进来。

刘通州："莉莉，照顾好越越。越越，我会常来看你的。"

黄越嘴一噘，翻过身去，给了莉莉和通州一个脊背。

北京机场。

大卫登上客机，找到了自己的座位。

大型客机飞上天空。

机舱内。

大卫坐在过道边上。他的内侧坐着一个肤色偏黑的中年男子。

空中小姐推着饮料车过来："用点什么？"

大卫："矿泉水。"

空中小姐倒了一杯矿泉水递给他。

中年男子："我要一杯咖啡。"

空中小姐倒了一杯咖啡，大卫接过来，放在中年男子面前。

中年男子："谢谢。"看了他一眼，"第一次去云南？"

大卫："是啊。到了昆明，去大理怎么走？"

中年男子："哦，要乘一天汽车。那车在大山的悬崖上转来转去，下面是澜沧江，很险的！车祸、泥石流是家常便饭。"

大卫："天哪！我只听说二战时美国人在那里修了一条公路。"

中年男子："五十年了，那条路还是那个样子！"

大卫右前方一个年轻女人回头看了他们一眼。

大卫愣了一下，忽有所觉地说："杨丽萍？"

那女人回眸："你找谁？杨丽萍？"

大卫："对，这真是踏破铁鞋无觅处！"

人民医院楼顶。

黄越站在十层楼顶狭窄的围栏上。

人民医院楼前交通堵塞。

警车一辆一辆驶来，警灯闪闪，笛声鸣叫。一片紧张气氛。

黄越泪水迷蒙，仰望天空。

楼下，仰头围观者越聚越多。

围观群众甲："看上去是个小姑娘哦！"

乙："年纪轻轻就不想活啦！"

甲："一定是查出什么毛病，付不起医药费！"

乙："好可怜哦！"

丙："我看是作死。这种人早死早好！"

甲、乙转过脸怒视丙。

楼顶出现两名警察。

黄越："不要靠近我！再靠近我就跳啦！"

警察："姑娘，你还不到二十岁吧！花样年华，不能轻生哦！"

黄越："花样年华？花样……年华？我这花还没开，就要……谢了……"哭，身子摇晃了几下，差一点扑向楼外。

两个警察都按捺不住要冲上去。

黄越："不！别过来！别过来！"

警察甲："姑娘，这人世间就没有你留恋的人吗？"

黄越："留恋的人？留恋……有什么用？有什么……用？"

警察甲："告诉我，你留恋谁？"

黄越："我哥。"

黄刚气喘吁吁跑到楼顶，被警察乙拦住："你是谁？"

黄刚："我是他爸。"

警察乙："你女儿有哥哥没有？快叫他来！"

黄刚："没有哇！"

刘通州出现在楼下，向楼上大叫："越越！别跳！别跳哇！哥来啦！哥来啦！"

片尾歌：
　　问你，问我，
　　往事历历可曾有片刻遗忘？
　　问我，问你，
　　去路茫茫为什么写满沧桑？
　　问心，问魂，
　　漂泊天涯为何要频频回首？
　　问魂，问心，
　　浓浓的情怎禁得深深埋藏？
　　此情可问地，
　　地知我情有多深。
　　此情可向天，
　　天知我情多久长……

二十

　　刘通州冲进医院门厅，乘电梯上了九层，又跌跌绊绊地跑上十楼，撞开了楼顶的门。

　　警察乙："嗨嗨，你来添什么乱？"要推他出去。

　　黄刚："把他留下，他是她哥！他是她哥！"

　　刘通州向黄越慢慢走去："越越，哥知道你为自己的病痛苦，烦恼。哥就不苦恼吗？要想开，要活下去，活下去……"

　　黄越："为什么要活下去？为什么？没有人需要我，没有人爱我……"

　　黄刚："越越，爸爸爱你。你死了，爸爸也活不成了……"

　　黄越："你能陪我一辈子吗？谁能陪我一辈子？一辈子路太长，我看不到希望……看不到……"掩面而泣，又摇晃了几下身体，几欲倾倒，黄刚失色。

　　刘通州："越越，还有篮子，还有我……"

　　黄越："你能陪我一辈子吗？你是我的吗？"

　　刘通州："越越，哥能陪你一辈子！"

　　黄越："那你说，你爱我，你是我的？说呀！说……呀！不说，我就跳了！"

　　刘通州："越越，别跳！别……跳，啊？"向她走去。

忽然，围栏外露出一个警察的头，他腰系绳索，从九楼窗户爬上来，猛地撞了黄越一下，黄越倒在刘通州怀里。

黄越搂着刘通州嚎啕大哭起来……

崇川市市区。

田明驾车。杨柳坐在副驾驶座上。

杨柳："怎么不说话？"

田明："说什么？所有的话都说完了。"

杨柳："跟谁？"

田明："我也不知道。只是觉得很没劲。没有钱的时候想有钱，有了钱，又发现钱对我已经毫无意义……"

前面一辆公交车停下来，下来两三个人，其中一个是田野。

杨柳："田野？！"摇开车窗，"田野！田野！"

田野回头。

杨柳招手，田野走近几步。

杨柳："上车！"

田野："晚上有演出，我没空。"

杨柳："说几句话的空都没有？快上车！"

田野不情愿地上了车。

杨柳："田野，就不知道跟你爸赔个不是？"

田野不语。

杨柳："田野，你到了该懂事的年龄了。爸爸妈妈所做的一切，都为了谁？你怎么可以说爸的钱不干不净，他没有权管你？"

田野："好了好了，我不该那么说，我认错，行了吧？"

田明："儿子，你说的其实不完全错。爸走在浑水里，不蹚几下成不了事。这是现实，谁都不能超凡脱俗。"

杨柳："儿子，总不能两个耳光打成了冤家吧？"

田野："两个耳光把我打明白了。"

田明："唔？明白了什么？"

杨柳："说呀！"

　　田野："明白我已经成年，不该再依赖父母。我已经是个可以独立的人了。"

　　杨柳："独立？你什么意思？"

　　田野："这还不明白吗？独立，就是做自己看准了的事，爱自己想爱的人。"

　　杨柳："田野，你怎么这么固执？哎，你的摩托呢？为什么坐公交车？"

　　田野："我把它卖了。买了一只白金钻戒。"

　　田明："田野，你就不能听一句父母的话？！"没看见红灯，突然急刹车。

　　田野拉开车门下车，回头："所有的话我都能听，唯独这一件，我不听！"嘭地关上车门。

　　杨柳："田野！田野！"

　　田野头也不回地走了。

　　奥体广场——江海剧院。夜。

　　奥体广场霓虹闪烁，人声喧哗。一幅巨型海报"明星歌会"赫然耸立。售票窗口挂出连满三天的牌子。票贩子和卖冷饮的显得异常活跃。

　　刘通州、南飞在这里边走边看。

　　刘通州："南飞，看出点名堂没有？"

　　南飞摇头："人家多会造势！晚报、广播、电视，所有的媒体一起炒作，五百块一张的票抢购一空。真正是大投入大产出。"

　　刘通州："你是说我们也应该猛炒？"

　　南飞："起码，我们不善于宣传自己。"

　　刘通州："不是酒香不怕巷子深吗？"

　　南飞："我看当今时代，酒香也怕巷子深。"

　　刘通州："南飞，你大有长进哪！"

　　他们并肩走向大街斜对面的江海剧院。

江海剧院门庭冷落车马稀。

残艺团海报下和售票窗前少有人影。

刘通州走到售票窗口前："出票情况怎么样？"

售票员："一百多张吧！"

南飞："只卖了一成多？"

售票员："对面是港台歌星大会串，人家是什么阵容，什么阵势？"

南飞："通州哥，别唱对台戏啦！错过对面的明星歌会。"

刘通州："你觉得这么做合适吗？"

南飞："怎么不合适？敌进我退嘛！再说，延期演出又不是没有先例！"

刘通州："可是你知不知道，海报和门票是我们对观众的承诺。遵守不遵守承诺，事关信誉，不是用钱换得来的。"

售票员："票还卖不卖？刘团长！"

刘通州："卖！演出不延期，更不能停止！"转身向剧场内走去。

剧场内。

第一遍铃响起。

观众席里稀稀拉拉坐着几十个人。

侧幕边，盲人阿根："怎么凉飕飕的？"

莉莉："阿根，你又有感觉了？"

阿根："我看不见，可我凭感觉能知道下面有多少人。如果一股股暖烘烘的气涌上来，观众席差不多坐满了。今天，就不大对劲。"

第二遍铃响起。三三两两进来几个人，东张西望，似乎随时准备退场。

莉莉："热乎点了吗？"

阿根："凉，没什么暖气。"

第三遍铃响。台下开始鼓掌，吹口哨。

刘通州走到大幕前："观众朋友好，现在离开演还有两分钟。我们一定准时开演，认真演好每一个节目，让各位乘兴而来，满意而归。"

台下响起掌声。

剧场外。

连续开来六辆豪华大巴，车身上写着江海旅行社几个大字。

田野走到售票窗口："嗨，我把旅行社的游客接过来了！二百四十个人，按团体票价格。"

售票员很兴奋："好嘞！"

剧场内。

演出已经开始。

聋哑姑娘在演出舞蹈《蹋歌》，观众席很安静。

旅游者们进场，一批又一批，被手电光引向座席。转眼间，剧场内已坐了一半人。

《蹋歌》跳完，掌声热烈。谢幕时，观众蜂拥而入。

侧幕边。

莉莉："阿根，还凉不凉？"

阿根："不凉了，热气直往脸上扑。快客满了！"

莉莉咯咯地笑起来。

另一侧幕边。

刘通州："怎么一下子进来这么多？"

田野："我接了六车旅游的。"

刘通州："不，后来又进来许多。票怎么会卖得这么快？"

售票员走过来："刘团长，一个大款包下了所有的票，全发给了过路的人。"

刘通州："大款？"

售票员："我听有人叫他什么大尉？可他不像个军官哪！"

刘通州："大卫？是他？！"

舞台上。

肢残者正在演出舞蹈《生命之翼》。

　　挂着双拐的独腿舞者坚韧顽强，奋勇精进，将生命力化作展开的双翅，在幻想中飞腾驰骋的情景，令台下观众动容。观众席一片唏嘘之声。

　　独腿舞者展翅飞翔的集体造型定格。

　　观众席爆发出一波又一波的掌声。

　　篮子在特写光中像一个仙子，一身素白，飘然上场。她的背影镶嵌在巨大的月亮里。

　　她转身回眸，一把羽扇挡着面部，只留下两只闪闪烁烁的眼睛……

　　侧幕边。

　　刘通州："真像天上飘来的一片云，午夜飘来的一个梦。"

　　南飞："哥，不能永远留在梦里。"

　　刘通州："你说我该怎么办？我想要，可我不能……"

　　南飞："为什么？"

　　刘通州："最近我觉得很不好……"

　　南飞："视力又倒退了？"

　　刘通州："不，总是低烧，觉得很虚弱。不瞒你说，我一直在硬撑。我这样的身体，只能把自己留在梦里。"

　　南飞："哥，这不公平。"

　　刘通州："不，这很公平。我们俩不是都愿意小妹一辈子都幸福快乐吗？"

　　舞台上。

　　篮子回到巨大的月亮中变成一个剪影。

　　观众席响起热烈持久的掌声。

　　篮子一再谢幕。

　　后台。

大卫走上后台，一头撞见了刘通州。

刘通州："大卫先生，听说你包下了所有的剩票？"

大卫："刘团长，我说过，你卖我买，这很公平。谁也不欠谁的。"

刘通州："你是不是把我们当成了走江湖、卖艺的戏班子，要有一个阔少爷来捧场？"

大卫："刘先生，你误会了。"

刘通州："不，我没有误会。我们残疾人是有尊严的。你这样做，不符合我们办团的原则，更不符合我做人的原则！"

大卫："那好，我道歉。其实，我这样做，也是怕你们在明星歌会冲击下门可罗雀，失去尊严。"

篮子走过来。

大卫："篮子！跟我来！"

篮子跟着大卫走进贵宾休息室。

大卫："你看，我把谁请来了。"

篮子站在贵宾室门口，又惊又喜地睁大了眼睛。

大卫："篮子，跟杨丽萍老师好好学学吧！明天，我要回新加坡了。"

排练场。

排练场大镜子前，篮子抬起长臂，拢起右手，像孔雀在流连顾盼。

剧场。

田野操纵灯光。光束照射着一身孔雀服装的篮子。篮子的右臂当即变成孔雀长长的细颈项和旋转律动的头。她的腰肢和翎毛般的长裙演绎着孔雀优雅的身姿。

当她在飞速地旋转中把自己变成令人目眩的彩色光影，观众席响起暴风般的掌声。

篮子谢幕后，在侧幕边拥抱了南飞。

南飞一震："妹，成功了！我们成功啦！"

篮子又在另一侧幕边拥抱了刘通州。

刘通州："小妹，哥为你自豪！非常自豪！"

篮子仰望通州："你好热！"（手语）

刘通州："那是因为我的心快从喉咙口跳出来了！你知道我有多紧张吗？"

篮子摸摸他的额头："你在发烧！"（手语）

刘通州："最近常这样，习惯了。你去换装吧！"

化妆室。

篮子的桌上放着九十九朵玫瑰。

篮子十分惊喜，默数花朵，捧起来闻了又闻。

她在镜子里看到了倚在门框边的田野。

篮子："！？"

田野："数了吗？九十九朵玫瑰。"

篮子手语："为什么是九十九朵？"

田野："大学城无名湖那个晚上到今天，已经过去九十九天。每一朵玫瑰后面都有一个痛苦的不眠之夜。"

篮子手语："你比罗密欧还要痴情？"

田野："篮子，我是不是很傻？很没用？本来，我是个很自信的人。自从你拒绝了我，我几乎完全失去了自信……"

篮子手语："田野，你的人生比我阳光，比我顺畅，你应该很自信。"

田野："篮子，这个世界上，只有你能给我勇气，让我找回自信。"

篮子手语："是吗？田野，你说，我该怎么做？"

田野："只要你说一句话，这一句话只有三个字。"

篮子垂下眼睛，默然不语。

南飞来了："篮子！"

篮子走过去。

南飞："走，有客人。"

篮子跟着南飞走了。

贵宾休息室。

任永艾、刘通州陪着一个五十岁上下的女人在谈话。

南飞和篮子进来。

任永艾转身向五旬女人介绍："洪团长，这就是篮子。"

洪团长："刚才，已经领略过她在舞台上的风采了。"向篮子招手，"来，坐在阿姨身边。"

篮子坐到洪团长身边。刘通州则移到另一个单人沙发上。

刘通州："洪团长，看了节目请多指教。"

洪团长："指教谈不上。你们建团不到半年，能演出这么好的一台节目，真是出人意料。"

任永艾："洪团长，您是中国残疾人艺术团的领导，总不会是专门来表扬我们的吧？"

大家都笑了。

洪团长："任主席，咱们可是老熟人了，我这次还真是来者不善，善者不来呀！"

任永艾："哦？你还真有什么打算不成？"

洪团长："那是当然。我是来挖人的。"

任永艾："你想挖谁？"

洪团长："还没说你就紧张了？刘团长，你就不紧张？"

刘通州："您挖我的，我也可以挖你的。人才流动嘛！"

洪团长："嗯，有大将风度。好，那我就直说吧！美国邀请我们中国残疾人艺术团演出，而且要进顶级剧院卡内基音乐厅，那是许多艺术家梦寐以求都进不去的地方。所以，我要排出最强的阵容，最具东方神韵、最能体现残疾人生命活力的节目去征服美国人。任主席，刘团长，这是关乎全局的大事，请二位鼎力相助哟！"

任永艾："这回我不紧张了，我全力支持。"

洪团长："您呢？刘团长？"

刘通州："洪团长，这是我们的荣幸。让我们的人登上世界级艺术殿堂，谢还来不及呢！"

洪团长："那好，我只要你一个人。"

刘通州："谁？"

洪团长拉过篮子的手："她，白篮子。"

刘通州激动地紧闭双唇。

洪团长："怎么？有问题？"

刘通州声音有点发颤："……有问题，不，没问题，没问题……"

洪团长："刘团长，是借。有借有还。成吗？"

刘通州用力地点头，拉过篮子另一只手："篮子，高兴吗？"

篮子点头。

刘通州："祝贺你，祝贺……"眼中泪光一闪。

洪团长："五天后在北京集中，排练二十天，然后飞纽约。篮子，可不能迟到哟！"

篮子从剧场后门走出来，深深地吸了一口清新的空气。

她忽然举起双手，跑下后门外的水泥坡道，奔跑，旋转，跳跃……月亮和星星在她头上旋转，楼宇和树木成了飞掠的光影。

突然间，两个黑衣人从两面挟持了她。他们是阿东阿西。

篮子被塞进一辆汽车。

田野看到了篮子被塞进汽车的情景。待他追过来，车已开走。他当即叫住一辆出租车："盯住前面的车！要快！"

阿东阿西的轿车飞速穿过街市。

阿西驾车，阿东与篮子并肩而坐。

阿东："篮子，别怕。我这么做，只是为了爱你。只要你肯，我保你过一辈子好日子。"

篮子瞪了他一眼，扭过脸去。

田野的出租车紧随其后。

田野打手机："喂喂，刘团长吗？我田野！篮子被劫走了。我在追……那车号是……53988！"

刘通州冲出剧院，在坡道上跌了一跤。爬起来，当即用手机拨了"110"。

刘通州："110吗？有人被劫。……女的，21岁……车号？

53988。有人盯着！他叫田野。对。手机号是……13016922118。"

　　阿东的车上。

　　阿东："篮子，不要这样！你已经折磨了我十几年了。没有你，我真的会死的！"一下子搂过篮子，强行亲吻，被篮子挣扎着用力推开，打了他一记耳光。

　　阿东："打得好！打得我心头的火更旺了！今天，我不把你拿下，我阿东就不是个男人！"再一次搂紧篮子，把身体压向她，被篮子咬了一口，大叫一声捂住了脸。

　　刘通州和南飞也进了出租车。

　　刘通州打手机："田野，你在哪？"

　　田野的声音："外环路。马上到立交桥了。"

　　刘通州："师傅！外环路立交桥，越快越好！"

　　田野的车紧紧咬着阿东阿西的车。

　　阿西："阿东，后面有尾巴！"

　　阿东："甩了他！实在不行，撞他！"

　　阿西："玩儿命了？"

　　阿东："你的本事哪去了？要他的命！我的命留着享受篮子哪！"

　　田野的出租车。

　　田野接听手机："谁？110？他们马上要上外环立交桥了！你们快一点！我一个人对付不了他们！"

　　刘通州的车不顾红绿灯飞快地冲过市区……

　　刘通州打手机："田野，你从立交桥东面上，我从西面上，堵住他！"

立交桥。

阿东阿西的车驶上立交桥。

田野的车紧迫其后。

阿西突然倒车，猛地向田野的车撞去。

田野的车急避，撞了护栏。

这时，刘通州的车迎面驶来。

阿西加速向刘通州驶去，大有玉石俱焚同归于尽之势。

刘通州的出租车司机紧急闪避，车身在桥栏上擦出火花，阿西的车风驰而去。

田野的车又追了上去。刘通州的车也倒过来尾追。

阿西驾车直奔铁路而去。

一辆特快列车飞速驶来。

阿西在最后一秒冲过铁路。

田野、刘通州的车急停。

特快列车驶离路口，阿西的车已不见踪影。

"110"来了。一大片警灯闪烁，警笛四起，却不知阿西的车在哪里。

林中废园。

阿东阿西把篮子带到树林深处的废园里。

推开大门，一群鸟扑棱棱飞离房顶。

篮子被带到二楼的一个房间里。阿西把她绑在一把椅子上。

阿东打手机："喂，田野吗？……我是谁？你该知道。我教训过你，离篮子远一点。你做到了吗？……还嘴硬？好小子，你居然还报了警……我本来没啥恶意，只是喜欢篮子，想跟她亲热……你这么一兴师动众，要让我亡命天涯是吧？……也好，我只有拿篮子换点盘缠了。你爸不是款儿吗？让他准备一千万。过了四十八小时不兑现，我就撕票。我会告诉你到哪儿收尸的！……还有，不许再报警。只要发现有警察出现，我立马杀人！你听懂了吗？"

阿东收起手机，一脸坏笑地向篮子走去："篮子，我不是很男人吗？为什么不能做你的情郎呢？"

出租车上。

田野的车熄火，发动不起来。他上了刘通州的出租车。

坐在后排的刘通州、南飞注视着他。

南飞："是阿东？"

刘通州："他怎么说？"

田野："赎金一千万，限四十八小时，否则撕票。不许报警，一旦发觉，立马下手。"

南飞失色："天哪！"

刘通州猛槌椅背，身子朝后一仰，长吁了一口气。

田野打开手机拨号："爸……睡了？……当然有急事。篮子……"

田明家。

田明在床上接电话："什么？一千万？四十八小时？这么多钱怎么筹措得起来？"

田野的声音："不给钱篮子就没命啦！阿东说，让我等着收尸呢！"

田明的话筒掉下来，张大了嘴，茫然看着前方："不行……不行！不能让他们……杀我的女儿……不，不能！不能！！不能！！！"

杨柳："那我马上报警。"

田明夺过电话："你别给我帮倒忙啦，老婆！"

新世纪公司。

田明紧皱眉头，走出电梯间，向办公室走去。

女秘书站起来："董事长，今天上午有一个会议一个活动。"

田明："全部取消。"

女秘书："董事会也取消？"

田明："你听不懂话吗？取消！"走进办公室，忽又回头，"你把财务主管叫来！叫他马上来！"

残艺团团长办公室。

刘通州拿起电话，拨通长途："律师先生吗？我刘通州。别墅卖掉没有？"

律师的声音："还没有。"

刘通州："怎么还没卖？"

律师的声音："前个时期行情不好，拍卖一再延期。"

刘通州："要等到什么时候？我急需用钱。"

律师的声音："明天下午。"

刘通州："明天下午？能不能早一点？"

律师的声音："已经安排好了，没法再提前了。"

刘通州："那幢别墅能卖多少钱？"

律师的声音："起拍价两百万。"

刘通州："什么？那别墅可是花了阿姨八百万哪！估计能卖什么价？"

律师的声音："拍卖会情况瞬息万变。这要看机会，看运气。卖好了也就三百多万。"

刘通州："这点钱够干什么？"

律师的声音："刘先生，你也做上生意了？现在口气比以前大多了嘛！"

刘通州："我这可是性命交关的大事。拍卖完毕你立即把钱打进我的账户，一分钟也不要延误！"

律师的声音："刘先生，一年不见，你好像变了一个人了。对金钱已经十分在意了！这可真是一大进步，哈哈哈……"

刘通州放下话筒。

南飞："钱什么时候能到？"

刘通州："明天下午拍卖，再办交割手续，把现金打进账户……这过程最快也要两天。"

南飞："通州哥，那可是黄花菜都凉了！"

刘通州："除此之外，还有什么办法？事到如今，才知道钱的分量！"

田明办公室。

财务总管进来："董事长找我？"

田明："公司现在有多少现金？"

总管："五十六万。"

田明："就这么一点？"

总管："董事长，今年新上三个项目。钱都打进项目里了。

田明："先把五十六万冻结起来。我随时要用。项目的钱还能抽回来吗？"

总管："项目两个在建，另一个玩具厂正在筹建，花钱地方也很多。"

田明："紧急抽调，能抽的都抽回来。"

总管："一抽出现金，项目就停了。"

田明："停就停。给你二十四小时，你能抽回多少现金？"

总管："也就二百多万。"

田明："二百多万？怎么会这么一点？"

总管："有的已经拿去买材料和设备了，还有的已经变成了新建项目的固定资产。"

田明转来转去，突然站下："那好吧！明天中午之前，你必须交给我三百万现金。"

总管："能问一下董事长，要这么多现金做什么用吗？"

田明："嗯？问我？是的，总管有权利问。可是我无可奉告，也无法奉告！你执行就是了，不许你跟任何人讲这件事，知道啦？"

总管："是，董事长。"退下。

田野闯进来："爸！"

田明："你到这儿来干什么？"

田野："篮子的命你救不救？"

田明："你嚷什么？走，我们回去说！"

轿车内。

田明驾车。田野坐在一侧。

田野："爸，刘通州也在筹款。"

田明："他能筹到钱？"

田野："说是大约三百万，就怕四十八小时到不了帐。"

田明："废话！纸上谈兵！"

田野："爸，现在就看你了。你怎么一点都不急？"

田明勃然大怒，用力拍了一下方向盘："谁说我不急？那是我女儿，她身上流着我的血！"

田野："爸，你说什么？"

轿车已驶到家门口。

田明下车，进屋。田野跟在后面。

田明一屁股坐在起坐间大沙发里，怔怔地望着前方。

田野："爸，你刚才说什么？"

田明："嗯？我刚才说什么了吗？"

田野："你说篮子是……我姐？"

田明："是啊，是啊……"长叹一声，"她是你失踪多年的姐姐……"

田野："不，这不可能！"

田明："儿子，这是现实。你必须面对它。"

田野："爸，你为什么不早说？"

田明："爸早就说了……爸打你耳光，不许你向她求婚，就是因为你们是姐弟。"

田野："爸，你，你在撒谎！"

田明："爸这辈子也许撒过不少谎，可这件事，爸是没办法永远讲假话的。"

田野："那你一直在隐瞒真相？"

田明："我一直在明察暗访，寻找证据。直到最近，我才确认……篮子是我女儿。"

田野："这么说，命运跟我开了一个玩笑？我死去活来爱了六年的姑娘，竟然，竟然……"泪下，遂又转哭为笑。

田明："田野，人的一生会有许多痛苦。我知道，你爱篮子爱得很深。也许，冥冥中有一种无形的力量让你们走到一起。现在篮子永远是你的了，她再不会拒绝了，你们是一家人！"

田野："可是她就要死了！你究竟为她做了些什么？"

田明："我紧急抽调了三百万现金。"

田野："三百万，三百万能干什么？杯水车薪！"

田明："哦，对了，我该打电话给大卫，让他想想办法。"

田野："他在新加坡，不在崇川。"

田明："可以飞过来，每天都有航班。"拿起话筒，要拨电话。

田野："别找他！他对篮子没安好心！"

田明："田野，你错了，大卫才是真正的白马王子。他是最适合做篮子丈夫的人。"拨电话。

新加坡。

落地窗外是新加坡林立的高楼大厦。

电话铃响。

坐在转椅上的大卫拿起桌上的话筒："喂？哪一位……哦，田明先生！……什么？……篮子被绑架了？……现在有生命危险吗？……一千万？……四十八小时撕票？……还差多少？……好，我尽力。我尽全力！"

大卫放下电话，立即起身穿上西装走出办公室。

他迅速穿过走廊，来到尽头的董事长办公室。

他没有敲门，直接推门而入："父亲！"

吴思川放下文件，抬起头来："你今天怎么啦？连门都没敲。"

大卫："篮子出事了。"

吴思川："你说什么？"

大卫："她被绑架了。"

吴思川："这，这怎么可能？"

大卫："赎金一千万人民币，田明已经筹了三百万。爸，我们得准备八十五万美金。"

吴思川："什么时候要？"

大卫看表："离撕票还有三十六个小时！"

吴思川："天哪！这是为什么？世道怎么会变成这样？！"

洗衣织补店。

阿桃愁容满面地倚在内室床上："老天爷，你为什么总不肯放过我的篮子，她遭的罪还少吗？"

黄刚坐在床边，握着她的手："不是都在想办法吗？会没事的……"

阿桃："一千万是个小数吗？万一凑不够……篮子……就……就……"泪下。

黄刚："通州、田野和大卫都在筹款，我看没问题。"

阿桃："真凑够了，救下了篮子，那一千万……下辈子也还不清，你说该怎么办？"

黄刚："车到山前必有路。那一千万，阿东阿西能带得走？那不过是诱饵，引他上钩的。唉，篮子磨难不少，可总有那么多人关心她，帮助她。我看她是福星，会遇难呈祥的。"

阿桃："你可真会安慰人。要是没有你，我就只有上吊的份儿了！"

田野从外面进来："阿姨！黄叔！"

阿桃："怎么样？"

田野："我爸的三百万，下午可以到手。通州哥那头，眼下还没有消息。"

阿桃："大卫呢？"

田野："他的班机下午四点到上海，到银行提现金，要一个小时，再开车过来，四小时车程，晚上九点可以赶到。"

黄刚："这么说没问题了？"

田野："只要航班准点，高速公路不关闭，就不会有问题。"

阿桃："大卫拿出七百万？"

田野："是。"

黄刚："真看不出这个华侨富商心这么实。"

田野："阿姨，我想问你件事。我知道，问得很不是时候。"

阿桃："问吧！这会儿，阿姨的心放下一大半了。"

田野："篮子，篮子……是不是您拣来的？"

阿桃："田野，你怎么想起问这个？"

田野："我爸说，她是我姐，不让我跟篮子谈婚论嫁。我怀疑……他在骗我。"

阿桃："你爸这么说有什么根据吗？"

田野："所以我来问你。如果她不是你亲生，就多了一层可能性。"

阿桃："不，她是我女儿。"

田野："黄叔，是吗？"

黄刚一愣："……哦？啊……"

阿桃："不过，我觉得……你们俩不合适。篮子比你大，你们俩……都不是过日子的人。"

田野："阿姨？！你也这么看？那么大卫就是过日子的人？"

手机响，田野接手机。

阿东的声音："田野吗？……还有十二个小时。告诉你，到了时间，我一分钟都不会等的。听见了吗？嗯？"

田野关上手机，心事重重地低下了头。

残疾人艺术团团长办公室。

刘通州在打电话。南飞焦急地盯着他。

刘通州："别墅拍了多少钱？……三百六十万？什么时候能打过来……什么？手续还没办完？……今天办不完？办不完那钱还有什么用？你就不能抓紧一点？……着急也没有用？我能不着急吗？"

南飞："这，这，这不是拿慢刀子杀人吗？真是废物！"

田明办公室。

他拨通了大卫的电话："大卫吗？你在哪里？……已经到机场了……什么？怎么会？……上海在下大暴雨，延迟起飞？这，这，老天爷怎么这么不讲道理嘛！"

田野闯进来："爸，阿东来电话了。"

田明："他说什么？"站起来。

田野："他说晚一分钟都不行，到了钟点，他不会再等的。"

田明："一分钟都不等？"一屁股坐下。

上海机场。

客机在雨中降落。

大卫从甬道直奔检查处。他通过检查，抬眼看，墙上时钟正指五点，他快步走出候机厅。

出租车将他送到一个停车场门外。

他直奔自己的奔驰车，当即驾车驶出停车场。

手机响。他打开手机："田先生吗？我正在去银行的路上。银行五点半停止取款。我得赶路，过后再谈。拜拜！"

外滩。

海关钟楼钟指五点二十五分。

大卫下车，直奔银行营业大厅。

他一溜小跑来到取款窗口："我取款。"

银行职员："要下班了，明天吧！"

大卫："几点下班？"

银行职员："五点半停止取款业务。"

大卫："可现在是五点二十八。"

银行职员："还有一分半钟。"

大卫："一分钟也有个信誉问题。你说是不是？"

大卫拎着钱箱走出银行时，上海海关大钟针指六时二十分。

他驾车离去，车却走得极为缓慢。路上车流如织。到了一个十字路口出现拥堵。一片喇叭声，汽车无法前行。

海关钟楼敲了七响。汽车仍不能移动。

大卫猛敲方向盘："见鬼！这不是要人的命吗？"

田明家起坐间。

田明、田野如热锅上的蚂蚁。

田野手机响。田野打开手机，响起阿东的声音："还有一个小时。准备好了吗？"

田野："准备好了。在哪儿交？"

阿东："半个小时以后你上车，我会告诉你怎么走。"关机。

田野："爸，阿东让半小时以后上车。大卫还没到，怎么办？"

田明打开手机："……大卫吗？你在哪里？什么？……还有六十公里？再过半小时就要上路了，你再快一点！尽量地快！"

　　大卫驾着奔驰车在高速公路上风驰电掣地超越着一辆辆轿车客车和货车……

　　田明家。

　　挂钟针指六点三十分。

　　田野手机响。他打开手机，响起阿东的声音："六点三十分，你可以上车了。车上不能有第二个人。"

　　田野："还有七百万在另一辆车上。他还在路上。"

　　阿东："还在路上？你又要耍什么花招？你知不知道，你这是在拿篮子的性命开玩笑？告诉你，两人必须乘坐同一辆车，必须按时送到，否则，嘿嘿嘿，哈哈哈……"

　　片尾歌：

黛瓦粉墙小石巷，
外婆桥畔草莓香。
芬芳年华东流去，
一轮明月梦水乡。

梦中又乘乌篷船，
梦中又见月弯弯。
梦中又牵你的手，
醒来床前一片霜……

二十一

田明家内外。

门口响起汽车喇叭声，田野冲出去。一辆奔驰停在门外。

大卫按开车窗："田野，怎么走？"

田野从田明手中接过钱箱，迅即上了奔驰车。

汽车驶离田明家。

田野手机铃响起来。他打开手机，听到阿东的声音：

"车上就只有两个人吗？"

田野："是。"

阿东："照我说的走。你在哪里？"

田野："东台路。"

阿东："你先把车开到东台北路最北面。"

田野："然后呢？"

阿东："到了那里再听我指令。不许你多问，知道吧？"

残疾人艺术团办公室。

南飞守在电话机前。刘通州忽觉眩晕，落座。电话铃骤响。

刘通州跳起来扑向电话："你田野？……东台北路最北面？好！"

放下电话，拨通110："喂，他们马上就要到达东台北路北头。你们随时等我电话。好，再见！"

刘通州敲了几下前额："南飞，我直想呕吐，我好像马上要崩溃了！"

南飞："哥，这可是关键时刻，你千万不能倒下！"

林中废园。

大卫驾着奔驰车驶进林中废园。

阿东在楼上窗帘缝隙里向下望着。

大卫、田野下车，各拎一个钱箱向小楼走去，来到门前，推了一下，门开了。楼梯上有一盏幽暗的灯。田野在前，大卫在后，拾级而上。楼梯发出空洞的声音。

他们来到楼上一个厅里。厅里没开灯，只有月光从窗里射进来。

阿东阿西各站在一个暗角里。

阿东："把箱子放到屋子中间。"

田野、大卫把箱子送到屋子中间。

阿东："打开。"

田野、大卫把箱子打开。两只箱子都装满了大钞。

田野："篮子呢？"

阿西打开内室门。篮子从里面走出来，见到田野、大卫，十分惊异。

阿东："把车钥匙给我。"

大卫掏出车钥匙，扔给他。

阿东："手机。"

田野、大卫的手机被阿西收走。

阿东、阿西一人拎起一只箱子，反锁了客厅的门，匆匆下楼走了。

阿东、阿西走出楼门，上了奔驰车。忽然周围许多车灯一起亮起来，十几支枪同时对准了奔驰车。

阿西猛然发动汽车向园外冲去，警车当即紧追。

奔驰车冲上公路，四辆警车把奔驰车夹在中间向前急驶。奔驰车左冲右突，撞击警车。忽然，对面一辆超大货车驶来，奔驰车避闪不及，钻到了货车下面。

……当货车下的奔驰车被拖出来时，阿东阿西都已死去。他们的面部在闪烁的警灯下显得非常怪异。

林中废园。

刘通州和南飞跑到楼上，撞开客厅的门，看到了被大卫、田野架着的惊魂未定的篮子。

刘通州："篮子，活着！活着……"突然瘫倒在地。

南飞："通州哥！通州哥！"

病房。

篮子躺在病床上，阿桃守在身旁。

阿桃："唉！想起来都后怕，要是有个万一，我还能活得下去吗？"

篮子深情地看着阿桃。

大卫捧着鲜花进来："阿姨，篮子好些吗？"

篮子坐起来，接过鲜花，捧在怀里，嗅了嗅花香。

阿桃："为了救你，大卫先生从新加坡赶回来，拿了七百万现金。"

篮子手语："七百万？我该怎么还你？"

大卫手语："篮子，生命永远比钱重要。"

田野进来："剥离了金钱，才能看到爱情本色。大卫先生，你说是吗？"转对篮子，"嗯，气色好多了！猜一猜我给你带来什么礼物？"

篮子想了想，又摇摇头。

田野从怀里掏出一双红舞鞋。

篮子接过红舞鞋两眼闪闪发光。

田野："知道我为什么送你红舞鞋吗？"

篮子手语："难道这也是一双魔鞋？"

田野："穿上它，你就会永远跳下去，一直跳到最后一刻。"

篮子点头："我愿意这样度过一生。那才是最快乐的。"

篮子倏然下了病床。

阿桃、大卫、田野都惊喜地看着她。

篮子手语："我好了，我要去看看通州哥。"

田明从外面进来："篮子，你怎么起来了？"

刘通州的病房。

面色苍白的刘通州躺在病床上。刘三守在他身旁。

田野、大卫、篮子、田明、阿桃正要走进病房，被护士拦住："请留步，他的病不适合许多人探视。"

阿桃："他得了什么病？"

这时，病房外墙边硬塑椅上传来几声哽咽。大家回头看去，南飞垂着头弯着腰坐在那里。

篮子过去，在他身边坐下。

南飞抬起头来。

篮子手语："哥，他怎么啦？"

南飞的泪水又流下来："……他们给通州哥做了血常规，又做了骨髓穿刺，确定他得了……白血病。"

阿桃："白血病？能不能治？"

南飞："放疗、化疗，都不能去根。"

阿桃："那他会怎么样？"

南飞："他……他……活不了多久了……"

篮子摇头，用力地摇头。

医生办公室。

医生："白血病被称为血癌，那是因为白血病细胞会无阻拦地侵犯所有的脏器，导致全身衰竭而死亡。"

阿桃："医生，我们是问你怎么才能让他不死，好好地活下去！"

医生："不死？不死的还真不多。"

田野："不多不也还是有吗？"

医生："唯一的办法是骨髓移植。"

南飞："能保活吗？让他活着！"

医生："骨髓里有一种造血干细胞，可以重建造血功能。"

南飞："那就移植我的！"

医生笑了笑："这要看能不能跟患者配对。能配对的，极为罕见，常常是踏破铁鞋无觅处。"

南飞："抽我的！能抽多少抽多少！我就是那铁鞋！不，我就是觅处！"

篮子也走过来，指指自己。

阿桃："要不，我也试试？"

医生："你是不是有点害怕？"

阿桃摇头："不会抽出人命吧？"

医生："大姐，不会影响你的健康。我保证。"

阿桃："那好，那好，我把她爸也叫来配对。"

刘通州的病房。

篮子走进刘通州的病房。坐在他身旁静静地守望着他。

刘通州醒来："篮子，你来了？"伸出手来。

篮子伸过手去，与他的手握在一起……

刘通州："我梦见你来……你还真来了……"

篮子手语："只要你愿意，我会一直守着你……"

刘通州："不，不要……哥要你事业辉煌，哥要你一生快乐……篮子，雨过天晴了……你的一切磨难都过去了……幸福在向你招手。哥不管活着……还是死去……都会为你祝福……为你祈祷……"

篮子泪眼迷蒙："哥，你要活着。为你的小妹活着，篮子需要你，需要你……"

刘通州："要我做你的耳朵？不，你该有更好的耳朵。哥也不要你做哥的眼睛了……我们就这么说定了……好吗？"

篮子摇头，用力地摇头。

无菌室外间。

刘三从无菌室出来，看到坐在外间的田明。

刘三："田先生！？"

田明："唔，是你。"

刘三："您这是……"

田明："捐献骨髓。"

刘三："给谁？"

田明："给刘通州刘团长哪！"

刘三："田先生？！你？你不恨我？"扑通一声跪在田明面前，"田先生，我刘三不是人，不是人哪！"

田野推门进来，看见刘三下跪的背影，当即退出去，掩上了门。

田野站在门外倾听。

刘三："田先生，二十年前是我撞死了你的爱人，至今没有投案。我明明看到你的女儿飞到阿桃的篮子里，不敢说出真相，就怕拔出萝卜带出了泥。因为我的罪过，你们父女二十年不能相认，可是，可是你，你还要救我儿子的命！"他啪啪啪地自打耳光，"田先生，您现在就把我送到公安局，我，我，我给你爱人顶命！"

田明："刘三，二十年了，我只要你一句话。现在，你把这句话给我了，我还要谢谢你。我怎么会让你去抵命呢？你去抵了命，通州又该怎么办？……刘三，我们两清了。"

田野在门外颓然下滑，一屁股坐在地上，深深垂下了头："不，不，只要我活着，我就要爱她，爱她……"泪下。

刘通州病房。

刘通州握着篮子的手睡去了。

刘三和田明走进病房。

刘三看到了刘通州和篮子紧握的手。

篮子见他们进来，将手抽出，腼腆地望着他们。

刘三："篮子，刘伯伯有话跟你讲。"

田明："我们出去谈吧！"

医院后园。

刘三、田明和篮子走进后园，来到一个亭子里，在石桌前坐下。

医院里。

田野走进无菌室。

南飞和大卫在外室等候。他俩的目光相遇又分开。

南飞："大卫，也许，我一直没看懂你。"

大卫："南飞，我这个人很难看懂吗？"

南飞："我不太相信有钱人能有真情。"

大卫："无商不奸，为富不仁？"

南飞："我承认，我把你看低了。对不起！"

大卫："谢谢。这么说，我在家乡又多了一个知音。你不介意我爱你的小妹？"

南飞："我很介意，而且很妒忌。我一直不敢相信，你是她可以托付终身的人。"

大卫："南飞，我会让你相信的。我首先是个男子汉，其次才是个商人。"

后园亭子里。

篮子眼前出现一个巨大的弧线，最后，小女孩落在草莓篮子里，溅起了许多红色的浆汁。

篮子浑身一颤，捂住了眼睛。

刘三："篮子，我罪过，罪过呀！这都是我的错，我的错！"

篮子转过脸去，看到了木立在亭子外面的田野。

田野走过来："篮子，你相信他们讲的故事吗？"

篮子默然。

田野："我不相信，这不可能！谁知道二十年前那起车祸撞死的到底是谁？如果她不是爸的前妻，故事的结局就完全不同。"

篮子陷入沉思。

田野："篮子，做个 DNA 检测，就可以真相大白了。我想，那该是一个全新的故事。那最精彩的结尾将会属于你和我。"

刘三："看来，这是唯一的办法了。不然，就是长出一千张嘴也说不清。"

田野："篮子，你愿意吗？"

篮子把目光投向田明。

田明："篮子，只要你愿意……"

篮子瞟了他一眼，走出亭子，穿过后园，进了医院后门。

医院里。

当阿桃和黄刚从无菌室里出来，刘三看到他们。

阿桃："刘三？看把你愁的！不要着急，这么多人捐献骨髓，总有配上对的。"

刘三："他婶子，你也捐了骨髓？"

黄刚："我们都捐了。通州是我们看着长大的。这孩子又仁义又能干，他病了，我们能看着不管吗？"

刘三："他婶子，还记得那时候我每天让通州包下你的草莓吗？"

阿桃："记得！怎么不记得！通州那仁义劲儿，就像你……"

刘三："你知道为什么吗？"

阿桃："为什么？"

刘三："篮子的亲妈是我撞死的……"

阿桃："什么？"

刘三："篮子是田明的女儿……"

阿桃："你跟他说了？！"

刘三又抽自己的嘴巴："我刘三里外不是人，里外不是人哪！"

刘通州病房。

南飞进来："哥，拍卖别墅的钱打过来了。"

刘通州："多少？"

南飞："三百八十五万。"

刘通州："急用的时候打不过来，真是的……"

南飞："现在不是正好有用吗？不管花多少钱，都得给你治好病。"

刘通州笑了："南飞，跟文化局谈一下，把京剧团大院买下来，我们把它改造一下。把排练场、宿舍、餐厅都搞得好好的，让大家有一个温馨的家。"

南飞："还是先用来治病吧！"

刘通州："能不能有配对的造血干细胞，完全靠运气。钱再多没有用。你今天就去找文化局谈，买下来以后，改建的事也都交给你了，行吗？"

南飞："哥，不，还是先治病！"

刘通州："南飞，你让哥活着的时候把一切都安排好不行吗？"

南飞："哥，你怎么这么说？"

刘通州："我知道，全团的人都来献了骨髓，可是，没有一个配对成功的。"

南飞："哥，那我们满世界找！到互联网上，一定能找到的！你要有信心！"

刘通州："这不是靠信心能解决得了的。南飞，我现在有点相信命运了。"摆手，"去，去办正事，我等你回音。"

莉莉进来，拎着保温瓶和水果。

南飞向外走去。

刘通州："莉莉，你们俩怎么回事？"

莉莉垂下眼睛，叹了一口气："通州哥，我熬了一锅鸡粥，吃一点？"

刘通州："做了放疗、化疗只想吐，一点胃口都没有。"

莉莉："不吃不是更顶不住了吗？你可得顶住哇！"

刘通州："你怎么跟南飞说的一样？听说，他连打带骂都撵不走你？你能理解他吗？"

莉莉："我知道，他不想拖累任何人。"

刘通州："这么说，是你不能没有南飞，不是南飞不能没有你？"

莉莉："通州哥，你说什么哪？"

刘通州："莉莉，我把南飞交给你了，我最不放心的，就是他。"

莉莉："哥，你放心，我会疼他一辈子。"

南飞在门外泪流满面，用头撞着墙壁……

莉莉："我答应你了，你也要听我的，吃一点。"

刘通州："给我一块咸菜吧，我只想吃咸菜。"

南飞直奔医生办公室。

他闯进医生办公室，脸上泪痕未干。医生惊异地看着他。

南飞："医生，救救我哥，我求你啦！"

医生："我会竭尽全力。竭尽全力！你放心，我正在网上寻找配对者。在外面找到配对的，这两年还真有几例。"

南飞："医生，那就拜……托……了！"跪下，呜呜地哭起来。

医生当即起身扶他："快起来！快起来！这是怎么说的？我知道刘通州的为人，不然不会有那么多人来捐献骨髓。我敬佩他的人品，一定想尽一切办法给他配对。你放心，放心……"

水乡镇。

篮子来到石拱桥下。石子路弯口上有一个小姑娘在卖草莓。她的草莓篮子旁放着一摞柳条编的小巧的篮子。

篮子拣了一只小篮子，又把一只一只鲜红欲滴的草莓放进小篮子里。

恍惚间，少年刘通州弯下腰来："我是谁？"

幼年的篮子眨动长长的睫毛："不知道。"

刘通州："真的不知道？"

篮子调皮地望着他："真的不知道。"

刘通州忽然把她抱起来，一次又一次更高地抛向天空。篮子又害怕又高兴地尖叫起来："知道！……知道！……"

篮子拎着盛草莓的小篮子走向石子街深处。

河崖上。

篮子站在河崖上。

恍惚间，十六岁的刘通州坐在那里弹琵琶曲《弯弯的月亮》，他转身看到篮子，琴声戛然而止。

篮子："你不是说今天有好消息吗？"

刘通州："有过，现在没有了。"

篮子："我不明白。"

刘通州："它已经没有意义了……篮子，如果有一天我走了，很久没回来，你会忘记我吗？你还能想起我吗？"

篮子："哥，我一辈子都不会忘记你。不管走多远，走多久，你都是我哥……"

刘通州泪光一闪，低下头去，拨弄琴弦，唱起了《弯弯的月亮》……

篮子拎着一小篮草莓来到刘三家门外。门虚掩着。门里传来压抑的抽泣声："通州我儿，你真的要走在爸爸的前面吗？真的吗？"

篮子推开虚掩的门，刘三连忙揩去满脸的泪水，怔怔地望着篮子和她手中的一小篮草莓。

篮子把一小篮鲜红欲滴的草莓放在八仙桌上。

四目相视。篮子眼里也汪满泪水……

刘通州病房。

黄越拎着保温瓶进来，看到刘通州没有血色的苍白如纸的脸："通州哥？！"

刘通州："越越，你的病，好些了？"

黄越："哥，我爸给你做了小馄饨和鸭血线粉汤，你吃一点？"

刘通州："我要是能吃就好了。"

黄越："很香的。"打开保温瓶，凑到刘通州身旁。

刘通州嗅了两下，突然恶心呕吐，吐得眼泪汪汪。

黄越忙用痰盂接，拍着他的后背。

黄越："哥，你这样，我害怕极了……"

刘通州："怕什么？怕哥会死？人总是要死的……"

黄越："不，我不要你死！我不要你死！"扑在他身上大哭起来。

电梯间。

篮子拎着一小篮红红的草莓，田明拎着两盒灵芝宝与篮子在电梯间相遇。

篮子按 6，田明的手与她重叠在一起。

田明："真糟糕，港澳台和国外都没有能跟刘通州配对的。"

篮子把目光投向他。田明接住她的目光，却又看了看她手中的小篮子。

田明："篮子，盛草莓的篮子，是不是也盛着许多记忆？"

篮子眼睛里顿时闪现出些许沧桑。

田明："篮子，我很对不起你。我几乎不敢面对你。"

电梯停下来。

他们走出电梯间。

篮子走到 DNA 检测室门口站下，回眸田明。田明也收住了脚步。

篮子推门走进 DNA 检测室。

田明随后跟了进来："篮子？！"

刘通州病房。

刘通州把目光投向床头柜上一小篮红草莓，凝视坐在红草莓旁的篮子。

刘通州："篮子，谢谢……这些草莓给我带来许多美好的回忆。"

篮子手语："不仅仅是回忆，还有未来。"

刘通州："还有未来吗？"

篮子点头。

刘通州："篮子，为什么还没去北京集中？你可不能耽误出国演出呀！"

篮子手语："我不想去了。"

刘通州："为什么？"

篮子手语："我要陪着你。"

刘通州："不，篮子。如果你不参加出国演出，哥会很失望的。"

篮子手语："可这时候离开你，我做不到。"

刘通州："你如果不走，我会拒绝一切治疗。"把脸转过去。

篮子看着他，他始终不语，也不睁开眼睛。

天黑了。窗外挂着一弯新月。

篮子俯下身去吻刘通州的额头。

刘通州睁开眼。

他看到了她身后弯弯的月亮。

她也转身看天上的弯月。

刘通州轻轻哼唱："黛瓦粉墙青石路，外桥桥畔草莓香，芬芳年华东流去，一轮明月梦……水……乡……"

篮子黯然，手语："哥，那是岁月，那是昨天，那也是永远的爱……"

刘通州："妹，我要你有明天，有彩虹一样的明天，去吧！哥等你回来。"

篮子又亲了一下他的额头："哥，你要等我，等着我……"招招手，走出房间，在门口回眸时遇到了刘通州深情酸楚的目光。

刘通州旁白："篮子，也许，我等不到你回来了……可我的灵魂会陪伴着你，时时刻刻，永永远远……"

首都机场。

波音 747 腾空而起。

客机在蓝天上飞行，下面是厚厚的白云……

机舱里。

篮子看着舷窗外如洗的蓝天和棉絮般铺向远方的云朵。

她的心声："这里是不是上帝居住的地方？如果真的有上帝，你该保佑好人健康平安。"

刘通州画外音："篮子。我快要死了。我在人世间走了一回，留下了什么？此刻，我心里充满着留恋，充满着爱。那么，我就把爱留下吧……篮子，我的爱，会进入你的灵魂吗？"

她收回目光，靠在椅背上，微闭双目。

刘通州的画外音："妹，我要你有明天，彩虹般的明天！"

坐在她身旁的洪团长瞥了她一眼，递给她一杯橙汁："篮子！"
篮子睁开眼，接过橙汁，喝了一口。
洪团长："好好休息，到了那儿，我们还没有倒过时差来，就该走进艺术圣殿——卡内基音乐厅了。那里面有一个金碧辉煌的展室，在走廊和前厅里挂满了一百年来在这座顶级殿堂里演出过的艺术家的肖像和海报……真是琳琅满目，令人叹为观止啊！"
篮子看着洪团长，泪眼迷离地投进她的怀抱。

卡内基音乐厅。
篮子怀着朝圣般的心情仰望群星争辉的艺术家肖像。当她走到尽头，一张大型照片令她为之一震——那是她演出《雀之灵》的剧照，那孔雀开屏的风情和神秘的微笑使她不敢相信自己的眼睛。她闭上眼，少顷又睁开，还掐了一下自己的胳膊。她的眼中蒙上一层泪雾。那剧照也变得朦朦胧胧。
卡内基音乐厅舞台上。
篮子一身孔雀服在巨大的月亮中，如孔雀般前俯后仰，左顾右盼。在透明的月光下，肢体的曲线时而伸展时而扭曲，时而波荡着似水柔情，时而摇曳出万种风情。
剧场里一片静谧，几乎能听到呼吸的声音。
观众的眼神流露出无限的惊叹、赞赏、向往和梦境般的幻想。
当篮子在飞速的原地旋转后以孔雀造型定格，变成月亮中一个剪影。当剪影中，孔雀的头部又一次向周围顾盼流连后再度定格。观众席发出惊叹和欢呼，随之响起暴风雨般的掌声，经久不息。

篮子三次谢幕，掌声却变得更富激情。

场灯暗。

篮子再次出现在巨大的月亮里，在飞速的旋转中变成一团白色的光影，然后渐渐隐去。

观众们又欢呼起来，全体起立，有节奏地鼓掌。

走到大幕前的篮子，接过一捧又一捧鲜花，以至于挡住了她的脸部。

篮子把鲜花掷向观众席。

她看着观众忘情地鼓掌，耳中却是一片死寂。突然，雷鸣般的掌声冲进她的耳膜。她睁大眼睛木立在那里。

她的心声："我听见了，我听见了！"

她转身从大幕隙缝中走进去，大叫着奔向后台："我听见了！我听见了！"

演员们惊讶地看着她。

"她怎么了？"

"篮子不聋了？"

"篮子会说话了！"

"奇迹！奇迹发生了！"

篮子一下子抱住了洪团长。

洪团长愣住了。

篮子亲吻洪团长的脸。

洪团长："篮子，发生了什么？"

曲终人散。

大幕静静地拉开。

空空的观众席站起一个人来。他是田明。

篮子从黑色的舞台深处走到台口，看到田明，忽又停下。

田明从甬道走向台口："篮子，刚才，看到你演出成功，看到美国在向你喝彩，我哭了……孩子，我为你自豪。你走后，DNA 检测结果出来了，你真是我的女儿，可是我很羞愧，愧不敢当……"眼中闪出泪光，"我知道我不配做你的父亲，我无颜面对你。可是我会用一生来弥补，一生。"

篮子的嘴角蠕动了一下，却又转过身去。

田明："你可以不叫我父亲，但我恳求你给我一个救赎自己灵魂的机会。篮子，只要有了你，爸爸又重新找到了活在世上的意义……"

篮子垂下头，默默向舞台深处的黑色中走去。当她终于抬起脸时，已是泪流满面。

田明："篮子！"

篮子没有回头，消失在一片黑色之中。

当她走出卡内基音乐厅，一片闪光灯令她目眩。

记者散去。路灯下，一个穿风衣的男子转过身来。他是大卫。

大卫走向她："篮子，这是我一生中最难忘的夜晚。我为你骄傲，为家乡骄傲，为炎黄子孙骄傲！"

篮子："请我吃冰淇淋吧！我渴了！"

大卫惊得张大了嘴："……篮子，你吓了我一跳！你会说话了？！"

篮子："谢幕的时候，我耳朵里还是一片静寂，可是突然间像洪水决堤一样，哗哗哗哗的掌声把我震得目瞪口呆。就在一瞬间，我又听见了，我又能说话了，我成了世上最幸福的人！"

大卫："如果你现在告诉我，你爱我，我也将成为世上最幸福的人！"

篮子："对不起，大卫，对不起……我知道你真心对我好……"

大卫："我说过，我会等，不管是三年五年，还是十年八年。我会日日夜夜等待幸福到来的那一天。"

篮子："走吧，吃冰淇淋去！"

大卫："吃什么冰淇淋？"

篮子："当然是草莓的。"

美国肯尼迪机场。

篮子登上回国的飞机航班。

她的邻座来了一个年轻美丽的女子。她是沙莎。

沙莎："你是白篮子吧？"

篮子转过脸，惊讶地打量她。

沙莎："这很奇怪吗？我在肯尼迪艺术中心看了你的《雀之灵》，真是神奇极了！你为我们中国人争光了。克林顿不是还直夸你们精彩绝伦吗？"

篮子："请问，你是……"

沙莎："我叫沙莎。我在互联网上看到刘通州得了白血病。"

篮子："你认识他？"

沙莎："不光认识，我们曾经是很好的朋友。"

篮子："在特区？"

沙莎："在特区。那时他是个漂泊者。可他很倜傥，很潇洒，很酷。他的苏联歌唱得我荡气回肠。"

篮子："后来呢？"

沙莎："后来，我就不顾一切地追他。可他说，他丢不下童年的阿娇。你知道那位阿娇是谁吗？"

篮子摇头："再后来呢？"

沙莎："再后来我就到美国进了哈佛大学，他就得了绝症。我的心告诉我，我必须见他一面，不然，我永远不会原谅自己。"

篮子："沙莎，你真好……"

沙莎："你不妒忌？"

篮子："为什么？"

沙莎："直感告诉我，你就是那个童年的阿娇。"

篮子愕然地看着她，她却得意地笑了。

崇川机场。

篮子在出口处看到了前来迎接的田野。

田野献上一支玫瑰："这是最后一个不眠之夜。姐姐，我爱你。"

他们拥抱在一起。

　　刘通州病房。

　　医生来查房。刘通州面白如纸，形销骨立。

　　医生："小刘，很遗憾，至今还没有找到能跟你配对的骨髓捐献者。我希望你不会和最后的机会失之交臂。"

　　刘通州："谢谢医生，你尽力了……"

　　医生离去，南飞从外面进来。

　　南飞："改建工程进展很顺利，一个月以后就可以交工了。"

　　刘通州："艺术团有一个像样的窝，我也就放心了。南飞，你很累吧？"

　　南飞："哥，我能顶得住。"

　　刘通州："对莉莉好一点，这样的好姑娘，打着灯笼也没处找。她是个健全人，可还是死心塌地爱着你，打也打不走，撵也撵不跑……"气喘吁吁，头上冒出许多虚汗。

　　沙莎和篮子走进病房。

　　刘通州目瞪口呆："……沙莎？你怎么来了？"

　　沙莎："我为什么不能来？网上满世界征集骨髓捐献者。"

　　篮子用手帕给刘通州揩拭汗水。

　　刘通州："真像做梦一样……"

　　沙莎："虽然远隔重洋，我觉得，在这种时候，我应该在你身边。"

　　篮子和南飞悄悄退出。

　　刘通州："你竟然还没有忘记我……"

　　沙莎："爱是不能忘记的。尽管是一厢情愿，有几分寂寞，几分无奈，可我还是很珍惜。"

　　刘通州："沙莎，你飞越大洋，让我再一次感受了你的真诚。"

　　沙莎："通州，我很欣赏你那童年的阿娇。她震撼了美国。你很有眼光。好了，我该去捐献骨髓了……"

　　刘通州："沙莎，配对的希望很渺茫，你就不要……"

　　沙莎："通州，我相信我们有缘！"她走出病房，拽起坐在走廊座椅上的篮子，"带我去捐献骨髓！"

她们向走廊深处走去。
南飞张着嘴看她们远去。

弯弯的月亮在楼宇间升起。
篮子守护在刘通州身边。
刘通州："弯弯的月亮还会再属于我吗？"
篮子："哥，弯弯的月亮只属于你和我……"
刘通州："你相信？"
篮子："我相信。"
刘通州握住她的一只手……
黄越走进来，见状，又退出来，向走廊深处疾走。

一轮红日从楼宇间升起来。
医生兴奋地走进来："小刘！"
刘通州困惑地看着他。
医生："配对成功了！"
刘通州："谁的？"
医生："美国来的那个沙莎。"
刘通州："真的是她？"
医生："我去准备一下，今天上午就接种！"
沙莎捧着一大捧黄玫瑰进来："通州，我就知道我们有缘。"
刘通州嗅嗅黄玫瑰："这花令人心醉……"
沙莎："要不，怎么叫幸福的黄玫瑰？"
刘通州："沙莎，我该怎么谢你？"
沙莎："健康幸福地活下去……好吗？"亲了一下他的额头。
走进门口的篮子退了出去。

一个月后。
病房里。
刘通州在篮子帮助下换掉了病员服，脸色也光鲜了。

沙莎提着三角琴走进病房："要出院了？你看上去很好。"

刘通州："沙莎，你给了我一条命。"

沙莎："那么，你还我一曲《苏丽珂》？"

刘通州抚琴而唱，沙莎轻声和唱：

"为了寻找爱人的坟墓，天涯海角我都走遍。可我只有伤心地哭泣，我亲爱的你在哪里？"

沙莎："通州，我们的故事该结束了。我订了今天的机票。"

机场。

刘通州和篮子把沙莎送到入口处。

沙莎："就此别过。"

刘通州："又把聚会当成一次分手？"

沙莎垂下眼睛，抬起眼帘时显得颇为伤感："通州，我们有缘无分。我飞越大洋，是为了献上我的爱。可我知道，我不会成为你的妻子。你的阿娇很美好。你们是天生一对。"上前吻了篮子，又吻了通州。

沙莎走进安检入口，回眸微笑时泪光一闪。

刘通州泪眼迷蒙。

刘通州内心独白："沙莎，我们还会再见吗？"

沙莎内心独白："我的初恋，我唯一的恋情画上了句号。可是，我的骨髓融进了你的生命，还有什么比这更加刻骨铭心呢？"

又一次演出在掌声中结束。

残疾演员们从后门坡道离去时，发现坡道旁睡着一个孩子。

刘通州抚孩子的头："你怎么不回家？"

小宝："我没有家。"

刘通州："你的爸爸妈妈呢？"

小宝："我没有爸爸妈妈。"

刘通州回身看大家："我们收养他怎么样？"

阿根："好哇！以前我沿街乞讨，为了一角钱给人下过跪，现在自食其力了，我也有能力帮助孩子和弱者了！"

南飞问孩子："叫什么名字？"

小宝："小宝。"

南飞："小宝，从今天起，你就是我们大家的弟弟了！"

大家把小宝簇拥着向宿舍走去。

"小宝，跟哥哥姐姐回家！"

又一个红日东升的早晨。

小宝换上新衣服、新鞋，背上新书包。

南飞："要上学了，高兴吗？"

小宝："南飞叔叔，我昨晚做梦都笑醒了。"

刘通州："长大了想干什么？"

小宝："想当医生。"

篮子："为什么要当医生？"

小宝："把哥哥姐姐的病都治好，让世界上再没有残疾人！"

大家欢呼着把小宝举起来，扔上了天空……

刘通州旁白："岁月把命运编织成一首跌宕起伏的歌，让我一唱三叹，荡气回肠，留下许多震撼，也留下无限的回味……沙莎让我活了下来，自己却漂洋过海，永不回头，把我留给了童年的阿娇。我不知道，这是故事的结束，还是一个新故事的开始？"

字幕：

篮子去舞蹈学院进修，回来后任崇川残疾人艺术团总编导。

南飞参加全国残运会田径赛，获得一枚金牌。他和莉莉生了一个活泼可爱的女儿。

刘通州与篮子尚未结婚，大卫一直在等篮子。

片尾歌：

问你，问我，

往事历历可曾有片刻遗忘？

问我，问你，
去路茫茫为什么写满沧桑？
问心，问魂，
漂泊天涯为何要频频回首？
问魂，问心，
浓浓的情怎禁得深深埋藏？
此情可问地，
地知我情有多深。
此情可问天，
天知我情多久长。
此情可问地，
地知我情有多深。
此情可问天，
天知我情多久长……

2004.6 初稿

2005.3 改毕

2007 年 3 月央视黄金强档播出后，复播至今

附录：关注弱势群体　唱响生命赞歌
——评电视剧《花开有声》

　　2007 年 3 月，电视剧《花开有声》在央视电视剧频道黄金时间播出，引起电视业界的重视与关注。我们欣喜地看到，2007 年现实题材电视剧在历经低迷与困境之后，终于在题材创新和人文关怀的基础上艰难地迈出了可喜的一步。《花开有声》是国内第一部反映残疾人生存状态的电视剧。讲述了上世纪 80 年代江南小镇中四个身体有残疾的孩子，在充满荆棘与爱心的社会上为生存、成长及融入社会而发生的一系列悲喜交加的故事。该剧的主人公以他们的残疾之躯创造生活，以不屈的意志奋力拼搏，以真挚的情感互相关爱，充分展现了残疾人群体的自尊、自信、自强和自立，使自己残缺的生命开出灿烂之花。

　　电视剧《花开有声》之成功要素有以下几个方面：

　　独创性也称为原创性，是指作品扬弃对其他现有题材的复制与借鉴，别有天地、开辟前人所未涉及的领域及创作手法。电视剧的独创也并不意味着猎奇或搬弄野史，成功的独创作品应该在选材上关注当下现实生活，从广泛的社会现实中攫取题材，呈现出宏大叙事与日常写实的多重变奏。如想在每年万余部（集）的电视剧竞争中脱颖而出，使作品具备独创性，则需要加大开掘社会生活的力度，探寻潜隐其中更复杂、更本质、更具震撼力和感染力的内蕴。

　　《花开有声》在推陈出新的创作基础上，将目光转向社会底层的残疾人这个弱势群体，在题材定位上首先占有新的高度。

　　从社会学角度剖析，《花开有声》的播出有助于增强社会公益与慈善意识，通过各界的努力消除地域、出身及身体先天性不足给弱势群体带来的不和谐因素。我国是世界上残疾人最多的国家，根据目前的不完全统计，全国有各类残疾人6000余万。这是一个庞大的弱势群体——远远超过吸毒、艾滋病等社会问题群体。但当毒品、传染病等社会问题被大量搬上屏幕时，残疾人题材的话语权却处于缺失状态。电视媒介本身是一个百花齐放的大花园，电视剧艺术领域更应提倡题材多样化、创作多元化。构建和谐社会的基本责任应体现包括残疾人在内的广大人民群众的根本利益和共同愿望。数千万之众的残障社会群体理应早被纳入影视题材的规划之中，然而由于残疾群体缺乏表象上的视觉美感或故事经历过于悲惨，缺乏"暴力"、"权谋"、"爱情"等戏剧矛盾冲突，不利于画面表现等原因，电视剧从业者始终持观望态度。

　　《花开有声》的问世有助于提升中国电视文化的整体人道主义水平。弱势群体题材的载体极易拉近国际认同感，同时利于电视剧领域的外宣效应与全球市场的开掘。今年3月31日，联合国大会一致通过《残疾人权力国际公约》，再次表明了国际社会对于残障弱势群体的关怀。虽然中西方文化存在较大差异，但对于人性本真的理解和社会公益事业的关注是全人类社会所共有的认同，前年春晚中国残疾人艺术团所表演的《千手观音》就感动了全世界。西方发达国家有着礼让残疾人的数百年传统，由于社会福利制度高度发达且法制健全，西方残疾人社会群体得到了社会应有的尊重与关爱。《花开有声》通过一系列令残疾人痛苦挣扎的社会情境源于生活而又高于生活，通过对社会丑恶及对残疾人歧视现象的无情批判，有力提升了受众助残爱残意识的觉醒。

　　区别于西方电视剧中遵循理性、逻辑为主导的创作方式。中国传统文化的特质决定了国产电视剧将以感性制胜。情感需要是家庭电视剧收视的基本需要。衡量情感的标准是真实，对情感因素的处理是否真实得当也是衡量电视剧艺术性的重要指标。在《花开有声》中，由于弱势群体的复杂性，导致情感状态无与伦比的丰富性和多样性：从阿桃与其收留的残疾孩子的养育之情，四兄妹之间无血缘却又胜似同胞的患难之情，到黄刚、田明等社会人士帮残助残的公益之情，直至通州、越越的凄惨爱情，田野与篮子先相恋后认亲的兄妹复杂之情……多颜色的情感涉及面之广，无微不至，不温不火，恰到好处，体现了电视剧《花开有声》充满层次性、丰富性、哲理性的叙事效果。故事既饱含人间正义，又体味世态炎凉，揭露了社会对于残疾人的多种态度。在多重情感的表达中，基本杜绝了以往煽情、矫情、伪情之嫌，这就是真实情感的力量。

"距离产生美"是美学经久不衰的命题。《花开有声》的编剧以弱者的视角构筑了在痛苦和迷茫中挣扎但最终奋发向上的残疾人群体，营造了常人无法体味到的"心理距离"，同时通过残障人日常生活所面临的区别于健全人的困难，营造了"新、奇、特""行为距离"。审美距离作为一个重要命题始终是电视剧艺术的魅力所在。

《花开有声》在剧情构建上很好地处理了拉近心理距离的同时尽力推远空间距离的双重效应。在生活空间中，健全小康家庭面临的困境、情境与四兄妹大相径庭，生存状态存在完全不同的规则，而剧中人所遭遇到的心理困境，如命运的起承转合，亲情的粘连，家庭的危机，爱情的萌芽，事业的起伏，却与常人大同小异。

花开的声音是世界上最自然、最纯洁、最动听的天籁。残缺的花依然需要绽放，那声音也依然是悦耳的、会心的、从容的，只是更需要大家用心去聆听，用心去等待惊喜与力量的出现。《花开有声》一类拥有人文关怀的电视剧形成规模与产业，需要对精神家园持之以恒的浇灌。电视剧领域呼唤营造和睦相处的人文环境，健全整个社会利益的协调机制，大力弘扬人道主义精神，培养全社会与人为善的积极心态，培育残疾人与社会、自然和谐相处的大环境。"成功的花，人们只惊慕她现时的明艳！然而当初的芽儿，浸透了奋斗的泪泉，洒遍了牺牲的血雨！"《花开有声》是和谐社会时代精神与时代需求的充分体现，用鲜明饱满的性格造就身残志坚的典型人物，用丰富的情绪感染力构建残疾人曲折向上的人生态度，值得回味与探讨。

中国传媒大学电视学院　冷淞

原载《当代电视》2007 年 8 月号　本文系摘录